APR   2008

DATE DUE

GAYLORD			PRINTED IN U.S.A.

LAS RUINAS

LAS RUINAS

SCOTT SMITH

Traducción de Jaume Subira Ciurana

EDICIONES B
GRUPO ZETA

Barcelona • Bogotá • Buenos Aires • Caracas • Madrid • México D.F. • Montevideo • Quito • Santiago de Chile

Título original: *The Ruins*

Traducción: Jaume Subira Ciurana

1.ª edición: junio 2007

© 2006 by Scott B. Smith, Inc.
© Ediciones B, S. A., 2007
  Bailén, 84 - 08009 Barcelona (España)
  www.edicionesb.com
  www.edicionesb.com.mx

ISBN: 978-84-666-3349-9

Impreso por Quebecor World.

Para Elizabeth, que ha conocido el terror

Deseo dar las gracias a mi esposa, Elizabeth Hill; a mi editora, Victoria Wilson; y a mis agentes, Gail Hochman y Lynn Pleshette, por su generosa contribución a este libro. También leyeron el primer borrador, aportando críticas y comentarios invariablemente útiles, las siguientes personas: Michael Cendejas, Stuart Cornfeld, Carlyn Coviello, Carol Edwards, Marianne Merola, John Pleshette, Doug y Linda Smith y Ben Stiller. Gracias a todos.

Conocieron a Mathias en una excursión a Cozumel. Habían contratado a un guía para que los llevase a bucear con *snorkel* en el lugar de un naufragio, pero la boya que señalaba el sitio se había soltado durante una tormenta y el guía no conseguía encontrarla. Así que se limitaron a nadar, sin mirar nada en particular. Fue entonces cuando de las profundidades del mar emergió Mathias, como un tritón, con un equipo de submarinismo atado a la espalda. Cuando le contaron lo ocurrido, sonrió y los llevó al lugar del naufragio. Era un alemán de piel bronceada, cabello rubio muy corto y ojos azul claro. En el antebrazo derecho tenía un tatuaje de un águila negra con alas rojas. Les dejó la botella de oxígeno por turnos para que bajasen a ver el barco hundido, sumergido a unos diez metros de profundidad. Era un chico cordial, aunque introvertido, y hablaba inglés con apenas un ligerísimo acento extranjero. Cuando subieron al barco del guía para regresar a la costa, él subió con ellos.

Dos noches después, en Cancún, conocieron a los griegos en una playa cercana al hotel. Stacy se emborrachó y se dio el lote con uno de ellos. La cosa no pasó a mayores, pero después de aquello empezaron a encontrarse con los griegos en todas partes, fueran donde fuesen e hicieran lo que hiciesen. Ellos no hablaban griego, por supuesto, y los griegos no sabían inglés, de manera que se limitaron a sonreírse mutuamente, saludarse con la cabeza y compartir una bebida o una comida. Los griegos eran tres —todos veinteañeros, como Mathias y los demás— y bastante agradables, a pesar de que parecían perseguirlos a todas partes.

Además de desconocer completamente el inglés, los griegos tampoco hablaban una palabra de castellano. Sin embargo, se habían puesto nombres españoles, lo que al parecer les hacía mucha gracia. Se presentaron como Pablo, Juan y Don Quijote, pronunciando los nombres con su curioso acento y señalándose el pecho. Don Quijote era el que había tonteado con Stacy. Aunque se parecían tanto —algo rollizos, morenos, con los hombros fornidos y el pelo largo recogido en una coleta— que incluso Stacy tenía dificultades para diferenciarlos. Incluso intercambiaban sus nombres como parte de la broma, y el que había dicho llamarse Pablo el martes, el miércoles podía insistir en que era Juan.

Pasarían tres semanas en México. Estaban en agosto, una época ridícula para viajar a Yucatán. Hacía demasiado calor, demasiada humedad. Casi cada tarde caía un chaparrón, un aguacero que podía inundar la calle en cuestión de segundos. Y por las noches aparecían grandes y zumbadoras nubes de mosquitos. Al principio, Amy se quejó de todas estas cosas, lamentándose de que no hubieran ido a San Francisco, como ella quería. Hasta que Jeff se hartó y le espetó que estaba amargándoles el viaje, así que dejó de hablar de California, de los días frescos y soleados, de los tranvías y la niebla al atardecer. Al fin y al cabo, aquello no estaba tan mal. Era un sitio barato y sin aglomeraciones, y decidió sacarle el máximo partido.

Ellos eran cuatro: Amy, Stacy, Jeff y Eric. Amy y Stacy eran íntimas. Se habían cortado el pelo muy corto para el viaje, llevaban sombreros idénticos y se cogían del brazo para las fotos. Parecían hermanas —Amy la rubia; Stacy la morena—, pues las dos eran menudas, poco más de un metro cincuenta de estatura, delgadas como pajaritos. También se comportaban como hermanas, siempre susurrándose cosas al oído, compartiendo confidencias y miradas cómplices.

Jeff era el novio de Amy; Eric, el de Stacy. Los chicos se llevaban bien, pero no eran exactamente amigos. El viaje a México fue idea de Jeff; una última aventura antes de que él y Amy ingresaran en la Facultad de Medicina. Había encontrado una oferta estupenda en Internet, una ganga que no podían dejar escapar. Serían tres semanas sin dar golpe en la playa, tomando el sol tranquilamente. Jeff convenció a Amy, Amy a Stacy, y Stacy a Eric.

Mathias les contó que había llegado a México con su hermano, Henrich, que ahora estaba desaparecido. Era una historia confusa, y ninguno entendió bien los detalles. Cuando le preguntaban por él, Mathias se ponía nervioso y respondía vaguedades. Empezaba a hablar en alemán, gesticulaba y se le humedecían los ojos. Al cabo dejaron de preguntarle, porque parecía una descortesía seguir presionándole. Eric sospechaba que se trataba de un asunto de drogas y que el hermano de Mathias intentaba huir de las autoridades, aunque no sabía si de las alemanas, las estadounidenses o las mexicanas. Se había producido una pelea; en eso coincidían todos. Mathias discutió con su hermano, hasta era posible que le pegase, y después Henrich desapareció. Mathias estaba preocupado, por supuesto. Lo esperaba para volver juntos a Alemania. A veces parecía tranquilo, convencido de que su hermano regresaría y todo acabaría bien, pero otras veces no se le veía tan seguro. Mathias era reservado por naturaleza, más dado a escuchar que a hablar, y propenso a sumirse súbitamente en la melancolía, al menos en aquellas circunstancias. Los otros cuatro intentaban animarlo. Eric contaba chistes; Stacy hacía imitaciones; Jeff señalaba vistas interesantes. Y Amy hacía una foto tras otra, ordenando a todo el mundo que sonriera.

Durante el día tomaban el sol en la playa, sudando sobre las toallas de colores chillones. También nadaban y buceaban con *snorkel*. Todos se quemaron y comenzaron a pelarse. Montaban a caballo, paseaban en kayaks y jugaban al minigolf. Una tarde, Eric los convenció de que alquilaran un barco de vela, aunque resultó que no era tan buen navegante como decía, y tuvieron que remolcarlos a la orilla. Fue una experiencia embarazosa y cara. Por las noches comían marisco y bebían litros de cerveza.

Eric no sabía nada de lo de Stacy con el griego. Se había acostado inmediatamente después de la cena, dejando a los otros tres paseando por la playa con Mathias. Detrás de un hotel cercano se organizó una hoguera y un grupo musical que tocaba en un cenador. Allí conocieron a los griegos, que bebían tequila y batían palmas al ritmo de la música. Se ofrecieron a compartir la botella. Stacy se sentó junto a Don Quijote y todos comenzaron a conversar animadamente, cada uno en su lengua, y a reír con ganas mientras se pasaban la botella y bebían, haciendo muecas por el sabor ardiente del tequila. De repente Amy se volvió y vio a Stacy abrazada al griego. Cinco minutos de besuqueos y alguna caricia tímida en la teta izquierda, hasta que el grupo dejó de tocar. Don Quijote pretendía que Stacy le acompañase a su habitación, pero ella sonrió y negó con la cabeza, y eso fue todo.

A la mañana siguiente, los griegos pusieron las toallas cerca de Mathias y los otros cuatro, y por la tarde se fueron a hacer esquí acuático todos juntos. Nadie habría adivinado lo de los besuqueos. Los griegos eran atentos y respetuosos. A Eric también le caían bien. Los convenció de que le enseñasen palabrotas en griego, aunque se impacientaba, porque era difícil saber si las palabras que le enseñaban eran exactamente las que quería aprender.

Henrich había dejado una nota. Mathias se la enseñó a Amy una mañana temprano, durante la primera semana de vacaciones. Estaba escrita a mano, en alemán, y tenía un mapa garabateado en la parte inferior. Ellos no entendieron nada, naturalmente, y Mathias tuvo que traducirla. La nota no decía nada de drogas ni de la policía... Eric siempre se precipitaba a sacar conclusiones, y cuanto más dramáticas, mejor. En la playa, Henrich conoció a una chica llegada esa misma mañana. Estaba de paso y se disponía a viajar al interior, donde la habían contratado para trabajar en una excavación arqueológica. Se trataba de una vieja mina, aunque Mathias no supo si de oro o esmeraldas. Henrich y la chica pasaron el día juntos. Él la invitó a comer y estuvieron nadando. Luego fueron a la habitación de Henrich, donde se ducharon e hicieron el amor. Después la joven se marchó en autobús. En el restaurante, durante la comida, había dibujado un mapa del lugar de la excavación en una servilleta de papel. Le dijo a Henrich que fuese, que aceptarían su ayuda con mucho gusto. Tras su partida, Henrich no paraba de hablar de ella. No cenó y no consiguió dormirse. A media noche se sentó en la cama y le dijo a Mathias que se uniría al equipo de la excavación.

Mathias lo llamó idiota. Acababa de conocer a aquella chica, estaban de vacaciones y él no tenía ni puñetera idea de arqueología. Henrich le respondió que no era asunto suyo. No estaba pidiéndole permiso, sino informándole de su decisión. Se levantó de la cama y empezó a preparar la maleta. Se insultaron, y Henrich le tiró a su hermano una maquinilla de afeitar que le dio en el hombro. Mathias se lanzó sobre él y lo arrojó al suelo. Lucharon en el suelo de la habitación del hotel, rodando, forcejeando y soltando tacos, hasta que Mathias le dio a su hermano un cabezazo accidental en la boca y le partió el labio. Henrich montó un escándalo y corrió al lavabo para escupir la sangre en la pila. Mathias se puso algo encima y salió a buscar hielo para su hermano, pero acabó yendo al bar de la piscina, que permanecía abierto toda la noche. Eran las tres de la mañana y pensó que necesitaba tranquilizarse. Bebió dos cervezas, una rápidamente y la otra despacio. Cuando volvió a la habitación, encontró la nota sobre la almohada. Henrich se había largado.

La nota ocupaba las tres cuartas partes de una hoja de cuaderno, aunque les pareció más corta cuando Mathias la leyó. Amy supuso que Mathias se habría saltado los párrafos que prefería mantener en secreto, pero no importaba... ella y Jeff lograron hacerse una idea de la situación. Henrich decía que Mathias confundía el papel de hermano con el de padre. Se lo perdonaba, pero no podía admitirlo. Por mucho que Mathias lo llamase idiota, él estaba convencido de que aquella mañana había conocido al amor de su vida, y jamás se perdonaría —ni perdonaría a su hermano, desde luego— si dejaba escapar esa oportunidad. Procuraría volver a tiempo para el viaje de regreso a Alemania, aunque no podía garantizarlo. Si Mathias se sentía solo, podía reunirse con ellos en la excavación, que se encontraba a sólo medio día de viaje en coche en dirección oeste. El mapa garabateado al final de la nota —una copia del que había dibujado la chica en la servilleta— le indicaba cómo llegar.

Mientras Amy escuchaba la historia de Mathias, y luego su trabajosa traducción de la nota, comenzó a darse cuenta de que el alemán esperaba que lo aconsejasen. Estaban sentados en la terraza del hotel. Cada mañana servían un desayuno tipo bufé, con huevos, crepes, torrejas, zumos, café, té y una inmensa variedad de fruta fresca. Una pequeña escalinata conducía a la playa. Sobre sus cabezas planeaban las gaviotas, mendigando restos de comida y cagando en las sombrillas que protegían las mesas. Amy oyó el rítmico rumor de las olas y vio a varias personas corriendo por la playa, a una pareja de ancianos juntando caracolas y a tres empleados del hotel rastrillando la arena. Era muy temprano, poco más de las siete. Los había despertado Mathias, telefoneándoles desde la cabina de abajo. Stacy y Eric todavía dormían.

Jeff se inclinó para estudiar el mapa. En realidad, era su consejo el que quería Mathias: Amy lo entendió sin necesidad de que nadie dijera nada. Y no se ofendió, porque ya estaba acostumbrada. Había algo en Jeff, cierto aire de seguridad y competencia, que hacía que la gente confiara en él. Amy se recostó en el respaldo de la silla y lo miró alisar el dibujo del mapa con la palma de la mano. Jeff tenía el cabello moreno y rizado y unos ojos que cambiaban de color con la luz. Podían ser castaños, verdes o pardo muy claro. No era tan alto y fornido como Mathias, pero, curiosamente, parecía el más grande de los dos. Tenía un aspecto grave e imperturbable, siempre sereno. Si todo salía según lo previsto, sería esa actitud lo que algún día lo convertiría en un buen médico. O al menos lo que haría que la gente creyera que era un buen médico.

- Mathias sacudía rítmicamente la pierna, subiendo y bajando la rodilla. Era miércoles, y él y su hermano debían regresar a su país el viernes por la tarde.

—Iré a buscarlo —dijo—. Lo traeré. Lo obligaré a volver conmigo a Alemania, ¿no?

Jeff levantó los ojos del mapa.

—¿Volverás esta noche? —preguntó.

Mathias se encogió de hombros y señaló el papel. Lo único que sabía era lo que había escrito su hermano.

Amy reconoció algunas de las ciudades del mapa, como Tizimín, Valladolid y Cobá; nombres que había visto en la guía del viajero. No llegó a leerla, pero había mirado las fotos. Recordaba una hacienda en ruinas en la página de Tizimín, una calle flanqueada por casas blancas en Valladolid y una gigantesca cara de piedra, sumergida entre los viñedos, en Cobá. En un punto al oeste de esta última ciudad era donde había una cruz en el mapa de Mathias. Allí se encontraba la excavación. Había que ir en autobús desde Cancún hasta Cobá y luego recorrer unos dieciséis kilómetros en taxi en dirección oeste. Por último había que hacer tres kilómetros a pie, por un sendero que se apartaba de la carretera. Si llegabas a una ciudad maya, era señal de que te habías pasado.

Contempló a Jeff examinar el mapa y adivinó lo que estaba pensando. No tenía nada que ver con Mathias ni con su hermano. Pensaba en la selva, en las ruinas y en la posibilidad de explorarlas. Nada más llegar habían hablado vagamente de alquilar un coche, contratar a un guía y ver lo que fuese que hubiera que ver. Pero hacía tanto calor que la idea de abrirse paso por la selva, sacando fotos de flores gigantescas, lagartijas o murallas en ruinas se les antojaba menos interesante cuanto más hablaban de ella. Así que permanecieron en la playa. Pero ¿y ahora? Era una mañana decepcionantemente fresca, con un ligero viento procedente del mar, y Stacy pensó que a Jeff le resultaba difícil recordar lo húmedo que se volvería el día con el transcurso de las horas. Sí; era fácil adivinar lo que estaría pensando: «¿Por qué no iba a ser divertido?» Con tanta comida y bebida estaban amuermándose. Una aventura como ésa podía ser justo lo que necesitaban para espabilarse.

Jeff le devolvió el mapa a Mathias.

—Te acompañaremos —dijo.

Amy permaneció callada, reclinada en la silla. «No, no quiero ir», pensó, pero sabía que no podía negarse. Se quejaba demasiado; todo el mundo lo decía. Era una pesimista. No tenía el don de la alegría; alguien se lo había negado en algún punto del camino, y ahora hacía sufrir a todos los que la rodeaban. La selva sería sofocante y sucia, con las zonas de sombra infestadas de mosquitos, pero procuró no pensar en ello y estar a la altura de las circunstancias. Mathias era su amigo, ¿no? Les prestó la botella de oxígeno y les indicó dónde bucear. Y ahora se encontraba en apuros. Amy dejó que esta idea adquiriera fuerza en su mente, como una mano cerrando puertas, dando portazos en rápida sucesión, hasta que sólo una quedó abierta. Cuando Mathias la miró sonriendo, encantado con las palabras de Jeff, esperando que ella las confirmase, Amy no pudo evitarlo. Le devolvió la sonrisa, asintió con la cabeza y dijo:

—Por supuesto.

Eric soñaba que no podía dormir. Con frecuencia tenía este sueño frustrante y agotador. En él intentaba meditar, contar ovejas o pensar en cosas relajantes. Sentía un sabor a vómito en la boca y quería levantarse para cepillarse los dientes. También necesitaba orinar, pero tenía la impresión de que si se movía, aunque sólo fuera un poco, cualquier posibilidad de conciliar el sueño se desvanecería para siempre. Así que permanecía donde estaba, deseando dormir, esforzándose por dormir, pero sin dormir. El sabor a vómito y la vejiga llena no eran componentes habituales del sueño. Sólo estaban presentes esta vez, porque eran reales. La noche anterior había bebido demasiado y poco antes del amanecer se levantó para vomitar en el lavabo, y ahora tenía ganas de hacer pis. Aun dormido era capaz de percibir la insólita magnitud de estas dos sensaciones, como si su psique intentara advertirle del riesgo de ahogarse con su propio vómito, o de mojar la cama.

Habían sido los griegos quienes lo metieron en ese brete, intentando enseñarle un juego de borrachos. Éste requería agitar unos dados en un cubilete. Le explicaron las reglas en griego, lo que sin duda contribuyó a que parecieran aún más complicadas de lo que eran. Eric arrojaba valientemente los dados y pasaba el cubilete, pero no alcanzaba a entender por qué ganaba unas veces y perdía otras. Al principio le pareció que lo mejor eran los números altos, pero luego, de manera errática, comenzó a ganar también con los bajos. Los griegos le hacían señas para que bebiese en ciertas ocasiones, y en otras no. Al cabo de un rato empezó a darle igual. Le enseñaban palabras nuevas y se reían de lo rápido que las olvidaba. Todo el mundo se puso ciego de alcohol, y al final Eric se las ingenió para volver a su habitación y meterse en la cama.

A diferencia de los demás, que en otoño comenzarían el segundo ciclo universitario, Eric estaba preparándose para incorporarse a un trabajo. Lo habían contratado para enseñar Lengua y Literatura en un internado de las afueras de Boston. Dormiría en la residencia de los chicos, ayudaría a organizar un concurso literario, y entrenaría al equipo de fútbol en otoño y al de béisbol en primavera. Estaba convencido de que se le daría bien. Tenía seguridad en sí mismo y don de gentes. Era un joven simpático, capaz de congraciarse con los niños haciéndoles reír. Era alto y delgado, con el cabello y los ojos oscuros, y se consideraba guapo. Y listo; un ganador. Stacy estaría en Washington, estudiando Asistencia Social. Se verían en fines de semana alternos, y en un par de años él le pediría matrimonio. Vivirían en algún punto de Nueva Inglaterra, donde ella trabajaría ayudando a la gente y él continuaría enseñando, o quizá no. No importaba. Era feliz y seguiría siéndolo; serían felices juntos.

Optimista por naturaleza, Eric ignoraba que hasta el ser más dichoso del mundo podía sufrir duros golpes. Su psique no era lo bastante sanguinaria como para darle una pesadilla en toda regla y ahora le ofrecía una red de seguridad, una voz en su cabeza que decía: «Tranquilo, sólo es un sueño.» Unos instantes después, alguien llamó a la puerta. Stacy se levantó; Eric abrió los ojos y miró alrededor, soñoliento. Las cortinas estaban echadas y la ropa de ambos desperdigada por el suelo. Stacy se había llevado la colcha. Estaba envuelta en ella junto a la puerta, desnuda por abajo, hablando con alguien. Poco a poco, Eric cayó en la cuenta de que se trataba de Jeff. Quería ir a mear, cepillarse los dientes y enterarse de qué pasaba, pero no conseguía ponerse en marcha. Volvió a adormecerse y lo siguiente que vio fue a Stacy de pie a su lado, vestida con un pantalón color caqui y una camiseta, secándose el pelo y metiéndole prisa.

—¿Que me dé prisa? —preguntó.

Ella miró el reloj.

—Sale dentro de cuarenta minutos.

—¿Quién?

—¿El autobús?

—¿Qué autobús?

—El de Cobá.

—Cobá... —Se incorporó con esfuerzo y por un instante pensó que vomitaría otra vez. La colcha estaba en el suelo, cerca de la puerta, y le costó recordar cómo había llegado allí—. ¿Qué quería Jeff?

—Que nos preparásemos.

—¿Por qué llevas pantalón largo?

—Lo dijo Jeff. Por los bichos.

—¿Bichos? —preguntó Eric. Tenía dificultades para entenderla. Todavía estaba un poco borracho—. ¿Qué bichos?

—Nos vamos a Cobá —respondió Amy—. A una vieja mina. Para ver las ruinas.

Enfiló de nuevo hacia el cuarto de baño. Eric oyó el grifo y recordó que tenía la vejiga llena. Se levantó y fue arrastrando los pies hasta el lavabo. Stacy había encendido la luz del espejo, que lo deslumbró. Permaneció un instante en la puerta, parpadeando. Ella abrió el grifo de la ducha y tiró de Eric, que estaba desnudo y lo único que tuvo que hacer fue meterse dentro. Un instante después estaba enjabonándose, orinando entre los pies, pero aún medio dormido. Stacy lo animó, y con su ayuda pudo terminar de ducharse, cepillarse los dientes, peinarse y vestirse con un tejano y una camiseta, pero sólo cuando bajaron al comedor, mientras desayunaban a toda prisa, Eric empezó a entender adónde se dirigían.

Se encontraron en el vestíbulo para esperar a la camioneta que los llevaría a la estación de autobuses. Mathias fue pasando la carta de Henrich y se turnaron para estudiar la nota en alemán, escrita en una curiosa letra mayúscula, y el mapa dibujado abajo. Stacy y Eric aparecieron sin equipaje, y Jeff los mandó a su habitación a preparar una mochila con agua, repelente de mosquitos, protector solar y comida. A veces tenía la impresión de que era el único que sabía moverse por el mundo. Se percató de que Eric seguía medio bebido. En la facultad, a Stacy solían llamarla Despistes, y con razón, porque siempre estaba en las nubes. Soñaba despierta, y a menudo se quedaba sentada contemplando las musarañas y tarareando una canción. Luego estaba Amy, con su tendencia a enfurruñarse cuando se disgustaba. Jeff sabía que no quería ir a buscar al hermano de Mathias. Se demoraba algo más de lo necesario para hacer cualquier cosa. Después del desayuno había desaparecido en el cuarto de baño, dejando que él preparase solo la mochila. Luego empezó a cambiarse y acabó tendida boca abajo en la cama, hasta que él le metió prisa. No le hablaba, y respondía a sus preguntas con gestos o monosílabos. Jeff le dijo que no era necesario que los acompañase, que si quería podía pasar el día sola en la playa, pero ella se limitó a mirarlo fijamente. Ambos sabían cómo era, y que prefería estar con el grupo haciendo algo que no le gustaba, a estar sola haciendo algo que le apetecía.

Mientras esperaban que Eric y Stacy volvieran con la mochila, uno de los griegos entró en el vestíbulo. Era el que últimamente se hacía llamar Pablo. Los abrazó a todos, uno por uno. A los griegos les encantaba abrazar, y lo hacían siempre que tenían ocasión. Después, él y Jeff mantuvieron una breve conversación en sus respectivas lenguas, llenando las lagunas con gestos.

—¿Juan? —preguntó Jeff—. ¿Don Quijote? —Alzó las manos y enarcó las cejas.

Pablo dijo algo en griego e hizo un ademán como si lanzara el sedal al agua. Luego fingió sacar un pez grande, luchando contra el peso. Señaló el reloj, primero al número seis y luego al doce.

Jeff asintió y sonrió, demostrando que le entendía: los otros dos se habían ido de pesca. Se marcharon a las seis de la mañana y regresarían al mediodía. Cogió la nota de Henrich y se la mostró al griego. Señaló a Amy y Mathias, luego hacia arriba, en dirección a la habitación de Stacy y Eric, y luego a Cancún, en el mapa. Movió lentamente el mapa hacia Cobá, y luego hasta la cruz que indicaba la excavación. No sabía cómo explicar con señas el propósito del viaje, cómo representar «hermano» o «desaparecido», así que siguió moviendo el dedo por el mapa.

Pablo se puso eufórico. Sonrió y señaló primero su pecho y luego el mapa, hablando rápidamente en griego. Era evidente que quería acompañarlos. Jeff asintió, y los demás también.

Los griegos se alojaban en el hotel contiguo. Jeff señaló hacia allí, luego a las piernas desnudas de Pablo y finalmente a sus pantalones. Pablo lo miró sin entender. Entonces Jeff señaló los pantalones de los demás y el griego empezó a asentir otra vez con la cabeza. Cuando se disponía a marcharse, se volvió de repente y cogió el mapa de Henrich. Fue al mostrador, pidió un bolígrafo y escribió algo. Le llevó un buen rato. En ese momento llegaron Eric y Stacy con la mochila, y Pablo dejó el bolígrafo y corrió a abrazarlos. Eric y él gesticularon, simulando agitar unos dados imaginarios y beber. Luego rieron y sacudieron la cabeza, y Pablo contó una larga historia que nadie entendió. Parecía tener algo que ver con un avión, o con un pájaro, algo con alas, y tardó varios minutos en contarla. Por lo visto era graciosa, o él la encontraba graciosa, porque se detuvo varias veces para reír. Su risa era contagiosa, y los demás también rieron, aunque no sabían de qué. Por fin continuó lo que estaba haciendo con la nota de Henrich.

Cuando terminó y volvió con ellos, vieron que había hecho una copia del mapa y encima había escrito algo en griego. Jeff comprendió que era una nota para Juan y Don Quijote, diciéndoles que se encontrasen con ellos en la excavación. Trató de explicarle a Pablo que sólo pasarían el día allí y que regresarían por la noche, pero no encontró la manera de dejarlo claro. Señaló su reloj una y otra vez, y el griego lo imitó, convencido de que estaba preguntándole cuándo volverían de pescar los otros dos. Ambos señalaban las doce, pero Jeff se refería a la medianoche y Pablo, al mediodía. Finalmente Jeff se dio por vencido. Si seguían así, perderían el autobús. Una vez más, señaló el hotel del griego y sus propios pantalones. Pablo asintió, sonrió, los abrazó a todos otra vez y cruzó el vestíbulo corriendo, llevando la copia del mapa de Henrich.

Jeff salió a esperar a la camioneta en la puerta del hotel. Mathias se paseaba detrás de él, doblando y abriendo la nota de Henrich, o guardándosela en el bolsillo, sólo para volver a sacarla un minuto después. Stacy, Eric y Amy se habían sentado en un sofá del vestíbulo y, al verlos, Jeff titubeó por un instante. No deberían ir; era una pésima idea. Eric no dejaba de dar cabezadas; era evidente que estaba borracho y agotado y que tenía dificultades para mantenerse despierto. Amy estaba enfurruñada, con los brazos cruzados y la mirada fija en el suelo. Stacy llevaba sandalias sin calcetines; en pocas horas, sus pies estarían cubiertos de picaduras de insectos. Jeff no quería ni imaginar lo que sería hacer una caminata de tres kilómetros, en medio del bochorno de Yucatán, con esos tres. Sabía que debería explicárselo a Mathias y pedirle perdón. Sólo necesitaba encontrar la manera de hacérselo entender, y luego pasarían otro día holgazaneando en la playa. No sería difícil encontrar las palabras adecuadas, y Jeff empezaba a pronunciarlas mentalmente cuando apareció Pablo, vestido con tejanos y cargando una mochila. Otra ronda de abrazos y todo el mundo empezó a hablar a la vez. Entonces llegó la camioneta, subieron y de repente fue demasiado tarde para hablar con Mathias; demasiado tarde para negarse a ir. Estaban sorteando el tráfico, alejándose del hotel y la playa, de las cosas con las que se habían familiarizado tanto durante las dos últimas semanas. Sí: estaban en marcha, se irían, se iban, se habían ido.

En la estación de autobuses, mientras Stacy corría tras los demás, un chico le tocó una teta. Se la cogió por detrás y la apretó con fuerza. Stacy paró en seco, forcejeando para liberar su pecho. Ésa era la idea, el giro, los manotazos, la distracción inherente a estos movimientos, que dieron a un segundo crío la oportunidad perfecta para arrebatarle el sombrero y las gafas de sol. Luego salieron corriendo los dos —un par de niños morenos de unos doce años—, y se perdieron en la multitud.

Sin las gafas, el mundo se volvió súbitamente deslumbrante. Stacy parpadeó, aturdida, sintiendo aún la mano del chico en el pecho. Los otros ya se abrían paso por el vestíbulo de la estación. Ella había gritado, o creía haber gritado, pero nadie le hizo caso. Para alcanzarlos tuvo que correr, y levantó la mano mecánicamente para sujetar el sombrero que ya no estaba allí, sino al otro lado de la plaza, alejándose más y más con cada segundo que pasaba, viajando hacia las manos de un nuevo propietario, un extraño que no sabría nada de ella, desde luego, que no tendría conciencia de ese momento, de cómo había corrido en una estación de autobuses de Cancún, esforzándose por contener las lágrimas.

En el interior, aquel sitio limpio, luminoso y con aire acondicionado parecía más un aeropuerto que una estación de autobuses. Jeff ya había encontrado la ventanilla correcta y estaba interrogando al empleado en un español pausado y cuidadosamente pronunciado. Los demás se amontonaban a su espalda, sacando la cartera y contando el dinero para el viaje. Cuando los alcanzó, Stacy dijo:

—Un crío me ha robado el sombrero.

Sólo se volvió Pablo. Los demás estaban inclinados hacia Jeff, tratando se escuchar lo que le decía el empleado. Pablo le sonrió y señaló la estación de autobuses como quien señala una vista bonita desde un balcón.

Stacy empezaba a calmarse. Se le había acelerado el corazón, alimentado por la adrenalina, y se había puesto a temblar, pero ahora que empezaba a tranquilizarse se sentía más avergonzada que otra cosa, como si el incidente hubiera sido culpa suya. Siempre le pasaba algo. Perdía la cámara de fotos en un transbordador, o se dejaba el bolso en un avión. Los demás no perdían ni rompían nada, y tampoco les robaban. ¿Por qué a ella sí? Debió prestar más atención. Debió ver acercarse a esos críos. Se sentía más tranquila, pero aún tenía ganas de llorar.

—Y las gafas de sol —dijo.

Pablo asintió y su sonrisa se ensanchó. Parecía encantado de estar allí. Era inquietante verlo responder con semejante placer e indiferencia a una angustia que, en opinión de Stacy, debía de ser evidente. Por un instante se preguntó si no estaría burlándose de ella. Miró a los demás.

—Eric —llamó.

Eric la mandó callar con un gesto, sin mirarla siquiera.

—Ya está —dijo—. Estaba dándole dinero a Jeff para los billetes.

Mathias fue el único que se volvió. La miró un instante, escrutándole la cara, y se acercó a ella. Él era tan alto y ella tan baja que casi tuvo que acuclillarse, como si Stacy fuese una niña, y la miró con sincera preocupación.

—¿Qué pasa? —preguntó.

La noche de la hoguera, cuando besó al griego, Stacy no sólo sintió la mirada de Amy, sino también la de Mathias. La de Amy reflejaba auténtica sorpresa; la de Mathias, nada en absoluto. Durante los días siguientes lo había sorprendido mirándola de la misma manera: no exactamente como si la juzgara, sino más bien como si tuviera una intención oculta, reprimida, que la hacía sentirse como si la pesaran en una báscula, como si la tasaran y evaluaran y la encontrasen defectuosa. Stacy era una auténtica cobarde —no se engañaba al respecto y se sabía capaz de sacrificar cualquier cosa con el fin de evitar complicaciones o conflictos— y había eludido a Mathias siempre que pudo. Eludido no sólo su presencia, sino también sus ojos, esa mirada escrutadora. Y ahora estaba allí, acuclillado delante de ella, mirándola con actitud comprensiva mientras los demás, ajenos a todo, compraban los billetes. Era tan desconcertante que se quedó sin habla.

Mathias alargó la mano y le tocó el antebrazo con la punta de los dedos, rozándola apenas, como si intentase tranquilizar a un animal.

—¿Qué pasa? —preguntó.

—Un crío me ha robado el sombrero —consiguió decir Stacy. Se señaló los ojos—. Y las gafas de sol.

—¿Ahora mismo?

Stacy asintió con la cabeza y señaló hacia la puerta.

—Ahí fuera.

Mathias se enderezó, apartando los dedos de su brazo. Parecía dispuesto a correr tras los chicos. Stacy alzó la mano para detenerlo.

—Se han ido —dijo—. Escaparon.

—¿Quién escapó? —preguntó Amy, que había aparecido súbitamente junto a Mathias.

—Los chicos que me robaron el sombrero.

Eric también estaba allí, pasándole un papel. Stacy lo cogió sin saber qué era ni por qué se lo daba Eric.

—Míralo —dijo él—. Mira tu nombre.

Stacy miró el papel. Era el billete y tenía su nombre impreso. «Despistes Hutchin», decía.

Eric sonreía, complacido consigo mismo.

—Nos pidieron los nombres.

—Le han robado el sombrero —explicó Mathias.

Stacy asintió, avergonzada otra vez. Todos los ojos estaban fijos en ella.

—Y las gafas.

Entonces llegó Jeff, y pasó junto a ellos sin detenerse.

—Deprisa —dijo—. Vamos a perder el autobús. —Enfiló hacia allí, y los demás lo siguieron. Pablo, Mathias y Amy, en fila india. Eric se quedó junto a Stacy.

—¿Cómo ha sido? —preguntó.

—No fue culpa mía.

—Yo no he dicho eso. Sólo...

—Los cogieron. Los cogieron y salieron corriendo. —Todavía sentía la mano del crío en su pecho. Y también los dedos curiosamente frescos de Mathias en su brazo. Temió que Eric le hiciera otra pregunta y fuera demasiado para ella; se rendiría, se echaría a llorar.

Eric miró a los demás. Casi no se les veía.

—Más vale que nos demos prisa —dijo. Esperó a que ella asintiera y empezaron a andar juntos, cogidos de la mano, él tirando de ella entre la multitud.

El autobús no era lo que Amy esperaba. Había imaginado un vehículo cochambroso y destartalado, con las ventanillas flojas, los amortiguadores rotos y un olor apestoso procedente del lavabo. Pero era agradable. Tenía aire acondicionado y pequeños monitores de televisión colgando del techo. Amy miró su número de asiento en el billete. Ella y Stacy viajarían juntas, en el centro. Jeff y Mathias iban en el asiento de delante, y Pablo y Eric al otro lado del pasillo.

En cuanto salieron de la estación, los televisores se encendieron. Estaban poniendo un culebrón mexicano. Amy no sabía español, pero miró de todos modos, imaginando un argumento acorde con la cara de sorpresa y los gestos de disgusto de los actores. No era demasiado difícil —todos los culebrones son más o menos iguales—, y perderse en el relato imaginario la ayudó a sentirse mejor. Enseguida se dio cuenta de que el tipo moreno, probablemente abogado, se la pegaba a su mujer con la rubia teñida, aunque sin saber que la rubia grababa sus conversaciones. Había una mujer mayor, cargada de joyas, que seguramente utilizaba su dinero para manipular a todo el mundo. También había una joven de cabello largo y negro en quien la vieja confiaba, a pesar de que parecía estar tramando algo contra ella. Estaba compinchada con el médico de la vieja, que, a su vez, parecía ser el marido de la rubia oxigenada.

Al cabo de un rato, cuando la ciudad quedó atrás y tomaron la carretera de la costa en dirección sur, Amy se sintió por fin lo bastante relajada para coger la mano de Stacy.

—Tranquila —dijo—. Si quieres, te dejaré mi sombrero.

Y la sonrisa de Stacy —tan sincera, inmediata y amorosa— lo cambió todo, hizo que la empresa del día pareciera posible, incluso divertida. Eran las mejores amigas del mundo y estaban a punto de emprender una aventura, una excursión por la selva para visitar unas ruinas. Vieron el culebrón cogidas de la mano. Stacy tampoco sabía español, así que discutieron sobre lo que estaba pasando, compitiendo para ver quién inventaba la historia más descabellada. Stacy imitó las expresiones de la vieja, exageradas y dramáticas como las de una actriz de cine mudo, llenas de codicia y maldad, y se arrellanaron en los asientos riendo, confortándose mutuamente —más seguras y felices— mientras el autobús avanzaba por la costa en el creciente calor del día.

Pablo llevaba una botella de tequila en la mochila. No; Eric oyó el ruido del cristal contra el cristal, de manera que debía de haber dos botellas o más. Aunque él sólo vio una. Pablo la sacó para enseñársela y sonrió, enarcando las cejas. Por lo visto, quería compartirla con ellos durante el viaje a Cobá. También dijo algo sobre una moneda... una moneda griega. Pablo la sacó, simuló echarla al aire y luego beber. Otro juego. Por lo que Eric pudo entender, parecía sencillo. Tirarían la moneda. Si salía cara, tendría que beber Eric; si salía cruz, bebería el griego. Pero Eric hizo un gesto de rechazo, demostrando una sensatez insólita en él. Inclinó el asiento, cerró los ojos y se durmió con tanta rapidez como si lo hubiesen anestesiado. Cien, noventa y nueve, noventa y ocho, noventa y siete... y se sumió en un profundo sueño.

Al cabo de un rato despertó brevemente, aturdido, y vio que estaban aparcados delante de una larga fila de puestos de souvenirs. Aunque aún no era su parada, muchos pasajeros recogieron sus cosas para bajar, y otros esperaban en la puerta para subir. Pablo estaba dormido a su lado, con la boca abierta, roncando suavemente. Amy y Stacy hablaban en murmullos, acurrucadas en el asiento. Jeff leía la guía del viajero, inclinado sobre ella y concentrado como si quisiera aprendérsela de memoria. Mathias tenía los ojos cerrados, pero no dormía. Eric no habría podido decir cómo lo sabía, pero lo sabía, y mientras lo miraba, especulando al respecto, Mathias giró la cabeza hacia él y abrió los ojos. Fue un momento extraño: separados sólo por el pasillo, se sostuvieron la mirada. Por fin, un pasajero nuevo pasó arrastrando los pies hacia el fondo del autobús, bloqueándoles la vista. Cuando pasó, Eric vio que Mathias había girado la cabeza hacia el frente y cerrado los ojos otra vez.

Al otro lado de la ventanilla, los pasajeros que acababan de apearse parecían dudar junto al autobús, mirando alrededor como si se preguntasen si habían hecho bien en escoger ese destino. Los vendedores los llamaban haciéndoles señas para que se acercasen. Los pasajeros sonreían, asentían, saludaban con la mano o trataban de fingir que no oían sus reclamos. Permanecían en su sitio, inmóviles. En los puestos vendían refrescos, comida, ropa, sombreros de paja, bisutería, estatuillas mayas, cinturones y sandalias de cuero. La mayoría tenía carteles en castellano y en inglés. Detrás de un puesto, había una cabra atada a una estaca, y varios perros se paseaban por los alrededores, mirando con suspicacia al autobús y a los recién llegados. Más allá de los puestos comenzaba la ciudad. Eric vio la torre de una iglesia, de piedra gris, y los muros de las casas, blanqueados con cal. Imaginó fuentes ocultas en los patios, hamacas que se balanceaban suavemente y pájaros enjaulados, y por un instante pensó en levantarse, animar a los demás a bajarse del autobús y guiarlos por aquel lugar que parecía mucho más «auténtico» que Cancún. Por una vez serían viajeros, en lugar de turistas, y podrían explorar, descubrir... Pero tenía resaca, estaba agotado y fuera hacía un calor espantoso; podía percibirlo a través de los cristales ahumados, lo veía en la postura de los perros, que andaban con la cabeza gacha y la lengua fuera. Además, tenía que pensar en el hermano de Mathias, la razón por la cual se habían aventurado a hacer ese viaje. Eric volvió a mirar al alemán, casi esperando que lo estuviera mirando, pero todavía tenía la cara vuelta hacia el frente y los ojos cerrados.

Eric lo imitó: se giró hacia la parte delantera del autobús y cerró los ojos. Todavía estaba consciente cuando empezaron a moverse. Dieron una vuelta en redondo, sacudiéndose y traqueteando, y salieron a la carretera. Pablo se movió en sueños, cayendo sobre él, y Eric tuvo que empujarlo. El griego murmuró algo, pero no despertó. Sin embargo, sus palabras sonaron bruscas, como un taco o una acusación, y Eric pensó en las sonrisas cómplices que los griegos intercambiaban a veces, como si compartieran un secreto. «¿Quiénes son?» Ya estaba medio dormido, y su mente trabajaba sola; ni siquiera sabía a quiénes se refería. A los mexicanos, tal vez, a los mayas que gritaban desde los puestos. O a Pablo y el resto de los griegos, con sus constantes parloteos, sus saludos, abrazos y guiños. O a Mathias, con su misterioso hermano desaparecido, el siniestro tatuaje y la mirada perdida. O... bueno, ¿por qué no?, a Jeff, Amy y Stacy. «¿Quiénes son?»

Durmió sin soñar, y cuando volvió a abrir los ojos, estaban entrando en Cobá. Todo el mundo se levantaba y se estiraba, y la pregunta ya no estaba en su cabeza ni en su memoria. Eran las doce pasadas y, mientras terminaba de despertar, Eric se percató de que se sentía mucho mejor. Tenía hambre, sed y ganas de hacer pis, pero su cabeza estaba más despejada y su cuerpo más fuerte, y tuvo la sensación de que por fin estaba preparado para lo que fuese que les deparara el día.

Jeff consiguió un taxi. Era una camioneta de color amarillo intenso. Jeff le enseñó el mapa de Mathias al conductor, un tipo corpulento con gafas de culo de botella, que lo estudió con detenimiento. El hombre hablaba una mezcla de inglés y español. Llevaba una camiseta muy ceñida, que le marcaba los músculos. Tenía grandes manchas de transpiración bajo las axilas y la cara brillante de sudor. Se la limpió una y otra vez con un pañuelo mientras miraba el mapa, aparentemente descontento con lo que veía. Frunció el entrecejo y los miró uno a uno; luego a su camioneta y finalmente al sol.

—Veinte dólares —dijo.

Jeff negó con la cabeza. No tenía idea de cuál era el precio justo, pero presentía que debía regatear.

—Seis —dijo, eligiendo una cifra al azar.

El taxista pareció ofendido, como si Jeff acabara de escupirle sobre las sandalias. Le devolvió el mapa y echó a andar hacia la camioneta.

—¡Ocho! —gritó Jeff.

El conductor se giró, pero no regresó.

—Quince.

—Doce.

—Quince —insistió el taxista.

El autobús se marchaba y los demás pasajeros se internaban en la ciudad. El taxi amarillo era el único lo bastante grande para llevarlos a todos.

—Quince —convino Jeff.

Intuyó que lo estaban estafando y se sintió como un idiota. Advirtió que el taxista se esforzaba para disimular su alegría, pero nadie más parecía notarlo. Los demás ya caminaban hacia la camioneta. No importaba; no importaba nada. Aquélla era sólo una etapa del viaje, y acabaría enseguida. Mathias apareció súbitamente a su lado y pagó al conductor. Jeff no se opuso, ni se ofreció a contribuir. Al fin y al cabo, Mathias era el responsable de que estuvieran allí; de no ser por él, en aquellos momentos estarían dormitando en la playa.

En la caja de la camioneta había un perro pequeño atado a un bloque de hormigón. Cuando se acercaron, el chucho comenzó a tirar de la correa, ladrando, gruñendo y soltando largos hilos de baba. Era negro con las patas blancas, un pelaje de aspecto greñudo y grasiento y el tamaño de un gato grande, aunque sus ladridos correspondían a un animal mucho más voluminoso. Su enfado, el deseo de hacerles daño, parecía casi humano. Todos se detuvieron y miraron al animal.

El taxista hizo un ademán desdeñoso y rió.

—*No problem* —dijo en su inglés macarrónico—. *No problem.* —Abrió la puerta trasera, señaló al perro y les enseñó que la correa sólo llegaba hasta la mitad de la caja. Podrían sentarse dos en la cabina y los otros cuatro, en la caja, fuera del alcance de la pequeña fiera. Les dijo esto sobre todo por señas, subrayadas con la continua repetición de aquellas dos palabras—: *No problem, no problem, no problem...*

Stacy y Amy se ofrecieron voluntarias para viajar en la cabina. Corrieron hacia allí, abrieron la puerta del acompañante y se sentaron antes de que los demás tuvieran tiempo de protestar. Los chicos subieron con desconfianza a la caja. El perro aumentó el volumen de los ladridos y tiró de la correa con tanta fuerza que pareció que iba a romperse el cuello. El conductor trató de apaciguarlo murmurándole algo en maya, aunque sin efecto aparente. Finalmente, el hombre sonrió, se encogió de hombros y cerró la puerta trasera de la camioneta.

El vehículo arrancó al tercer intento. Se metieron por una carretera asfaltada y empezaron a alejarse de la ciudad. Al cabo de un kilómetro y medio, giraron a la izquierda, por un camino de grava. Estaba rodeado de campos; Jeff no sabía qué cultivaban en ellos, pero en uno había un tractor roto, y en otro un par de caballos. De repente se encontraron en la selva, una maleza espesa y de aspecto húmedo que crecía hasta el borde mismo del camino. El sol estaba en el centro del cielo, directamente encima de ellos, así que era difícil saber en qué dirección viajaban, pero dio por sentado que iban hacia el oeste. El taxista se había quedado con el mapa. No les quedaba más remedio que confiar en que sabría usarlo.

Los cuatro estaban apoyados en la puerta trasera, con las piernas flexionadas contra el pecho y mirando al perro, que continuaba saltando hacia ellos, gruñendo, ladrando y babeando sin parar. Hacía un calor bochornoso, con esa humedad densa y ligeramente maloliente de un invernadero. El movimiento de la camioneta creaba una falsa brisa, pero no bastaba, y pronto estuvieron bañados en sudor. De vez en cuando, Pablo le gritaba algo en griego al perro y todos reían con nerviosismo, aunque no tenían ni idea de lo que decía. Hasta Mathias, que rara vez reía, se unía a ellos.

Al cabo de un rato, el camino de grava se volvió terroso y con profundas rodadas. La camioneta aminoró la velocidad y traqueteó entre los surcos. En los baches más grandes el bloque de hormigón saltaba, levantándose en el aire antes de volver a caer estrepitosamente contra el suelo de la caja. Cada vez que sucedía esto, el perro se acercaba un par de centímetros más a ellos. Tenían la impresión de que ya habían recorrido más de dieciséis kilómetros, que era lo que marcaba el mapa. Avanzaban cada vez más despacio, pues el camino era cada vez peor, y los árboles se cerraban sobre ellos, rozando los lados de la camioneta. Una nube de insectos se cernió sobre el vehículo, siguiendo su lenta marcha, y empezaron a darse manotazos para evitar que les acribillasen los brazos y el cuello. Eric sacó de la mochila un bote de repelente, pero se le cayó y rodó hacia el perro hasta detenerse contra el bloque de cemento. El animal lo olfateó por un instante y luego siguió ladrando. Pablo ya no gritaba, y nadie reía. El tiempo se eternizaba —habían viajado más de lo previsto— y Jeff comenzaba a pensar que habían cometido un terrible error, que aquel hombre los conduciría a la selva para robarles y matarlos. Violaría a las chicas y a ellos les dispararía o les aplastaría la cabeza con una pala. Se los daría a comer al perro, luego enterraría sus huesos en aquel suelo húmedo y nadie volvería a saber de ellos.

En ese momento, el camino giró abruptamente hacia la derecha y el vehículo se detuvo con un rugido. Vieron un sendero que se internaba en el bosque. Habían llegado. Los cuatro bajaron rápidamente de la caja de la camioneta, riendo otra vez y abandonando el bote de repelente, mientras el perro, sin dejar de tirar de la correa, se despedía con gruñidos y ladridos.

Stacy iba sentada del lado de la ventanilla, que estaba cerrada hasta arriba para protegerlos del creciente calor. Conforme avanzaban, con el aire acondicionado a tope, a Stacy se le secó el sudor, se le puso la piel de gallina y empezó a temblar. El viaje no le pareció demasiado largo. En realidad, casi no se dio cuenta de que su mente había retrocedido quince años y tres mil kilómetros. El color de la camioneta: sí, ése había sido el detonante. Un color parecido al de los blocs de notas. Su tío había muerto en un coche de ese color. El tío Roger, el hermano mayor de su padre, detenido en Massachusetts por una tormenta de primavera, trató de abrirse camino por un tramo de carretera inundado. El río se había desbordado y la corriente arrastró al vehículo, le dio la vuelta y lo remolcó hasta un huerto de manzanos. Allí encontraron al tío Roger, todavía con el cinturón de seguridad puesto, colgado boca abajo, como un murciélago, en su coche amarillo. Ahogado.

Stacy, sus padres y sus dos hermanos estaban en Florida cuando recibieron la noticia. Eran las vacaciones de primavera y su padre los había llevado a Disneylandia. Se alojaban los cinco en una sola habitación: los padres en una cama, los dos niños en otra, y Stacy en un catre situado entre ambas. Recordó a su padre hablando por teléfono mientras les hacía señas con la mano libre para que callasen:

—Qué... qué... qué... —La conexión era mala y tenía que gritar, repitiendo cada frase que le decían con una inflexión interrogativa—: Roger... Una tormenta... Ahogado...

Luego se dobló en dos, llorando con los ojos cerrados con fuerza mientras trataba infructuosamente de colgar el auricular. Después de que diese varios golpes contra la mesita de noche, la madre de Stacy se lo quitó de las manos y colgó por él. Stacy y sus hermanos estaban sentados en la cama de al lado, mirándolo atónitos. Nunca habían visto llorar a su padre, ni volverían a verlo. La madre se los llevó a tomar un helado en el restaurante del hotel y, cuando volvieron, todo había terminado. Su padre ya era el de siempre y hacía las maletas con aire expeditivo. Había reservado billetes para todos en el vuelo de esa noche.

El tío Roger era un hombre corpulento, prematuramente cano, que siempre parecía incómodo con los hijos de su hermano y que, para distraerlos, recurría a las sombras de animales y a los chistes pueriles. Había pasado con ellos las últimas navidades. La habitación de huéspedes se hallaba enfrente de la de Stacy, que una noche despertó al oír un golpe descomunal. Intrigada y un poco asustada, se asomó al pasillo. El tío Roger estaba en el suelo, completamente borracho, tratando de levantarse. Tras varios intentos fallidos, se dio por vencido. Se giró con un gruñido, se incorporó un poco y consiguió sentarse a medias, con la espalda contra la puerta de su habitación.

Fue entonces cuando vio a Stacy. Le hizo un guiño y sonrió. Ella abrió un poco más la puerta y se sentó en el suelo a mirarlo. Lo que oyó a continuación permaneció tan vívido en su memoria, tan claro pese a las limitaciones de una conciencia de siete años, que Stacy ya no se atrevería a asegurar que hubiese ocurrido en realidad. La claridad de la escena era más propia de un sueño que de un recuerdo.

—Voy a decirte algo muy importante —dijo—. ¿Me escuchas? —Al ver que la niña asentía, sacudió un dedo admonitorio—. Si no vas con cuidado, puedes llegar a un punto en el que tomarás las decisiones sin pensar. Sin hacer planes. Puedes acabar viviendo una vida distinta de la que deseabas. Tal vez la merezcas, pero no será la que deseabas. —Entonces movió el dedo otra vez—. Asegúrate de pensar. Asegúrate de hacer planes.

Después, calló. No era forma de hablarle a una niña de siete años, y por fin pareció darse cuenta de ello. Esbozó una sonrisa forzada. Alzó las manos e intentó, sin mucho empeño, hacer sombras de animales en la pared con la luz mortecina procedente de la escalera. No le salieron muy bien, y también pareció advertirlo. Bostezó, cerró los ojos y se durmió casi de inmediato. Stacy cerró la puerta y regresó a la cama.

Nunca habló a sus padres de aquella conversación, aunque la recordase más de una vez durante su infancia. Aún pensaba en ella ahora que era una adulta, y quizá por eso, más a menudo todavía. La inquietaba, porque presentía que lo que había dicho su tío, o lo que había soñado que había dicho su tío, encerraba una gran verdad, y sabía que ella no era de las que pensaban, ni de las que hacían planes, y nunca lo sería. Le resultaba fácil imaginarse atrapada de alguna manera imprevisible, ya fuese por incompetencia o por holgazanería. Vieja, por ejemplo, y sola, vestida con una bata llena de manchas, viendo la tele de madrugada con el volumen bajo, rodeada por media docena de gatos. O tal vez en una zona residencial, abandonada en una casa llena de habitaciones vacías, con los pezones escocidos y un bebé chillando, pidiendo comida, en el piso de arriba. Esta última imagen era la que tenía en mente mientras viajaba en la camioneta amarilla, mientras avanzaban traqueteando por el camino de tierra, y la había hecho sentirse hueca y capaz de estallar, como un globo. Hizo un esfuerzo para espantar esos pensamientos. Al fin y al cabo, aquello no era su vida; todavía no. Dentro de unos meses comenzaría el segundo ciclo universitario, y todo era posible aún. Conocería gente, y probablemente haría amistades que durarían para siempre. Dedicó unos minutos a imaginarse en Boston —estaba en una cafetería, por la noche, con una pila de libros sobre la mesa, el sitio prácticamente desierto, y entonces entraba un chico, un compañero de clase que le sonreía tímidamente y le preguntaba si podía sentarse con ella—, cuando de repente se sorprendió pensando de nuevo en el tío Roger, esta vez solo en la carretera inundada, en el mágico instante en que el agua del río arrastraba el coche, lo levantaba, haciendo que Roger experimentase una sensación de ingravidez, sin sentir miedo aún sino simplemente sorpresa, o incluso cierto placer embriagador, como ante el comienzo de una pequeña aventura, de una historia graciosa para contar a sus vecinos cuando regresara a casa.

«Nunca intentes conducir en medio de una corriente de agua.» ¡Había tantas reglas que recordar! No era de extrañar que la gente acabase en sitios donde no deseaba estar.

Con esta idea en la cabeza —que luego, vista en retrospectiva, parecería un presentimiento atinadamente aciago— miró por el parabrisas y vio que habían llegado.

Cuando la camioneta se detuvo, el hombre tendió el mapa hacia Amy. Ésta intentó cogerlo, pero él no se lo permitió. Amy tiró del papel, pero el taxista no se lo dio: un pequeño forcejeo. Stacy, que estaba peleándose con la manecilla de la puerta, no se dio cuenta de nada. La camioneta se sacudió ligeramente cuando los cuatro chicos saltaron al suelo. Las ventanillas estaban subidas, y el aire acondicionado zumbaba, pero Amy les oyó reír. El perro seguía ladrando. Stacy consiguió abrir la puerta, por fin, y salió al calor del exterior, dejándola abierta para que bajase Amy. Pero aquel tipo se negaba a soltar el mapa.

—Ese sitio —dijo señalando el sendero con la cabeza—. ¿Por qué van?

Consciente de que el inglés del taxista era muy limitado, Amy se preguntó cómo describir el propósito de su misión con las palabras más sencillas. Se inclinó hacia delante. Los demás se congregaban a un lado de la camioneta, colgándose las mochilas, esperándola. Señaló a Mathias.

—¿Su hermano? —dijo—. Tenemos que encontrarlo.

El conductor se volvió, miró a Mathias por un instante y luego otra vez a ella. Frunció el entrecejo, pero no dijo nada. Ninguno de los dos había soltado el mapa.

—¿*Hermano*? —dijo Amy, ahora en castellano. No sabía cómo se le había ocurrido la palabra, ni si era correcta. Sus conocimientos de español se limitaban a los títulos de algunas canciones o el nombre de algún restaurante—. ¿*Perdido*? —añadió, señalando otra vez a Mathias—. *Hermano perdido.* —No estaba segura de lo que decía. El perro seguía ladrando y comenzaba a darle dolor de cabeza, lo que le impedía pensar con claridad.

El mexicano cabeceó.

—Este lugar. No bueno.

—¿No bueno? —repitió Amy sin comprender.

El hombre asintió.

—No bueno que ustedes ir a este lugar.

Fuera, los demás se habían girado y miraban la camioneta.

La estaban esperando. Detrás de ellos empezaba el sendero. Los árboles lo cubrían, formando un túnel umbrío, casi oscuro. Amy no alcanzaba a ver muy lejos.

—No entiendo —dijo.

—Quince dólares. Para volver.

—Estamos buscando a su hermano.

El taxista sacudió la cabeza con vehemencia.

—Los llevo otro sitio. Quince dólares. Todos contentos. —Para demostrar lo que quería decir sonrió de oreja a oreja, enseñando los dientes, que eran grandes y gruesos, con manchas negras junto a las encías.

—Éste es el sitio correcto —repuso Amy—. Es el del mapa, ¿no? —Tiró del papel, y esta vez el hombre lo soltó. Amy señaló la cruz y luego el sendero—. Es este lugar, ¿no?

La sonrisa del taxista se esfumó. Cabeceó como si se sintiera asqueado y señaló la puerta abierta.

—Vaya, entonces. Le digo que no bueno, pero ustedes van igual.

Amy le enseñó el mapa, señalando otra vez la cruz.

—Estamos buscando...

—Vaya —dijo el hombre, interrumpiéndola y alzando la voz, como si de repente hubiese perdido la paciencia y empezara a enfadarse. Continuó señalando la portezuela de la camioneta sin mirar el mapa—. Vaya, vaya, vaya...

Así que Amy le hizo caso. Se apeó, cerró la puerta de la camioneta y la contempló alejarse lentamente por el camino.

Tuvo la impresión de que el calor era una mano gigantesca que la abrazaba. Al principio, tras el frío del aire acondicionado, fue una sensación agradable, pero muy pronto esa mano comenzó a apretar. Sudaba, y enjambres de mosquitos revoloteaban a su alrededor, zumbando y picándole. Jeff había sacado un repelente en aerosol y estaba aplicándoselo a todos. El perro seguía saltando hacia ellos y ladrando desde la camioneta que se alejaba sacudiéndose sobre las profundas rodadas.

—¿Qué quería? —preguntó Stacy. Rociada ya con repelente, tenía la piel brillante y olía a ambientador. Pero los mosquitos seguían picándole, y no paraba de darse manotazos.

—Ha dicho que no deberíamos ir. —Amy señaló el sendero.

—¿Adónde? ¿Por qué no?

—Dijo que no es bueno.

—¿Qué no es bueno?

—El sitio adonde vamos.

—¿Las ruinas?

Amy se encogió de hombros; no lo sabía.

—Quería quince dólares para llevarnos a otro sitio.

Jeff se acercó con el repelente de insectos. Le quitó el mapa de las manos y comenzó a rociarla. Amy extendió los brazos y luego los levantó por encima de la cabeza, para que pudiese aplicárselo en el torso. Se giró lentamente. Cuando volvió a mirarlo, Jeff se agachó para guardar el bote en la mochila. Todos se quedaron mirándolo.

De repente, a Amy le asaltó una duda inquietante.

—¿Cómo volveremos?

Jeff la miró con los ojos entornados.

—¿Volver?

Amy señaló el camino de tierra por donde había desaparecido la camioneta.

—A Cobá.

Jeff se volvió a mirar el camino, pensativo.

—La guía dice que puede pararse cualquier autobús que pase. —Se encogió de hombros, como si acabara de caer en la cuenta de la tontería que había dicho—. Así que pensé...

—Seguro que no pasan autobuses por este camino —dijo Amy.

Jeff asintió. Era evidente.

—Ni siquiera cabrían...

—También decía que se puede hacer autostop...

—¿Ves algún coche por aquí?

Jeff suspiró y cerró la mochila. Se levantó y se la colgó del hombro.

—Amy... —empezó.

—En todo el trayecto, ¿viste algún...?

—Seguro que tienen alguna forma de salir a comprar provisiones.

—¿Quiénes?

—Los arqueólogos. Tendrán una camioneta. O acceso a una camioneta. Cuando encontremos al hermano de Mathias, les pediremos que nos lleven a Cobá.

—¡Joder, Jeff! Estamos perdidos, ¿no? Tendremos que andar como treinta kilómetros. ¡Y por la puta selva!

—Dieciséis.

—¿Qué?

—Son dieciséis kilómetros.

—De eso nada. Hemos hecho muchos más. —Amy se volvió hacia los demás, buscando apoyo, pero sólo Pablo la miró. Sonreía; no tenía ni idea de lo que decía. Mathias rebuscaba en la mochila. Stacy y Eric tenían los ojos clavados en el suelo. Intuyó que otra vez estaban pensando que era una quejica, y eso la indignó—. ¿Es que a nadie más le preocupa?

—¿Por qué es responsabilidad mía? —preguntó Jeff—. ¿Por qué se supone que soy yo quien debe organizarlo todo?

Amy levantó las manos como si eso fuera obvio.

—Porque... —empezó, pero no supo cómo seguir. ¿Por qué Jeff? Estaba convencida de que era responsabilidad suya, pero no se le ocurrió una razón.

Jeff se volvió hacia los demás y señaló el sendero.

—¿Listos? —preguntó.

Asintieron todos, salvo Amy. Jeff encabezó la marcha, seguido por Mathias, Pablo y Eric.

Stacy miró a Amy con gesto comprensivo.

—Relájate, cariño, ¿vale? —dijo—. Ya verás como todo sale bien.

Tomó del brazo a su amiga y tiró de ella. Amy no se resistió. Jeff y Mathias comenzaban a desaparecer entre las sombras y los pájaros chillaban, marcando sus progresos hacia las profundidades de la selva.

Según el mapa, tenían que recorrer tres kilómetros por ese sendero. Luego aparecería otro a la izquierda que los conduciría por una suave pendiente a lo alto de una colina. Y allí encontrarían las ruinas.

Llevaban más de veinte minutos andando cuando Pablo se detuvo a mear. Eric paró también. Dejó la mochila en el suelo y se sentó sobre ella a descansar. Los árboles ocultaban el sol, pero todavía hacía demasiado calor para andar tanto. Tenía la camiseta empapada en sudor y el pelo pegado a la frente. Había mosquitos y unas moscas diminutas que parecían especialmente atraídas por su sudor. Lo rodearon como una nube, emitiendo un zumbido agudo. O bien el repelente se había aguado con el sudor, o no servía para nada.

Stacy y Amy los alcanzaron mientras Pablo hacía pis. Eric las oyó hablar antes de llegar, pero callaron al acercarse a él. Stacy le sonrió, le dio una palmadita en la cabeza y siguió andando. No se detuvieron, ni siquiera aflojaron el paso y, tras recorrer algunos metros, reanudaron la conversación. Eso lo inquietó, porque tuvo la sensación de que hablaban de él. O tal vez no. Puede que hablasen de Jeff. Las chicas siempre estaban secreteando, y Eric no acababa de acostumbrarse a la relación tan estrecha que mantenían. A veces se daba cuenta de que le ponía mala cara a Amy inconscientemente, de que ella lo irritaba sin motivo aparente: estaba celoso. Quería ser el confidente de Stacy, no el objeto de sus confidencias, y le molestaba que las cosas fueran de otra manera.

El griego tenía una vejiga descomunal. Seguía meando, formando un charco a sus pies. Las mosquitas negras parecieron encontrar la orina aún más atractiva que el sudor; se congregaron alrededor de ella y comenzaron a zambullirse una y otra vez, dejando pequeños hoyos en la superficie. El griego meaba, meaba y meaba.

Cuando terminó, sacó una botella de tequila de la mochila y rompió el precinto. Echó un trago y se la pasó a Eric. Éste se levantó para beber, y el tequila le hizo saltar las lágrimas. Tosió y le devolvió la botella. Pablo bebió otro sorbo antes de guardarla en la mochila. Dijo algo en griego, cabeceando y secándose la frente con la camisa. Eric supuso que era un comentario sobre el calor: tenía el aire quejumbroso correspondiente.

Asintió.

—Hace un calor infernal —dijo—. ¿Tenéis una expresión parecida en griego? Debe de existir en todas las lenguas, ¿no? ¿Hades? ¿El infierno?

El griego se limitó a sonreír.

Eric se colgó la mochila del hombro y reemprendieron la marcha. En el mapa, el sendero estaba dibujado como una línea recta, pero en la realidad era serpenteante. Stacy y Amy los habían adelantado unos trescientos metros y aparecían y desaparecían de la vista de Eric. Jeff y Mathias habían emprendido la marcha con la actitud expeditiva de dos exploradores y Eric ya no los veía, ni siquiera en los tramos más rectos del camino. El sendero era de tierra compacta, tenía un metro veinte de ancho y estaba flanqueado por una densa vegetación. Plantas de hojas grandes, lianas y enredaderas que parecían escapadas de un tebeo de Tarzán. Debajo de los árboles estaba oscuro, y no se veía gran cosa a los lados, pero de vez en cuando Eric oía ruidos en el follaje. Pájaros, quizás, asustados por la proximidad del grupo. Había graznidos y un zumbido continuo de fondo, semejante al canto de una cigarra, que de vez en cuando se interrumpía súbitamente, provocándole escalofríos.

El camino parecía bastante transitado. Vieron un envase de cerveza y una cajetilla de cigarrillos aplastada. En cierto punto encontraron también las huellas de un animal más pequeño que un caballo. Un burro, tal vez. O incluso una cabra.

Eric no estaba seguro. Jeff seguramente lo sabría. Se le daban bien esas cosas: conocía las constelaciones, los nombres de las plantas... Le gustaba leer y acumular datos, quizá para fanfarronear, como cuando pedía la comida en español aunque el camarero entendiera el inglés a la perfección, o cuando corregía la pronunciación a los demás. Eric no terminaba de decidir si le caía bien o mal. O más exactamente, y esto debía de ser lo más importante, no sabía hasta qué punto le caía bien él a Jeff.

Giraron en una curva, bajaron por una suave pendiente, bordeando un arroyo, y de pronto se encontraron con un luminoso claro. Después de tanto tiempo a la sombra, la luz del sol los deslumbró. La selva quedó atrás, sucumbiendo a lo que parecía un fallido proyecto agrícola. A ambos lados del sendero había ahora sendos campos de unos cien metros de ancho, con grandes surcos de tierra removida secándose al sol. Era la etapa final de un ciclo de deforestación y quema: la deforestación, la quema, la siembra y la cosecha ya habían tenido lugar y lo que quedaba era la tierra baldía que precedía al retorno de la selva. En los bordes, el follaje había enviado ya patrullas de reconocimiento, enredaderas y algún que otro arbusto que llegaba ya a la cintura de un hombre y que parecía ligeramente agresivo entre los terrones levantados por el arado.

Pablo y Eric sacaron las gafas de sol. A lo lejos empezaba otra vez la selva, atravesando el camino como un muro. Jeff y Mathias desaparecieron entre las sombras, pero Stacy y Amy estaban a la vista. Amy se había puesto el sombrero y Stacy se cubrió la cabeza con un pañuelo. Eric las llamó a gritos, haciéndoles señas con las manos, pero no le oyeron. O le oyeron, pero no se volvieron. Las moscas negras se quedaron atrás, entre los árboles, pero los mosquitos los acompañaron, impertérritos.

Se encontraban en la mitad del claro cuando una serpiente cruzó el camino delante de ellos. Era negra con dibujos cobrizos y pequeña, de unos sesenta centímetros de largo, pero Pablo lanzó un grito de terror. Saltó hacia atrás, atropellando a Eric, y cayó encima de él. Se levantó en el acto y empezó a señalar el lugar por donde había desaparecido la serpiente, mascullando en griego mientras saltaba primero con un pie y luego con el otro, aterrorizado. Al parecer, las serpientes le producían pánico. Eric se incorporó despacio y se sacudió la ropa. Al caer se había hecho un corte en el codo, que estaba lleno de tierra. Trató de limpiarlo. Pablo continuó hablando en griego, gritando y gesticulando. Los tres griegos eran iguales: en raras ocasiones trataban de comunicarse mediante gestos o dibujos, pero la mayoría del tiempo hablaban por los codos, sin molestarse en aclarar lo que decían. Era como si soltar lo que querían fuera lo único que les importaba, como si les trajera sin cuidado que les entendiesen o no.

Eric esperó a que Pablo terminara. Al final le pareció que le pedía perdón por haberlo tirado al suelo, así que sonrió y asintió con la cabeza. Continuaron andando, aunque ahora Pablo iba mucho más despacio, mirando con cautela los bordes del sendero. Eric trató de imaginar la llegada a las ruinas. Los arqueólogos con sus prolijos mapas, los pequeños cepillos y palas y las bolsas de plástico llenas de utensilios: las tazas de latón donde antaño habían bebido los mineros, los clavos de hierro con que construían sus cabañas. Mathias encontraría a su hermano y se enfrentaría con él: una discusión en alemán, gritos, ultimátums. Eric estaba impaciente por que llegase ese momento. Le chiflaban las situaciones dramáticas, los conflictos, las explosiones de sentimientos. No podía seguir todo como hasta el momento, la tediosa y sofocante marcha, la herida del codo que latía al ritmo de su corazón. Cuando encontraran las ruinas, el día cambiaría, adquiriría un nuevo cariz.

Llegaron al final del claro y la selva se alzó otra vez ante ellos. Las mosquitas los esperaban a la sombra. Formaron una nube zumbadora alrededor de ellos, como si celebrasen el reencuentro. Ya no se veía el arroyo por ninguna parte. El sendero giró hacia la derecha, luego hacia la izquierda, y por fin se volvió recto otra vez; un largo y sombrío pasillo en cuyo extremo parecía haber otro claro, un círculo de luz solar tan intensa que a Eric se le antojó casi audible, como el sonido de un cuerno. Mirarlo le lastimaba los ojos y la cabeza. Volvió a ponerse las gafas oscuras. Entonces cayó en la cuenta de que los demás se habían detenido allí. Jeff, Mathias, Stacy y Amy estaban acuclillados alrededor del claro, pasándose una botella de agua, y se volvieron a mirarlos a Pablo y a él.

Según el mapa, si estaban en el poblado maya significaba que se habían pasado, y el poblado maya se veía al final de la cuesta que empezaba a sus pies. Jeff y Mathias habían estado atentos a la bifurcación del camino, pero por alguna razón no la vieron. Ahora tendrían que dar media vuelta e ir con más cuidado. Lo que estaban discutiendo era si debían explorar primero la aldea maya, comprobar si por casualidad había alguien allí que pudiera guiarlos. No es que el lugar pareciera muy prometedor. Consistía en unas treinta casas de aspecto frágil, de tamaño y apariencia casi idénticos. Chozas de una o dos habitaciones, casi todas con techo de paja, aunque algunos eran de metal. Jeff supuso que el suelo sería de tierra. No vio cables, así que dio por sentado que no habría electricidad. Ni agua, desde luego, ya que había un pozo en el centro del poblado, con un cubo atado a una soga. Mientras esperaban que Pablo y Eric los alcanzasen, vio a una mujer sacando agua, girando una manivela para bajar el cubo. La rueda necesitaba aceite, pues a pesar de la distancia oyó el chirrido que producía mientras el cubo descendía más y más, hacía una pausa para llenarse e iniciaba un ascenso igual de ruidoso que el descenso. Jeff miró cómo la mujer se cargaba el cántaro de agua al hombro y regresaba a su choza por una calle polvorienta.

Los mayas habían despejado un círculo de selva alrededor de la aldea para plantar algo que parecía maíz y legumbres. En los campos trabajaban hombres, mujeres y niños agachados, arrancando las malas hierbas. También había cabras, gallinas, varios burros y tres caballos atados a la valla de un corral, pero ni rastro de equipamiento mecánico: ni tractores, ni arados, ni coches ni camionetas.

Cuando Jeff y Mathias aparecieron en lo alto de la cuesta, un chucho alto y flaco corrió a su encuentro, con el rabo agresivamente tieso. Se detuvo a unos metros de ellos, ladrando y gruñendo. Pero hacía demasiado calor para esa clase de conducta, así que al cabo de un rato se quedó quieto. Finalmente perdió todo el interés en ellos y regresó al poblado, donde se dejó caer a la sombra de una choza.

Jeff suponía que los ladridos del perro alertarían a los pobladores de su llegada, pero no había indicios de ello. Nadie se detuvo a mirarlos; nadie dio un codazo a su vecino ni los señaló. Los hombres, las mujeres y los niños continuaron arrancando la maleza, moviéndose lentamente entre las filas de plantas. Casi todos los hombres vestían de blanco y llevaban sombrero de paja. Las mujeres, en cambio, llevaban vestidos oscuros y chales sobre los hombros. Los niños tenían aspecto salvaje e iban descalzos; casi todos los varones con el torso desnudo y tan bronceados por el sol que parecían fundirse con la tierra en la que trabajaban, desaparecer y reaparecer en cuestión de segundos.

Stacy quería bajar a la aldea para ver si encontraban un sitio donde refrescarse y sentarse a descansar —hasta era posible que pudiesen comprar una bebida fresca—, pero Jeff vaciló. El hecho de que nadie los saludase, la sensación de que el pueblo entero se empeñaba en negar su presencia allí, lo llenó de cautela. Señaló la ausencia de cables, lo que indicaba que allí difícilmente existirían neveras o aire acondicionado, lo cual, a su vez, hacía poco probable que hubiera bebidas frías o un sitio fresco donde sentarse a descasar.

—Pero puede que por lo menos encontremos un guía —dijo Amy, tras sacar la cámara de la mochila y empezar a hacer fotos. Luego tomó algunas de ellos acuclillados, y luego otra de Pablo y Eric mientras se acercaban.

Jeff notó que su humor mejoraba. Stacy la había animado. Su estado de ánimo sufría grandes variaciones, y él suponía que con motivos, aunque hacía tiempo que ya no intentaba adivinarlos. La llamaba su «medusa», por la forma en que bajaba y subía de las profundidades. A ella a veces le hacía gracia, y otras no. Ahora le sacó una foto, mirando tanto rato por el visor que lo puso nervioso.

—Igual nos pasamos el día yendo y viniendo por ese camino —dijo—. ¿Qué pasará entonces? ¿Acamparemos aquí?

—Puede que después nos lleven a Cobá —dijo Stacy.

—¿Ves algún coche allí? —preguntó Jeff.

Todos miraron fijamente hacia la aldea. Antes de que pudieran responder, Pablo y Eric llegaron junto a ellos. Pablo abrazó a todo el mundo y de inmediato empezó a hablar animadamente en griego, abriendo los brazos como si hubiera pescado un pez enorme y lo estuviera describiendo. Dio varios saltos, fingió tirar a Eric al suelo y volvió a abrir los brazos.

—Vimos una serpiente —explicó Eric—. Pero no era tan grande. Más o menos, la mitad de eso.

Los demás rieron, y esto pareció animar a Pablo, que empezó otra vez con los parloteos, los saltos y los choques contra Eric.

—Les tiene pánico —dijo Eric.

Se pasaron la botella de agua mientras esperaban a que Pablo terminase de hablar. Eric bebió un largo trago y se echó un poco de agua en la herida del codo. Todo el mundo se acercó para examinarla. Estaba cubierta de sangre, pero no era demasiado profunda, medía unos siete centímetros de largo y tenía forma de hoz, siguiendo la curva del codo. Amy le hizo una foto.

—Vamos a bajar a buscar un guía en la aldea —dijo.

—Y un sitio fresco donde sentarnos —añadió Stacy—. Y bebidas frías.

—A lo mejor tienen también limón —dijo Amy—. Te echaremos el zumo en la herida. Eso matará cualquier germen.

Ella y Stacy se volvieron para sonreír a Jeff, como provocándolo. Pero él no respondió... ¿para qué? Era evidente que ya habían tomado la decisión de ir a la aldea. Pablo al fin estaba callado y Mathias enroscaba la tapa de la botella de agua. Jeff se colgó la mochila al hombro.

—¿Vamos? —dijo.

Todos empezaron a bajar la cuesta.

Hubo un instante, justo cuando salieron de entre los árboles, en que el pueblo entero pareció petrificarse; en los campos, los hombres, las mujeres y los niños se detuvieron durante una décima de segundo para mirarlos. Luego todo terminó, y fue como si no hubiera sucedido, aunque Stacy estaba convencida de que había sucedido, o quizá no, puede que no lo estuviera tanto, que lo estuviese cada vez menos con cada paso que daba hacia la aldea. El trabajo continuó en el campo —las espaldas dobladas, la continua extracción de hierbas— sin que nadie los mirase, sin que nadie, ni siquiera los niños, se molestase en ver cómo avanzaban por el camino. Así que era posible que finalmente no hubiera sucedido. Stacy era una fantasiosa, lo sabía, una soñadora que siempre construía castillos en el aire. Allí no habría habitaciones frescas ni bebidas frías. Y era igualmente posible que no hubiese existido ese instante de observación furtiva, esa rápida y cautelosa mirada colectiva.

El perro que les había ladrado antes reapareció. Volvió a salir de la aldea, pero esta vez con una actitud completamente diferente. Moviendo la cola, con la lengua fuera: un amigo. A Stacy le gustaban los perros. Se agachó para acariciarlo y dejó que le lamiese la cara. El movimiento de la cola del animal se intensificó, y toda su mitad trasera comenzó a balancearse. Los demás no se detuvieron. Entonces Stacy cayó en la cuenta de que el perro estaba cubierto de garrapatas. En la barriga tenía docenas de garrapatas gordas, llenas de sangre, que parecían uvas pasas. Vio otras moviéndose entre el pelo y se levantó rápidamente, tratando infructuosamente de ahuyentar al chucho. Pero con su breve demostración de afecto se había ganado al animal, que decidió adoptarla. Y ahora se le pegaba al cuerpo mientras ella caminaba, metiéndosele entre las piernas, gimoteando y moviendo la cola, a punto de hacerla tropezar a cada paso. Impaciente por alcanzar a los demás, Stacy tuvo que contenerse para no pegarle una patada o un manotazo en el hocico. Sentía que las garrapatas trepaban por su cuerpo y tuvo que decirse que no era verdad, decírselo mentalmente con todas las letras: «No es verdad.» De repente deseó estar de vuelta en Cancún, en la habitación del hotel, a punto de meterse en la ducha. El agua caliente, el olor del champú, la pequeña pastilla de jabón envuelta en papel, la toalla limpia esperando en el toallero.

Al adentrarse en la aldea, el sendero fue ensanchándose hasta convertirse en algo parecido a una carretera. Las chozas lo flanqueaban. En algunas casas había mantas de vivos colores colgando del dintel; en otras el hueco de la puerta estaba vacío, pero tampoco revelaba nada, pues el interior se perdía entre las sombras. Las gallinas correteaban, cloqueando. Apareció otro perro, que se unió al primero en la adoración de Stacy, y ambos empezaron a darse dentelladas, disputándose su atención. El segundo era gris y de aspecto lobuno. Tenía un ojo azul y otro pardo, lo que confería a su mirada una ominosa intensidad. Stacy ya los había bautizado para sí: *Gorrino* y *Repeluz*.

Al principio pensaron que en el pueblo no había nadie, que todos estaban trabajando en el campo. Sus pasos sonaron estentóreos e indiscretos en la tierra compacta del camino. Nadie habló, ni siquiera Pablo, para quien el silencio era casi un imposible. Entonces vieron a una mujer sentada en un portal, con un bebé en brazos. Tenía aspecto avejentado y una larga melena negra salpicada de canas. A pesar de que caminaban hacia ella, y estaban ya a unos treinta metros, la mujer no alzó la vista.

—*¡Hola!* —dijo Jeff en español.

Nada. Silencio; la mirada hacia otro lado.

El bebé no tenía casi pelo y su cuero cabelludo estaba cubierto de una erupción de aspecto doloroso. Era difícil no mirarlo, pues parecía que alguien le hubiera untado la cabeza con mermelada. Stacy no entendía cómo el pequeño no estaba llorando y esto la inquietó sobremanera, aunque no habría podido decir por qué. «Es como un muñeco —pensó—, no se mueve, no llora...» Entonces comprendió por qué aquella inmovilidad le preocupaba tanto: tenía la impresión de que el niño estaba muerto. Miró hacia otro lado y nuevamente se obligó a pronunciar mentalmente aquellas palabras: «No es verdad.» Luego los dejaron atrás, y no se volvió a mirar.

Se detuvieron junto al pozo, en el centro del pueblo, y miraron alrededor, esperando que alguien se les acercase, sin entender por qué nadie lo hacía. El pozo era profundo. Cuando Stacy se inclinó sobre el borde, no pudo ver el fondo. Contuvo la tentación de escupir, o de arrojar una piedra para oír el lejano chasquido cuando diera contra el agua. Sobre un viscoso rollo de cuerda había un cubo de madera que Stacy no deseaba tocar. Los mosquitos se arremolinaban alrededor del grupo, como si también ellos esperasen descubrir lo que ocurriría a continuación.

Amy sacó fotos de las chozas, el pozo y los perros. Luego le pasó la cámara a Eric y le pidió que las retratase a ella y a Stacy cogidas del brazo. Cuando volvieran tendrían un montón de fotos parecidas: las dos abrazadas, sonriendo a la cámara, primero pálidas, luego bronceadas, y finalmente medio despellejadas. Ésta era la primera que se hacían sin los sombreros idénticos, e hizo que Stacy se entristeciera al recordar lo que había pasado: los ladronzuelos corriendo por la plaza, la sensación de una mano pequeña apretando su pecho.

El perro al que había llamado *Repeluz*, el que tenía un ojo azul y otro marrón, se acuclilló y dejó una espiral de mierda en el suelo, junto al pozo. La caca se movía, llena de gusanos. *Gorrino* la olfateó con interés, y finalmente el espectáculo animó a Pablo, que comenzó a hablar en griego y a gesticular con vehemencia. Se inclinó y miró la movediza pila de excrementos con una mueca de asco. Alzó la cabeza al cielo y siguió hablando, como si se dirigiera a los dioses, mientras señalaba a los dos perros.

—Tal vez no debimos venir —dijo Eric.

Jeff asintió.

—Deberíamos irnos. Simplemente...

—Viene alguien —dijo Mathias.

Un hombre avanzaba por el camino de tierra. Parecía venir de los campos y se limpió las manos en los pantalones, dejando dos manchas marrones en la tela blanca. Era bajo, con los hombros fornidos, y cuando se quitó el sombrero de paja para enjugarse el sudor de la frente, Stacy vio que estaba prácticamente calvo. Se detuvo a unos seis metros de ellos y los escrutó sin prisas. Volvió a ponerse el sombrero y guardó el pañuelo en el bolsillo.

—*¡Hola!* —dijo Jeff.

El hombre respondió en maya, con una pregunta, aparentemente, a juzgar por el arco de sus cejas.

Era lógico suponer que les preguntaba qué querían, así que Jeff trató de contestar, primero en castellano, luego en inglés y finalmente con señas. El hombre no pareció entenderle. De hecho, Stacy tenía la extraña sensación de que no quería entender. Escuchó las palabras de Jeff, incluso sonrió al verlo recurrir a la mímica, pero había algo manifiestamente hostil en su actitud. Era amable pero no cordial, y Stacy intuyó que esperaba que se marcharan, que habría preferido que no pasaran por allí.

Por fin, Jeff pareció llegar a la misma conclusión. Se dio por vencido y se giró hacia los demás, encogiéndose de hombros.

—No hay manera —dijo.

Nadie discutió. Cogieron las mochilas, se dieron la vuelta y comenzaron a andar hacia la selva. El maya permaneció junto al pozo, mirándolos marchar.

Pasaron junto a la mujer que no les había hecho caso y nuevamente se negó a mirarlos. El bebé con la cabeza salpicada de mermelada permanecía inmóvil en sus brazos. «Está muerto —pensó Stacy, y luego—: no es verdad.»

Los perros les seguían. Y también, sorprendentemente, dos niños. Oyeron un chirrido, y cuando Stacy se volvió, vio a dos niños subiendo la cuesta en bicicleta. El mayor pedaleaba; el más pequeño iba sentado sobre el manillar. Más grande, más pequeño, eran términos relativos, ya que ambos eran esmirriados. El pecho hundido, los hombros caídos, las rodillas y los codos huesudos, y una bicicleta demasiado grande para ellos. Parecía pesada, con ruedas grandes y gruesas y sin sillín. Obligado a pedalear de pie, el niño que iba detrás sudaba y jadeaba por el esfuerzo. La cadena necesitaba aceite, de ahí el chirrido.

Los seis se detuvieron y se volvieron a mirar, pero entonces los niños pararon también, a unos doce metros, esqueléticos, de ojos oscuros, cautelosos como búhos. Jeff los llamó, les hizo señas para que se acercaran, pero los niños permanecieron donde estaban, mirándolos, el pequeño todavía sentado en el manillar. Finalmente se dieron por vencidos y continuaron andando. Al cabo de un instante volvieron a oír el chirrido, pero no le hicieron caso. En los campos, seguían arrancando las malas hierbas. Sólo el hombre del pozo y los niños de la bicicleta mostraron interés por la partida del grupo. *Repeluz* se separó de ellos en cuanto entraron en la selva, pero *Gorrino* perseveró. Seguía restregándose contra las piernas de Stacy, y ésta seguía tratando de apartarlo. El chucho parecía pensar que se trataba de un juego, y lo practicaba con creciente entusiasmo.

Al final, Stacy perdió la paciencia.

—No —dijo, y le dio un golpe en el hocico. El perro gimió y saltó hacia atrás, atónito. Paró en seco en medio del camino y la miró con una expresión de dolor casi humana. Traición: de eso hablaban aquellos ojos—. Ay, cariño —murmuró Stacy, acercándose, pero ya era demasiado tarde; el perro retrocedió, ahora cauteloso, con el rabo entre las patas.

Los demás habían seguido adelante y acababan de girar por una curva, así que desaparecerían de la vista en cualquier momento. Stacy se estremeció, invadida por un súbito temor infantil, el de la niña perdida en el bosque, y corrió para alcanzarlos. Cuando se volvió, vio que el perro continuaba en el camino, mirándola marchar. Los niños pasaron a su lado en la bicicleta, casi rozándolo, pero él no se movió, y su mirada pesarosa pareció adherirse a ella mientras giraba por la curva.

Mientras reanudaba la marcha, Amy trató de pensar en un final feliz para aquel día, pero no le resultó fácil. O bien encontraban las ruinas, o no las encontraban. Si no las encontraban, tendrían que volver por el camino de tierra, recorrer dieciséis kilómetros o más hasta Cobá mientras anochecía rápidamente. Tal vez se habían creado una falsa impresión sobre el camino y por allí hubiese más tránsito del que imaginaban. Ése era un final feliz, supuso, porque entonces alguien los recogería y los llevaría a Cobá. Llegarían al atardecer, y bien buscarían un sitio donde pasar la noche, o cogerían el autobús para volver a Cancún. Pero Amy no consiguió mantener la fe en esa visión. En cambio, se imaginó andando con los demás en la oscuridad absoluta, o acampando a la intemperie, sin tienda, ni sacos de dormir ni mosquiteros, y pensó que quizá sería mejor que encontrasen el camino de las ruinas.

Allí estarían Henrich, su nueva novia y los arqueólogos. Con toda probabilidad hablarían inglés y serían amables y serviciales. Encontrarían la manera de llevarlos a Cobá o, si era demasiado tarde, se ofrecerían encantados a compartir sus tiendas de campaña. Sí, ¿por qué no? Los arqueólogos les prepararían la cena. Habría una hoguera, bebidas, risas, y ella haría un montón de fotos para enseñarlas cuando volviera a casa. Sería una aventura, la experiencia más emocionante del viaje. Éste fue el final feliz que Amy mantuvo en su mente mientras avanzaban por el camino en dirección al claro, el círculo de luz deslumbrante por el que tendrían que pasar pronto.

Poco antes de llegar allí, hicieron una pausa a la sombra. Mathias sacó la botella de agua y la pasó. Todos sudaban, y Pablo empezaba a oler mal. Detrás de ellos, el chirrido se interrumpió. Amy se volvió y vio a los dos niños mirándolos desde una distancia de unos quince metros. El perro sarnoso, el que se había enamorado de Stacy, también estaba allí, aunque algo más lejos, casi perdido entre las sombras. Él también se había detenido y ahora titubeaba, con la vista fija en el grupo.

Fue Amy quien pensó en los campos. Cuando se le ocurrió la idea, se hinchó de orgullo, un sentimiento infantil, la niña inclinándose hacia delante en el pupitre, alzando la mano para llamar la atención de la maestra.

—Puede que el camino salga de los campos —dijo, y señaló hacia la luz.

Los demás se volvieron y miraron hacia el claro, pensando. Entonces Jeff asintió.

—Es posible —respondió sonriendo, complacido con la idea, lo que hizo que Amy se sintiera más orgullosa aún.

Se descolgó la cámara del cuello, colocó a los demás en semicírculo y los miró por el visor, con la espalda hacia el sol, animándoles a sonreír a todos, incluso al enfurruñado Mathias. En el último instante, antes de que apretase el obturador, Stacy se volvió a mirar atrás, hacia los niños, el perro y la silenciosa aldea. Pero de todas maneras fue una foto bonita, y ahora Amy estaba convencida de haber hallado la solución, el camino hacia el final feliz. Encontrarían las ruinas.

Después de la firmeza de la tierra del camino, les resultó difícil avanzar por el campo, cuyo suelo parecía removido con una rastra recientemente. El terreno era irregular, lleno de hoyos y surcos, con súbitos e inexplicables trechos cubiertos de lodo. El barro se les pegaba a los zapatos y se iba acumulando poco a poco, así que tenían que detenerse a cada rato para quitárselo. Eric no estaba en condiciones para esta clase de aventura. Tenía resaca, había dormido poco y el calor comenzaba a afectarle. El pulso se le había acelerado y le dolía la cabeza. Sentía oleadas de náuseas. Comenzaba a pensar que no podría seguir, y a preguntarse cómo explicarlo, cuando Pablo lo salvó de la humillación parando en seco. Su pie derecho había desaparecido por completo en el barro. Se detuvo con una pierna levantada, haciendo equilibrio como una grulla, y empezó a maldecir. Eric reconoció varias palabrotas de las clases de griego que le había dado.

Jeff, Mathias y Amy ya habían avanzado bastante —andaban con sorprendente facilidad por el borde de la selva—, pero Stacy se quedó atrás, igual que ellos. Se detuvo para socorrer al griego, y lo sujetó por el codo, ayudándole a mantener el equilibrio, mientras Eric se acuclillaba para liberar el zapato de las garras del campo. Éste salió por fin, tras varios tirones fuertes, con un ruido de succión que los hizo reír a todos. Pablo se calzó y dio media vuelta, regresando al camino, sin decir una palabra. Stacy y Eric miraron a los demás, que ya estaban a unos quince metros. Continuó un breve y silencioso debate, hasta que Eric le tendió la mano a Stacy. Ella la cogió y comenzaron a cruzar el campo otra vez, siguiendo los pasos de Pablo.

Jeff les gritó algo, pero Eric y Stacy se limitaron a saludar con la mano y continuaron la marcha. Pablo los esperaba en el camino. Había abierto la mochila y sacado la botella de tequila. Se la ofreció a Eric, que, aun sabiendo que no le convenía, echó un buen trago, se estremeció, y se la pasó a Stacy. Ésta era capaz de impresionar a cualquiera con su forma de beber, cuando le daba por ahí, y ahora lo demostró. Echó la cabeza atrás, colocó la botella en una vertical perfecta, y el tequila descendió por su garganta haciendo *glu-glu-glu*. Paró para respirar, con una tos que se convirtió en carcajada y la cara roja. Pablo aplaudió, le dio una palmada en el hombro y cogió su botella.

Los dos niños mayas seguían allí. Se habían acercado un poco más, aunque sin salir de la sombra de la selva. Bajaron de sus bicicletas y ahora estaban de pie uno al lado del otro, el mayor con la mano en el manillar. Pablo alzó la botella y los llamó en griego, pero ellos permanecieron inmóviles, pendientes de lo que hacían. El perro estaba a su lado, también mirándolos.

Jeff, Mathias y Amy llegaron al otro lado del campo, donde la selva se alzaba como un muro. Comenzaron a moverse a lo largo del borde, paralelamente al sendero, buscando el misterioso camino. Pablo guardó la botella en la mochila y los tres miraron cómo sus amigos andaban por el límite del fangoso campo. Eric no creía que fueran a encontrar las ruinas. De hecho, ni siquiera creía que existieran. Alguien les había mentido, o gastado una broma, pero no sabía si ese alguien era Mathias, el hermano de Mathias o incluso, quizá, la novia imaginaria de este último. No importaba. Se había divertido un rato, pero ahora quería que todo terminara, quería estar a salvo en el autobús con aire acondicionado que los llevaría a Cancún, durmiendo tranquilamente. No sabía cómo lo conseguiría; sólo sabía que lo primero que debía hacer era volver a la carretera por el camino más corto. Y eso no incluía cruzar un campo lleno de barro.

Eric miró el sendero. Podían esperar a los demás a la sombra, del otro lado del claro. Hasta podría dar una cabezada. Stacy y él iban de la mano.

—Así que... —dijo Stacy—. Había una chica que compró un piano.

—Pero no sabía tocar —repuso Eric.

—Así que se apuntó para tomar clases.

—Pero no podía pagarlas.

—Así que se puso a trabajar en una fábrica.

—Pero la echaron por llegar tarde.

—Así que se hizo prostituta.

—Pero se enamoró del primer cliente.

Las historias de «así que-pero» eran uno de sus juegos favoritos. No tenían sentido, lo cual las convertía en la forma más pura de ocio, y podían pasarse horas entretenidos con ese pimpón de frases. Hasta Amy lo encontraba irritante. Pero la tontería, el juego, era lo que mejor se les daba a Eric y Stacy. En su fuero interno, en una parte de su mente no del todo accesible, Eric se daba cuenta de que eran como niños y de que Stacy algún día crecería; de hecho, ya empezaba a hacerlo. No sabía si él lo conseguiría; no entendía cómo lo hacía la gente. Él enseñaría a niños y seguiría siendo un niño para siempre, mientras Stacy avanzaba implacable hacia la edad adulta, dejándolo atrás. Soñaba con casarse con ella, pero eso no era más que una fantasía, otro ejemplo de su incorregible inmadurez. De hecho, en el futuro había una ruptura esperándole, una carta de despedida, un último y doloroso encuentro. Era algo que procuraba no ver, aunque sabía que estaba allí, o lo sospechaba, pero ante lo cual cerraba voluntariamente los ojos.

—Así que le pidió que se casara con ella.

—Pero él ya estaba casado.

—Así que le suplicó que se divorciase.

—Pero él amaba a su esposa.

—Así que ella decidió matarla.

El perro ladró, sobresaltando a Eric, que se volvió a mirar hacia el camino. Los dos niños y el chucho habían salido de la selva y estaban al sol. Pero no miraban en la dirección de Eric, sino en la de Jeff, Mathias y Amy. Junto a la linde de la selva, Mathias levantó una enorme hoja de palmera y la arrojó al campo. Cuando se agachó para coger la segunda, Jeff se volvió, gritó algo indescifrable y les hizo señas para que se acercasen.

Eric, Stacy y Pablo no se movieron. Ninguno de los tres quería volver al barro. Mathias no paraba de levantar hojas de palmera y tirarlas a un lado. Poco a poco vieron una abertura entre los árboles.

Eric no había terminado de asimilar este hecho cuando advirtió un movimiento por el rabillo del ojo. Se volvió. El niño más grande se había subido a la bicicleta y se alejaba pedaleando a toda velocidad. El más pequeño se quedó en el sendero, desde donde miraba a Jeff y a los demás con inconfundible ansiedad, balanceándose, con las manos juntas debajo de la barbilla. Eric se fijó en todas estas cosas, pero no entendió nada. Jeff seguía haciéndoles señas, llamándolos. Por lo visto, no tenían más remedio que ir. Suspirando, volvió hacia el campo cubierto de lodo. Stacy y Pablo lo siguieron, y los tres iniciaron la lenta marcha hacia los árboles.

Detrás, el perro siguió ladrando.

Fue Mathias quien se fijó en las hojas de palmera. Jeff había pasado de largo. Sólo cuando vio que Mathias titubeaba, se volvió, siguió su mirada y las vio. Todavía estaban verdes. Las habían colocado allí hábilmente, con los tallos semienterrados para que parecieran un arbusto y ocultaran la entrada del sendero. Pero una de las hojas se había caído y llamó la atención de Mathias, que se acercó, levantó otra y, al cabo de unos instantes, reveló el secreto. Entonces Jeff llamó a los demás y les hizo señas para que se acercaran.

Cuando terminaron de retirar las hojas de palmera, vieron el camino con claridad. Era estrecho y se internaba sinuosamente en la selva, ascendiendo por una ligera pendiente. Mathias, Jeff y Amy se acuclillaron en la entrada, a la sombra. Mathias volvió a sacar la botella de agua, y todos bebieron. Luego se sentaron a mirar los lentos progresos de Eric, Pablo y Stacy por el campo. Amy fue la primera en decir lo que con toda probabilidad pensaban todos.

—¿Por qué lo habrán tapado?

Mathias guardó la botella en la mochila. Había que hablarle directamente para conseguir una respuesta, porque si uno se dirigía al grupo, él no decía ni pío. Jeff supuso que era razonable. Al fin y al cabo, no era un miembro del grupo.

Jeff se encogió de hombros, fingiendo indiferencia. Intentó pensar en algo para distraer a Amy, pero no se le ocurrió nada, así que permaneció callado. Tenía miedo de que ella se negara a acompañarlos.

Intuyó que Amy no iba a abandonar el tema, y no se equivocó.

—El niño se marchó a toda velocidad —dijo—. ¿Lo habéis visto?

Jeff asintió. No la miraba —estaba pendiente de Eric y los demás—, pero podía sentir su mirada fija en él. No quería que Amy pensara en la huida del niño ni en el sendero camuflado. Eso la asustaría, y cuando se asustaba se volvía terca e irritable, una pésima combinación. Allí pasaba algo raro, pero Jeff tenía la esperanza de que, si no le prestaban atención, la cosa quedaría en nada. Quizá no fuese la actitud más sensata, lo sabía, pero en ese momento no se le ocurría otra mejor.

—Alguien intentó ocultar el camino —dijo Amy.

—Eso parece.

—Cortaron las hojas de palmera y las enterraron en el suelo para que parecieran una planta. —Jeff guardó silencio, deseando que ella lo imitara—. Es mucho trabajo —insistió Amy.

—Supongo.

—¿No te parece raro?

—Un poco.

—Puede que no sea el camino correcto.

—Ya veremos.

—Igual es un asunto de drogas. A lo mejor el sendero conduce a un campo de marihuana. Los del pueblo cultivan maría, y el crío volvió para avisarles y ahora vendrán con armas y...

Finalmente, Jeff se volvió hacia ella.

—Amy —dijo, y ella se detuvo—, es el camino correcto, ¿vale?

Pero no sería tan fácil, naturalmente. Amy lo miró con cara de incredulidad.

—¿Cómo puedes estar tan seguro?

Jeff señaló a Mathias.

—Porque está en el mapa.

—Es un mapa dibujado a mano, Jeff.

—Bueno, es... —Se quedó sin palabras y titubeó—. Ya sabes...

—Explícame por qué escondieron el camino. Dame una razón lógica para que hayan camuflado la entrada si es el camino correcto.

Jeff reflexionó un minuto. Eric y los demás estaban cerca. Al otro lado del campo, el niño maya seguía mirándolos. El perro había dejado de ladrar al fin.

—Vale —dijo—, ¿qué te parece ésta? Los arqueólogos han encontrado objetos de valor. La mina no está agotada. Han encontrado plata. O esmeraldas. Lo que fuese que hubiera allí antes. Y les preocupa que alguien quiera robarles, así que camuflaron la entrada del camino.

Amy dedicó un minuto a considerar esa posibilidad.

—¿Y el niño de la bici?

—Han reclutado a los mayas para que vigilen el camino. Les pagan. —Jeff sonrió, orgulloso de sí mismo. En realidad no creía nada de lo que acababa de decir. De hecho, no sabía qué pensar. Pero de todas maneras estaba satisfecho con su historia.

Amy estaba pensando. Jeff advirtió que tampoco creía en ella, pero no importaba. Los demás ya habían llegado. Todos sudaban, especialmente Eric, que parecía pálido y algo demacrado. El griego los abrazó uno a uno, desde luego, rodeándoles los hombros con sus sudorosos brazos. Y así acabó la discusión. Al fin y al cabo, ¿tenían alternativa?

Descansaron unos minutos y se internaron en la selva.

El sendero era tan estrecho que tenían que andar en fila india. Jeff encabezó la marcha, seguido por Mathias, Amy, Pablo y Eric. Stacy era la última.

—Pero su amante le contó todo a la policía —dijo Eric.

Stacy le miró la nuca. Llevaba una gorra de los Red Sox de Boston, puesta con la visera hacia atrás. Trató de imaginar que aquélla era su cara cubierta de cabello castaño, los ojos, la boca y la nariz ocultos debajo. Sonrió a la cara peluda. Sabía que debía continuar con el juego, y pensó la frase —«así que ella huyó a otra ciudad»—, pero no la dijo. Amy se había reído tantas veces de ellos, imitándoles, que ya no quería jugar en su presencia. No respondió, y Eric siguió andando. A veces era así: uno soltaba un «así que» o un «pero», el otro no contestaba, y todo quedaba ahí. Formaba parte de su complicidad.

No debió beber tanto tequila. Había sido una estupidez. Supuso que intentaba lucirse, impresionar a Pablo. Ahora se sentía mareada y con un poco de náuseas. Y tanto verde alrededor —demasiado, en su opinión— no mejoraba las cosas: las gruesas hojas a ambos lados, los árboles tan cerca del camino que era difícil no rozarlos al pasar. De vez en cuando, una ligera brisa agitaba las hojas, las hacía murmurar. Stacy trató de adivinar qué decían, asociar los sonidos con palabras, pero no regía bien, no conseguía concentrarse. Estaba un poco borracha y había demasiado, demasiado verde. Sintió una jaqueca incipiente, esperando impaciente una oportunidad para crecer. El suelo también era verde por efecto del musgo que crecía en el sendero y lo volvía resbaladizo en ciertos tramos. Estuvo a punto de caer en una pequeña hondonada. Gritó mientras trataba de recuperar el equilibrio y descubrió con congoja que nadie se volvió a mirar si estaba bien. ¿Y si se hubiera caído, golpeado la cabeza y quedado inconsciente? ¿Cuánto tiempo habrían tardado en descubrir que no iba detrás de ellos? Tarde o temprano habrían vuelto por ella, supuso; la habrían encontrado y reanimado. Pero ¿y si antes hubiera aparecido un animal salvaje y se la hubiera llevado entre los dientes?

Porque sin duda había animales en la selva. Mientras avanzaba, Stacy podía sentir su presencia acechando, vigilando sus pasos.

Naturalmente, no creía en nada de esto. Le gustaba asustarse a sí misma, pero como suelen hacerlo los niños, a sabiendas de que no es más que un juego. Ella no se fijó en el crío de la bici ni en la entrada camuflada del camino. Nadie mencionó el tema. Hacía demasiado calor para hablar. Lo único que podían hacer era poner un pie delante del otro. Por lo tanto, los únicos peligros que debía afrontar Stacy eran los que se inventaba ella sola.

¿Quién la mandaría ponerse sandalias? Había sido una estupidez. Tenía los pies hechos un asco, llenos de barro entre los dedos. Había sido agradable andar por el campo —el barro blando, húmedo, curiosamente reconfortante—, pero ya no lo era. Ahora sólo quedaba la suciedad con un ligero olor fecal, como si hubiese metido los pies en un montón de mierda.

El verde era el color de la envidia, del vómito. Stacy había sido exploradora, y se había hartado de verdes bosques, vestida con su uniforme verde. Todavía sabía canciones de aquellos tiempos. Trató de recordar alguna, pero el dolor de cabeza se lo impidió.

Cruzaron un arroyo, saltando de piedra en piedra. Estaba lleno de algas, así que también era verde. Las piedras eran más resbaladizas aún que el sendero. Saltó a la pata coja una vez, dos, tres, hasta que llegó al otro lado.

Había tantos mosquitos, y eran tan perseverantes, que hacía rato que no se molestaba en espantarlos. Pero desaparecieron de repente al otro lado del arroyo. Fue en un instante; estaban todos alrededor de ella, zumbando, acosándola, y se esfumaron súbitamente, como por arte de magia. Sin ellos, hasta el calor, el implacable verdor y el olor a mierda de sus pies se le antojaron más soportables, y durante un rato la caminata en fila india entre los rumorosos árboles fue casi agradable. Se le aclaró la cabeza y encontró palabras para el murmullo de las hojas.

«Llévame contigo», pareció decir un árbol.

Y luego: «¿Sabes quién soy?»

El camino dibujó una curva y de pronto se encontraron con otro claro a unos treinta metros de distancia, un círculo de sol al que el calor confería una cualidad palpitante y acuosa.

Un árbol pareció llamarla desde la izquierda. «Stacy», murmuró tan claramente que ella se volvió, y un escalofrío le recorrió la espalda. A su espalda, otra voz susurró: «¿Estás perdida?» Entonces llegó al claro con los demás.

Esta vez no era un campo. Parecía un camino, pero tampoco. Era como si un grupo de hombres hubiese decidido construir una carretera, cortar la vegetación y allanar el terreno, pero luego hubieran cambiado de planes. El claro tenía unos veinte metros de ancho y se extendía hacia ambos lados, a derecha e izquierda, hasta donde Stacy alcanzaba a divisar, desapareciendo por fin en una curva. Enfrente había una pequeña colina pedregosa, sin árboles, curiosamente, y cubierta de algo parecido a una enredadera: una planta color verde vivo, con hojas con forma de mano y flores diminutas. Cubría la colina entera, agarrándose a la tierra con tanta fuerza que parecía oprimirla. Las flores se asemejaban a amapolas, tanto en la forma como en el color, de un rojo intenso y vidrioso.

Todos se quedaron parados mirando la colina, protegiéndose los ojos del sol. Era una vista preciosa: una colina con forma de animal gigantesco cubierta de flores rojas. Amy sacó la cámara y empezó a hacer fotos.

En este claro, el suelo tenía una tonalidad diferente. En los campos era de color marrón rojizo, anaranjado en algunos puntos, mientras que aquí era negro con vetas blancas, como de escarcha. Al otro lado, el sendero continuaba, subiendo sinuosamente por la colina. Reinaba un silencio extraño, y Stacy de repente se dio cuenta de que los pájaros habían dejado de cantar. Hasta el continuo zumbido de las langostas había cesado. Un sitio tranquilo. Respiró hondo, somnolienta, y se sentó.

Eric la imitó y luego Pablo, los tres sentados en fila. Mathias les pasó el agua otra vez. Amy seguía haciendo fotos de todo —de la colina, de las bonitas flores, de cada uno de ellos—; una foto tras otra. Le dijo a Mathias que sonriera, pero el alemán estaba mirando hacia lo alto de la colina.

—¿Aquello es una tienda? —preguntó.

Se volvieron para mirar. En la cima se divisaba un cuadrado de tela anaranjada. Estaba hinchada por el viento, como una vela. Desde tan lejos, con la ladera de la colina ocultando parte de la vista, era difícil saber qué era. Stacy dijo que parecía una cometa atrapada en la enredadera, aunque, naturalmente, lo de la tienda tenía más sentido. Antes de que nadie pudiera hablar, mientras seguían mirando a la colina con los ojos entornados a causa del sol, se oyó un ruido extraño procedente de la selva. Lo oyeron todos a la vez, cuando aún era relativamente bajo, y se volvieron casi al unísono con la cabeza ladeada, aguzando el oído. Era un sonido familiar, aunque por unos segundos nadie fue capaz de identificarlo.

Jeff fue el único que al final lo consiguió.

—Un caballo —dijo.

Y entonces Stacy también lo reconoció: los cascos de un caballo, que se aproximaba al galope por el estrecho sendero, a su espalda.

Amy todavía tenía la cámara en la mano, y vio por el visor la llegada del animal. Le hizo una foto cuando irrumpió en el claro: un caballo pardo, que se detuvo en seco frente a ellos. El jinete era el maya que había hablado con ellos en la aldea, junto al pozo. Pero aunque era el mismo hombre, ahora parecía otro. En el poblado había mantenido una actitud serena, distante y casi condescendiente: un padre cansado tratando con unos niños traviesos. Ahora tenía un aire muy distinto, de urgencia, casi de pánico. La camisa y los pantalones blancos estaban cubiertos de manchas verdes, fruto de la precipitada carrera entre los árboles. Había perdido el sombrero y su calva brillaba a causa del sudor.

El caballo también estaba agitado: resoplaba, bizqueaba y echaba espuma por la boca. Se empinó dos veces, asustándolos, y ellos retrocedieron. El hombre empezó a gritar y a sacudir el brazo. El caballo tenía riendas pero no silla, de manera que el jinete montaba a pelo, con las piernas aferradas como pinzas a los flancos del animal. El caballo se empinó otra vez, y el maya saltó, o cayó, al suelo. Aún sujetaba las riendas, pero el animal reculó sacudiendo la cabeza, tratando de soltarse.

Amy hizo una foto del forcejeo subsiguiente: el hombre luchando para tranquilizar al caballo mientras éste tiraba de él, paso a paso, hacia el sendero. Sólo cuando dejó de mirar por el visor vio la pistola que el jinete llevaba en la cintura, una pistola negra en una funda marrón. No la llevaba en la aldea; estaba segura. La había cogido para seguirlos. El caballo estaba demasiado nervioso, y su dueño no podía controlarlo, así que al final soltó las riendas. Instantáneamente, el animal dio media vuelta y se internó en la selva. Le oyeron avanzar entre los árboles, hasta que el ruido de cascos comenzó a desvanecerse. Entonces el maya les gritó otra vez, gesticulando y señalando el sendero. Era difícil saber qué quería decir. Amy se preguntó si tenía algo que ver con el caballo, si los culpaba de haberlo enloquecido.

—¿Qué quiere? —preguntó Stacy. Sonó aterrorizada, como una niña, y Amy se volvió a mirarla. Se había cogido al brazo de Eric, ocultándose en parte tras su cuerpo. Eric sonreía al maya como si pensara que todo era una broma y que el hombre estaba a punto de confesarlo.

—Quiere que volvamos —dijo Jeff.

—¿Por qué? —preguntó Stacy.

—Tal vez pretenda dinero. Una especie de peaje. O que le contratemos como guía. —Jeff metió la mano en el bolsillo y sacó la cartera.

El hombre siguió gritando, señalando con vehemencia hacia el sendero.

Jeff sacó un billete de diez dólares y se lo ofreció.

—¿*Dinero?* —dijo en castellano.

El maya no le hizo caso. Movió la mano como para ahuyentarlos del claro. Todos permanecieron en su sitio, titubeantes. Jeff guardó el billete en la cartera antes de devolverla a su bolsillo. Al cabo de unos segundos, el hombre paró de gritar: se había quedado sin aliento.

Mathias se volvió hacia la colina cubierta de flores, hizo una bocina con las manos y gritó:

—¡Henrich!

No hubo respuesta ni movimiento alguno en la cima, salvo el suave abultamiento de la tela anaranjada. Oyeron ruido de cascos otra vez, cada vez más cerca. O bien regresaba el caballo, u otro aldeano estaba a punto de unirse al grupo.

—¿Por qué no subes a la colina, para ver si lo encuentras? —dijo Jeff a Mathias—. Nosotros trataremos de arreglar las cosas aquí.

Mathias asintió, dio media vuelta y comenzó a cruzar el claro. El maya empezó a gritar otra vez y, al ver que Mathias no se detenía, sacó la pistola y disparó al aire.

Stacy gritó, se tapó la boca con las manos y retrocedió. Los demás se sobresaltaron, encogiéndose instintivamente. Mathias se volvió, vio que ahora el maya le apuntaba al pecho, y se quedó petrificado. El hombre le gritó algo, haciéndole señas, y Mathias regresó junto a los demás, con las manos en alto. Pablo también levantó las manos, aunque luego, al ver que nadie más lo hacía, las bajó muy despacio.

Las pisadas de caballo se oyeron cada vez más cerca, y de repente aparecieron otros dos jinetes. Los animales estaban tan agitados como el primero, resoplando, con los ojos en blanco y los flancos brillantes por el sudor. Uno era gris claro; el otro, negro. Los jinetes saltaron al suelo, sin tratar de sujetar las riendas, y los caballos corrieron instantáneamente hacia la selva. Los recién llegados eran mucho más jóvenes que el calvo, morenos y musculosos. Llevaban un arco atado al torso y un carcaj con flechas finas, de aspecto frágil. Uno de ellos tenía bigote. Empezaron a hablar rápidamente con el primer maya, interrogándolo. El calvo siguió apuntando en la dirección de Mathias, y los otros dos cargaron sendas flechas en los arcos, sin dejar de hablar.

—¿Qué coño pasa? —preguntó Eric, con aparente indignación.

—Tranquilo —ordenó Jeff.

—Están...

—Espera —dijo Jeff—. Espera a ver qué pasa.

Amy enfocó a los hombres con su cámara y les hizo una foto. Notó que no había captado el dramatismo del momento, y que para ello debería retroceder y enfocar no sólo a los mayas, con sus armas, sino también a Jeff y los demás, que ahora parecían muy asustados. Caminó un par de pasos atrás, mirando por el visor. Se sentía más segura de esta manera, como si no formase parte de aquella extraña situación. Cuatro pasos más y pudo enfocar también a Jeff y Pablo, incluso a Mathias, con las manos todavía levantadas. Sólo tenía que retroceder un poco más para pillar a Stacy y Eric; así tendría la foto que quería. Dio otro paso atrás, otro, y de repente los mayas empezaron a gritar de nuevo, ahora a ella, y el calvo le apuntó con la pistola mientras los otros dos tensaban la cuerda del arco. Jeff y los demás se volvieron a mirarla, sorprendidos —sí, ahora salía también Stacy, a la derecha—, y Amy dio otro paso.

—Amy —dijo Jeff, y ella casi se detuvo. Titubeó y comenzó a bajar la cámara, pero vio que le faltaba muy poco, así que dio otro paso atrás, y consiguió el encuadre perfecto: Eric ya salía en la foto. Apretó el obturador y oyó el *clic*. Estaba orgullosa de sí misma. Seguía sintiéndose ajena a la situación, y eso le gustaba. Fue entonces, al separar el ojo del visor, cuando sintió una extraña presión en el tobillo, como si se lo sujetase una mano. Miró hacia abajo, y se dio cuenta de que había cruzado el claro entero. Lo que había sentido era una rama florecida de la enredadera. Un largo zarcillo verde se enrollaba alrededor de su tobillo. Había metido el pie en un bucle de la planta que ahora, curiosamente, parecía tensada.

Hubo una extraña pausa: los mayas callaron. Los arqueros siguieron apuntándolos, pero el hombre de la pistola bajó el arma. Amy notó que los demás la miraban y siguió las miradas hasta su pie derecho, hundido hasta el tobillo entre las ramas de la planta, como si se lo hubieran tragado. Se acuclilló para soltarse y oyó que los mayas empezaban a gritar otra vez. Le gritaban a ella, aunque después empezaron a gritarse entre sí. Parecía una discusión entre los dos mayas jóvenes y el calvo.

—Jeff —llamó Amy.

Él alzó las manos sin mirarla, como para hacerla callar.

—No te muevas —dijo.

Así que no se movió. El calvo se tiraba del lóbulo de la oreja, sacudiendo la cabeza con el entrecejo fruncido, apretando aún la pistola contra el muslo izquierdo. No parecía dispuesto a oír lo que decían los otros dos. Señaló a Amy, luego a los demás, y finalmente, al sendero. Pero a sus gestos les faltaba vehemencia, como si presintiera su derrota. Amy intuyó que sabía que no se iba a salir con la suya. Lo vio agotado, dando el brazo a torcer. Ahora calló, y los hombres del arco, también. Se quedaron mirando a Jeff, Mathias, Eric, Stacy y el griego. Y a ella. Cuando el calvo alzó la pistola, apuntó al pecho de Jeff. Hizo una seña como para ahuyentarlos con la otra mano, pero esta vez en la dirección opuesta, hacia Amy y la colina que estaba detrás de ella.

Nadie se movió.

El calvo empezó a gritar, señalando en dirección a la colina. Bajó ligeramente la pistola, y disparó a los pies de Jeff. Todo el mundo se sobresaltó y empezó a retroceder. Pablo volvió a levantar las manos. Los otros dos mayas también gritaban, sacudiendo los arcos, apuntando primero a uno, luego a otro, y avanzando paso a paso hacia Amy. Jeff y los demás reculaban sin mirar atrás. Al llegar al borde del claro, titubearon, todos sintiendo la enredadera contra los pies y las piernas. Miraron al suelo y se detuvieron. Eric estaba junto a Amy, a la izquierda. Pablo, a su derecha. Luego los otros: Stacy, Mathias y Jeff. Y más allá de Jeff, el sendero. Hacia allí señalaba ahora el calvo, indicándoles que empezaran a subir a la colina. Tenía una expresión extrañamente acongojada, como si estuviera a punto de llorar... No, de hecho, ya se había echado a llorar. Se enjugó las lágrimas con la manga mientras les hacía señas para que subieran. Era todo tan raro, tan incomprensible, y sin embargo nadie decía nada... Se dirigieron al camino y Jeff encabezó la marcha.

Luego, todavía en silencio, empezaron a ascender lentamente por la cuesta.

Eric era el último de la fila. No paraba de mirar por encima del hombro mientras andaba. Los mayas los miraban; el calvo haciéndose sombra con la mano. En la colina no había árboles, sólo las gruesas ramas de la enredadera que crecía sobre todas las cosas, con los gruesos zarcillos, las hojas verde oscuro y las brillantes flores rojas. El sol derramaba su calor sobre ellos —no había sombra por ninguna parte—, y también detrás de ellos, cuesta abajo, donde estaban los hombres armados. Nada de aquello parecía tener sentido. Al principio, el calvo les había dicho que volviesen atrás; luego, que siguieran adelante. Era evidente que los arqueros tenían algo que ver con eso: habían discutido con él hasta hacerle cambiar de opinión. Pero aun así era incomprensible. Ahora los seis subían por la ladera de la colina, sudando por el esfuerzo, en absoluto silencio, porque estaban asustados y a nadie se le ocurría nada que decir.

En algún momento tendrían que volver atrás, cruzar el claro, tomar el estrecho sendero hasta los campos y luego el más ancho hasta la carretera, pero Eric no sabía cómo lo conseguirían. Supuso que los arqueólogos podrían explicarles lo sucedido. A lo mejor era algo sencillo, un asunto fácil de solucionar y del que se reirían unos minutos después. Era una desavenencia. Un desacuerdo. Un desencuentro. Eric buscó otras palabras con el prefijo «des». Dentro de unas semanas estaría dando clases de Lengua, y tendría que saber esa clase de cosas. Y saberlas bien, porque siempre había alumnos ansiosos por dejar en evidencia al profesor. Se había propuesto leer libros ese verano, libros que aseguró al jefe de departamento que ya había leído, pero el verano casi había terminado y aún no los había abierto siquiera.

«Desatino. Desconcierto. Destemplanza.»

El último era bueno. Eric deseó conocer más palabras por el estilo, deseaba ser la clase de maestro capaz de usarlas sin esfuerzo, mientras sus alumnos se esforzaban por entenderle y aprendían sólo con escucharle, pero sabía que jamás sería así. Sería el hombre niño, el entrenador de béisbol, el que guiñaba el ojo y sonreía las bromas de los chicos, uno de los favoritos, quizá, pero no un gran profesor. No alguien de quien fueran a aprender cosas importantes.

«Descontento. Desilusión. Descontrol.»

A Eric se le iba pasando el susto con cada paso que daba, y se alegró, porque durante unos minutos había sentido terror. Cuando el calvo disparó a los pies de Jeff, él estaba mirando a Stacy, para cerciorarse de que se encontraba bien, y no vio al maya bajar el arma; sólo oyó el disparo y por un instante creyó que le había dado en el pecho, que lo había matado. Después todo ocurrió tan deprisa —los hicieron retroceder y subir a la colina—, que sólo ahora su corazón empezaba a serenarse. A alguien se le ocurriría algo. O los arqueólogos los ayudarían. Todo quedaría en agua de borrajas.

«Desperfecto. Desesperanza. Desconsuelo.»

—¡Henrich! —llamó Mathias, y se detuvieron para mirar a la cima, esperando una respuesta.

No obtuvieron ninguna. Titubearon durante unos segundos, y luego continuaron subiendo.

Era una tienda de campaña. Eric la veía claramente ahora que estaban más arriba: una tienda algo ajada, del mismo color anaranjado de los conos de tráfico. Debía de llevar allí una temporada, porque la enredadera ya subía por las piquetas de aluminio, usándolas como guías. Eric calculó que se trataba de una tienda para cuatro personas. La puerta estaba del otro lado.

—¿Hola? —dijo Jeff, y otra vez se detuvieron.

Estaban lo bastante cerca para oír el viento dentro de la tienda, un golpeteo semejante al que produciría la vela de un barco. Pero no oyeron nada, ni vieron señales de vida. En medio de la quietud, Eric se percató de lo que Stacy había notado antes: la desaparición de los mosquitos. Y también de las minúsculas moscas negras. Esto debería haberle causado cierto alivio, pero por alguna razón no fue así. De hecho, tuvo el efecto contrario, y lo puso ansioso, recordándole el pánico que había sentido en el claro al imaginar el cuerpo de Jeff tendido en el suelo, mientras el disparo resonaba aún entre los árboles. Se le hizo extraño estar allí, sudando, a medio camino de la cima, sin que los mosquitos lo acosaran. Y en ese preciso momento no quería sentirse extraño; quería que todo fuera lógico y previsible. Quería que alguien le explicase por qué habían desaparecido los mosquitos, por qué los mayas los habían obligado a subir a la colina y por qué seguían allí abajo, al principio del camino, vigilándolos con las armas en las manos.

«Despertar» no contaba. Ni «desierto». Eric se preguntó brevemente si tendrían la misma raíz. Provenían del latín, sin duda. Otra cosa que debía saber y no sabía.

El corte del codo empezaba a dolerle. Otra vez sentía el corazón latiendo allí, un poco más lento, pero todavía demasiado rápido. Trató de imaginar a los arqueólogos riendo de aquella situación absurda, que al final, cuando se la explicasen, no resultaría tan absurda. Supuso que en la tienda anaranjada habría un equipo de primeros auxilios. Alguien le limpiaría la herida y la cubriría con una venda blanca. Luego, cuando volvieran a Cancún —sonrió al imaginarlo—, compraría una serpiente de goma y se la pondría debajo de la toalla a Pablo.

La enredadera lo cubría todo salvo el sendero y la tela naranja de la tienda. En algunos puntos era lo bastante rala como para que Eric viera el suelo —seco, casi árido y más pedregoso de lo que esperaba—, pero en otros, las ramas parecían doblarse sobre sí mismas, apilándose y formando montículos que le llegaban a la cintura, una retorcida profusión de verde. Y por todas partes, colgando como campanillas de las ramas, aquellas luminosas flores rojo sangre.

Eric volvió a mirar al pie de la colina justo a tiempo para contemplar la llegada de un cuarto hombre. Iba en bicicleta, vestía de blanco, como los demás, y llevaba un sombrero de paja.

—Hay otro más —dijo.

Todos pararon y se volvieron a mirar. Entonces llegaron el quinto y el sexto hombre, también en bicicleta. Todos llevaban un arco colgando del hombro. Hubo un breve intercambio de pareceres; el calvo parecía estar al mando. Habló durante unos instantes, gesticulando, y los demás le escucharon. Después señaló la colina y los hombres se volvieron hacia allí. Eric tuvo el impulso de desviar la mirada, pero era una tontería, desde luego. El reflejo de «mirar fijamente es una grosería» no tenía cabida en aquellas circunstancias. Vio cómo el calvo señalaba en las dos direcciones, con los gestos bruscos de un jefe militar, y entonces los arqueros comenzaron a cruzar el claro, avanzando con rapidez, dos hacia un lado y tres hacia el otro, dejando al calvo solo al principio del sendero.

—¿Qué hacen? —preguntó Amy, pero nadie le contestó. Nadie lo sabía.

Un niño emergió de la selva. Era el más pequeño de los dos que los habían seguido desde el poblado, el que vieron por última vez en el campo. Se colocó junto al calvo, y los dos los observaron, el calvo con la mano en el hombro del niño. Como si posaran para una foto.

—A lo mejor deberíamos bajar corriendo —dijo Eric—. A toda velocidad. Ahora que está solo con el crío.

—Tiene un arma, Eric —replicó Stacy.

Amy asintió.

—Y podría llamar a los demás.

Callaron otra vez, todos mirando hacia abajo, tratando de pensar, pero si existía una solución para su problema, ninguno la encontró.

Mathias hizo bocina con las manos y gritó otra vez hacia la tienda:

—¡Henrich!

La tienda continuó aleteando suavemente con el viento. La distancia entre la cima y la base de la colina no era tan grande, de unos ciento cincuenta metros como máximo, y ya habían recorrido más de la mitad. Desde luego, estaban lo bastante cerca para que cualquiera que estuviera allí pudiera oírles. Pero no apareció nadie. No respondió nadie. Y mientras el silencio se prolongaba, Eric tuvo que admitir lo que todo el mundo debía de estar pensando, aunque nadie había reunido el valor suficiente para decirlo: la tienda estaba vacía.

—Vamos —dijo Jeff, animándolos a seguir.

Y reanudaron la marcha.

En la cima, la colina se volvía plana, formando una ancha planicie, como si en los instantes inmediatamente posteriores a la creación, cuando aún era maleable, una mano gigantesca hubiera descendido del cielo y le hubiese dado una palmada. El sendero pasaba junto a la tienda naranja y luego, unos cincuenta metros más allá, se abría en un pequeño claro de tierra pedregosa. Allí había una segunda tienda de color azul. Parecía tan raída como la primera. No había nadie a la vista, por supuesto, y Jeff tuvo la sensación de que el lugar llevaba mucho tiempo desierto.

—¿Hola? —dijo hacia la tienda naranja. Los seis se detuvieron, simulando esperar una respuesta que ninguno esperaba de verdad.

No había sido una ascensión difícil, pero todos estaban agitados. Nadie habló ni se movió durante un rato; estaban demasiado acalorados, sudorosos, asustados. Mathias sacó la botella de agua y se la fueron pasando hasta que la terminaron. Eric, Stacy y Amy se sentaron en el suelo, sosteniéndose mutuamente. Mathias se acercó a la tienda. La puerta estaba cerrada y tardó unos segundos en descubrir cómo se abría. Jeff se acercó a ayudarle. La cremallera emitió un *zzzzip*. Luego los dos metieron la cabeza dentro. En el suelo había tres sacos de dormir desplegados; una lámpara de queroseno; dos mochilas; algo parecido a una caja de herramientas de plástico; una garrafa de plástico con agua hasta la mitad; un par de botas de montañismo. A pesar de los indicios de ocupación, era evidente que nadie había estado allí en bastante tiempo. El olor a moho habría podido bastar como prueba, pero la más llamativa era la florida enredadera. De algún modo había conseguido entrar en la tienda herméticamente cerrada y crecía sobre algunos objetos, dejando otros intactos. Una de las mochilas estaba abierta, y la enredadera salía de ella como si rebosase.

Jeff y Mathias sacaron la cabeza de la tienda y se miraron sin pronunciar palabra.

—¿Qué hay dentro? —preguntó Eric.

—Nada —respondió Jeff—. Unos sacos de dormir.

Mathias ya cruzaba la cima en dirección a la tienda azul, y Jeff lo siguió, esforzándose por entender lo que ocurría. Tal vez los arqueólogos tuvieran un conflicto con los mayas, y éstos los habían atacado. Pero, en tal caso, ¿por qué les ordenaron que subieran a la colina? ¿No preferirían que se marcharan? Era posible, desde luego, que los mayas estuvieran preocupados porque habían visto demasiado, incluso antes de subir. Pero ¿por qué no los mataron directamente? Jeff suponía que no sería difícil esconder el crimen. Nadie sabía dónde estaban. Aparte de los griegos, tal vez. Pero incluso así, parecía sencillo. Sólo tenían que matarlos y enterrarlos en la selva. Fingir ignorancia si alguien venía a buscarlos. Jeff se obligó a recordar su temor sobre el taxista; el mismo temor, de hecho, y había resultado ser infundado. Por lo tanto, ¿por qué no podía ser igual de benigna esta situación?

Mathias abrió la cremallera de la tienda azul y metió la cabeza dentro. Lo mismo: sacos de dormir, mochilas, equipo de acampada. De nuevo percibió olor a moho y vio que la enredadera crecía sobre ciertas cosas, y no sobre otras. Sacaron la cabeza y cerraron la puerta.

A unos diez metros detrás de la tienda había un agujero en el suelo y, a un lado, una especie de cabrestante: un tambor horizontal con una manivela en la base. Alrededor del tambor había una cuerda enrollada. Desde el barril pasaba sobre una pequeña rueda, que colgaba desde algo parecido a un caballete, situado encima del agujero. Luego caía directamente hacia el fondo. Jeff y Mathias se acercaron con cautela al borde del pozo y miraron hacia abajo. El agujero era rectangular —de unos tres metros por seis— y muy profundo; Jeff no alcanzó a ver el fondo. El pozo de la mina, supuso. Del interior soplaba una suave brisa, la fresca y espeluznante exhalación de la oscuridad.

Los demás se habían puesto en pie y los siguieron. Se turnaron para mirar en el agujero.

—Ahí no hay nadie —dijo Stacy.

Jeff asintió. Seguía pensando. ¿Habría sido por algo relacionado con las ruinas? ¿Un asunto religioso? ¿Una violación tribal? Pero no eran esa clase de ruinas, ¿no? Era una vieja mina, un pozo excavado en la tierra.

—Creo que por aquí no ha pasado nadie en mucho tiempo —dijo Amy.

—¿Y ahora qué hacemos? —preguntó Eric.

Todos, hasta Mathias, miraron a Jeff, que se encogió de hombros.

—El sendero continúa. —Señaló más allá del agujero y todos se volvieron a mirar. El claro terminaba a unos pocos pasos; luego las enredaderas continuaban y, entre ellas, se abría un camino que iba serpenteando por el borde de la cima y desaparecía al otro lado.

—¿Deberíamos tomarlo? —preguntó Stacy.

—Yo no vuelvo por donde hemos venido —dijo Amy.

Así que continuaron por el sendero, otra vez en fila india y con Jeff a la cabeza. Durante un rato no pudo ver el pie de la colina, pero luego el sendero comenzó a bajar, de manera más precipitada que en el otro lado, y Jeff vio exactamente lo que temía ver. Los demás se quedaron atónitos y pararon en seco, todos a la vez. Pero Jeff no estaba sorprendido. Lo había imaginado en cuanto vio al calvo enviar a los arqueros hacia los lados del claro: uno de ellos hacía guardia al pie del sendero, mirándolos, esperándolos.

—Mierda —dijo Eric.

—¿Qué hacemos? —preguntó Stacy.

Nadie respondió. Desde allí, parecía que hubiesen desmantelado la selva al pie de la colina, cercándola con un círculo de tierra yerma. Los mayas se habían diseminado a lo largo de ese círculo y los tenían rodeados. Jeff comprendió que era absurdo continuar bajando por el sendero, pues saltaba a la vista que el hombre les cerraría el paso, pero no se le ocurrió nada mejor que hacer. Así que se encogió de hombros e hizo señas a los demás para que lo siguieran.

—Veremos qué pasa —dijo.

El sendero se volvió mucho más empinado, y hubo tramos en que tuvieron que sentarse y deslizarse sobre el trasero, uno tras otro. La subida sería difícil, pero Jeff trató de no pensar en eso. Mientras se acercaban, el maya sacó una flecha y la colocó en el arco. Les gritó algo, gesticulando, ahuyentándolos.

Luego gritó hacia su izquierda, como si llamase a alguien. Al cabo de unos segundos, otro arquero apareció corriendo.

Los dos los esperaron al pie de la colina, preparados para disparar.

Se detuvieron al borde del claro, enjugándose el sudor de la cara, y Pablo dijo algo en griego. Tenía la entonación ascendente de una pregunta, pero, naturalmente, nadie le entendió. Repitió la frase una vez más y por fin se dio por vencido.

—¿Y ahora? —preguntó Amy.

Jeff no sabía qué hacer. Creía que había una diferencia entre apuntar a alguien con una flecha y disparar la flecha —una diferencia significativa, pensó—, y durante unos instantes acarició la idea de comprobarlo en la práctica. Podía dar un paso hacia el claro, luego otro, y otro, y en algún momento los dos arqueros tendrían que dispararle, o dejarle pasar. Quizá fuese simplemente una cuestión de valor, y se preparó para correr el riesgo, estuvo a punto de correrlo, pero entonces un tercer arquero llegó a toda prisa desde la izquierda, y el instante pasó. Jeff sacó la cartera, sabiendo que era inútil; simplemente tenía que probar. Sacó todos los billetes que tenía y se los ofreció a los mayas.

No hubo reacción.

—Corramos hacia ellos —insistió Eric—. Todos a la vez.

—Cierra el pico, Eric —dijo Stacy.

Pero él no la oyó.

—O fabriquemos unos escudos. Si tuviéramos escudos...

Otro hombre corrió hacia ellos por el borde del claro. Era nuevo, más corpulento y con barba. Llevaba un rifle.

—Ay, Dios mío —dijo Amy.

Jeff guardó el dinero y se metió la cartera en el bolsillo. La enredadera había invadido el claro de ese lado, formando un puesto fronterizo en el centro. A unos tres metros del final del sendero, había uno de esos extraños montículos verdes, éste más pequeño, hasta la rodilla, cubierto de flores. Los mayas se habían colocado al otro lado, con los arcos preparados, y el hombre del rifle se reunió con ellos.

—Subamos otra vez —dijo Stacy.

Pero Jeff miraba el montículo cubierto por la enredadera, la pequeña isla, intuyendo qué era, sabiéndolo en su fuero interno, aunque sin llegar a ser consciente de que lo sabía.

—Quiero volver —insistió Stacy.

Jeff dio un paso al frente. Lo separaban unos tres metros de los hombres, y los recorrió en cuatro pasos. Avanzó con las manos tendidas, tranquilizando a los mayas, tratando de demostrarles que no quería hacerles daño. Tal como pensaba, no dispararon y le permitieron ver lo que había debajo de la enredadera, lo que ya sabía pero no quería reconocer. Sí; querían que lo viera.

—Jeff —llamó Amy.

Jeff no le hizo caso y se acuclilló junto al montículo. Metió la mano entre las ramas de la enredadera, separándolas. Cogió un zarcillo, tiró de él y vio una zapatilla de tenis, un calcetín, la espinilla de un hombre.

—¿Qué es? —preguntó Amy.

Jeff se volvió y miró fijamente a Mathias, que también lo sabía; Jeff lo notó en sus ojos. El alemán se acercó, se arrodilló junto a Jeff y comenzó a arrancar las ramas, primero despacio, luego con violencia, exhalando un gemido desde el fondo de su pecho. Los mayas lo miraban desde unos seis metros de distancia. Apareció otro zapato, otra pierna. Unos tejanos, la hebilla de un cinturón, una camiseta negra. Y luego, por fin, la cara de un hombre joven. Era la cara de Mathias, aunque diferente: los mismos rasgos, el aire de familia muy marcado incluso ahora, a pesar de que parte de la cara de Henrich había desaparecido, revelando un pómulo y la cuenca vacía del ojo izquierdo.

—¡Ay, no! —exclamó Amy.

Jeff alzó la mano para hacerla callar. Mathias estaba arrodillado junto al cadáver de su hermano, gimiendo y balanceándose ligeramente. Jeff se dio cuenta de que la camiseta de Henrich no era negra, sino que se había teñido de ese color:

estaba dura por la sangre seca. Tres finas flechas salían de su pecho y asomaban entre los gruesos zarcillos de la enredadera. Jeff apoyó la mano en el hombro de Mathias.

—Tranquilo —murmuró—. ¿Vale? Tranquilo. Nos levantaremos y volveremos despacio a la cima de la colina.

—Es mi hermano —dijo Mathias.

—Lo sé.

—Lo han matado.

Jeff asintió. Aún tenía la mano en el hombro del alemán, y sintió cómo se contraían sus músculos debajo de la camisa.

—Tranquilo —repitió.

—¿Por qué...?

—No lo sé.

—Era...

—Chsss. Aquí no. Hablaremos arriba, ¿vale?

Mathias parecía tener problemas para respirar. Se esforzaba por inhalar, pero el aire no llegaba muy hondo. Jeff no le soltó el hombro. Finalmente, el alemán asintió y los dos se levantaron. Stacy y Amy estaban cogidas de la mano, mirando el cadáver de Henrich con la cara desencajada. Stacy lloraba, aunque quedamente. Eric le había rodeado los hombros con un brazo.

Los mayas todavía tenían las armas en alto —las flechas cargadas, la cuerda del arco tensa, el rifle sobre el hombro—, y los miraron en silencio mientras regresaban a la colina.

La escalada les ayudó a distraerse momentáneamente —las exigencias físicas, la necesidad de concentrarse en los tramos más empinados, donde casi tenían que subir a gatas, dándose impulso con las manos—, y poco a poco Stacy consiguió parar de llorar. Por mucho que lo intentara, no podía evitar mirar atrás a cada rato. Tenía miedo de que aquellos hombres fueran tras ellos. Habían matado al hermano de Mathias, así que era lógico pensar que la matarían también a ella. Los matarían a los seis y dejarían que la enredadera los cubriera. Sin embargo, los mayas permanecieron en el centro del claro, mirándolos.

Cuando llegaron a la cima, las cosas volvieron a ponerse difíciles. Amy se echó a llorar y contagió a Stacy. Lloraron sentadas en el suelo, cogidas de la mano. Eric se arrodilló junto a Stacy y comenzó a decirle cosas como «todo saldrá bien», o «nos marcharemos de aquí», o simplemente «chsss, tranquila». Sólo palabras, tonterías, pequeñas frases para tranquilizarla y consolarla, pero el miedo que reflejaba su cara hizo que Stacy llorase más fuerte. Sin embargo, al cabo de un rato el sol comenzó a achicharrarlas, y no había sombra, y ella estaba agotada por la subida, y empezó a sentirse tan aturdida por todo lo que había pasado que no pudo seguir llorando. Cuando paró, Amy también paró.

Jeff y Mathias estaban en el otro extremo de la cima, mirando hacia abajo y hablando. Pablo había desaparecido en la tienda azul.

—¿Queda agua? —preguntó Amy.

Eric sacó una botella de su mochila y bebieron por turno.

—Todo irá bien —repitió Eric.

—¿Cómo? —Stacy se odió por hablar. Sabía que no debía hacer esa clase de pregunta. Tenía que permanecer callada y dejar que Eric construyese un sueño para los dos.

Eric reflexionó durante un instante, debatiéndose en la duda.

—A lo mejor, cuando se ponga el sol podremos bajar y marcharnos sin que nos vean.

Bebieron un poco más de agua, considerando esa idea. Hacía demasiado calor para pensar y Stacy sentía un zumbido constante en los oídos, un ruido como de interferencias telefónicas, pero más agudo. Supo que debía salir del sol, meterse en una de las tiendas de campaña y acostarse un rato, pero las tiendas le daban miedo. Estaba casi segura de que quienquiera que las hubiera montado allí, con tanto cuidado, ahora estaría muerto. Si Henrich ya no se encontraba entre los vivos, los arqueólogos tampoco. Stacy no veía una salida.

Eric lo intentó otra vez.

—O podemos esperar aquí —dijo—. Los demás griegos vendrán tarde o temprano.

—¿Cómo lo sabes? —preguntó Amy.

—Pablo les dejó una nota.

—Pero ¿cómo puedes estar seguro de que vendrán?

—Les dejó una copia del mapa, ¿no?

Amy no respondió. Stacy deseó que volviera a hablar, que de un modo u otro consiguiera aclarar la cuestión, refutando la lógica de Eric o aceptándola, pero Amy siguió callada, mirando hacia Jeff y Mathias. No podían estar seguros, desde luego. Pablo pudo dejar la nota, o no. Sólo lo sabrían si los griegos aparecían.

—Yo nunca había visto un muerto —dijo Eric.

Amy y Stacy guardaron silencio. ¿Cómo responder a una declaración semejante?

—Uno habría pensado que se lo había comido algún animal, ¿no? Que había salido de la selva y...

—Para —dijo Stacy.

—Pero es raro, ¿no? Ha estado aquí el tiempo suficiente para que esa planta...

—Por favor, Eric.

—¿Y dónde están los demás? ¿Dónde están los arqueólogos?

Stacy alargó la mano y le tocó la rodilla.

—Para, ¿vale? No hables más.

Jeff y Mathias se acercaban. Mathias tenía las manos extendidas hacia delante, como si se las hubiese manchado con pintura y no quisiera ensuciarse la ropa. Cuando llegaron, Stacy vio que las manos y las muñecas del alemán habían adquirido un color rojo intenso, como el de la carne cruda, y parecían despellejadas.

—¿Qué ha pasado? —preguntó Eric.

Jeff y Mathias se acuclillaron junto a ellos. Jeff cogió la botella de agua y puso unas gotas en las manos de Mathias, que se las secó con la camisa, haciendo una mueca de dolor.

—Esa planta tiene algo raro —explicó Jeff—. Cuando arrancó las ramas para sacar a su hermano, se manchó con la savia. Es ácida. Le ha quemado la piel.

Todos miraron las manos de Mathias. Jeff devolvió el agua a Stacy, que se sacó el pañuelo de la cabeza y empezó a mojarlo, pensando que el paño húmedo le refrescaría la cabeza. Pero Jeff la detuvo.

—No —dijo—. Tenemos que ahorrar agua.

—¿Ahorrar agua? —repitió Stacy. El calor la atontaba, y no entendía qué quería decir Jeff.

—No nos queda mucha. Necesitaremos al menos dos litros por cabeza al día. O sea, un total de doce litros. Tendremos que encontrar la manera de recoger el agua de lluvia. —Miró al cielo, como buscando nubes pero no se veía ninguna. Había llovido cada tarde desde que llegaron a México, y ahora, cuando más lo necesitaban, el cielo estaba perfectamente despejado.

Los demás lo miraron sin hablar.

—Podemos sobrevivir durante un tiempo sin comida. Lo más importante es el agua. Tenemos que salir del sol, pasar el mayor tiempo posible en las tiendas.

Al escucharlo, Stacy sintió náuseas. Hablaba como si fuesen a pasar una temporada allí, como si estuvieran atrapados, y esa idea la llenó de horror. Sintió el impulso de taparse los oídos; quería que se callara.

—¿No podríamos escapar cuando oscurezca? —preguntó—. Eric cree que sí.

Jeff cabeceó. Señaló hacia el otro lado de la cima, al punto donde había estado con Mathias unos momentos antes.

—No paran de venir. Cada vez son más. Están armados, y el calvo les da órdenes. Nos están rodeando.

—¿Por qué no nos matan de una vez? —preguntó Eric.

—No lo sé. Me parece que tiene algo que ver con la colina. Una vez que subes a ella, no se te permite marchar. Algo por el estilo. Ellos no la pisan, pero ahora que hemos subido, no nos dejarán ir. Nos dispararán si lo intentamos. Así que tendremos que encontrar una forma de sobrevivir hasta que alguien venga a rescatarnos.

—¿Quién? —preguntó Amy.

Jeff se encogió de hombros.

—Tal vez los griegos... Eso sería lo más rápido. O si no, cuando nuestros padres vean que no regresamos...

—No tenemos que volver hasta dentro de una semana —dijo Amy. Sólo entonces empezarán a buscarnos. —Jeff asintió—. O sea, ¿de cuánto tiempo hablas? ¿Un mes?

Jeff se encogió de hombros.

—Es posible —dijo.

Amy parecía consternada. Su voz subió de volumen.

—¡No podemos pasar un mes aquí, Jeff!

—Si intentamos huir, nos dispararán —respondió Jeff—. Eso es lo único que sabemos con certeza.

—Pero ¿qué comeremos? ¿Cómo...?

—Puede que vengan los griegos —dijo Jeff—. Podrían venir mañana mismo.

—¿Y de qué nos serviría? Acabarán atrapados aquí, igual que nosotros.

Jeff negó con la cabeza.

—Uno de nosotros hará guardia al pie de la colina. Les advertiremos.

—Pero esos tipos no lo permitirán. Los obligarán a...

Jeff volvió a negar con la cabeza.

—No lo creo. No nos obligaron a subir a la colina hasta que tú cruzaste el claro. Al principio, sólo querían que no nos acercásemos. Creo que harán lo mismo con los griegos. Ahora tenemos que buscar la manera de comunicarnos con ellos, de explicarles lo sucedido, para que vayan a pedir ayuda.

—Pablo —dijo Eric.

Jeff asintió.

—Si conseguimos hacérselo entender, él podrá ponerlos sobre aviso.

Todos se volvieron a mirar a Pablo, que había salido de la tienda azul y estaba paseándose por la cima. Parecía hablar para sí quedamente, en murmullos. Andaba encorvado, con las manos en los bolsillos. No se dio cuenta de que lo miraban.

—También es posible que pase un avión —dijo Jeff—. Podemos hacerles señas con algo reflectante. O podríamos cortar unas ramas, dejarlas secar y hacer fuego. Tres fuegos formando un triángulo. Es la señal de socorro.

Finalmente calló; se había quedado sin ideas. Y ni Stacy ni los demás tenían otras, así que todos guardaron silencio durante un rato. En la quietud, Stacy se dio cuenta gradualmente de que había un zumbido extraño, un sonido continuo, persistente, apenas audible. Un pájaro, pensó, pero supo de inmediato que se equivocaba. Nadie más pareció notarlo, y cuando se volvía a buscar su origen, Pablo empezó a gritar como loco. Daba saltos junto al pozo de la mina, señalándolo.

—¿Qué hace? —preguntó Amy.

Stacy lo vio llevarse la mano a la cara, a la oreja, como si imitase una conversación telefónica, y corrió hacia él.

—Deprisa —dijo a los demás, haciendo señas para que la siguieran.

De repente se había percatado de lo que era el zumbido: como por milagro, inexplicablemente, estaba sonando un teléfono móvil en el fondo del pozo.

Amy no se lo creía. Oyó el ruido que provenía del fondo del pozo y, al igual que los demás, tuvo que admitir que sonaba como el timbre de un móvil, pero no tenía fe en que realmente lo fuera. Antes de salir de Estados Unidos, Jeff le había dicho que no llevase el suyo, porque sería demasiado caro usarlo en México. Claro que eso no significaba que no hubiese redes locales, y ¿por qué no podía estar aquel teléfono conectado a una de esas redes? Sí, era perfectamente posible, y Amy trató de convencerse de ello. Pero no funcionó. Por dentro, en su corazón, ya había caído en un pozo de desconsuelo, y el plañidero pitido procedente de la oscuridad no bastaba para sacarla de allí. Cuando miró en el agujero, no imaginó un móvil llamándolos, sino una cría de pájaro con el pico abierto, pidiendo comida —*piiiu... piiiu... piiiu*—; o sea, una llamada de socorro, más que un ofrecimiento de ayuda.

Pero los demás estaban ilusionados, y ¿quién era ella para cuestionarlos? De modo que calló y fingió estar tan esperanzada como sus amigos.

Pablo ya había desenrollado un trozo de la cuerda del cabrestante y estaba atándoselo alrededor del pecho. Por lo visto, quería que lo bajasen al pozo.

—No podrá contestar —dijo Eric—. Tendremos que mandar a alguien que hable español.

Trató de coger la cuerda, pero Pablo no la soltó. Estaba atando un montón de nudos grandes y contrahechos. No parecía saber lo que hacía.

—No importa —dijo Jeff—. Subirá el teléfono, y lo usaremos para llamar a alguien.

El pitido se interrumpió y todos miraron al interior del agujero, esperando, aguzando el oído. Tras un largo silencio, comenzó otra vez. Se sonrieron entre sí y Pablo se aproximó al borde del pozo, impaciente por bajar. La florida enredadera se había enrollado alrededor del cabrestante, y cubría parte de la cuerda, la manivela, el caballete y la pequeña rueda. Jeff apartó las ramas con cuidado de no mancharse con la savia. Mathias había desaparecido en la tienda azul. Cuando salió, llevaba una lámpara de queroseno y una caja de cerillas. Puso la lámpara junto al pozo, rascó una cerilla y encendió cuidadosamente la mecha. Luego le dio la lámpara a Pablo.

El cabrestante era una máquina primitiva, mal construida y de aspecto frágil. Estaba junto al pozo, sobre una pequeña plataforma de acero atornillada de algún modo a aquella tierra dura como la piedra. El tambor estaba montado sobre un eje medio oxidado y que sin duda necesitaba aceite. La manivela no tenía freno; si era necesario detenerla en la mitad de su recorrido, habría que hacerlo mediante la fuerza bruta. Amy dudaba que aquel aparato pudiera aguantar el peso de Pablo; en cuanto metiera un pie en el agujero, pensó, aquel chisme se vendría abajo. El griego caería al vacío —más y más hondo— y nunca volverían a verlo. Pero cuando por fin empezó a bajar, después de intercambiar innumerables señas, gestos y palmadas de ánimo, el cabrestante hizo un ruido, acomodándose sobre su base, y comenzó a girar, chirriando con estridencia mientras Jeff y Eric luchaban con la manivela, bajando lentamente al griego al fondo del pozo.

Funcionaba y, sin quererlo, Amy empezó a hacerse ilusiones. A lo mejor era un móvil después de todo. Pablo lo encontraría en la oscuridad, lo subiría y llamarían a la policía, a la embajada de Estados Unidos, a sus padres. El pitido se interrumpió otra vez, y en esta ocasión no volvió a sonar, pero no importaba. Estaba allá abajo. Amy empezaba a creer —quería creer, se había dado permiso para creer— que se salvarían. Estaba junto al pozo, con Stacy a la derecha y Mathias enfrente, todos mirando cómo Pablo descendía poco a poco hacia las profundidades de la tierra. La lámpara iluminaba las paredes del foso: la tierra era negra y salpicada de rocas al principio, pero luego se volvía marrón, después caoba y finalmente de un intenso color entre amarillo y naranja. Tres metros, cuatro, seis, ocho y aún no veían el fondo. Pablo miró hacia arriba y sonrió, usando la mano libre para tocar la pared y frenarse. Amy y Stacy lo saludaron con la mano. Pero Mathias no. Mathias miraba fijamente la cuerda.

—¡Parad! —gritó de repente, y todo el mundo se estremeció.

Jeff y Eric, que ya estaban sudando por el esfuerzo, el pelo pegado a la cabeza, sujetaron la manivela con fuerza. Amy se fijó en cómo sobresalían los músculos del cuello de Jeff —tensos, nervudos—, y esto le dio una idea de la inmensa tensión de la cuerda, del poder de la gravedad que tiraba del griego, atrayéndolo hacia el fondo.

Ahora Mathias gritaba como loco.

—¡Subidlo! ¡Subidlo!

Jeff y Eric titubearon.

—¿Qué pasa? —preguntó Eric, parpadeando como un tonto.

—¡La enredadera! —exclamó Mathias con voz imperiosa, haciéndoles señas para que empezaran a subir a Pablo—. ¡La cuerda!

Y entonces vieron lo que ocurría. Jeff había arrancado parte de la enredadera que cubría el cabrestante, pero no toda. Los zarcillos restantes se habían metido entre el ovillo de cuerda y ahora, mientras el cabrestante giraba, estaban aplastándose, exprimiendo la lechosa savia, que comenzaba a oscurecer y corroer el cáñamo de la cuerda.

Pablo gritó una breve cadena de palabras, una pregunta en griego, y Amy lo miró por un instante, vio cómo se balanceaba suavemente a unos ocho metros de profundidad, con la lámpara en la mano, y luego corrió con Stacy y Mathias hacia la manivela, donde todos trataron de ayudar, atropellándose, tirando con toda su fuerza mientras la savia se comía la cuerda... implacable, demasiado rápido, más rápido de lo que ellos podían trabajar. Pablo acababa de empezar a subir cuando se produjo una sacudida brusca, vertiginosa, y cayeron unos contra otros mientras el cabrestante giraba a toda velocidad, libre de su carga. Hubo un largo silencio —demasiado, demasiado largo— y luego más que oír sintieron un golpe, seguido un instante después por la estruendosa explosión de la lámpara. Corrieron hacia el agujero y se asomaron, pero allí no había nada que ver.

Oscuridad. Silencio.

—¿Pablo? —gritó Eric, y su voz retumbó en el pozo.

Entonces Amy oyó un sonido muy lejano y a la vez cercano, sofocantemente cercano, como si procediera del interior de su cuerpo: eran los gritos del griego.

Aquellos alaridos llenaron de horror a Eric. Pablo estaba allí abajo, en la oscuridad, sufriendo un dolor espantoso, y él no sabía qué hacer, cómo solucionar la situación. Tenían que ayudarlo, y ya estaban tardando demasiado. Debían socorrerlo deprisa, en el acto, pero no lo hacían, no podían. Primero debían trazar un plan, y nadie parecía saber cómo hacerlo. Stacy se había quedado parada junto al cabrestante, con los ojos desorbitados, mordiéndose la mano.

Amy miraba al interior del pozo.

—¿Pablo? —llamaba una y otra vez—. ¿Pablo? —Aunque gritaba, era difícil oírla con los alaridos del griego, que se negaba a parar, que continuaba gritando sin pausa y con la misma desesperación.

Mathias corrió hacia la tienda naranja y se metió dentro. Jeff subió la cuerda con la manivela. Luego la desenrolló del cabrestante y la extendió por el claro, dibujando un enorme círculo. Acto seguido, comenzó a examinarla palmo por palmo, retirando los restos de la planta y buscando los trozos corroídos por la savia. Fue un proceso lento y lo llevó a cabo con insoportable meticulosidad, como si no tuviera prisa alguna, como si no oyera los gritos del griego. Eric estaba a su lado, demasiado aturdido para servir de algo, inmóvil, pero sintiendo que corría por dentro —una huida rápida, precipitada—, con el corazón desbocado debajo de las costillas. Y los alaridos no cesaban.

—Busca un cuchillo —le ordenó Jeff.

Eric lo miró boquiabierto. ¿Un cuchillo? La palabra quedó como suspendida en su cerebro, inerte, como si perteneciera a una lengua desconocida. ¿Dónde quería que encontrase un cuchillo?

—Mira en las tiendas —añadió Jeff, sin apartar la vista de la cuerda. Doblado sobre ella, buscaba los puntos quemados.

Eric fue a la tienda azul, abrió la cremallera y entró. Olía a moho, como un desván, con el aire quieto y caliente. El nailon azul dejaba pasar parte de la luz del sol, aunque atenuándola, confiriéndole un matiz acuoso, onírico. Había cuatro sacos de dormir, tres de ellos extendidos y con aspecto de que acababan de albergar el cuerpo de sus propietarios. «Todos muertos», pensó Eric, y trató de apartar esa idea de su mente. Vio un transistor y tuvo que contener el impulso de encenderlo para ver si funcionaba, si podía encontrar una emisora, quizá de música, cualquier cosa que tapase los gritos de Pablo. Había dos mochilas, una verde y otra negra. Se acuclilló junto a la primera y empezó a registrarla, sintiéndose como un ladrón, un viejo instinto que pertenecía a un mundo totalmente diferente, el sentimiento de transgresión inherente al acto de manipular las posesiones ajenas. «Todos muertos», volvió a pensar, esta vez adrede, buscando valor en aquellas palabras que, sin embargo, lejos de conseguir que se sintiera mejor, convirtieron el acto en un delito diferente. Al parecer, la mochila verde pertenecía a un hombre y la negra, a una mujer. La ropa de otros: olió a cigarrillo en la del hombre y a perfume en la de la mujer. Se preguntó si pertenecería a la chica que el hermano de Mathias conoció en la playa, la misma que los había llevado a todos hasta allí, quizá condenándolos a morir.

La enredadera crecía sobre algunos objetos; delgados zarcillos verdes salpicados de minúsculas florecillas de color rojo claro, casi rosa. Había más sobre la mochila de la mujer que sobre la del hombre, enredándose en las camisetas, los calcetines y los tejanos sucios. En la mochila del hombre, Eric encontró un anorak gris con rayas azules en las mangas, idéntico al que tenía él colgado a buen recaudo en la casa de sus padres, ahora inalcanzable, aguardando su llegada. «El cuchillo», tuvo que recordarse, y abandonó el revoltijo de ropa, buscando ahora en los demás bolsillos, abriéndolos y vaciando su contenido en el suelo de la tienda. Una cámara de fotos, todavía con película; media docena de cuadernos de espiral; diarios, por lo visto, prácticamente llenos de anotaciones hechas con letra de hombre en tinta negra, azul, incluso roja en algunas partes, pero todo en una lengua que Eric no sólo no entendía, sino que ni siquiera era capaz de identificar: holandés, quizás, o escandinavo. Una baraja; un botiquín de primeros auxilios; un *frisbee*; un tubo de protector solar; un par de gafas de montura metálica; un frasco de vitaminas; una cantimplora vacía; una linterna. Pero ningún cuchillo.

Eric salió al exterior con la linterna y cerró los ojos, deslumbrado por la súbita claridad y, después de un rato encerrado entre los sofocantes confines de la tienda, tuvo la sensación de que el espacio se abría bruscamente a su alrededor. Encendió la linterna y se dio cuenta de que no funcionaba. La sacudió y probó otra vez: nada. Pablo dejó de gritar el tiempo suficiente para respirar hondo dos veces, y luego empezó otra vez. El silencio fue casi tan terrible como los alaridos, pensó Eric, pero enseguida cambió de idea: el silencio había sido peor. Dejó la linterna en el suelo y vio que Mathias había salido ya de la tienda naranja con una segunda lámpara de queroseno, un cuchillo grande y un botiquín de primeros auxilios. Él y Jeff estaban cortando concienzudamente las secciones quemadas de la cuerda, trabajando en equipo con tranquilidad y diligencia. Eric se acercó y permaneció de pie, mirándolos. Se sintió como un idiota; él también tendría que haber traído el botiquín, o comprobar al menos su contenido. No pensaba. Quería ayudar, quería que Pablo dejase de gritar, pero era un imbécil, un inútil, y no había nada que hacer al respecto. Sintió la imperiosa necesidad de caminar, pero se quedó donde estaba, mirando. Stacy y Amy parecían encontrarse exactamente igual que él: asustadas, nerviosas, incapaces de moverse. Todos observaron cómo Jeff y Mathias trabajaban con la cuerda, cortando, atando, tirando. Estaban tardando mucho, muchísimo.

—Iré yo —dijo Eric. No había pensado antes de hablar; las palabras nacieron del miedo, de la necesidad de apresurar las cosas—. Yo bajaré a buscarlo.

Jeff alzó la vista. Parecía sorprendido.

—Es igual —dijo—. Puedo ir yo.

Su voz sonaba tan tranquila, tan increíblemente serena,

que por un momento Eric tuvo dificultades para entender las palabras. Fue como si primero tuviera que traducirlas a su estado de terror. Entonces sacudió la cabeza.

—Yo peso menos —dijo—. Y lo conozco mejor.

Jeff consideró estos dos puntos y pareció encontrarlos razonables. Se encogió de hombros.

—Le haremos una camilla. Puede que tengas que ayudarle a meterse en ella. Después de sacarlo a él, volveremos a echar la cuerda y te sacaremos a ti.

Eric asintió. Parecía muy fácil, muy sencillo, y quería creer que saldría bien, pero no lo conseguía del todo. Otra vez sintió el impulso de pasearse y tuvo que hacer un esfuerzo sobrehumano para quedarse quieto.

Pablo paró de gritar. Una respiración, dos, tres, y empezó otra vez.

—Háblale, Amy —dijo Jeff.

La idea pareció asustar a Amy.

—¿Que le hable? —preguntó.

Jeff señaló el agujero.

—Asómate. Deja que te vea. Que sepa que no lo hemos abandonado.

—¿Qué le digo? —preguntó Amy, todavía asustada.

—Cualquier cosa. Algo que lo tranquilice. De todas maneras no te entenderá. Que oiga el sonido de tu voz.

Amy se acercó al pozo. Se puso de rodillas y se inclinó sobre el agujero.

—¿Pablo? —gritó—. Te sacaremos de ahí. Estamos arreglando la cuerda, y después Eric bajará a buscarte.

Continuó en la misma línea, describiendo lo que harían paso a paso, cómo lo atarían con la cuerda y lo izarían hasta la superficie, y al cabo de un rato Pablo paró de gritar. Jeff y Mathias casi habían terminado. Habían llegado a la última sección de la cuerda. Jeff hizo el último nudo y luego tiró de un extremo mientras Mathias tiraba del otro, ambos con todas sus fuerzas, un momentáneo tira y afloja para poner a prueba su resistencia. Ahora la cuerda tenía cinco empalmes. Los nudos no parecían muy fuertes, pero Eric trató de no especular al respecto. Le gustaba la idea de ser el que iba a bajar, el que iba a hacer algo, pero sabía que si se ponía a pensar en los nudos, en su aparente fragilidad, acabaría cambiando de opinión.

Mathias estaba enrollando de nuevo la cuerda en el cabrestante, comprobando por segunda vez que no hubiera partes corroídas. Volvió a meter el extremo en la pequeña rueda metálica del caballete. Después Jeff hizo un lazo para Eric, lo ayudó a pasárselo por encima de la cabeza y se lo apretó con cuidado por debajo de las axilas.

—Todo saldrá bien —gritó Amy—. Ya va para allí. Está a punto.

Stacy se arrodilló, encendió la segunda lámpara y se la dio a Eric, la llama titilando dentro del globo de cristal.

Eric ya estaba junto al agujero, mirando hacia la oscuridad, y Mathias y Jeff ocuparon sus posiciones detrás de la manivela, inclinados sobre ella. La cuerda se tensó. Estaban listos. Lo más difícil sería el momento de poner un pie en el vacío, preguntándose si la cuerda aguantaría, y por un instante Eric pensó que le faltaría valor. Pero entonces se dio cuenta de que no podía hacer otra cosa: en el momento de pasarse la eslinga por encima de la cabeza había puesto algo en marcha, y ya no había manera de detenerlo. Saltó por encima del borde, con la cuerda clavándosele en las axilas, y empezaron a bajarlo, el cabrestante chirriando y temblando con cada vuelta de manivela.

Antes de que hubiera descendido tres metros, la temperatura empezó a bajar, enfriándole la piel sudorosa... y también el alma. No quería ir más allá, y sin embargo continuó bajando poco a poco, a pesar de que ya estaba dispuesto a reconocer que sentía pánico, que ojalá hubiese dejado que bajara Jeff. En las paredes del pozo había soportes de madera clavados caprichosamente en la tierra, en ángulos extraños. Parecían viejas traviesas de ferrocarril pintadas con creosota, y Eric no consiguió encontrar la lógica de su distribución. A unos seis metros de la superficie, descubrió con asombro un pasadizo que se internaba en la pared, un foso perpendicular a aquel por donde estaba bajando. Levantó la lámpara para verlo mejor. Dos rieles de hierro, opacos a causa del óxido, discurrían por el centro. Sobre uno de ellos, en el límite de la luz de la lámpara, vio un cubo abollado. El pozo se curvaba hacia la izquierda y desaparecía en las entrañas de la tierra. De él salía una continua corriente de aire fresco, denso, húmedo, que primero avivó la llama de la lámpara y luego estuvo a punto de apagarla.

—¡Hay otro pozo! —gritó a los demás, pero la única respuesta fue el constante chirrido del cabrestante que lo conducía hacia la oscuridad.

En las paredes también había piedras del tamaño de calaveras y de color gris claro, suaves, casi vidriosas. La enredadera llegaba incluso hasta allí, y colgaba de algunos soportes de madera, las hojas y flores mucho más pálidas que en el exterior, prácticamente traslúcidas. Cuando alzó la vista, alcanzó a ver a Amy y Stacy mirándolo, enmarcadas por un rectángulo de cielo, más pequeñas con cada palmo que bajaba. La cuerda había empezado a balancearse ligeramente, como un péndulo, y la lámpara también se sacudía, haciendo que las paredes del pozo parecieran agitarse vertiginosamente. Eric experimentó una oleada de náuseas y tuvo que mirarse los pies con atención para recuperarse. Oía a Pablo quejándose más abajo, pero el griego siguió oculto por la oscuridad durante un rato largo. A Eric le costaba calcular cuánto había bajado ya —unos diecisiete metros, supuso—, y, justo cuando avistó el fondo rodeado de sombras (una oscuridad más intensa en la que comenzaba a adquirir forma el cuerpo acurrucado de Pablo, sus zapatillas de tenis, su camiseta azul claro), la cuerda dio un tirón y se detuvo.

Eric permaneció colgado allí, balanceándose. Alzó la vista hacia el rectángulo de cielo. Vio las caras de Amy y Stacy, y luego también la de Jeff.

—¿Eric? —llamó Jeff.

—¿Qué?

—Se ha terminado la cuerda.

—Todavía no he llegado al fondo.

—¿Ves a Pablo?

—Sí, casi.

—¿Se encuentra bien?

—No estoy seguro.

—¿A cuánto estás de él?

Eric miró hacia abajo y trató de calcular la distancia que lo separaba del fondo. Estas cosas no se le daban muy bien; lo único que podía hacer era decir un número al azar, como si adivinara cuántas monedas llevaba alguien en el bolsillo.

—¿Unos seis metros? —dijo.

—¿Se mueve?

Eric volvió a observar la borrosa silueta del griego. Cuanto más miraba, más cosas veía; no sólo las bambas y la camiseta, sino también los brazos, la cara, el cuello, insólitamente pálidos en la oscuridad. La lámpara de Eric iluminó los fragmentos de vidrio que rodeaban a Pablo, los restos de su desventurada prima.

—No —respondió Eric—. Está quieto.

No hubo respuesta. Eric alzó la mirada y vio que las caras habían desaparecido del agujero. Hablaban, y aunque no distinguió las palabras, oyó un runrún de voces que parecían ir y venir; voces discursivas, extrañamente pausadas. Sonaban aún más lejanas de lo que estaban, y por un instante Eric sintió pánico. Quizá se iban, quizá lo abandonaban allí...

Miró hacia abajo justo en el momento en que Pablo levantaba la mano y se la tendía muy despacio, como si estuviera debajo del agua, como si ese movimiento casi imperceptible se le antojase una proeza.

—Ha levantado la mano —gritó.

—¿Qué? —Era la voz de Jeff, cuya cabeza había reaparecido en el agujero. Igual que las de Stacy, Amy y Mathias. Nadie sujetaba el cabrestante. Nadie necesitaba hacerlo, «porque me he quedado sin cuerda», pensó Eric. No pudo evitarlo, las palabras estaban ya en su cabeza. Un chiste, pero sin ninguna gracia.

—¡Ha levantado la mano! —gritó otra vez.

—Vamos a subirte —gritó Jeff. Y las cuatro cabezas desaparecieron del agujero.

—¡Esperad! —gritó Eric.

Reaparecieron por turno las caras de Jeff, Stacy y Amy. Se veían minúsculas recortadas en el cielo. Aunque no podía distinguir las facciones, de algún modo Eric sabía quién era quién.

—Tenemos que buscar la forma de alargar la cuerda —gritó Jeff.

Eric sacudió la cabeza.

—Quiero quedarme con él. Voy a saltar.

Una vez más oyó un murmullo de voces, una deliberación por encima de su cabeza. Después, la voz de Jeff retumbó en el pozo:

—No. Te subiremos.

—¿Por qué?

—Puede que no consigamos alargar la cuerda. Te quedarías atrapado ahí abajo.

Eric no supo qué responder. Pablo ya estaba allí abajo. Si no conseguían alargar la cuerda... bueno, eso significaría que... Vislumbró lo que pasaría, y trató de no pensar.

—¿Eric? —dijo Jeff.

—¿Qué?

—Vamos a subirte.

Las cabezas desaparecieron otra vez, y al cabo de un segundo la cuerda se tensó y comenzaron a subirlo. Eric miró hacia abajo. La lámpara se balanceaba otra vez, así que era difícil asegurarlo, pero tuvo la impresión de que Pablo lo miraba fijamente. Su mano ya no estaba alzada. Eric empezó a dar tirones a la cuerda, pataleando. No pensó; se estaba comportando como un idiota, y lo sabía. Pero no podía dejar a Pablo allí, solo, herido, en la oscuridad. Levantó el brazo izquierdo y la cuerda le arañó la piel al pasar por encima de su cabeza. Todavía estaba sujeto por el otro brazo, subiendo lentamente, y el fondo del pozo comenzaba a sumirse en la oscuridad, y tuvo que pasarse la lámpara de una mano a la otra. Luego soltó la cuerda y comenzó a caer, la llama apagándose durante el descenso.

El fondo estaba más lejos de lo que había imaginado, y sin embargo llegó muy pronto, se materializó en la oscuridad y chocó contra él sin darle tiempo a prepararse, mientras sus piernas se aplastaban, dejándolo sin aire en los pulmones. Aterrizó a la izquierda de Pablo. Antes de que la lámpara se apagase, había tenido la presencia de ánimo necesaria para apuntar hacia allí, aunque fue incapaz de mantener el equilibrio al tocar el fondo. Cayó, rebotó en la pared y se desplomó sobre el pecho del griego, que empezó a gritar otra vez. Eric trató desesperadamente de levantarse y apartarse, pero no conseguía orientarse en la oscuridad. Nada estaba donde él pensaba que debía estar. Extendía los brazos, esperando tocar el suelo o la pared, pero sólo tocaba aire.

—Lo siento —dijo—. Ay, Dios mío, lo siento.

Debajo de él, Pablo chillaba y sacudía un brazo, aunque totalmente inmóvil de cintura para abajo. Esa inmovilidad asustó a Eric, que sabía lo que podía significar.

Consiguió ponerse de rodillas y luego en cuclillas. Había paredes detrás de él, a derecha e izquierda, pero enfrente, más allá del cuerpo de Pablo, parecía que no había nada. Otro foso que se adentraba en la tierra de la colina. Otra vez percibió una corriente de aire fresco saliendo de la cueva, pero también algo más, una sensación de opresión, una presencia que los vigilaba. Eric aguzó el sentido, tratando de ver algo en la oscuridad, distinguir la silueta de quien fuese que los observaba, aunque allí no había nadie, desde luego, sólo su miedo fabricando fantasmas, y al final logró convencerse de ello.

Oyó que Jeff gritaba algo y echó la cabeza atrás, mirando hacia la boca del foso. Ahora estaba muy alto y era apenas una diminuta ventana de cielo. La cuerda se balanceaba suavemente entre los límites del pozo, y Jeff había empezado a gritar otra vez, pero Eric no le entendía por culpa de los alaridos de Pablo, que al rebotar en las paredes de tierra se duplicaban o triplicaban, hasta que tuvo la impresión de que con él había más de una persona, de que estaba atrapado en una cueva llena de hombres vociferantes.

—¡Estoy bien! —gritó, aunque dudaba de que pudieran oírle desde arriba.

¿Y de verdad estaba bien? Dedicó un momento a cerciorarse, evaluando los dolores que el cuerpo comenzaba a anunciar. Debía de haberse golpeado la barbilla, porque tenía la impresión de que había recibido un puñetazo. Pero era su pierna derecha la que llamaba su atención más agresivamente, con una sensación opresiva y desgarradora debajo de la rótula, acompañada de una extraña humedad. Eric se palpó ese punto y comprobó que se había clavado un cristal. Era del tamaño de un naipe, aunque con forma de pétalo, ligeramente cóncavo, y había atravesado limpiamente el pantalón tejano para enterrarse un centímetro en la carne. Eric supuso que era un fragmento de la lámpara de Pablo que había caído sobre él. Apretó los dientes, haciendo de tripas corazón, y tiró. Sintió la sangre que le corría por la espinilla, curiosamente fresca y también profusa, desde luego... Prácticamente había empapado el calcetín.

—Me he cortado la pierna —gritó hacia arriba y esperó, pero no supo si le contestaban.

«No pasa nada —se dijo—. Todo saldrá bien.» Era la clase de consuelo tonto que sólo confortaría a un niño, y Eric lo sabía, pero a pesar de ello continuó repitiéndose esas frases. Estaba muy oscuro y encima sentía aquella corriente fresca desde el otro foso, esa presencia al acecho, y su bamba derecha llenándose de sangre, y los gritos de Pablo que no cesaban.

«Se me acabó la cuerda —pensó Eric. Y luego, otra vez—: No importa. Todo saldrá bien.» Eran sólo palabras, su cabeza estaba llena de palabras.

Aún tenía la lámpara en la mano izquierda; no sabía cómo, pero había conseguido que no se rompiera. La dejó en el suelo y tanteó el aire, encontró la mano del griego y se la cogió. Luego se acuclilló en la oscuridad, diciendo:

—Chsss. Tranquilo. Estoy aquí. Estoy a tu lado. —Y esperó a que Pablo parase de gritar.

Podían oír a Eric, pero no conseguían descifrar sus palabras por culpa de los gritos de Pablo. Jeff sabía que el griego pararía tarde o temprano, que se cansaría y cerraría la boca, y entonces descubrirían qué había pasado allí abajo, si Eric había saltado o se había caído, y si él también estaba herido. Por el momento, nada de eso tenía demasiada importancia. Lo que importaba era la cuerda. Hasta que encontraran la manera de alargarla, no podrían hacer nada por ninguno de ellos.

Jeff pensó primero en la ropa que habían dejado los arqueólogos, en improvisar una cuerda atando pantalones, camisas y chaquetas. Sabía que no era muy buena idea, pero durante los primeros minutos no se le ocurrió nada mejor. Faltaban unos seis metros de cuerda, quizá nueve para ir sobre seguro, y para ello haría falta mucha ropa, ¿no? Además, dudaba de que las prendas de vestir resultaran lo bastante resistentes, o que los nudos aguantasen.

Nueve metros.

Jeff y Mathias estaban al lado del cabrestante, ambos devanándose los sesos sin hablar, porque de momento no tenían nada que decir, ninguna solución que proponer. Amy y Stacy se habían arrodillado junto al agujero y miraban hacia abajo. De vez en cuando, Stacy llamaba a Eric, y a veces él le respondía, pero era imposible entenderle, ya que Pablo seguía gritando.

—Las tiendas —dijo Jeff—. Podríamos desmontar una y cortar tiras de tela.

Mathias se volvió y examinó la tienda azul.

—¿Será suficientemente fuerte? —preguntó.

—Podríamos trenzar las tiras. Tres tiras por sección. Y luego atar las secciones. —Mientras pronunciaba estas palabras, Jeff experimentó una oleada de placer, una sensación de éxito en medio de tanto fracaso.

Estaban atrapados en la colina, prácticamente sin agua y comida, dos en el fondo de una mina y al menos uno de ellos, herido; pero, por el momento, nada de eso parecía importar. Tenían un plan, y era un plan razonable que llenó momentáneamente a Jeff de energía y optimismo, poniéndolo en movimiento. Mathias y él comenzaron a desmontar la tienda azul: sacaron al pequeño claro los sacos de dormir, las mochilas, las libretas y la radio, el botiquín de primeros auxilios, el *frisbee* y la cantimplora vacía, haciendo una montaña con todas estas cosas. Después desarmaron la tienda, desenterrando las piquetas y tirando de los palos. Mathias se encargó de cortar la tela. Hubo una pequeña discusión sobre el ancho adecuado, que al final establecieron en diez centímetros, y con firmes y rápidas pasadas Mathias cortó tiras de tres metros de longitud, el cuchillo atravesando limpiamente el nailon, para que Jeff las trenzara. Éste iba por la mitad de la primera sección, tomándose su tiempo para asegurarse de que el trenzado fuera lo bastante prieto, cuando Pablo paró de chillar.

—¿Eric? —gritó Stacy.

La voz de Eric retumbó en las paredes del pozo:

—Estoy aquí.

—¿Te caíste?

—Salté.

—¿Te encuentras bien?

—Me he hecho un corte en la rodilla.

—¿Grande?

—Tengo la zapatilla llena de sangre.

Jeff dejó las tiras de nailon y se acercó al hoyo.

—Comprímelo —gritó hacia abajo.

—¿Qué?

—Quítate la camiseta y apriétala contra la herida. Fuerte.

—Hace demasiado frío.

—¿Frío? —preguntó Jeff, pensando que había entendido mal. Su cuerpo entero estaba empapado en sudor.

—Hay otro pozo —gritó Eric—. Hacia un lado. Sale aire frío de ahí.

—Espera —dijo Jeff, y fue hacia los objetos de la tienda azul, rebuscó en la pila, sacó el botiquín de primeros auxilios y lo abrió. No sabía qué esperaba encontrar, pero fuera lo que fuese no estaba allí. Había una caja de tiritas, que con toda probabilidad eran demasiado pequeñas para el corte de Eric. Había una pomada antiséptica, que les vendría bien cuando subieran a Eric. También había aspirinas, un antiácido y unas tijeras pequeñas.

Jeff regresó al hoyo con el bote de aspirinas y se quitó la camiseta.

—¿Qué pasó con la lámpara? —preguntó.

—Se apagó.

—Voy a liar mi camiseta y te la arrojaré —gritó Jeff—. Dentro encontrarás aspirinas y una caja de cerillas. ¿Vale?

—Vale.

—Usa la camiseta para restañar la herida. Dale tres aspirinas a Pablo y toma tú otras tres.

—Vale —repitió Eric.

Jeff envolvió las aspirinas y las cerillas con la camiseta y se inclinó sobre el agujero.

—¿Listo? —preguntó.

—Listo.

Lanzó la camiseta y la vio desaparecer en la oscuridad. Tardó mucho en aterrizar. Finalmente, oyó un golpe sordo y seco.

—La tengo —gritó Eric.

Mathias había terminado de cortar tiras y ahora continuaba con la trenza que había abandonado Jeff. Éste se volvió hacia Amy y Stacy, que seguían mirando por el agujero.

—Ayudadle —dijo, señalando a Mathias con la cabeza. Las chicas fueron hasta la tienda desmontada y se sentaron en el suelo. El alemán les enseñó a trenzar la tela, y cada una comenzó a trabajar en una sección nueva.

En el fondo del pozo apareció un suave resplandor, pero enseguida comenzó a adquirir fuerza: Eric había encendido la lámpara. Ahora Jeff consiguió verlo, arrodillado junto a Pablo, los dos muy pequeños.

—¿Se encuentra bien? —preguntó Jeff.

Eric tardó unos segundos en responder, y Jeff vio que estaba inclinado sobre el griego, examinándolo, con la lámpara en la mano. Por fin alzó la cabeza y gritó:

—Creo que se ha roto la espalda.

Jeff se volvió hacia los demás, que dejaron de trabajar y le devolvieron la mirada. Stacy tenía la mano en la boca, como si estuviese a punto de echarse a llorar otra vez. Amy se levantó y se acercó a Jeff. Los dos miraron por el agujero.

—Mueve los brazos —gritó Eric—, pero no las piernas.

Jeff y Amy se miraron.

—Examínale los pies —murmuró Amy.

—Creo que se ha... —Eric se interrumpió, buscando las palabras adecuadas—. Bueno, aquí huele como si se hubiera cagado.

—Los pies —murmuró Amy otra vez, dándole un codazo a Jeff. Por alguna razón, no quería gritarlo ella.

—¿Eric? —dijo Jeff.

—¿Qué?

—Quítale una bamba.

—¿Una bamba?

—Quítasela. Y también el calcetín. Luego pásale la uña del pulgar por la planta del pie. Con fuerza. Fíjate si hay alguna reacción.

Amy y Jeff se inclinaron sobre el agujero y vieron cómo Eric se agachaba, le quitaba la bamba y el calcetín a Pablo. Stacy también se acercó a ver, pero Mathias continuó trenzando la tela.

Eric levantó la cabeza hacia ellos.

—Nada —gritó.

—¡Oh, Dios! —murmuró Amy—. ¡Santo cielo!

—Tenemos que construir una camilla para inmovilizarle la espalda. Pero ¿cómo?

Amy sacudió la cabeza.

—No, Jeff. No debemos moverlo.

—Pues tendremos que hacerlo. No vamos a dejarlo ahí abajo.

—Lo pondremos aún peor. Tiraremos y se...

—Usaremos los palos de la tienda —dijo Jeff—. Lo ataremos a ellos y después...

—¡Jeff!

Se interrumpió y la miró. Estaba pensando en los palos de la tienda, imaginando cómo hacer una camilla con ellos. No estaba seguro de que funcionase, pero no se le ocurría otra solución. Entonces se acordó del armazón de hierro de las mochilas.

—Hay que llevarlo a un hospital —dijo Amy.

Jeff no respondió. Se limitó a mirarla mientras desmontaba mentalmente las mochilas y usaba los palos de la tienda como refuerzo. ¿Cómo pensaba Amy que iban a transportarlo a un hospital?

—Es espantoso —dijo Amy—. Es horrible. —Empezó a llorar, pero enseguida trató de contenerse, sacudiendo la cabeza mientras se enjugaba las lágrimas con el dorso de la mano—. Si lo movemos... —dejó la frase en el aire.

—No podemos dejarlo ahí, Amy —insistió Jeff—. Lo entiendes, ¿no? Es imposible.

La joven reflexionó durante unos instantes y luego asintió.

Jeff se inclinó sobre el agujero y gritó:

—¿Eric?

—¿Sí?

—Tendremos que hacer una camilla para inmovilizarle la espalda antes de subirlo.

—Vale.

—Lo haremos lo más rápido posible, pero seguramente nos llevará un buen rato. Tú sigue hablándole.

—No queda mucho queroseno en la lámpara.

—Entonces apágala.

—¿Que la apague? —La idea pareció asustarle.

—La necesitaremos más tarde. Cuando bajemos para ponerlo en la camilla. —Eric no respondió—. ¿De acuerdo? —gritó Jeff.

Puede que se limitase a asentir con la cabeza; era difícil de asegurar. Lo vieron inclinare sobre la lámpara y luego, súbitamente, dejaron de verlo. Una vez más, el fondo del pozo se sumió en tinieblas.

Stacy y Amy continuaron trenzando tiras de nailon mientras Jeff y Mathias se las ingeniaban para construir una camilla. Hablaban en murmullos, discutiendo las posibilidades. Tenían los palos de la tienda, el armazón de una mochila y un rollo de cinta adhesiva que había encontrado Mathias entre los bártulos de los arqueólogos, y no dejaban de armar y desarmar las distintas piezas. Stacy y Amy trabajaban en silencio. La tarea habría debido tranquilizarlas —tan sencilla, tan automática, un simple movimiento de las manos de derecha a izquierda, de derecha a izquierda—, pero cuanto más trenzaba Stacy, más tensa se ponía. El tequila le había revuelto el estómago, tenía la boca pastosa y la piel pegajosa por el sudor, y le dolía la cabeza. Quería pedir agua, pero temía que Jeff le dijera que no. Además, empezaba a sentirse desmayada de hambre. Le habría gustado tomar un tentempié con una bebida fresca y buscar un sitio a la sombra donde recostarse un rato, y el hecho de que todo esto fuera imposible la ponía nerviosa, la hacía sentirse al borde del pánico. Trató de recordar lo que llevaban ella y Eric en la mochila: una botella pequeña de agua, una bolsa de galletas de aperitivo, una latita de frutos secos y un par de plátanos demasiado maduros. Tendrían que compartirlo, desde luego; todos tendrían que compartir sus cosas. Juntarían toda la comida y la racionarían para que durase lo máximo posible.

Derecha, izquierda, derecha, izquierda, derecha...

—Mierda —oyó decir claramente a Jeff desde el otro extremo del claro, y los chicos comenzaron a desarmar su último intento de camilla, los palos de aluminio tintineando al chocar entre sí.

Stacy ni siquiera se atrevía a mirarlos. Pablo se había roto la columna, y ella era incapaz de hacerse a la idea. Necesitaban ayuda. Necesitaban un helicóptero con un equipo de rescate, para llevar a Pablo a un hospital. Sin embargo, lo subirían ellos mismos, sacudiéndolo y golpeándolo hasta sacarlo a la superficie. Y cuando lo hubieran sacado, ¿qué? Lo meterían en la tienda naranja, supuso, donde gemiría o gritaría sin que nadie pudiera hacer nada por él.

Aspirinas. Pablo se había roto la espalda y Jeff le había arrojado un frasco de aspirinas.

Jeff respiró hondo, cruzó el claro y miró hacia el pie de la colina. Todo el mundo dejó lo que estaba haciendo para mirarlo. «Se han ido», pensó Stacy en un breve arrebato de optimismo, pero luego Jeff se dio la vuelta y regresó hacia ellos sin decir nada. Se acuclilló junto a Mathias. Stacy oyó de nuevo el tintineo de los palos y el ruido de la cinta adhesiva al rasgarse. Los mayas seguían allí, por supuesto, lo sabía. Los imaginó apostados al pie de la colina, mirando hacia arriba con aquella aterradora cara de póquer. Habían matado al hermano de Mathias. Lo habían cosido a flechazos. Y allí estaba Mathias ahora, sujetando los palos de aluminio para que Jeff los pegara, absorto en las dificultades, tratando de solucionarlas. Stacy no entendía cómo era capaz de hacer todas aquellas cosas; de hecho, no entendía cómo todos ellos eran capaces de hacer lo que estaban haciendo. Eric estaba en el fondo del pozo, en la oscuridad, con la bamba llena de sangre, y ella trenzaba tiras de nailon, una mano cruzando sobre la otra, tensando los cabos a cada paso.

Derecha, izquierda, derecha, izquierda, derecha, izquierda, derecha, izquierda...

El sol iniciaba su implacable descenso hacia el oeste. ¿Cuánto tiempo había pasado? Stacy no podía saber la hora, pues había olvidado su reloj en la mesita de noche del hotel. Al darse cuenta, experimentó un súbito acceso de ansiedad, pensando que la camarera podía robárselo. Era el regalo de graduación de sus padres. Siempre sospechaba que las camareras de los hoteles le robarían algo, aunque no le había pasado nunca, ni una sola vez. Quizá no fuera tan sencillo como parecía, o puede que la gente fuese más honrada de lo que ella creía. Oyó el reloj en su cabeza, lo imaginó sobre el cristal de la mesita contando pacientemente los segundos, los minutos, las horas, esperando a su dueña. Las camareras abrían la cama por la noche, dejaban chocolatinas en la almohada y la radio encendida, tan baja que a veces Stacy no la notaba hasta que apagaba las luces.

—¿Qué hora es? —preguntó ahora.

Amy hizo una pausa en el trabajo y consultó su reloj de pulsera.

—Las cinco y treinta y cinco —respondió.

Cuando terminasen de trenzar las tiras, tendrían que subir la cuerda y atar las nuevas secciones. Luego alguien bajaría con la improvisada camilla, para ayudar a Eric a levantar a Pablo e inmovilizarlo sobre la camilla, de manera que pudieran subirlo sin demasiados riesgos. Después volverían a arrojar la cuerda y subirían a los otros dos, uno después del otro.

Stacy trató de calcular cuánto tardarían en hacer todas estas cosas y supo que sería demasiado, que les faltaría tiempo.

Porque si ya eran las cinco y treinta y cinco, o y cuarenta casi, eso significaba que quedaba aproximadamente una hora y media para la puesta de sol.

Al final tuvieron que hacer cinco trenzas de tela. Ataron las tres primeras a la cuerda y la lanzaron, pero Eric les gritó que todavía no era suficiente. Así que empalmaron una cuarta, pero cuando llegó la hora de atar la camilla, se dieron cuenta de que necesitarían dos secciones de cuerda en el extremo, una para el lado de la cabeza y otra para el de los pies.

Mientras Mathias trenzaba rápidamente este último trozo, Jeff hizo un aparte con Amy.

—¿Estás de acuerdo?

Se hallaban en el cuadrado de tierra donde previamente había estado la tienda azul. El sol estaba casi en el horizonte, pero seguía deslumbrante y abrasador. Amy sabía que por allí no había transición entre el día y la noche, que la luz no se desvanecía lentamente. El sol salía y casi de inmediato brillaba con la intensidad del mediodía, sin suavizarse hasta el momento en que tocaba el límite occidental del cielo. Entonces uno podía contar de diez a uno mientras se despedía del día: así de rápido anochecía. La única lámpara de que disponían la tenía ahora Eric, y no le quedaba mucho queroseno. Dentro de unos quince minutos, calculó, tendrían que trabajar a ciegas.

—¿De acuerdo con qué?

—Bajarás tú —dijo Jeff.

—¿Bajar?

—Al pozo.

Amy lo miró boquiabierta, demasiado sorprendida para hablar. Jeff se había puesto la camisa de uno de los arqueólogos, para reemplazar la camiseta que le había arrojado a Eric, y estaba cambiado, como si fuese otra persona. Abotonada por delante y con cuatro bolsillos grandes, dos a cada lado, la camisa era de un color que quería pasar por caqui pero no lo conseguía, y la tela tenía un ligero brillo: era de poliéster. La clase de prenda que llevaría un cazador en un safari, pensó Amy. O tal vez un fotógrafo, que llenaría esos curiosos bolsillos con rollos de película. O un soldado. Hacía que Jeff pareciera mayor, e incluso más corpulento. Tenía la nariz roja y despellejada, y aunque se le veía cansado y achicharrado por el sol, daba la impresión de estar exaltado, en un estado de alerta máxima.

—Mathias y yo tenemos que ocuparnos de la manivela —dijo—. Así que la cosa está entre tú y Stacy. Y ya sabes cómo es Stacy... —dejó la frase en el aire y se encogió de hombros—. Parece que tendrás que bajar tú.

Amy siguió callada. No quería ir, desde luego; le aterrorizaba la idea de bajar a las profundidades de la tierra en la oscuridad. Ni siquiera había querido ir allí... eso era lo que quería decirle a Jeff. De haber sido por ella, ni siquiera se habrían alejado de la playa. Y después, cuando encontraron el camino secreto, había tratado de advertirles del peligro, ¿no? Trató de decirle que no debían tomarlo, pero él se había negado a escucharla. Era todo culpa de Jeff, ¿no? Por tanto, ¿no debería ser él quien bajara al pozo? Sin embargo, en el mismo momento en que se hacía estas preguntas, Amy recordó lo que había ocurrido abajo, cómo había retrocedido por el claro mirando a través del visor de la cámara hasta que un zarcillo de la enredadera le atrapó el pie. De no ser por eso, era posible que los mayas no los obligasen a subir. No estarían allí. Pablo no estaría en el fondo del pozo, con la espalda rota, y Eric no tendría la bamba llena de sangre. Se encontrarían a kilómetros de ese lugar, alejándose un poco más con cada paso, los seis pensando que los mosquitos, las minúsculas moscas negras y las ampollas de los pies eran motivos perfectamente legítimos para quejarse.

—Fuiste socorrista, ¿no? —preguntó Jeff—. Deberías saber cómo actuar en esta clase de situaciones.

Socorrista. Era verdad, al menos hasta cierto punto. Un verano, había trabajado en una piscina de una urbanización de su ciudad natal. Una pequeña piscina ovalada, con dos metros y medio de profundidad en la parte más honda, donde no estaba permitido tirarse de cabeza. Ella se sentaba en una tumbona, bronceándose de las diez de la mañana a las seis de la tarde, y les decía a los niños que no corriesen, ni salpicasen ni se empujaran mutuamente, y a los adultos que no podían beber alcohol junto al borde de la piscina. Ninguno de los dos grupos le hacía mucho caso. Era una urbanización de gente que apenas arañaba la solvencia, de pijos venidos a menos: borrachos y divorciadas. Un sitio deprimente. No abundaban los niños, y había días en que no aparecía ninguno. Amy se pasaba las horas en la tumbona, leyendo. En las jornadas más tranquilas, se metía en la parte baja de la piscina y flotaba boca arriba con la mente en blanco, haciendo el muerto. Por supuesto, antes de contratarla la habían obligado a hacer un cursillo. Y allí debían de haberle enseñado a inmovilizarle la espalda a una persona con lesiones en la columna vertebral. Pero, si lo habían hecho, no lo recordaba.

—Usarás nuestros cinturones —dijo Jeff.

Lo que Amy quería era salir corriendo colina abajo. Se imaginó haciéndolo, irrumpiendo en el claro y enfrentándose con los mayas. Les contaría lo sucedido, buscaría la manera de explicarles con mímica todos los percances que habían sufrido. Sería difícil, naturalmente, pero se las ingeniaría para que vieran su miedo, para que lo sintieran, incluso. Y ellos se ablandarían. Pedirían ayuda. Los dejarían marchar. Durante un breve instante Amy consiguió creer esta fantasía, a pesar de que el hermano de Mathias estaba al otro lado de la colina, cosido a flechazos. No quería bajar al fondo del pozo.

Jeff le cogió la mano. Estaba abriendo la boca para decir algo —para convencerla, pensó Amy, o para decirle que no tenía alternativa—, cuando volvieron a oír el pitido desde el fondo del pozo.

Todos, salvo Mathias, corrieron hasta el agujero y miraron hacia abajo. Mathias estaba a punto de terminar la trenza y ni siquiera hizo una pausa.

—¿Eric? —gritó Jeff—. ¿Lo has encontrado?

Eric permaneció callado unos instantes. Les pareció verlo moverse, buscando la fuente del sonido.

—Se mueve —respondió—. A veces me parece que está a mi izquierda, y luego lo oigo a la derecha.

—¿No debería encenderse una luz mientras suena? —preguntó Amy en voz muy baja, casi en un susurro.

—¿No ves una luz? —gritó Jeff—. ¡Busca una luz!

Una vez más, les pareció que Eric se movía.

—No la veo —dijo. Y al cabo de un segundo—: Ha parado.

Todos permanecieron expectantes, por si el sonido se reanudaba, pero no fue así. El sol alcanzó el horizonte y todo adquirió una tonalidad rojiza. Anochecería en cuestión de minutos. Mathias había terminado la trenza. Lo miraron mientras ataba esta última sección a las demás, y luego las dos tiras a la camilla. Terminó en el preciso instante en que el día comenzó a convertirse en noche. Luego Jeff cogió la manivela mientras Mathias y Stacy levantaban la camilla y la metían en el agujero. Durante unos segundos, observaron cómo se balanceaba. Mathias había cubierto la estructura de aluminio con un saco de dormir, para hacerla más mullida. Pusieron los cuatro cinturones encima del saco de dormir. Amy sabía que aunque ella no había aceptado directamente la propuesta de Jeff, el asunto ya estaba decidido. Todo estaba a punto, y creían que ella también. Mathias se unió a Jeff junto al cabrestante. Stacy estaba en el borde del agujero, abrazándose, mirando.

—Súbete —dijo Jeff.

Y Amy obedeció. Haciendo de tripas corazón, infundiéndose valor, dio un paso hacia el agujero y se acuclilló sobre el armazón de aluminio, cogiéndose de las cuerdas de nailon. La camilla chirrió bajo su peso, pero aguantó, y comenzó a balancearse. Entonces, antes de que tuviera tiempo para hacerse a la idea, o para cambiar de idea, el tambor del cabrestante comenzó a girar, llevándola desde la creciente oscuridad del atardecer a la profunda oscuridad del pozo.

Tardaron demasiado, pero por fin estaban bajando. Eric no sabía a ciencia cierta cuánto tiempo había pasado. Quizá no fuese tanto como imaginaba, pero era mucho, sin duda alguna. Ni siquiera en las mejores circunstancias era capaz de calcular el tiempo —carecía de reloj biológico—, pero en aquel agujero, en la oscuridad, con el estrés por todo lo ocurrido esa tarde, se le antojó mucho más difícil de lo habitual. Lo único que sabía era que arriba estaba anocheciendo, que el rectángulo de cielo había adquirido una fugaz tonalidad rojiza antes de teñirse sucesivamente de azul grisáceo, gris plata y gris pizarra. Habían construido una camilla y Amy estaba de rodillas encima de ella, acercándose.

Horas, pensó Eric. Debían de haber pasado horas. Pablo había gritado, luego había parado, Stacy estuvo conversando con él y finalmente Jeff le dijo que apagase la lámpara. Después todos habían desaparecido para construir la camilla y alargar la cuerda —tardaron un rato largo, demasiado largo—, y él esperó sentado junto a Pablo, cogiéndole la muñeca todo el tiempo. Y hablando a menudo para que el griego se sintiera acompañado, para animarlo y hacerle creer —engañándose también a sí mismo— que al final todo saldría bien.

Pero no saldría bien, por supuesto, y por mucho que se esforzase por imprimir un tono de optimismo en su voz —cosa que había hecho conscientemente, tratando de imitar el dejo jovial de los griegos—, no conseguiría ocultar la terrible verdad. Por un lado estaba el olor. El olor a caca y a pis. Pablo se había roto la espalda y había perdido el control de los esfínteres. Necesitaría una sonda, una bolsa colocada a un lado de la cama que las enfermeras vaciarían para mantenerlo limpio. Necesitaría cirugía —y pronto, ahora mismo, antes que ahora—, y médicos, y fisioterapeutas que lo controlasen, que midiesen sus progresos. Eric no veía cómo iban a suceder esas cosas. Habían trabajado durante toda la tarde para construir una camilla con la cual sacarlo de aquel agujero, pero ¿qué conseguirían con eso? Arriba, entre las tiendas y las enredaderas con flores, la espalda de Pablo seguiría rota y su vejiga y sus intestinos continuarían perdiendo pis y caca en los pantalones ya empapados. Y ellos no podrían hacer nada al respecto.

Su rodilla había dejado de sangrar por fin. Sentía un dolor sordo y palpitante, que se intensificaba cada vez que se movía, y la camiseta de Jeff estaba tiesa de sangre. La desató y la dejó en el suelo, a su lado. La bamba seguía húmeda.

Eric le explicó a Pablo cómo la gente se curaba de manera inexorable, inevitable, que la peor parte era el accidente en sí, pero luego el cuerpo se ponía a trabajar a toda marcha, movilizándose, reconstruyéndose. Lo hacía incluso ahora, mientras hablaban. Le habló de las fracturas que había sufrido en su infancia. Le contó que resbaló en una acera húmeda y se rompió un hueso del antebrazo; no recordaba cuál, el radio, quizás, o el cúbito; qué más daba. Había llevado una escayola durante seis semanas, y aún recordaba lo mal que olía cuando se la quitaron, a sudor y a moho, y el aspecto del brazo, pálido y demasiado delgado, y el miedo que pasó al ver la sierra eléctrica. En otra ocasión se rompió la clavícula jugando a Superman, volando desde lo alto del tobogán del parque. Había aterrizado sobre un balancín de muelle y se rompió también la nariz. Describió detalladamente estos accidentes a Pablo; el dolor de cada uno, el proceso de curación, la inexorable, inevitable recuperación.

Pablo no entendió una sola palabra, desde luego. Gemía y murmuraba. De vez en cuando levantaba el brazo libre como si quisiera coger algo, aunque Eric no sabía el qué, porque allí sólo había oscuridad. Sin hacer caso a estos movimientos, ni a los gemidos y quejidos tampoco, Eric continuó hablando con voz aflautada y falsamente jovial. No sabía qué más podía hacer.

Le contó otros accidentes que había presenciado: un crío que se metió entre los coches en monopatín (conmoción cerebral y varias costillas rotas); un vecino que se cayó del tejado mientras limpiaba los canalones (un hombro dislocado y un par de dedos rotos); una chica que calculó mal al saltar desde un columpio de soga y no cayó en el río, como se proponía, sino en la pedregosa orilla (un tobillo destrozado y tres dientes menos). Le habló del pueblo donde se había criado, un sitio pequeño, feo y provinciano, y sin embargo pintoresco dentro de su fealdad, cosmopolita dentro de su provincianismo. Cuando sonaba una sirena, la gente salía a la puerta a mirar, con la mano en la frente, a modo de visera. Los niños corrían a coger la bici y perseguían a la ambulancia o el coche de bomberos. Había morbo en ello, desde luego, pero también empatía. Cuando él se rompió el brazo, los vecinos fueron a verlo con regalos: tebeos y cintas de vídeo.

Hablaba con la muñeca de Pablo en la mano derecha, apretándosela para hacer hincapié en ciertos puntos, sin soltársela nunca. La izquierda iba desde la lámpara de queroseno a la caja de cerillas, tocando una y otra en un continuo, nervioso circuito, como si fueran las cuentas de un rosario. De hecho, el gesto tenía algo de oración, pues lo acompañaba mentalmente con dos palabras. Sí, incluso mientras le contaba historias a Pablo con voz confiada y optimista, repetía dos palabras para sí, las recitaba en su fuero interno mientras su mano viajaba de la lámpara a las cerillas, de las cerillas a la lámpara: «Sigue aquí, sigue aquí, sigue aquí, sigue aquí...»

Le describió a Pablo lo que había supuesto correr en bicicleta detrás de las sirenas y luces relampagueantes. La emoción, aquella embriagadora sensación de dramatismo y catástrofe. Le contó los finales felices. El de Mary Kelly, una cría de siete años que sabía subir a los árboles pero no bajar, y que una vez, movida por el miedo, había trepado más y más, hasta acabar con su cuerpecito a trece metros de altura, en la copa de un roble centenario, con una multitud a sus pies llamándola, suplicándole que volviera, mientras se levantaba una ventolera que agitaba las ramas, haciendo que el árbol entero pareciera subir y bajar. Imitó para Pablo la exclamación colectiva de horror cuando la niña había estado a punto de caer, balanceándose durante unos segundos interminables hasta que consiguió recuperar el equilibrio, llorando sin parar mientras se aproximaban las sirenas y los niños en bicicleta. Después el coche de bomberos, con la escalera que ascendía lentamente, los gritos de alegría cuando un enfermero se inclinó sobre las ramas, cogió a la niña del brazo, la acercó a él y la cargó sobre un hombro.

En la oscuridad, Eric tuvo la súbita sensación de que una mano le tocaba la espalda. Se estremeció y estuvo a punto de gritar, pero se contuvo. Era la enredadera. De algún modo había conseguido echar raíces también allí, en el fondo del pozo. Eric debía de haberse inclinado hacia ella mientras hablaba, causándole la impresión de que se movía para tocarlo, cogiéndolo de la parte inferior de la columna, casi acariciándolo. Allí era imposible orientarse; era como estar ciego. Sus únicos hitos eran la muñeca de Pablo y —«sigue aquí, sigue aquí, sigue aquí»— la lámpara de queroseno y las cerillas. Se inclinó hacia delante para evitar el contacto con la enredadera —que era espeluznante y le hacía temblar; no le gustaba—, arrastrándose hasta quedar justo delante del cuerpo de Pablo. Al moverse sintió un dolor desgarrador en la rodilla, que empezó a sangrar otra vez. Buscó la camiseta de Jeff a tientas y se la puso encima de la pierna, apretando.

Volvió a la chica del columpio de soga: Marci Brown, de trece años. Llevaba aparato en los dientes y una larga cola de caballo castaña. Le contó a Pablo que él y los demás niños habían reído al verla caer. Había sido gracioso, como en los dibujos animados. La vieron, oyeron el espantoso golpe de su cuerpo al chocar contra las piedras, y todos sabían que estaría herida. Pero de todas maneras rieron, como tratando de negar lo ocurrido, de deshacerlo, y sólo se detuvieron al ver cómo trataba de incorporarse pero se desplomaba, resbalando por la orilla en dirección al río. Se había hecho un corte en la boca al caer de bruces sobre las piedras, y en el agua comenzó a formarse lentamente una turbia nube de sangre mientras la chica manoteaba para mantenerse a flote. Eric recordó que tenía los ojos cerrados con fuerza, y la cara desencajada.

Hacía muecas de dolor, pero no lloraba; no lloró en ningún momento, ni siquiera cuando la sacaron de allí y uno de ellos fue a pedir ayuda en bicicleta. Más tarde, todos se sintieron culpables por haber reído, sobre todo cuando se enteraron de que quizá no pudiera volver a andar. Pero se recuperó —inexorable, inevitablemente— y al final caminó, quizá con una pequeña cojera, aunque casi imperceptible, totalmente imperceptible, en realidad, a menos que uno se fijase expresamente porque conocía la historia.

De vez en cuando, Eric creía ver cosas en la oscuridad: unas figuras flotantes, como globos, y ligeramente fluorescentes. Parecían acercarse y flotar brevemente delante de él antes de alejarse poco a poco. Algunas eran entre verdes y azules; otras, amarillo claro, casi blanco. Sabía que eran ilusiones ópticas, reacciones fisiológicas a la oscuridad, pero no podía evitarlo, y cada vez que se acercaban lo suficiente, soltaba la muñeca de Pablo e intentaba tocarlas. Sin embargo, cada vez que levantaba la mano, las figuras se desvanecían, sólo para reaparecer en otro punto, más lejano, y reanudar su lenta y ondulante aproximación. Apartó la camiseta del corte de la pierna. La herida había dejado de sangrar otra vez. De inmediato buscó la lámpara y las cerillas: «Sigue aquí, sigue aquí, sigue aquí...»

También le contó a Pablo otras historias que no habían terminado tan bien —inexorable, inevitablemente—, modificándolas por el bien de su amigo. El pequeño Stevie Stahl, a quien el agua arrastró hasta una alcantarilla mientras jugaba en un campo inundado; no fue descubierto por un submarinista voluntario, semienterrado en el barro e irreconocible de tan hinchado. No; había aparecido cinco minutos después a un kilómetro y medio de allí, en el río, llorando y cubierto de cortes y magulladuras, pero por lo demás sano y salvo, milagrosamente ileso. Y Ginger Riby, que había incendiado el garaje de su tío mientras jugaba con cerillas, y luego, atontado por el humo y el pánico, se alejó de la puerta por donde habría podido escapar fácilmente y murió acurrucado en la pared del fondo, detrás de unos cubos de basura; en la versión de Eric había sido rescatado por un bombero, salvado entre los gritos de alegría de la multitud que se había congregado en la puerta, y pudo salir tosiendo y jadeando, cubierto de hollín y con la camisa y el pelo chamuscados, pero por lo demás (sí, milagrosamente) ileso.

La corriente de aire fresco procedente del otro foso, más allá del cuerpo de Pablo, no era constante. A veces se detenía, como para recuperar el aliento, y la temperatura del foso comenzaba a ascender en el acto. Entonces Eric empezaba a sudar, mojándose la camisa, y entonces, súbitamente, el aire frío volvía a soplar. Estas fluctuaciones continuas le inquietaban, lo asustaban, hacían que la oscuridad pareciese viva, amenazadoramente viva. Cada vez que la corriente cesaba, Eric tenía la sensación de que la bloqueaba alguien, o algo, una presencia titubeante que estaba justo delante de él, examinándolo, estudiándolo. En una ocasión creyó que incluso lo olfateaba, aspiraba su olor. Sabía que los sentidos estaban jugándole una mala pasada. Sin embargo, hizo un esfuerzo enorme para no encender la lámpara y su mano se detuvo, dudando, antes de continuar con su incesante danza: «Sigue aquí, sigue aquí, sigue aquí...»

Le habló a Pablo de su amigo Gary Holmes, que soñaba con convertirse en piloto. Gary había implorado, rogado, suplicado durante años, hasta que sus padres le regalaron unas lecciones de vuelo para su decimosexto cumpleaños. Todos los sábados iba en bicicleta al aeropuerto local y pasaba la tarde allí, aventurándose en ese nuevo mundo. Al cabo de tres meses, Eric estaba jugando al fútbol en la escuela. Era la liga juvenil, cuatro partidos a la vez en campos paralelos. Un avión pequeño pasó por encima de ellos, muy bajo, y los jugadores se detuvieron por un reflexivo instante mientras la sombra del aparato los cubría, todos encogiéndose instintivamente antes de mirar hacia arriba. El avión se alejó, dio media vuelta y volvió a pasar, prácticamente deteniendo el juego. Los árbitros tocaban el silbato y sacudían las manos, tratando de restaurar el orden, cuando el avión se acercó por segunda vez. El motor rugió, tosió y por fin calló. Entonces, apenas unos segundos después, el tiempo necesario para inhalar, exhalar y volver a inhalar, desde algún punto del bosque situado al oeste se oyó el ruido atronador, estrepitoso, explosivo de un choque. Pero no en la versión que Eric le contó a Pablo. No; según Eric, alguien había entendido lo que ocurría en la primera aproximación del avión. Uno de los entrenadores, y luego otro, empezaron a gritar y hacer señas, y los árbitros se unieron a ellos con los silbatos, y de repente todo el mundo corría y gritaba. El avión estaba averiado y el piloto intentaba un aterrizaje de emergencia. Tenían que desocupar os campos. Y lo hicieron. Cuando el avión se acercó por segunda vez, todo el mundo estaba amontonado en las gradas. El avión aterrizó bruscamente, sacudiéndose, y chocó contra una portería, las ruedas delanteras hundiéndose en la tierra, y a punto estuvo de volcar, pero al final aterrizó sobre el morro, con la hélice rota y el parabrisas agrietado. Eric titubeó un instante, tratando de imaginar las heridas de Gary y su instructor, la forma en que el precipitado regreso del avión a la tierra sacudiría los cuerpos dentro de la cabina. Un golpe en la rótula, decidió. Un hombro dislocado, una fractura en la pelvis, una conmoción cerebral leve. Hizo un ademán desdeñoso, como para restar importancia a las lesiones incluso mientras las enumeraba. Todas se curaron, le aseguró a Pablo, como suelen curarse esas cosas, una vez más, inexorable, inevitablemente.

Los demás estaban ocupados arriba, trenzando las tiras de nailon que habían cortado de la tienda azul y construyendo la camilla; no tenían tiempo para pensar. Pero Eric estaba abajo, en la oscuridad, rodeado del olor a mierda y pis de Pablo, de sus quejidos y murmullos. En consecuencia, era bastante natural que fuese el primero en preguntarse si el griego sobreviviría a aquella aventura, si su cuerpo no estaría más allá de la curación inexorable, inevitable; en suma, si moriría durante las horas o los días siguientes, mientras ellos lo rodeaban, impotentes.

Ahora Pablo parecía dormido, o inconsciente. Por lo menos había dejado de quejarse y murmurar, de levantar la mano tratando de coger lo que fuese que creía ver. Eric también calló, pero permaneció sentado junto al griego, cogiéndole la muñeca con una mano y tocando la lámpara y las cerillas con la otra. El tiempo parecía pasar aún más despacio sin el sonido de su propia voz retumbando en las paredes del pozo. Pensó otra vez en Gary Holmes, en la fotografía del avión estrellado en la primera página del periódico local, en el responso celebrado en el auditorio del colegio.

Gary había sido amigo suyo, no demasiado íntimo, pero más que un simple conocido, y un mes después del entierro, su madre pasó por la casa de Eric.

—Alguien quiere verte, cariño —había llamado su madre.

Eric bajó corriendo, sólo para encontrar a la señora Holmes en el vestíbulo. Había ido para preguntarle si quería la bicicleta de Gary. Fue un momento extraño, incómodo, y la madre de Eric lo presenció con lágrimas en los ojos, tendiendo la mano una y otra vez para tocar el hombro de la señora Holmes. El ofrecimiento sorprendió a Eric y lo hizo sentirse curiosamente avergonzado; al fin y al cabo, nunca había sido tan amigo de Gary. Iba a negarse, pero cambió de idea al ver lo afectada que pareció la señora Holmes ante su primer titubeo. «Sí», dijo. Por supuesto que se quedaría con la bici. Le dio las gracias y su madre se echó a llorar con desconsuelo. La señora Holmes también.

La bicicleta aún estaba en el aeropuerto, encadenada a una valla, tal como la había dejado Gary el último día de su vida. El padre de Eric lo llevó allí una mañana temprano, antes de irse a trabajar, y Eric se agachó junto a la bicicleta con el papel que le había dado la señora Holmes, entornando los ojos para descifrar los tres números de la combinación del candado. Tuvo que intentarlo media docena de veces antes de acertar. Luego se fue directamente al colegio, que estaba a más de veinte kilómetros, y llegó unos minutos tarde, después del primer timbre, cuando los pasillos estaban ya desiertos y silenciosos. El sillín de la bicicleta estaba demasiado alto para él, así que le había costado pedalear; la cadena necesitaba aceite y las ruedas comenzaban a oxidarse después de un mes a la intemperie. No era para sentirse orgulloso de ella, además, él tenía la suya, y tal vez por eso, o simplemente porque había llegado tarde, no ató la bici a la puerta de la escuela; se limitó a apoyarla contra la valla y corrió al interior del edificio. También la dejó allí esa noche, siempre sin candado, porque volvió a casa en autobús. Y a la mañana siguiente había desaparecido.

Una vez más sintió una presión en la espalda, la mano que lo tocaba. El corazón le dio un vuelco, aunque trató de tranquilizarse. Debía de haberse encorvado otra vez. Se movió hacia el griego, pero se dio cuenta de que ya no podía estar más cerca de él. La enredadera se había movido, había reptado hacia él, quizás atraída por su calor. Pensar en la planta en esos términos, como un ser con voluntad, casi sensitivo, le causaba inquietud, miedo, deseos de salir corriendo de allí. Pensó en gritar y llamar a los demás, pero se contuvo para no despertar a Pablo.

La madre de Gary había ido de casa en casa entregando las posesiones de su hijo a unos chavales que no sabían qué hacer con ellas. Chavales que perdieron los jerséis, las chaquetas, el guante de béisbol y las gafas de natación de su hijo, que regalaron estas cosas a otros, o las tiraron directamente, o las enterraron en armarios, baúles o desvanes. Era lo que pasaba siempre con la muerte, pensó Eric; los vivos hacían todo lo posible por borrar cualquier vestigio de su existencia. Hasta los amigos más íntimos de Gary siguieron adelante con su vida, una vida que no se vio afectada significativamente por la ausencia de Gary, pasando de curso en curso hasta ingresar en la universidad y olvidándolo en el ínterin, aunque sin duda recordarían aún la foto del avión estrellado, el súbito silencio en el campo de fútbol inmediatamente antes del accidente.

Eric necesitaba hacer pis, pero tenía miedo de levantarse para ir hasta la pared del fondo. Sentía un temor irracional a que el griego, la lámpara o las cerillas no estuvieran allí cuando volviese. Se desabrochó el cinturón, con el fin de aliviar la presión sobre la vejiga, y trató de distraerse con juegos de palabras, preparando una prueba de vocabulario para sus futuros alumnos, un pequeño acertijo para iniciar la semana: diez palabras que empezaran con A, cinco puntos por las definiciones y otros cinco por la ortografía.

«Albatros —pensó—. Avaricia. Anunciación. Apremio. Armamento. Adyacente. Arduo. Acentuar. Albergar. Alegación.»

Acababa de pasar a la B —«Bullicioso, bravata, bandolero, botánico»— cuando empezó a sonar otra vez el pitido electrónico, que despertó a Pablo y los sobresaltó a los dos. Eric soltó la muñeca del griego y se levantó. La herida de la rodilla lo obligaba a cojear como si tuviese un pie deforme. El sonido parecía proceder de la derecha, pero cuando fue hacia allí, se dio cuenta de que se equivocaba. Venía de atrás. Empezó a girarse, pero dudó. Ahora el ruido parecía rodearlo, como si saliera de las paredes del pozo.

—¿Eric? —gritó Jeff—. ¿Lo has encontrado?

Eric echó la cabeza atrás. Los vio inclinados contra el rectángulo de cielo azul. Al cabo respondió que el sonido se movía, primero en una dirección y después en otra.

—¿Hay alguna luz? —preguntó Jeff—. Busca una luz.

Ahora el pitido parecía venir del pozo que estaba al otro lado del cuerpo de Pablo. Eric se dirigió hacia allí y observó que el aire se enfriaba notablemente. El pitido retrocedió, como para atraerlo al interior del otro pozo. Eric vaciló, súbitamente asustado.

—No veo ninguna luz —dijo, y entonces el ruido cesó—. Y ha parado —gritó.

Contó mentalmente hasta diez, esperando que volviera a empezar, pero no lo hizo. Cuando miró de nuevo hacia la boca del pozo, las cabezas habían desaparecido y el cielo había adquirido una tonalidad rojiza. El sol comenzaba a ponerse.

Regresó junto a Pablo. A pesar de la oscuridad, podía percibir sus movimientos, los giros de la cabeza, aunque no decía nada. No volvió a quejarse ni murmurar, y esto asustó a Eric.

—¿Pablo? —dijo—. ¿Te encuentras bien?

Quería que el griego volviese a hablar, pero ahora estaba callado e inmóvil. Eric buscó la lámpara, la encontró, buscó las cerillas y... no estaban allí. Con una creciente sensación de pánico, tanteó el pedregoso suelo dibujando un círculo cada vez más amplio, pero no encontró la caja de cerillas.

Oyó un chirrido sobre su cabeza y miró hacia arriba. El cielo oscurecía con rapidez, pero vio algo recortado sobre él, una figura alargada que llenaba el hueco casi por completo. Habían terminado de construir la camilla y estaban a punto de bajarla. Siguió palpando el suelo, alejándose cada vez más del punto donde estaba pero regresando luego para tocar la lámpara, sólo para comenzar otra vez. Las cerillas no aparecían.

El chirrido se hizo más intenso. Estaban bajando la camilla.

—¿Eric? —oyó que llamaba Amy—. ¡Enciende la lámpara!

Entonces se dio cuenta de que Amy iba sentada en la camilla y se acercaba lentamente a él.

Se levantó y dio un paso al frente, pensando que quizá tuviera las cerillas en la mano al oír el pitido y las llevase consigo cuando fue a buscar su origen, que tal vez se había despistado y las había dejado en el suelo. Era una idea absurda, y en realidad no creía en ella, pero dio otro paso y su pie chocó contra algo, lo pateó, y supo por el ruido, y también por la sensación, que se trataba de las cerillas. Se agachó con cuidado y comenzó a palpar el suelo, buscando.

El chirrido continuó. Ahora el cielo estaba oscuro; ya no podía ver la camilla, aunque la sentía aproximarse.

—Enciende la lámpara —repitió Amy. Estaba más cerca y su voz sonaba apremiante. Tenía miedo.

Eric continuó tanteando el suelo. Estaba en un rincón del pozo que la enredadera había colonizado agresivamente, y sus manos se enredaban constantemente con los zarcillos, causándole la espeluznante sensación de que la planta le cerraba el paso a propósito. Cuando por fin encontró las cerillas, descubrió que estaban enterradas bajo la enredadera, tapadas casi por completo. Para liberarlas, tuvo que arrancar una rama y la savia se adhirió a los dedos de su mano izquierda, primero fresca, luego súbitamente ardiente.

—¿Eric? —gritó Amy otra vez. Estaba casi encima de él.

—Un segundo —respondió. Regresó cojeando hasta la lámpara y levantó el globo de cristal.

No se percató de cuánto le temblaba la mano hasta que encendió la cerilla y ésta se apagó de inmediato. Se tomó un momento para tranquilizarse y respiró hondo dos veces antes de volver a intentarlo. Esta vez tuvo suerte —consiguió encender la lámpara—, y allí estaba Amy, mirando con ansiedad hacia ellos y bajando, bajando, bajando.

Después de tantas horas en la oscuridad, la luz de la lámpara lo deslumbró, y sin embargo la llama parecía más débil de como la recordaba... o, quizá, de como la hubiese deseado. La mayor parte del pozo permaneció sumida en las sombras, en una impenetrable oscuridad. Le escocía la mano por las quemaduras de la savia. Se la limpió en el pantalón, pero no sirvió de nada. Cuando la camilla llegó a su alcance, la cogió y la guió hacia la derecha, para que aterrizara cerca de Pablo, pero entonces, aunque aún estaba a un metro del suelo, se detuvo con una sacudida que estuvo a punto de hacer caer a Amy.

—¿Amy? —gritó Jeff desde arriba.

—¿Qué?

—¿Has llegado junto a ellos?

—Casi. Falta un poco.

Hubo un breve silencio, mientras asimilaban el dato.

—¿Cuánto?

Amy se inclinó y miró hacia el lastimado cuerpo de Pablo.

—No estoy segura. ¿Un metro?

—Se ha terminado la cuerda —gritó Jeff. Una pausa—. ¿Podréis hacerlo?

Amy y Eric se miraron. El objetivo de la camilla era inmovilizar la columna de Pablo mientras lo subían; sin ella, habría torsiones y sacudidas que, naturalmente, agravarían las lesiones. Pero si decidían esperar, tendrían que subir la camilla, trenzar otra sección de cuerda, atarla a la camilla y bajar ésta por el pozo de nuevo, todo en la más absoluta oscuridad.

—¿Tú qué crees? —preguntó Amy a Eric. Seguía acuclillada sobre la camilla, aunque podría haber bajado sin dificultad. Daba la impresión de que no quería intentarlo, como si pensara que eso la obligaría a hacer algo que todavía tenía la esperanza de eludir.

Eric luchaba por encontrar algo que se pareciese a un pensamiento; no le resultó fácil. Vio una pala contra la pared del fondo —una pala de camping, de las que se pliegan para llevarlas en la mochila— y se quedó mirándola, tratando de buscarle una utilidad. Pero no se le ocurrió ninguna, y cuando la palabra «sepulturero» se le cruzó por la cabeza, casi se encogió, como si hubiese tocado algo caliente.

—Podemos desatar la camilla —dijo—. Acostarlo en ella y luego levantarla y volverla a atar.

—¿Nosotros solos? —preguntó Amy. Era evidente que no le parecía posible.

Eric negó con la cabeza.

—Tendrán que enviarnos a otro. A Stacy, supongo. Dos para levantar la camilla y uno para atar los nudos. —Lo pensaron, imaginando cada paso y el tiempo que llevaría—. Tendremos que apagar la lámpara y esperar en la oscuridad. —Amy se movió y la camilla comenzó a balancearse. Eric tendió la mano y la paró. Pensó que Amy bajaría, pero no lo hizo—. O podríamos levantarlo nosotros —añadió.

Amy continuó mirando a Pablo en silencio. Eric deseó que dijera algo. No podía hacerlo todo solo.

—Son sólo unos palmos.

—Si se tuerce...

—Yo podría cogerlo por los hombros y tú por los pies. Una, dos y tres; así de fácil.

Amy frunció el entrecejo, titubeando.

Eric levantó la lámpara, la inclinó y examinó el depósito, la menguante reserva de queroseno.

—Tenemos que decidirnos —dijo—. La luz no durará.

—¿Amy? —llamó Jeff.

Los dos echaron la cabeza atrás para mirarlo, pero había oscurecido tanto que no vieron nada.

—Lo intentaremos —gritó Amy.

Eric sujetó la camilla para que ella bajase y luego dejó la lámpara en el suelo. Amy sacó los cinturones del saco de dormir y los puso junto a la lámpara. Pablo los miraba, moviendo los ojos de uno a otro.

—Vamos a levantarte —dijo Amy. Simuló hacer un esfuerzo, con las palmas hacia arriba, y después señaló la camilla—. Te pondremos ahí y te subiremos a la superficie.

Pablo la miró fijamente.

Eric tomó posición junto a la cabeza del griego y Amy se colocó a los pies.

—Por la cadera —dijo Eric.

Amy dudó.

—¿Estás seguro?

—Si lo coges por los pies, se le doblará la cintura.

—Pero si lo levanto por las caderas, ¿no arqueará la espalda?

Ambos observaron a Pablo imaginando las dos posibilidades. Eric sabía que aquello era una insensatez. Deberían enviar la camilla arriba y esperar a que alargasen la cuerda. O por lo menos hacer bajar a Stacy. Miró la lámpara. Casi no quedaba queroseno.

—Por las rodillas —decidió Eric.

Amy consideró la idea, pero no por mucho tiempo. Al cabo de unos segundos estaba acuclillada junto a las rodillas de Pablo. Eric se agachó y deslizó las manos por debajo de los hombros del griego. Sintió que el corte de la rodilla se estiraba, se abría y comenzaba a sangrar otra vez. Pablo gimió y Amy comenzó a apartarse, pero Eric negó con la cabeza.

—Rápido —dijo—. A la de tres.

Contaron al unísono: Uno... dos... tres.

Y lo levantaron.

Fue un desastre, mucho peor de lo que Eric había temido. Pareció eterno, y sin embargo fue rapidísimo. Apenas lo habían levantado del suelo cuando Pablo lanzó un grito más fuerte incluso que los anteriores, un alarido de infinito dolor. Amy estuvo a punto de claudicar y dejarlo en el suelo, pero Eric le gritó «¡No!», y continuó levantando. Pablo se hundió por la cintura y comenzó a dar manotazos en el aire. Su grito era interminable. Pesaba demasiado para Amy, que no conseguía levantarlo a la misma altura que Eric. Los hombros del griego ya estaban al nivel de la camilla, pero a sus rodillas aún les faltaba un buen trecho para llegar, y todo parecía indicar que Amy sería incapaz de levantarlas más. La curva en la cintura de Pablo se hizo más pronunciada. Con uno de sus manotazos golpeó la camilla, que comenzó a balancearse frenéticamente.

—¡Arriba! —le gritó Eric a Amy, y ella intentó levantar las piernas de Pablo con una embestida, pero el torso del griego se retorció y sus gritos se intensificaron.

Cuando todo acabó, Eric ni siquiera habría podido decir cómo lo habían conseguido. Fue como si una amnesia temporal le impidiera recordar esos últimos instantes. Tenía la impresión de que al final habían hecho una especie de lanzamiento sobre la balanceante camilla, arrojando al griego sobre ella. Lo único que sabía era que se sentía fatal, como si hubiera pisado a un niño sin darse cuenta. Amy lloraba, con la cara desencajada.

—Tranquila —dijo Eric—. Se recuperará.

Dudaba de que le hubiera oído, porque Pablo seguía gritando. Eric sintió la lengua pastosa, la bilis subiéndole por la garganta, una necesidad imperiosa de vomitar. Se obligó a respirar hondo. La pierna le sangraba de nuevo, produciendo un reguero que desembocaba en la bamba, y de repente se acordó otra vez de su vejiga.

—Tengo que mear —dijo.

Amy ni siquiera lo miró. Se había cubierto la boca con la mano y miraba fijamente a Pablo, que seguía gritando, con la mitad inferior del cuerpo absolutamente inmóvil mientras sacudía desesperadamente las manos. Y la camilla no paraba de balancearse. Eric fue cojeando hasta la pared, se abrió la bragueta e hizo pis. Cuando terminó, Pablo comenzaba a tranquilizarse. Tenía los ojos cerrados y la frente perlada de sudor.

—Tenemos que atarlo —dijo Amy. Había parado de llorar y estaba enjugándose las lágrimas con la manga.

En el suelo, junto a la lámpara, había cuatro cinturones, pero Eric se quitó el suyo y lo añadió a la pila. Amy pasó el extremo de un cinturón por la hebilla de otro, formando una correa más larga. Rodeó con ella el torso de Pablo, a la altura del esternón, tiró para tensarla y la abrochó. El griego no abrió los ojos. Eric unió otros dos cinturones y se los dio a Amy, que repitió el procedimiento en los muslos de Pablo.

—Necesitaremos otro —dijo Eric, enseñándole el último cinturón.

Amy se inclinó sobre Pablo, le desabrochó el cinturón con sumo cuidado y comenzó a tirar para sacarlo de entre las presillas del pantalón. El griego seguía sin abrir los ojos. Eric le dio a Amy el cinturón que tenía en la mano y ella usó los dos últimos para sujetar la frente de Pablo a la camilla. Después dieron un paso atrás para observar su trabajo.

—Está bien —dijo Eric—. Se recuperará.

Pero por dentro estaba destrozado. Quería que Pablo abriese los ojos, que empezara a murmurar otra vez, pero Pablo seguía callado, balanceándose ligeramente en la camilla, y en su frente continuaban formándose gotas de sudor cada vez más grandes, hasta que estallaban de repente y se deslizaban por los lados, hacia la parte posterior de la cabeza. Eric sintió la bamba llena de sangre. Le dolía el codo. Le escocían las manos. Tenía una magulladura en la barbilla y le picaba la espalda: los mosquitos lo habían acribillado durante la larga caminata por la selva. Tenía hambre y sed y quería volver a casa; no a la relativa seguridad del hotel, sino a su casa. Y sabía que eso era imposible. Nada saldría bien. Pablo estaba gravemente herido y hasta cierto punto ellos eran responsables de lo sucedido, responsables de su dolor. Eric sintió ganas de llorar.

Amy miró hacia arriba, a la oscuridad.

—¡Preparado! —gritó. Y luego—: ¡Subidlo despacio!

Acababan de empezar a subirlo —el cabrestante emitió los primeros chirridos, la camilla pasó junto al rostro de Eric, moviéndose hacia arriba por encima de él, fuera ya de su alcance—, cuando la llama de la lámpara tembló y se apagó.

—Jeff —dijo Stacy en voz baja, casi en un murmullo, pero a la vez apremiante.

Jeff y Mathias sujetaban la manivela del cabrestante, tratando de moverla a ritmo lento y regular, así que contestó sin mirarla.

—¿Qué?

—La lámpara se ha apagado.

Ahora sí que se volvió, y Mathias y él hicieron una pausa para mirar hacia el agujero. Estaba oscuro, como todo lo que les rodeaba. En el cielo había estrellas, pero la luna no había salido aún. Jeff trató de recordar si la vio durante las noches anteriores —en qué fase se encontraba, a qué hora solía aparecer—, pero lo único que le vino a la mente fue una especie de rodaja de melón suspendida sobre el horizonte en la primera noche en la playa. No sabía si estaba subiendo o bajando, creciendo o menguando.

—Háblales —ordenó a Stacy.

Ella se inclinó sobre el agujero, hizo bocina con las manos y gritó:

—¿Qué pasa?

La voz de Eric retumbó en el pozo:

—¡La lámpara se ha quedado sin queroseno!

Jeff trataba de memorizarlo todo, pero no lo conseguía. Deseó tener un papel y tiempo para escribir, para hacer una lista y poner un poco de orden en el caos con el que habían tropezado. Por la mañana usaría una libreta de los arqueólogos, pero de momento tendría que controlar la situación mentalmente, a pesar de la constante sensación de que estaba pasando por alto algún detalle crucial. Había que pensar en el agua, la comida y un sitio donde refugiarse. Estaban los mayas al pie de la colina, y el cuerpo de Henrich lleno de flechas. Estaba Pablo, con la espalda rota. Y los demás griegos, que tal vez fueran a rescatarlos y tal vez, no. Y a todo eso había que añadir la lámpara... una lámpara sin queroseno para encenderla.

Mathias y él continuaron girando la manivela.

—Avísanos cuando lo veas —le pidió a Stacy.

Se dijo que, por el momento, pensar no era importante; pensar sólo confundiría las cosas, lo haría titubear, lo frenaría. Podía posponerlo hasta la mañana, hasta la salida del sol. Lo que necesitaba hacer ahora era sacar a todo el mundo del pozo, meterlos en la tienda naranja y luego, si era posible, dormir un poco.

El cabrestante chirriaba incesantemente mientras la cuerda se enrollaba lentamente sobre el tambor. Stacy no decía nada, señal de que Pablo continuaba entre las sombras. Pero de repente Jeff lo olió: un olor a retrete, a mierda, a meados. Mientras cortaban y trenzaban las tiras de nailon, él había estado repitiéndose que a lo mejor Eric se equivocaba y Pablo no se había roto la columna. Al día siguiente, cuando el griego se levantase y empezara a cojear, se reirían de esa conclusión precipitada y lúgubre. Pero ahora, con la peste que salía del pozo, Jeff cambió de idea.

«Para —se dijo—. Saca a todo el mundo allí. Mételos en la tienda. Y luego, a dormir.»

—Ya lo veo —murmuró Stacy.

—Una vez que pase por el agujero, tendrás que coger la camilla y guiarla hacia el suelo —ordenó Jeff.

Continuaron dándole a la manivela.

—Ya vale —dijo Stacy, y los chicos hicieron una pausa, volviéndose para mirar.

La camilla estaba suspendida sobre el agujero, justo debajo del caballete. Pablo era una figura oscura sobre ella, totalmente inmóvil, como una momia. Stacy agarró el saco de dormir por uno de los tubos de aluminio.

—Bajadlo un poco —indicó.

Giraron la manivela hacia el otro lado, y cuando la camilla comenzó a descender, Stacy la guió hacia el borde del agujero.

—Con cuidado —dijo—. Despacio.

Después de dejarlo en el suelo, Jeff y Mathias corrieron hacia él y los tres se arrodillaron junto a la camilla. Tal vez se debiera a la oscuridad, o a su propio cansancio, pero Jeff tuvo la impresión de que Pablo estaba mucho peor de lo que había temido. Tenía las mejillas hundidas, la cara chupada y asombrosamente pálida, casi luminiscente en la oscuridad. Y su cuerpo parecía más pequeño, encogido a causa de la lesión, como si la atrofia ya hubiera comenzado. No abrió los ojos.

—¿Pablo? —dijo Jeff, rozándole el hombro.

Los párpados del griego se abrieron temblorosamente y miró a Jeff, luego a Stacy y finalmente a Mathias. No dijo nada. Un instante después, volvió a cerrar los ojos.

—Está muy mal, ¿no? —preguntó Stacy.

—No lo sé —respondió Jeff—. No estoy seguro. —Y luego, porque había sonado como una mentira—: Creo que sí.

Mathias miraba a Pablo en silencio, con expresión sombría. Se había levantado una suave brisa y, sin el calor del sol, comenzaba a refrescar. A Jeff se le secó el sudor y se le erizó la piel de los brazos.

—¿Y ahora qué? —preguntó Stacy.

—Lo meteremos en la tienda. Tú te quedarás con él mientras subimos a los demás.

Jeff la miró, preguntándose si protestaría. Pero no lo hizo. Seguía mirando fijamente a Pablo. Jeff se inclinó sobre el agujero y gritó:

—Vamos a llevarlo a la tienda. Enseguida volvemos, ¿vale?

—¡Daos prisa! —gritó Amy.

Tuvieron dificultades para desatar los nudos de la camilla, y finalmente Mathias cogió un cuchillo y cortó las trenzas de nailon. Después, él y Jeff llevaron a Pablo a la tienda anaranjada, caminando despacio, tratando de no sacudirlo, mientras Stacy los seguía diciendo:

—Con cuidado... cuidado... cuidado.

Lo dejaron fuera, mientras Jeff abría la puerta. Entró a hacer espacio para la camilla, pero de inmediato, en cuanto olió el aire enrarecido, supo que no era buena idea. Se volvió y salió.

—No podemos meterlo ahí —explicó—. La vejiga... seguirá perdiendo orina.

Mathias y Stacy lo miraron boquiabiertos.

—No vamos a dejarlo aquí fuera —protestó Stacy.

—Habrá que construir una especie de refugio —Jeff señaló hacia el otro lado de la cima—. Usaremos los restos de la tienda azul.

Los otros sopesaron la idea en silencio. Pablo aún tenía los ojos cerrados y su respiración había adquirido una tonalidad ronca, una aspereza viscosa.

—Primero subiremos a Amy y Eric y después lo pensamos, ¿vale?

Stacy asintió, y Jeff y Mathias corrieron hacia el pozo.

Pablo empezó a temblar. Estaba allí tendido, con los ojos cerrados —no dormía, pero Stacy habría jurado que estaba tranquilo—, y un instante después temblaba con tanta fuerza que la chica se preguntó si serían convulsiones. No sabía qué hacer. Hubiera querido llamar a Jeff, pero aún se oían los chirridos del cabrestante. Estaban subiendo a Eric o a Amy, y no debía interrumpirlos. El cuerpo de Pablo seguía firmemente sujeto por los cinturones —en los muslos, el pecho y la frente— y deseó aflojarlos, pero no estaba segura de que fuese conveniente. Le tocó la mano y él abrió los ojos y la miró. Dijo algo en griego con voz ronca y débil. Seguía temblando, resistiéndose a los temblores, pero incapaz de parar.

—¿Tienes frío? —preguntó Stacy. Se abrazó a sí misma, hundió la cabeza entre los hombros y simuló un escalofrío.

Pablo cerró los ojos.

Stacy se levantó y entró en la tienda. Dentro estaba más oscuro que fuera, pero tanteando el suelo a gatas consiguió encontrar un saco de dormir. Se incorporó con el saco en la mano, decidida a salir rápidamente y cubrir a Pablo, pero de repente le asaltaron las dudas, la tentación de acostarse, de acurrucarse en aquel refugio con olor a humedad, de esconderse. Sin embargo, la tentación duró sólo un instante. Stacy sabía que era inútil —no había escapatoria— y recuperó la compostura. Cuando salió, el griego seguía temblando. Stacy lo cubrió con el saco de dormir, se sentó a su lado y le cogió la mano. Pensó que debía hablar, decirle unas palabras tranquilizadoras, pero no se le ocurría nada. Pablo yacía en la camilla sobre sus propios excrementos, con la columna rota, rodeado de extranjeros que no hablaban su lengua. ¿Qué podía hacer ella para que se sintiera mejor?

Soplaba una brisa suave que inflaba la tienda. Las ramas de la enredadera también parecían moverse, cambiar de posición, susurrar. Estaba demasiado oscuro para ver nada; y ella estaba sola con Pablo y la tienda, y en algún lugar de la cima, fuera de su vista, el *cric, cric, cric* del cabrestante. Pronto, Amy o Eric surgirían de las sombras para sentarse junto a ella y Pablo, y entonces todo sería más sencillo. Es lo que se dijo Stacy: «Éste es el peor momento. Ahora mismo, sola con él.»

No le gustaban los sonidos rumorosos. Parecía que allí fuera ocurrían más cosas de las que podían explicarse por la acción del viento. Alguien se movía, se acercaba con sigilo. Stacy pensó en los mayas, con sus arcos y flechas, y tuvo que hacer un esfuerzo sobrehumano para no huir, para no soltar la mano de Pablo y correr a toda velocidad hacia Jeff y Mathias. Pero era una tontería, por supuesto, una tontería tan grande como la fantasía de refugiarse en la tienda. No había dónde escapar. Si los sonidos eran lo que temía, tratar de huir sólo serviría para prologar el terror y la angustia. Sería mucho mejor acabar de una vez, rápidamente, con una flecha surgida de la oscuridad. Permaneció tensa, esperando esa flecha, aguzando el oído para oír la vibrante cuerda del arco, mientras el furtivo rumor continuaba entre las ramas de la enredadera, pero la flecha no llegó. Al final fue incapaz de seguir soportando el suspense, la expectación.

—¿Hola? —dijo.

Desde el otro lado de la cima llegó la voz de Jeff.

—¿Qué? —El cabrestante había dejado de chirriar.

—Nada —respondió Stacy, y después, cuando la máquina comenzó a girar otra vez, se repitió esta palabra, ahora en voz muy baja—: Nada, nada, nada.

Pablo se movió ligeramente y la miró. Tenía la mano fría y curiosamente húmeda, como algo que hubiera aparecido podrido en un sótano, pensó Stacy. Se lamió los labios y dijo:

—¿Nada?

Stacy asintió y sonrió.

—Exactamente —respondió—. No es nada. —Mientras esperaba a que llegasen los demás, trató de convencerse de que era verdad, de que no pasaba nada, sólo el viento, su imaginación, de que estaba creando monstruos de la oscuridad—. No es nada —repitió—. Nada, nada, nada.

Amy le pidió a Eric que le diera la mano. No tenía miedo, explicó, pero estaba tan oscuro que necesitaba alguna clase de contacto, algo más que el sonido de su voz para asegurarse de que seguía a su lado. Él aceptó, por supuesto, y aunque al principio Amy se sintió un poco incómoda, sentada en el suelo de piedra del pozo de la mano del novio de su mejor amiga, enseguida se encontró mejor.

Esto ocurrió mientras esperaban a que Jeff y Mathias regresaran para lanzarles la cuerda. Ella y Eric hablaron sin parar, como si presintieran que hasta el silencio más breve podía entrañar algún peligro. El peligro de pensar, supuso Amy, de detenerse a considerar dónde estaban y a qué se enfrentaban. Ella se sentía como si estuvieran sentados en el borde de un precipicio muy alto, sabiendo que la tierra estaba muy lejos pero sin atreverse a mirar para comprobarlo. Hablar parecía más seguro que pensar, incluso si acababan hablando de lo que ocupaba sus pensamientos, porque las palabras servían al menos para consolarse, para tranquilizarse y darse ánimos mutuamente de una forma imposible de conseguir a solas. Y también podían servir para mentir, si era necesario. Hablaron de la rodilla de Eric (le dolía cuando apoyaba su peso en ella, pero había dejado de sangrar otra vez, y Amy le aseguró que no era nada). Hablaron de la sed que tenían y de cuánto les duraría el agua (mucha sed, y sólo un día, aunque ambos convinieron en que conseguirían juntar el agua de lluvia necesaria para arreglárselas). Se preguntaron si los griegos llegarían por la mañana (probablemente, dijo Eric, y Amy lo secundó, aunque sabía que era una esperanza, más que una certeza). Hablaron de la posibilidad de hacerle señas a un avión que pasara por allí, o de que uno de ellos burlase la vigilancia de los mayas por la noche, o de que éstos perdieran el interés por ellos en un momento u otro y regresaran a la selva, dejándoles vía libre para escapar.

De lo que no hablaron fue de Pablo. De Pablo y su espalda rota.

Hablaron de qué sería lo primero que harían cuando por fin regresaran al hotel, debatieron las ventajas de las distintas opciones, hasta que les resultó demasiado doloroso pensar en ello... Soñar con comidas y cerveza fría les daba hambre y sed; y la fantasía de una ducha les hacía sentirse aún más sucios.

La corriente de aire fresco iba y venía, pero no conseguía eliminar el olor a mierda que había dejado Pablo. Amy trataba de respirar por la boca, pero incluso así seguía oliéndolo, y se le ocurrió que era como si le hubiesen dado un baño de pintura de la que jamás conseguiría librarse. Eric le preguntó si veía cosas en la oscuridad, luces que flotaban y se acercaban a ellos con movimientos ondulantes.

—Ahí —dijo, cogiendo su barbilla y girándole la cabeza hacia la izquierda—. Una esfera azulada, como un globo. ¿La ves?

Pero no, allí no había nada.

Jeff gritó que habían vuelto. Atarían otro lazo a la cuerda y los subirían.

Amy y Eric discutieron quién debería ir primero, y se ofrecieron mutuamente la oportunidad. Amy insistió en que debía ser Eric. Al fin y al cabo estaba herido y había pasado muchas horas en aquel agujero. Juró que no tenía miedo; sería cuestión de un par de minutos, y le daba igual. Pero Eric se negó en redondo y al final, con secreto alivio (porque tenía miedo, porque no le daba igual), Amy aceptó su decisión.

El cabrestante comenzó a chirriar. Jeff y Mathias estaban bajando la cuerda.

Estaba demasiado oscuro para verla acercarse, así que miraron hacia arriba sin ver nada, hasta que el chirrido paró.

—¿La tenéis? —preguntó Jeff.

Eric y Amy se levantaron sin soltarse la mano, alzaron el brazo libre y lo sacudieron hasta que Amy sintió el frío nailon de la cuerda, que pareció materializarse en la oscuridad cuando ella lo tocó.

—Aquí está —dijo, guiando a Eric hacia allí. Se quedaron

quietos un momento, ambos cogidos de la cuerda—. ¡Ya la tengo! —gritó Amy.

—Avisadnos cuando estéis listos —dijo Jeff.

Amy sintió la respiración de Eric a su lado.

—¿Estás seguro? —preguntó.

—Desde luego —respondió él. Y luego rió—. Eso sí, no os olvidéis de bajarla otra vez.

—¿Cómo lo hago?

—Pásate el lazo por encima de la cabeza y ajústalo alrededor de las axilas.

Amy le soltó la mano y pasó los brazos y la cabeza por el lazo de la cuerda. Eric se lo ajustó por debajo de las axilas.

—¿Estás seguro de que no te importa? —repitió.

No supo cómo, pero notó que asentía en la oscuridad.

—¿Quieres que grite yo? —preguntó.

—Ya puedo yo —dijo Amy, y Eric no respondió. Permaneció junto a ella, con una mano apoyada en su hombro, esperando que gritase. Amy echó la cabeza atrás y chilló—: ¡Lista!

Entonces el cabrestante comenzó a chirriar, Amy empezó a subir, balaceando los pies, y la mano de Eric cayó de su hombro para perderse en la oscuridad.

El pitido comenzó otra vez. Al principio parecía provenir de encima de la cabeza de Eric, pero después lo sintió delante, casi a sus pies. Alargó la mano y tanteó el suelo, pero sólo tocó otra rama de la enredadera, las hojas aceitosas, incluso viscosas, como la piel de algún habitante anfibio de las tinieblas.

El chirrido del cabrestante se detuvo, y Amy quedó suspendida en algún punto por encima de él.

—¿Lo ves? —gritó Jeff.

Eric no respondió. El pitido se había trasladado hacia el pozo que tenía enfrente y se internaba en él, alejándose lentamente.

—¿Eric? —llamó Amy.

A su izquierda había un globo amarillo. No era real, por supuesto; Eric sabía que se trataba de una ilusión óptica. Entonces, ¿por qué iba a ser real el pitido? No tenía intención de perseguir el sonido por el pozo; no, no pensaba moverse, estaba decidido a quedarse acuclillado donde estaba, con una mano en la lámpara sin queroseno y otra en la caja de cerillas, esperando a que le arrojasen la cuerda.

—¡No veo nada! —gritó.

El cabrestante volvió a chirriar.

La herida de la rodilla latía incesantemente. Le dolía la cabeza y tenía hambre y sed. Estaba cansado. Trató de distraerse para no pensar en las cosas que había discutido con Amy, porque ahora que se encontraba solo era mucho más difícil creer en las fantasías que habían creado juntos. Los mayas no se marcharían, ¿a cuál de los dos se le había ocurrido esa estupidez? ¿Y cómo diablos pensaron que podrían hacer señas a un avión que volaría tan por encima de ellos que sería apenas un punto diminuto en el cielo? «Credenciales —pensó para silenciar aquellas preguntas—. Colisión. Celestial. Cadáver. Circunstancial. Curvilíneo. Circunvolución. Cúmulo. Caballerosidad. Culminación.»

Cesó el pitido, y al cabo de unos segundos, también el chirrido del cabrestante. Eric oyó a sus amigos ayudando a Amy a quitarse la cuerda.

¿Y si los griegos no aparecían? ¿O si aparecían, pero acababan atrapados en la colina, igual que ellos? «Desdén —pensó—. Dilapidado. Decadente.» ¿Y si no llovía? ¿Cómo se las arreglarían sin agua? «Delicioso. Divinidad. Druida.» Jeff le había dicho que se lavase bien el corte del codo, porque aunque fuera pequeño podía infectarse rápidamente en aquel clima, y ahora tenía una herida mucho más profunda en la rodilla, y ninguna posibilidad de lavarla. Se gangrenaría. Perdería la pierna. «Doblón —pensó—. Desastroso. Demente.»

¿Y Pablo? ¿Qué pasaría con Pablo, con su columna rota?

El chirrido se reanudó y Eric se puso en pie. «Efervescente —pensaba ahora—. Eunuco.» Con las cerillas en una mano y la lámpara en otra, alzó los brazos y los extendió a ciegas hacia delante, esperando la cuerda.

Stacy y Amy estaban sentadas en el suelo, a un metro de la camilla de Pablo. Cogidas de la mano, miraban cómo Jeff examinaba la rodilla de Eric. Éste se había bajado el pantalón con cuidado, haciendo muecas de dolor cuando la tela se separó de la herida y levantó la costra de sangre seca. Jeff se arrodilló y trató infructuosamente de valorar la gravedad de la herida en la oscuridad. Al final se dio por vencido; habría que esperar a la mañana siguiente. Lo único que importaba ahora era que había dejado de sangrar.

Mathias estaba construyendo un refugio para Pablo, usando la cinta adhesiva, la tela y los palos que habían sobrado de la tienda azul, para montar un cobertizo de aspecto frágil.

—Uno debería hacer guardia mientras los demás duermen —dijo Jeff.

—¿Para qué necesitamos un vigilante? —preguntó Amy.

Jeff indicó a Pablo con la cabeza. Le habían quitado los cinturones y estaba tendido en la camilla, con los ojos cerrados.

—Por si necesita algo —respondió—. O... —Se encogió de hombros y miró hacia el sendero que conducía al pie de la colina. «Los mayas», pensó, pero no quiso decirlo—. No lo sé. Parece lo más sensato.

Nadie habló. Mathias cortó un trozo de cinta adhesiva con los dientes.

—Haremos turnos de dos horas —dijo Jeff—. Podemos eximir a Eric. —Éste estaba sentado en el suelo, con los pantalones alrededor de los tobillos y la mirada perdida. Jeff no supo si lo había oído—. He pensado que quizá también deberíamos empezar a juntar nuestra orina.

—¿La orina?

Jeff asintió con la cabeza.

—Por si nos quedamos sin agua antes de que llueva. Podemos aguantar un poco si...

—Yo no pienso beber pis, Jeff.

Stacy la secundó:

—Ni yo. De ninguna manera.

—Si llegamos al punto en que tenemos que elegir entre beber nuestra orina o morir...

—Dijiste que vendrían los griegos —protestó Amy—. Dijiste que...

—Sólo intento ser prudente, Amy. Ser sensato. Y eso significa pensar en lo peor que puede suceder. Porque si llega ese momento, desearemos haber hecho planes, ¿no? —Amy no respondió—. Nuestra orina se volverá más concentrada a medida que nos vayamos deshidratando —continuó Jeff—, así que ahora es el momento de empezar a juntarla.

Eric sacudió la cabeza y se restregó la cara con un ademán cansino.

—Dios —dijo—. Me cago en Dios.

Jeff no le hizo caso.

—Mañana, en cuanto amanezca, comprobaremos cuánta agua tenemos y pensaremos en cómo racionarla. Lo mismo con la comida. Ahora, creo que lo mejor es que cada uno beba un poquito y trate de dormir. —Se volvió hacia Mathias, que seguía trabajando en el cobertizo—. ¿Tienes la botella vacía?

Mathias se dirigió a la tienda naranja. Su mochila estaba en el suelo. La abrió, rebuscó y sacó la botella vacía. Se la pasó a Jeff.

Jeff la levantó, enseñándosela a los demás. Era una botella de dos litros

—Si tenéis que mear, usad esto, ¿vale? —Nadie respondió. Jeff dejó la botella junto a la puerta de la tienda—. Mathias y yo terminaremos el refugio para Pablo. Después, yo haré la primera guardia. Los demás deberíais intentar dormir.

Tendidos en la oscuridad, murmurando, hablaron sólo lo necesario para convenir que no debían hablar, ya que lo único que conseguirían sería ponerse nerviosos. Stacy estaba acostada boca arriba entre Amy y Eric, cogida de la mano de ambos. Le habían dejado sitio a Mathias al otro lado de Amy. En la tienda quedaban dos sacos de dormir, pero hacía demasiado calor para usarlos, así que los amontonaron contra la pared del fondo junto con todo lo demás: las mochilas, la caja de herramientas, las botas de escalada y la garrafa de agua. También habían hablado brevemente, conspirando en susurros, de beber un poco de agua a escondidas. Lo había sugerido Amy como si fuese una broma, con la mano sobre la tapa de la garrafa. Era difícil saber si lo decía en serio —quizás habría tomado un largo trago si se hubiesen puesto de acuerdo—, pero cuando sacudieron la cabeza y concluyeron que no sería justo para los demás, apartó rápidamente la garrafa, riendo. Stacy y Eric también habían reído, pero la risa sonó extraña en la oscuridad, en aquella sofocante proximidad, y callaron enseguida.

Eric se descalzó y Stacy le ayudó a terminar de quitarse los pantalones. Ella y Amy permanecieron completamente vestidas. Stacy no se sentía lo bastante segura para desnudarse; quería estar preparada para salir corriendo. Supuso que Amy pensaría lo mismo, aunque ninguna lo admitiese en voz alta.

Claro que no tenían adónde correr.

Stacy se quedó muy quieta, escuchando la respiración de los otros dos, tratando de adivinar si estaban a punto de quedarse dormidos. Ella no; habría podido llorar de cansancio, pero jamás conseguiría descansar en ese lugar. Oyó a Jeff y a Mathias hablando en voz baja en la puerta de la tienda, pero no pudo descifrar sus palabras. Al cabo de un rato, Amy le soltó la mano y se dio la vuelta, y Stacy estuvo a un tris de gritar que no la dejara sola. Pero se acercó más a Eric, apretándose contra él. Eric la miró y quiso decir algo, pero ella le puso un dedo en los labios, silenciándolo, y apoyó la cabeza en su hombro. Podía oler su sudor; sacó la lengua y le lamió la piel, saboreando la sal. Le había puesto la mano en la barriga y casi sin pensarlo la deslizó por debajo de la cinturilla de los calzoncillos. Acarició con dedos vacilantes el pene blando, somnoliento, cubriéndolo con la mano. No estaba pensando en el sexo; se sentía demasiado cansada y asustada para excitarse. Sólo buscaba consuelo. Lo buscaba a tientas, sin saber dónde encontrarlo, probando este camino porque no se le ocurría otro. Quería ponérsela dura, hacerle una paja, sentir cómo se corría arqueando el cuerpo. Pensó que ese acto la confortaría, le daría una ilusoria sensación de seguridad.

Y eso es lo que hizo. No tardó mucho. El pene se endureció gradualmente entre sus dedos y ella comenzó a sacudirlo con fuerza, cada vez más rápido, haciendo muecas por el esfuerzo. La respiración de Eric se volvió rápida, ronca, y justo cuando a Stacy empezaba a dolerle el brazo por el agotamiento, se convirtió en un gemido de placer. Stacy oyó el sonido húmedo del primer chorretón de semen al caer sobre el suelo de la tienda. Notó que el cuerpo de Eric se relajaba, los músculos aflojándose, y hasta adivinó el momento preciso en que se quedó dormido. La sensación de alivio, de calma repentina, resultó contagiosa, y fue como si la inundara un vacío donde el miedo pareció retroceder un paso, al menos temporalmente. Con eso le bastaba, pensó; era lo único que necesitaba. Porque en ese breve instante, como por milagro, con el pene pegajoso y menguante de Eric todavía en la mano, ella también se quedó dormida.

Amy lo oyó todo. Escuchó las caricias furtivas de Stacy, las sacudidas rítmicas, cada vez más rápidas, que arrastraban consigo a la respiración de Eric, el gemido reprimido, el silencio que siguió. En otras circunstancias le habría hecho gracia, le habría tomado el pelo a Stacy por la mañana, o hasta habría dicho algo en el momento del clímax, algo así como «¡bravo,

bravo!», aplaudiendo. Pero allí, en la sofocante oscuridad de la tienda de campaña, se limitó a soportarlo con los ojos cerrados. Adivinó cuándo se durmieron y sintió una envidia momentánea, el deseo de que Jeff estuviese con ella, abrazándola, acunándola. En ese momento se abrió la puerta de la tienda y entró Mathias en calcetines. Pasó por encima de ella y ocupó el espacio vacío. Fue asombroso lo rápido que se unió a los otros dos, como si el sueño fuera una camiseta y se la pasase por encima de la cabeza, se la metiera debajo de la cinturilla del pantalón, le alisase las arrugas y, antes de terminar de cerrar los ojos, empezó a roncar. Amy contó los ronquidos. Algunos eran tan fuertes que retumbaban en la tienda, mientras que otros eran como murmullos, y tenía que esforzarse para oírlos. Cuando llegó a cien, se sentó, fue a gatas hasta la puerta, abrió la cremallera y salió a la noche.

Fuera no estaba tan oscuro como en el interior de la tienda. Amy vio la silueta de Jeff junto a la sombra más grande del cobertizo y notó que giraba la cabeza para mirarla. No dijo nada, y ella supuso que no quería despertar a Pablo. Cogió la botella de plástico, se desabrochó el pantalón y, de cuclillas junto a la tienda, con Jeff mirándola desde la oscuridad, comenzó a mear. Tardó unos instantes en colocar el pico de la botella justo debajo del chorro, y en el proceso se mojó la mano. La botella ya estaba algo pesada en el fondo —la había usado Mathias, supuso Amy—, y el sonido de su orina cayendo sobre la de él, chocando, salpicando, mezclándose, se le antojó inquietante. Se dijo que jamás bebería eso; no llegarían a necesitarlo. Lo hacía sólo para complacer a Jeff, para demostrarle que era capaz de acatar las reglas. Si él quería que mease en la botella, lo haría, pero por la mañana llegarían los griegos y nada de eso importaría. Los mandarían a buscar ayuda y todo se solucionaría antes de que atardeciera. Cerró la botella, la dejó en su sitio, junto a la puerta, y se subió los pantalones mientras caminaba hacia Jeff.

La luna había salido por fin, pero era diminuta, un pequeño gajo de plata suspendido sobre el horizonte. No iluminaba mucho; Amy podía ver la silueta de las cosas, pero no los detalles. Jeff estaba sentado con las piernas cruzadas y parecía sorprendentemente tranquilo, incluso contento. Amy se dejó caer a su lado y le cogió la mano, como si esperase que él le transmitiera parte de esa tranquilidad con sólo tocarla. Hizo un esfuerzo consciente para no mirar debajo del cobertizo. «Duerme —se dijo—. Está bien.»

—¿Qué haces? —susurró.

—Pienso —respondió Jeff.

—¿En qué?

—Intento recordar cosas.

Amy sintió un vuelco en el corazón, como si hubiera alargado la mano para encender el interruptor en una habitación oscura, y en cambio se hubiera encontrado con la cara de alguien. Recordó que había visitado a su abuelo materno poco antes de que muriese, un viejo con tos de fumador, entubado y monitorizado, absorbiendo líquidos claros y excretando líquidos oscuros. A la sazón tenía seis años, quizá siete, y no había soltado la mano de su madre ni un segundo, ni siquiera cuando la empujaron para que besase la áspera mejilla del moribundo.

«¿Qué haces, papá?», le había preguntado su madre al viejo nada más llegar. Y él había respondido: «Intento recordar cosas.»

Eso era lo que hacía la gente mientras esperaba la muerte, concluyó Amy; luchaba por recordar los pormenores de su vida, todos los acontecimientos que parecían imposibles de olvidar mientras se padecían, lo que habían oído, olido y saboreado, los pensamientos que habían considerado revelaciones; y era lo mismo que estaba haciendo Jeff ahora. Se había dado por vencido. No sobrevivirían en aquel lugar; acabarían como Henrich, cosidos a flechazos, envueltos por los tallos florecidos de la enredadera.

Pero no; Jeff no lo veía así. Amy debería saberlo.

—Hay una forma de destilar la orina —dijo—. Cavas un hoyo, metes la orina dentro, en un recipiente abierto, tapas el agujero con una tela impermeable sujeta por un peso. En el centro pones una piedra, para que la tela se hunda. Y debajo, en el hoyo, colocas un vaso vacío. El sol calienta el agujero. La orina se evapora y luego se condensa en la tela. Las gotas se deslizan hacia el centro y caen en el vaso. ¿Te parece bien?

Amy se limitó a mirarlo. Había perdido el hilo casi al principio. Pero no importaba. Sabía que Jeff no hablaba con ella. Estaba pensando en voz alta, y si le hubiese contestado, difícilmente la habría oído.

—Me parece que era así —continuó—. Pero tengo la sensación de que me olvido de algo. —Calló otra vez, pensando. Amy no podía verle la cara en la oscuridad, pero se la imaginaba. El entrecejo fruncido, una arruguita en la frente. Sus ojos parecerían mirarla con vehemencia, pero sería una falsa impresión. Miraban más allá, a través de ella—. No es necesario que sea orina —dijo por fin—. También podríamos cortar la enredadera. Meterla en el agujero. El calor hará que despida el líquido.

Amy no supo qué decir. Desde que llegaron allí, Jeff parecía alterado, y su voz y sus gestos tenían una vehemencia extraña. Amy había dado por sentado que eran síntomas de ansiedad, que sentía el mismo miedo y nerviosismo que los demás. Pero ahora se dio cuenta de que tal vez no fuese eso; tal vez fuera algo más inesperado. Euforia. De repente tuvo la sensación de que Jeff se había pasado toda la vida esperando una situación como aquélla —una crisis, una catástrofe—, estudiando, preparándose, leyendo libros, memorizando datos. A esta idea le siguió la convicción de que si alguien podía sacarlos de allí, ése era Jeff. Amy sabía que eso debería haberla tranquilizado, pero no. La inquietó, hizo que le dieran ganas de apartarse de él, de regresar a la tienda. Jeff parecía feliz, contento de estar allí. Y esta posibilidad la puso al borde de las lágrimas.

«No pienso beber pis —quiso decir—. Me da igual si lo destilas; no pienso beberlo.»

Pero en lugar de hablar, alzó la cabeza y olfateó el aire. Percibió ese ligero aroma almizcleño de la madera quemada, un olor a campamento, y sus tripas reaccionaron haciendo ruido. Cayó en la cuenta de que tenía hambre; no habían comido nada desde la mañana.

—¿No hueles a humo? —murmuró.

—Han prendido varios fuegos —respondió Jeff, dibujando un círculo con la mano—. Alrededor de toda la colina.

—¿Para cocinar? —preguntó ella.

Jeff negó con la cabeza.

—Para vernos. Para asegurarse de que no nos escabullimos en la oscuridad.

Amy meditó el significado de aquella respuesta, el hecho de que estaban sitiados. Debería hacer ciertas preguntas, abrir las puertas que comunicaban con este pasillo y conducían a habitaciones por explorar, pero no creía tener suficiente valor para oír las respuestas. Así que calló, y el miedo venció al hambre, tensándole y revolviéndole el estómago.

—Por la mañana habrá rocío —dijo Jeff—. Podremos atarnos trapos a los tobillos y caminar entre las plantas para recoger la humedad. No será mucho, pero...

—Para. —Amy no pudo aguantar más—. Por favor, Jeff.

Jeff calló y la miró en la oscuridad.

—Dijiste que vendrían los griegos —dijo Amy.

Jeff titubeó, como si ensayase respuestas diferentes. Luego dijo en voz muy baja:

—Es verdad.

—Así que da igual.

—Supongo.

—Además, va a llover. Siempre llueve.

Jeff asintió en silencio. Aunque no podía verle la cara, Amy supo que sólo trataba de tranquilizarla. Y eso era precisamente lo que quería ella: que le dijese que todo saldría bien, que al día siguiente los rescatarían, que jamás tendrían que cavar un hoyo para destilar orina ni atarse trapos alrededor de las piernas para recoger el rocío de la colina. Un sorbo de rocío escurrido de un trapo sucio... ¿Cómo habían llegado a ese punto?

Permanecieron sentados, cogidos de la mano. Recordó que en su segunda cita, una salida al cine, Jeff había enlazado su brazo en el de ella. Llovía y habían compartido el paraguas, apretándose el uno contra el otro mientras andaban. Él era más tímido de lo que ella había imaginado. Aquella noche ni siquiera intentó despedirse con un beso, a pesar de estar tan cerca, la lluvia repiqueteando en la tensa tela por encima de sus cabezas. El beso aún estaba en el futuro, tal vez una semana más allá, y fue mejor de esa manera, porque entonces tuvieron importancia otras cosas, los pequeños gestos, su brazo enlazando el de ella mientras salían de debajo del alero luminoso del cine hacia las resbaladizas calles. Amy estuvo a punto de recordárselo, pero se detuvo a último momento: le preocupaba que él no guardase ningún recuerdo de aquel momento, que lo que a ella se le había antojado tan conmovedor, tan bonito, para Jeff hubiera sido simplemente un acto reflejo, una reacción ante las inclemencias del tiempo, más que una tímida aproximación al corazón de ella.

Se levantó una breve ventolera, y por un instante Amy sintió frío. Pero enseguida pasó y regresó el calor. Estaba sudando; sudaba desde que se había subido al autobús, hacía muchas horas, en una era totalmente diferente. Pablo movió la cabeza, murmuró algo y calló otra vez. Amy tuvo que hacer un esfuerzo para no mirarlo; tuvo que cerrar los ojos.

—Deberías estar durmiendo —dijo Jeff.

—No puedo.

—Lo necesitarás.

—He dicho que no puedo.

Amy supo que había sonado brusca, irritable —otra vez se estaba quejando, estropeándolo todo, fastidiando el momento de serenidad que habían logrado crear juntos, esa falsa sensación de paz— y deseó poder retirar sus palabras, suavizarlas de alguna manera y apoyar la cabeza sobre el regazo de Jeff, para que él la acunase hasta que se quedara dormida. Su mano izquierda estaba pringosa por el pis. Se la llevó a la nariz y la olió. Luego abrió los ojos e inconscientemente miró a Pablo. Le habían quitado el saco de dormir de encima. Estaba acostado boca arriba debajo del pequeño cobertizo, con los brazos cruzados sobre el pecho. Tenía los ojos cerrados. «Duerme —se dijo para tranquilizarse—. Descansa.» La lesión no se veía —estaba dentro, la vértebra aplastada, la médula cortada—, pero era fácil imaginarla. Se le veía encogido, envejecido. Mustio, disminuido. Amy no terminaba de entender cómo había sufrido una transformación semejante en tan poco tiempo. Lo recordó de pie junto al agujero, sujetando un teléfono imaginario junto al oído, haciéndoles señas para que se acercaran. Parecía imposible que esa figura marchita perteneciese a la misma persona. Le habían quitado los pantalones; estaba desnudo de cintura para abajo, y sus piernas estaban retorcidas, como si alguien lo hubiese dejado caer imprudentemente en aquel sitio. Amy vio el pene, semioculto entre el oscuro vello pubiano, y apartó la mirada.

—Le has quitado los pantalones —dijo.

—Los cortamos.

Amy imaginó a Jeff y Mathias inclinados sobre la camilla con el cuchillo, uno cortando mientras el otro sujetaba las piernas de Pablo. Pero no; las piernas de Pablo no necesitaban que nadie las sujetase, desde luego, ése era el problema. Mathias era como Jeff, pensó Amy; cabeza gacha, ojos centrados, un superviviente. Su hermano había muerto, pero él era demasiado disciplinado para llorarlo. Amy decidió que él empuñaría el cuchillo mientras Jeff, acuclillado a su lado, apartaba las tiras de tela tejana, pensando ya en cómo aprovechar las que no estuvieran demasiado sucias, cómo atarlas alrededor de los tobillos por la mañana, para recoger el rocío. Sabía que si ella hubiese estado en el lugar de Mathias, todavía estaría al pie de la colina, abrazando el cadáver putrefacto de su hermano, llorando, gritando. ¿Y de qué le habría servido?

—Tenemos que mantenerlo limpio —dijo Jeff—. Será así. Si es que pasa.

Se levantó otra brisa y Amy tembló de frío. Respiraba por la boca, para no oler el humo de los fuegos que ardían al pie de la colina.

—¿Si pasa qué?

—Si muere aquí, será por una infección, supongo. Septicemia, o algo por el estilo. En realidad, no podemos hacer nada para evitarlo.

Amy se removió y soltó la mano de Jeff. No había que pronunciar esas palabras, pero él lo hizo como si tal cosa, como quien espanta una mosca. «Si muere aquí.» Amy sintió la necesidad de decir algo, de esbozar otra realidad más benigna, más esperanzadora. Los griegos llegarían por la mañana, habría querido decirle. Nadie tendría que beber orina ni rocío. Y Pablo no moriría. Pero guardó silencio, y supo por qué. Temía que Jeff le llevase la contraria.

Él bostezó y estiró los brazos por encima de la cabeza.

—¿Estás cansado? —preguntó Amy. Jeff hizo un gesto vago en la oscuridad; Amy señaló la tienda—. ¿Por qué no te vas a dormir? Yo me quedo con él. No me importa.

Jeff consultó su reloj de pulsera, apretando un botón que lo iluminó. Un breve resplandor verde claro; si Amy hubiese parpadeado, no lo habría visto. Jeff no dijo nada.

—¿Cuánto tiempo te queda? —preguntó Amy.

—Cuarenta minutos.

—Súmalos a mi guardia. No puedo dormir, de todas maneras.

—Es igual.

—Lo digo en serio. ¿Por qué íbamos a estar despiertos los dos?

Jeff volvió a mirar el reloj, el verde fosforescente. Amy

casi pudo verle la cara, la protuberancia de la barbilla. Jeff se giró hacia ella.

—Estoy pensando en bajar —dijo.

Amy entendió lo que le decía, pero no quiso admitirlo.

—¿Por qué?

Jeff señaló más allá de la tienda.

—Hay un punto donde los fuegos están más separados. Podría escabullirme entre ellos.

Amy recordó el cuerpo lleno de flechas del hermano de Mathias.

«No —pensó—. No lo hagas.» Pero no dijo nada. Quería pensar que Jeff era capaz de cruzar el claro como un fantasma, pasar sigilosamente entre los mayas que hacían guardia e internarse en la selva, corriendo entre los árboles.

—Supongo que tendrán los senderos vigilados. Pero si paso por encima de las plantas... —Se interrumpió, esperando la reacción de Amy.

—Deberás tener mucho cuidado —dijo ella. Fue lo único que se le ocurrió.

—Sólo voy a mirar. No lo intentaré a menos que lo vea claro.

Amy asintió con la cabeza, aunque no estaba segura de que Jeff pudiera verla. Él se levantó y se agachó a atarse el cordón de la bamba.

—Si no vuelvo —dijo—, ya sabes dónde estaré.

Quiso decir que estaría corriendo. Buscando ayuda. Pero ella volvió a ver el cadáver de Henrich, con los huesos de la cara a la vista.

—Vale —dijo mientras pensaba «no, no lo hagas, detente».

Y se quedó sola con Pablo, mirando cómo Jeff se alejaba sin decir palabra y se perdía en la oscuridad.

Eric despertó brevemente cuando Jeff pasó junto a la tienda. Estaba tendido boca arriba, preguntándose qué hacía allí. Tenía sed, le dolía la pierna, y estaba más oscuro de lo normal. Entonces lo recordó todo: el día entero pasó por su mente en un instante. Los mayas con los arcos, el descenso al pozo, Amy y él subiendo a Pablo a la camilla. Este último recuerdo fue demasiado espantoso, y lo apartó de su mente sintiéndose despreciable.

Stacy se había separado de él, y oyó roncar a alguien al fondo de la tienda. Mathias, supuso. Se preguntó qué hora sería y cómo estaría Pablo, y pensó en levantarse para ir a verlo. Pero estaba demasiado cansado; el impulso pasó y volvió a cerrar los ojos. Se metió la mano por debajo del calzoncillo. Estaba pegajoso. Sólo entonces recordó que Stacy le había hecho una paja. En la oscuridad había algo más, algo suave y titubeante pero insistente, como una tela de araña, rozándole la pierna. Trató de ahuyentarlo de una patada, se giró y se quedó dormido de nuevo.

Jeff comenzó a bajar la colina en diagonal, pisando las plantas. Los mayas habían encendido fuegos a intervalos regulares alrededor del claro, lo bastante cerca entre sí para que la luz de uno se fundiese con la del siguiente. Pero había dos bastante separados, con una estrecha franja de sombra en medio. No era mucho, y Jeff sabía que no bastaría. Tendría que contar con otra ayuda, una distracción, por ejemplo, un maya que se durmiera, o dos contándose historias en voz baja. Sólo necesitaba diez segundos, o quizá veinte, tiempo suficiente para acercarse al claro, cruzarlo y desaparecer en la selva.

Avanzar entre las ramas de la enredadera resultó más difícil de lo previsto. En la mayoría de los sitios la planta le llegaba a la rodilla, pero en ciertos puntos lo cubría hasta la cintura. Se le adhería al pasar, atrapándole las piernas con los zarcillos. Fue una bajada ardua y lenta, pues tenía que parar a cada rato para recuperar el aliento. Sabía que debía conservar las fuerzas para cuando llegase abajo, por si necesitaba correr a toda velocidad por la selva, los mayas disparándole, las flechas zumbando.

Fue después de una de estas pausas, aún a medio camino del claro, cuando los pájaros comenzaron a chirriar, a emitir graznidos que señalaban su avance. Se detuvo, y los pájaros callaron. Pero luego, en cuanto dio otro paso, volvieron a cantar. Eran chillidos fuertes y disonantes, y parecía que una bandada entera había anidado en la colina. Jeff recordó una visita infantil al aviario del zoológico, su temor a los ruidos, a los ecos, a los frenéticos aleteos. Su padre había intentado tranquilizarlo, señalándole la malla metálica que colgaba del techo, muy por encima de ellos, pero a Jeff no le había bastado; se echó a llorar y tuvieron que irse. Ahora comprendió que no tenía sentido continuar, pues los mayas ya estarían alertados de su presencia. Pero siguió bajando de todos modos, seguido por los graznidos en la oscuridad.

Cuando se acercó abajo, vio que los mayas lo estaban esperando. Había tres hombres junto al fuego de la izquierda, y dos junto al de la derecha. Uno tenía un rifle y los demás lo apuntaban con sus arcos. Jeff titubeó, pero luego pisó el borde del claro, y la luz de los fuegos tembló suavemente sobre su cuerpo. Los arqueros no parecían mirarlo a él; escrutaban la ladera de la colina, como si esperasen a los demás. El tipo del rifle le apuntó al pecho. Los pájaros callaron en ese instante.

Los mayas estaban de espaldas al fuego, Jeff supuso que para conservar la visión nocturna. Las sombras cubrían sus caras, así que Jeff no supo a ciencia cierta si eran recién llegados o los mismos de antes. En el fuego de la derecha, sobre un trípode, un perol grande y negro despedía un vapor denso con olor a pollo guisado y tomates. Las tripas de Jeff se quejaron de hambre. No pudo evitarlo, y durante un rato se quedó petrificado mirando el perol. Había alguien cantando entre las sombras, una voz femenina, pero uno de los arqueros emitió un silbido estridente, y el canto cesó en el acto. Nadie dijo nada. Los mayas se limitaron a mirarlo, pendientes de lo que haría a continuación.

A Jeff le habría gustado hablar con ellos, preguntarles qué

querían, por qué los tenían prisioneros en la cima de la colina y cómo podían comprar su libertad, pero no conocía su lengua, desde luego, y aunque la conociese, dudaba de que se dignasen contestarle. No; sólo lo miraban, con las armas en alto, esperando. Jeff podía avanzar valientemente hacia ellos, para que lo matasen como al hermano de Mathias, o dar media vuelta y subir entre las plantas, los estridentes pájaros y la oscuridad. No había alternativa.

Así que empezó a escalar.

La subida fue inexplicablemente más fácil que la bajada. Estaba el esfuerzo de la escalada, por supuesto, la implacable acción de la gravedad, pero los tallos de la planta le causaron menos dificultades, como si se apartaran a su paso, en lugar de frenarlo enredándose entre sus piernas. Y lo más curioso fue que los pájaros guardaron silencio. Jeff especuló al respecto mientras subía. Supuso que se habrían ido mientras los mayas y él mantenían su muda confrontación al pie de la colina; de ser así, sin embargo, no entendía cómo no había oído sus aleteos. ¿Y por qué no había notado la presencia de los pájaros antes, cuando aún era de día? A juzgar por el volumen de sus graznidos, debían de ser muchos, y era extraño que no hubiese reparado en ellos. La única explicación que se le ocurrió fue que habían llegado al atardecer, mientras Mathias y él estaban demasiado ocupados tratando de rescatar a Pablo del pozo. Pero era obvio que los pájaros pasarían la noche allí, así que podría encontrar los nidos por la mañana. Y acaso también algunos huevos. Por lo menos construiría trampas para coger algún espécimen adulto. Esta idea lo reconfortó. Aunque destilasen la orina y recogieran las gotas del rocío, nada de eso les ayudaría a alimentarse. Jeff había intentado eludir ese problema, porque pensaba que sería incapaz de encontrar una solución, pero la solución se presentó sola, como un regalo inesperado.

Necesitarían un material delgado pero fuerte, como el hilo de pescar. Pero estaba demasiado cansado para pensar nada más. No importaba; tenía tiempo de sobra. Lo único que debía hacer ahora era regresar a la tienda y dormir. Estaba seguro de que por la mañana, cuando saliera el sol, lo vería todo más claro: las cosas que aún quedaban por hacer y la forma en que conseguirían hacerlas.

Stacy tenía el tercer turno. Amy la despertó, sacudiéndola por el hombro y susurrándole que era la hora. Stacy estaba muerta de sed y con los ojos abiertos, pero aún no había despertado del todo. Dentro de la tienda estaba demasiado oscuro para ver nada. Distinguió a Eric, de espaldas a ella, y a Amy acuclillada a su lado, sacudiéndola, y luego a Jeff y Mathias. Todos los chicos dormían, Mathias roncando suavemente.

Amy murmuraba lo mismo una y otra vez:

—Es la hora.

Stacy intentó descifrar primero las palabras y después su significado, hasta que las entendió de pronto. Se levantó, salió de la tienda y cerró la cremallera a su espalda.

Estaba despierta, pero todavía aturdida. Tuvo que volver a buscar el reloj de Amy, pasando con cuidado por encima de Jeff. Amy empezaba a quedarse dormida y estiró la mano mascullando algo entre dientes. Stacy necesitó varios intentos para desabrochar la correa del reloj. Después volvió a salir y se sentó junto a Pablo, un poco más despierta con cada minuto que pasaba. Se puso el reloj de Amy, que estaba caliente y ligeramente húmedo.

Pablo dormía. Su respiración no sonaba muy bien. Era entrecortada, como si los pulmones estuvieran llenos de líquido, y Stacy se preguntó qué estaría ocurriendo dentro de Pablo, qué crisis se avecinaban, qué sistemas fallaban. Lo miró con ojos somnolientos, sin fijarse demasiado, y tardó unos minutos en reparar en la desnudez de las piernas y el pubis. Tuvo el impulso momentáneo —absurdo, inapropiado y rápidamente reprimido— de tocarle el pene. El saco de dormir estaba en el suelo, junto a la camilla, y Stacy lo cogió y cubrió a Pablo con él, inclinándose sigilosamente para no despertarlo.

El griego se movió ligeramente, girando la cabeza, pero no abrió los ojos.

Era el momento ideal para analizar la situación, para repasar los acontecimientos del día anterior y prever los del siguiente, pero aunque Stacy lo tenía claro, aunque sabía que habría sido lo más sensato, no fue capaz de intentarlo. Se limitó a escuchar el sonido acuoso de la respiración de Pablo y su mente permaneció vacía; no dormida, pero tampoco despierta del todo. Tenía los ojos abiertos —era consciente de lo que ocurría a su alrededor, y se habría dado cuenta si Pablo hubiera dejado de respirar súbitamente o la hubiese llamado—, pero no se sentía consciente del todo. Pensó en un maniquí en un escaparate, mirando ciegamente hacia la calle: así se sentía ahora.

Consultaba el reloj de Amy a cada rato, entornando los ojos para ver los números en la oscuridad. Habían pasado siete minutos, después tres, después dos, hasta que se obligó a dejar de mirar, sabiendo que consumir el tiempo con bocados tan pequeños sólo conseguiría hacerlo eterno.

Trató de cantar mentalmente para que pasara más rápido, pero las únicas canciones que se le ocurrían eran villancicos: *Jingle Bells*, *O'Tannenbaum*, *Frosty el muñeco de nieve*. No sabía las letras completas, e incluso en silencio, con las palabras ascendiendo y descendiendo en su cabeza, no le gustaba el sonido de su voz. Así que paró y miró tontamente a Pablo.

A su pesar, volvió a consultar el reloj. Llevaba veintinueve minutos despierta; aún le quedaba una hora y media. De repente se preguntó a quién debía llamar cuando terminase su turno, y sintió un súbito acceso de pánico, pero enseguida resolvió la incógnita y se sintió orgullosa de su inteligencia. Amy la había despertado sacudiéndole el hombro, y Jeff había sido el primero, lo que significaba que Mathias era el siguiente. Miró el reloj; había pasado otro minuto.

«Sólo espero que Pablo no se despierte», pensó. Y en ese preciso instante, como si las palabras no hubiesen sonado en su cabeza, sino en la de él, Pablo despertó.

Por un momento permaneció inmóvil, mirando fijamente a Stacy. Luego tosió y miró hacia otro lado. Levantó la mano, como para cubrirse la boca, pero no parecía tener suficiente fuerza, y sólo llegó a la garganta. La mano quedó suspendida en el aire durante unos segundos, flotando sobre su nuez, y luego bajó lentamente hacia el pecho. Se lamió los labios, miró a Stacy otra vez y murmuró algo semejante a una pregunta en griego. Stacy le sonrió, aunque se sintió falsa, embustera, y pensó que él lo sabía, que había adivinado todo lo que esa sonrisa trataba de ocultar, la desesperante situación en la que se encontraban. Pero no podía hacer nada: la sonrisa estaba allí y se negaba a desaparecer.

—Todo va bien —dijo, pero eso no bastó, por supuesto, y Pablo repitió su pregunta.

Hizo una pausa y la repitió de nuevo moviendo los brazos para darle énfasis, manoteando el aire. Esto hizo que fuera mucho más difícil pasar por alto la inmovilidad de sus piernas, y a Stacy le invadió el pánico. No sabía qué hacer.

Pablo siguió hablando, repitiendo la misma pregunta una y otra vez.

Stacy decidió asentir con la cabeza, pero paró de inmediato, súbitamente preocupada de que estuviera preguntándole: «¿Voy a morir?» Entonces sacudió la cabeza, negando, aunque enseguida se dio cuenta de que eso era igual de peligroso, porque podía estar preguntando: «¿Me recuperaré?» Siguió mirándolo y sonriendo —no podía evitarlo—, pero se sentía cada vez más cerca de las lágrimas, aunque no quería llorar, trataba desesperadamente de ser fuerte, de hacerlo sentir seguro, aunque sólo fuera porque ella estaba a su lado, porque era su amiga y lo ayudaría si pudiese. Se preguntó qué sabría

Pablo de su situación. ¿Era consciente de que se había roto la columna? ¿De que con toda probabilidad no podría volver a andar? ¿De que era muy posible que muriese antes de que consiguieran llevarlo a un hospital?

Continuaba moviendo las manos y repitiendo la misma pregunta, ahora alzando la voz con impaciencia y frustración. Stacy supuso que la pregunta estaba compuesta por seis o siete palabras, aunque no estaba muy segura, porque parecían solaparse, fundirse entre sí, y aquella fricción acuosa acechándolas, redondeando los bordes. Trató de adivinar su significado, pero su mente no la ayudaba. Sólo le proponía: «¿Voy a morir?», y «¿Me recuperaré?». Así que Stacy permaneció a su lado debatiéndose entre asentir y negar con la cabeza, pero sin hacer ninguna de las dos cosas, mientras la sonrisa embustera se iba petrificando en su cara. Quería mirar el reloj otra vez, quería que alguien saliese de la tienda y la ayudara, quería que Pablo callase, que se durmiera de nuevo, que cerrase los ojos, que dejase de mover los brazos. Le cogió la mano y se la apretó con fuerza, y esto pareció tranquilizarlo un poco. Después, sin pensar, Stacy comenzó a cantar villancicos en voz muy baja, tarareando las frases que no recordaba. Cantó *Noche de paz*, *Adornar el hogar* y *Aquí viene Santa Claus*. Pablo calló. Sonrió, como si reconociese las canciones, y hasta pareció canturrear *Rudolph, el reno de nariz roja*, siguiéndola en griego. Después cerró los ojos y su mano se relajó en la de Stacy. Se había quedado dormido y su respiración se volvió cada vez más profunda, mientras el sonido acuoso se intensificaba en su pecho.

Stacy paró de cantar. Se sentía agarrotada y deseaba levantarse y estirarse, pero tenía miedo de despertar a Pablo si le soltaba la mano. Cerró los ojos —para descansar un poco, se dijo—, escuchó la respiración del griego, deseando que no sonara de aquella manera, contó las inhalaciones y trató de imitarlas: «Uno, dos, tres, cuatro...»

Mathias apareció a su lado de repente, acuclillado en la oscuridad, la mano fresca en su brazo, y Stacy parpadeó, aturdida, ligeramente alarmada, preguntándose quién era, qué quería, hasta que lo recordó todo y supo que se había quedado dormida. Se sintió avergonzada, nerviosa, irresponsable. Se incorporó con torpeza.

—Lo siento —dijo.

Mathias pareció sorprendido.

—¿Qué sientes?

—Haberme quedado dormida.

—No pasa nada.

—No quería. Le estaba cantando y...

—Chsss. —Mathias le dio una palmada en el brazo y luego apartó la mano, produciéndole un hormigueo en el pecho, una súbita sensación de ingravidez; se dio cuenta de que estaba inclinándose hacia él y se enderezó bruscamente—. Está bien. Míralo. —Señaló a Pablo, que todavía dormía con la boca entreabierta y mirando hacia el otro lado. Pero no parecía estar bien; se lo veía destrozado, como si alguien se hubiera sentado sobre su pecho y estuviera chupándole la vida poco a poco—. Han pasado dos horas —añadió Mathias.

Stacy miró el reloj de Amy. Tenía razón; su turno había acabado. Pero se sentía culpable. No se movió.

—¿Cómo te despertaste? —preguntó.

Mathias se encogió de hombros y se sentó a su lado.

—Tengo esa capacidad. Me digo a qué hora quiero despertarme y me despierto. Henrich también podía hacerlo. Y mi padre. No sé cómo.

Stacy se giró y observó el perfil del alemán por un momento.

—Oye —dijo, titubeando, buscando las palabras adecuadas. Nadie le había enseñado a decir estas cosas—. Con respecto a tu hermano, quería que supieras... quería decirte...

Mathias la silenció con un gesto.

—Está bien. Descuida.

—Quiero decir que debe de ser...

—Está bien. De verdad.

Stacy no supo qué más decir. Quería ofrecerle apoyo, que él le contara cómo se sentía, pero no consiguió encontrar las palabras adecuadas para proponérselo. Hacía una semana que lo conocía y prácticamente no habían hablado. Vio cómo la miraba la noche que besó a Don Quijote, y hasta le asustó su mirada, pensando que la estaba juzgando, pero luego fue tan amable con ella en el autobús, después de que le robasen el sombrero y las gafas de sol... Se había inclinado y le había tocado el brazo. Stacy no sabía quién era en realidad Mathias, cómo era, ni lo que pensaba de ella, pero su hermano estaba muerto al pie de la colina, y deseaba comunicarse con él de alguna manera, deseaba que llorase para poder consolarlo, para abrazarlo, tal vez, y acunarlo. Pero Mathias no lloraría, por supuesto; Stacy vio que eso era imposible. Estaba sentado a su lado y al mismo tiempo muy lejos, demasiado lejos para alcanzarlo. Ella no tenía la menor idea de lo que sentía.

—Deberías ir a dormir —dijo.

Stacy asintió con la cabeza, pero no se movió.

—¿Por qué crees que lo hicieron? —preguntó.

—¿Quiénes?

Señaló hacia el pie de la colina.

—Los mayas.

Mathias reflexionó en silencio durante un rato. Después se encogió de hombros y dijo:

—Supongo que no querían dejarlo marchar.

—Igual que a nosotros —dijo Stacy.

—Sí —respondió Mathias—. Igual que a nosotros.

Pablo giró la cabeza, y los dos lo miraron.

—No lo hagas —dijo Mathias.

—¿Que no haga qué?

El alemán simuló estrujar algo.

—Crisparte. Procura comportarte como un animal. Como un perro. Descansa siempre que surja la ocasión. Come y bebe cuando haya comida y agua. Sobrevive a cada momento. Ya está. Henrich... era impulsivo. Le daba vueltas y vueltas a las cosas y después actuaba precipitadamente. Pensaba poco y a la vez demasiado. No debemos ser así.

Stacy no dijo nada. Al final de la frase, el alemán había subido la voz con una furia que la hizo estremecerse, y a continuación dio un manotazo al aire, como restándole importancia a todo.

—Lo lamento —dijo—. Hablo por hablar. Ni siquiera sé lo que digo.

—Está bien —repuso Stacy, pensando: «Así es como llora.» Estaba a punto de tocarlo, cuando él sacudió la cabeza, deteniéndola.

—No, no está bien —dijo—. Nada está bien.

Pasó casi un minuto mientras Stacy ensayaba palabras y frases mentalmente, buscando infructuosamente la combinación correcta. La respiración entrecortada de Pablo era lo único que rompía el silencio. Al final, Mathias señaló la tienda otra vez.

—Deberías irte a dormir. De verdad.

Stacy asintió y se levantó, sintiéndose agarrotada y ligeramente mareada. Tocó el hombro de Mathias. Apoyó la mano allí y apretó por un instante antes de regresar a la tienda.

Amy se despertó sobresaltada, con el corazón en la boca. Se sentó y trató de orientarse, de entender qué la había despertado tan bruscamente. Debió de ser un ruido, pensó, pero en tal caso era la única que lo había oído. Los demás estaban quietos, con los ojos cerrados, respirando profunda y acompasadamente. Contó los cuerpos en la oscuridad: Eric, Stacy y Jeff. Supuso que Mathias estaría fuera, haciendo guardia junto a Pablo. Así que no faltaba nadie.

Permaneció sentada, aguzando el oído, y su corazón se tranquilizó poco a poco.

Silencio.

Quizá fuera un sueño, aunque no recordaba nada; sólo el momento de pánico cuando se irguió con la sensación de que su sangre se movía demasiado rápido y era demasiado espesa para sus venas. Pero ahora estaba despierta, todavía escuchando, todavía asustada —aunque no supiera por qué— y también sedienta, con los labios pegoteados entre sí, correosos, duros, y un desagradable sabor pastoso en la boca. Poco a poco, mientras intentaba sin éxito volver a dormirse, la sed fue venciendo al miedo, como los ladridos de un perro grande silenciando los de otro más pequeño. Estiró la pierna como una bailarina y tocó con el pie la garrafa de agua que estaba al fondo de la tienda. Si pudiera beber un sorbo pequeño, apenas lo suficiente para quitarse ese sabor inmundo de la boca, creía que podría volver a dormirse. ¿Y no era lo más importante? Por la mañana necesitarían estar descansados, para hacer lo que fuese que Jeff considerara que debían hacer para sobrevivir. Andar entre las plantas con las piernas envueltas en trapos. Cavar un hoyo para destilar la orina. Sólo un sorbito de nada, ¿acaso era pedir demasiado? Claro que habían acordado no beber nada hasta la mañana siguiente. Cuando todos estuvieran despiertos y descansados, se reunirían para racionar la comida y el agua. Pero ¿de qué le servía eso ahora a Amy, que tenía los labios gomosos y la boca fétida mientras los demás descansaban como benditos?

Se sentó otra vez y miró hacia el fondo de la tienda, tratando de distinguir la garrafa en la oscuridad. No lo consiguió. Vio la montaña de objetos, un bulto sombrío, pero fue incapaz de ver cada cosa por separado, las mochilas, la caja de herramientas, las botas de escalada, la garrafa de plástico. Pero la había tocado con el pie; estaba segura. Lo único que tenía que hacer era gatear un par de metros y tantear hasta encontrarla. Luego desenroscaría el tapón, se llevaría el pico a la boca y echaría la cabeza atrás. Un pequeño sorbo ¿quién iba a reprochárselo? Si Eric, por ejemplo, se despertase ahora suplicando un trago, ella se lo ofrecería con mucho gusto, aunque no hubiera tenido sed. Y estaba convencida de que los demás estarían de acuerdo, que tendrían el mismo espíritu solidario. Podría despertarlos y pedirles permiso, y ellos dirían «Sí, por supuesto». Pero ¿para qué iba a molestarlos cuando parecían profundamente dormidos?

Se acercó un poco más, aún tratando de distinguir la garrafa, con cuidado de no hacer ruido.

No iba a robar agua, ni siquiera un sorbo, por supuesto. Porque sería precisamente eso, ¿no? Un robo. No tenían mucha agua y, a pesar de los planes de Jeff, no había grandes perspectivas de conseguir más. Por lo tanto, si ella bebía mientras los demás dormían, aunque sólo fuese un sorbito pequeño, insignificante, quedaría incluso menos para compartir. Amy había visto suficientes películas de supervivencia —accidentes aéreos, naufragios, viajeros espaciales atrapados en planetas lejanos— para saber que siempre había alguien que trataba de acaparar, que luchaba por la última ración, maldiciendo con los ojos desorbitados, que engullía cuando los demás picoteaban, y ella no sería esa persona. No sería una egoísta que sólo pensaba en sus necesidades. Todos habían bebido lo mismo antes de acostarse, pasándose la garrafa, y convinieron que eso sería todo hasta la mañana siguiente. Si los demás podían esperar, ¿por qué no iba a poder ella?

Se acercó un poco más. Sólo quería ver la garrafa, acaso tocarla, levantarla, reconfortarse con su peso. ¿Qué tenía de malo, sobre todo si la ayudaba a dormirse de nuevo?

Aunque lo cierto era que no habían acordado nada, ¿no? No era como si hubiesen discutido o votado. Sencillamente, Jeff tomó la decisión y se la impuso a los demás, demasiado cansados para protestar. Si Amy se hubiese sentido más fresca, o menos asustada, habría dicho algo, habría exigido una ración mayor allí y entonces. Y con toda probabilidad, los demás la habrían secundado.

No; no había sido un acuerdo.

¿Y qué ocurriría por la mañana? Se pasarían la garrafa otra

vez, ¿no? Todos beberían la cantidad convenida. Pero como Amy tenía sed ahora, ¿por qué no podía beber su parte unas horas antes que los demás? Eso no sería acaparar ni robar; sería como pedir un anticipo del sueldo. A la mañana siguiente, cuando le pasasen la garrafa, la rechazaría, explicaría que por la noche había sentido sed —una sed terrible— y tomado ya su ración matutina.

Dio otro paso y por fin la vio, distinguió su silueta entre las cosas amontonadas contra la pared del fondo. Lo único que tenía que hacer era alargar el brazo y coger la garrafa por el asa. Titubeó durante un largo instante. En su cabeza seguía debatiéndose, comenzaba a rechazar la idea, a decirse que debía esperar a la mañana como todos, que se estaba comportando como una cría, pero mientras tenía estos pensamientos, su cuerpo se acercó a la garrafa, su mano la cogió, la levantó, desenroscó la tapa. Entonces todo sucedió deprisa, como si temiera que alguien fuera a detenerla. Se llevó la garrafa a la boca y bebió un sorbito, pero no fue suficiente, ni mucho menos, y levantó la garrafa más alto, tomando un largo trago y luego un segundo, el agua salpicándole la barbilla.

Bajó la garrafa y se secó la boca con el dorso de la mano. Estaba enroscando la tapa cuando echó una ojeada culpable hacia las siluetas de los demás, Eric y Stacy todavía dormidos, Jeff mirándola en la oscuridad. Intercambiaron una larga mirada. Ella pensó que iba a hablar, a reñirla, pero no lo hizo. Estaba lo bastante oscuro para creer que Jeff no tenía los ojos abiertos, que en realidad no la había visto y todo había sido un error de percepción, una mala pasada de su conciencia, pero entonces él sacudió la cabeza una vez —un gesto de repulsión, más que de reproche, pensó Amy— y le dio la espalda.

Amy dejó la garrafa contra la pared del fondo y regresó a su sitio.

—Tenía sed —murmuró. Sentía deseos de llorar, pero también furia, un terrible cóctel de emociones: culpa, ira, vergüenza. Y alivio: el agua en la boca, la garganta, el estómago.

Jeff no respondió. Permaneció callado y totalmente inmóvil, y Amy pensó que no hubiera podido decir nada que le hiciera sentirse peor. Ella no merecía una respuesta; eso era lo que manifestaba con su actitud.

—Vete a la mierda —dijo, no en voz alta del todo, pero bastante fuerte—. ¿Vale, Jeff? Vete a la mierda. —Ahora sintió las lágrimas y no hizo nada por contenerlas.

—¿Qué pasa? —preguntó Stacy, confundida, medio dormida.

Amy no respondió. Se acurrucó y lloró en voz baja, deseando golpear a Jeff, sacudirlo, obligarlo a que se volviese y le dijera que no había hecho nada malo, que la entendía y la perdonaba, que no era nada, nada en absoluto, pero él siguió dándole la espalda, ahora dormido, pensó Amy, igual que Eric y Stacy; todos la habían dejado sola, despierta en la oscuridad, con la cara anegada en lágrimas.

El sol había salido. Lo primero que notó Eric cuando abrió los ojos fue la luz que se filtraba a través de la tela anaranjada de la tienda. También hacía calor —fue lo segundo que notó—; estaba sudoroso y tenía la boca seca. Levantó la cabeza y miró alrededor. Stacy dormía a su lado, y más allá, Amy, hecha un ovillo. Mathias y Jeff habían desaparecido.

Eric pensó en incorporarse, pero todavía estaba cansado y dolorido. Bajó la cabeza, cerró los ojos otra vez y dedicó unos minutos a inventariar todas las molestias que le ofrecía su cuerpo, comenzando por arriba. Tenía la barbilla magullada, y le dolía cada vez que abría o cerraba la boca. Le escocía el codo, y cuando tocó el corte, comprobó que estaba caliente. Tenía la cintura agarrotada y el dolor se irradiaba a la pierna izquierda cada vez que se movía. Y por último la rodilla, que no le dolía tanto como había previsto; de hecho, estaba medio dormida. Trató de doblarla, pero la pierna no se lo permitió, como si algo la sujetase al suelo de la tienda. Levantó la cabeza para mirar y vio que la enredadera había crecido muchísimo durante la noche: salía de entre los bultos del fondo de la tienda y se extendía sobre su pierna izquierda y más allá, cubriéndolo casi hasta la cintura.

—Dios santo —dijo. No sentía miedo, al menos por el momento, sino algo más cercano al asco.

Se sentó y extendió la mano para arrancar los zarcillos de la planta cuando Pablo empezó a gritar.

Jeff estaba al pie de la colina, demasiado lejos para oír los gritos. Poco antes del amanecer, había salido de la tienda y meado en la botella. Cuando terminó, la botella estaba medio llena. Más tarde, cuando saliera el sol, cavarían un pozo para destilar la orina. Jeff estaba convencido de que funcionaría, aunque todavía tenía la sensación de que se le escapaba un detalle importante. Pero al menos eso los mantendría ocupados durante unas horas, los distraería del hambre y la sed.

Tapó la botella, la dejó en el suelo y fue al pequeño cobertizo. Mathias estaba sentado junto a él con las piernas cruzadas y lo saludó con la cabeza cuando se acercó. Todavía no había luz, pero la oscuridad comenzaba a desvanecerse. Jeff pudo ver la cara de Mathias, el rastrojo de barba que le crecía en los carrillos. También vio a Pablo, inconsciente en la camilla, con un saco de dormir sobre las piernas; de hecho, pudo verlo lo suficientemente bien para apreciar los estragos en su cara, las mejillas hundidas, las sombrías ojeras, la boca relajada. Se sentó junto a Mathias y permanecieron un rato en silencio. Lo que más le gustaba del alemán era esa discreción, el hecho de que siempre esperaba que el otro dijera la primera palabra. Era fácil tratar con él. No fingía; era exactamente lo que parecía ser.

—Parece que está bastante mal, ¿no?

Mathias recorrió el cuerpo de Pablo con la mirada, hasta detenerse en la cara. Asintió con la cabeza.

Jeff se tocó el cabello. Estaba grasiento y le pringó los dedos. Su cuerpo despedía un olor ácido, rancio. Deseó darse una ducha con una urgencia súbita, casi insoportable, un sentimiento infantil de frustración, de saber que no conseguiría lo que quería por mucho que se esforzarse para conseguirlo. Arrinconó ese sentimiento, esa nostalgia, obligándose a concentrarse en lo que había, más que en lo que deseaba que hubiera: el aquí y ahora en su cruel extremismo. Tenía la boca seca y la lengua hinchada. Pensó en la garrafa de agua, pero sabía que debía esperar a que despertase todo el mundo. Este pensamiento lo condujo inevitablemente al recuerdo de Amy y su furtiva fechoría nocturna. Tendría que hablar con ella; no podía seguir haciendo cosas como ésa. O quizá no; quizá debía pasarlo por alto. Intentó pensar en una manera de aludir al robo indirectamente, pero estaba cansado, sucio y sediento, y su mente se negó a ayudarle. A su padre se le daba bien contar historias en lugar de sermonear. Sólo después uno se daba cuenta de que había querido decir «No mientas», o «No tiene nada de malo sentir miedo», o «Haz lo que debas, aunque no te convenga». Pero su padre no estaba allí, por supuesto, y Jeff no era como él; no sabía ser sutil. Al pensar en esto lo invadió una súbita emoción y echó de menos a sus padres más que a la inalcanzable ducha; deseó que estuvieran allí, que solucionaran las cosas. Tenía veintidós años y durante las nueve décimas partes de su vida había sido un niño; aún podía volver atrás y tocar ese lugar. De hecho, le asustó comprobar lo cerca que se encontraba. Sabía que comportarse como un crío, esperar a que alguien lo salvara, sería una forma tan fácil de morir como otra cualquiera.

Decidió que no diría nada. Sólo hablaría en caso de que Amy mencionara el tema.

Le habló a Mathias del sistema para destilar orina en un hoyo cubierto con tela impermeable. De cómo recoger el rocío con trapos atados alrededor de las piernas.

—Ahora sería el momento —dijo—. Justo antes de la salida del sol.

Mathias se volvió hacia el este. No era cierto que los minutos inmediatamente anteriores al amanecer fueran los más oscuros del día, como decían algunos. Ya estaba más claro, el cielo se había vuelto grisáceo, y aún no había señales del sol.

—O tal vez no —prosiguió Jeff—. Tal vez deberíamos esperar. Dejar que todo el mundo descanse. Tenemos suficiente agua para hoy. Y puede que llueva.

Mathias hizo un gesto ambiguo, entre el asentimiento y el encogimiento de hombros, y ninguno de los dos habló durante un minuto. Jeff escuchó la respiración de Pablo. Era demasiado densa, como viscosa por la flema. Si estuviera en el hospital, estarían metiéndole toda clase de antibióticos y succionándole la mucosidad para despejar las vías respiratorias. Así de mal sonaba.

—Supongo que deberíamos poner un letrero —dijo Jeff—. Por las dudas. Por si vienen los griegos y no nos damos cuenta. Una calavera con unos huesos cruzados, por ejemplo.

Mathias rió en voz baja.

—Pareces alemán.

—¿Qué quieres decir?

—Siempre haces lo más práctico, aunque no sirva para nada.

—¿Crees que un letrero no serviría de nada?

—¿Acaso una calavera con unos huesos cruzados te habría detenido ayer, cuando subimos la colina?

Jeff consideró la pregunta, frunciendo el entrecejo.

—Pero merece la pena intentarlo, ¿no? O sea, podría detener a otros, incluso si no nos hubiera detenido a nosotros.

Mathias rió otra vez.

—*Ja*, Herr Jeff. Desde luego. Ve a dibujar tu letrero. —Lo echó con un ademán—. *Gehen*. Ve.

Jeff se levantó y se fue. Junto al pozo estaban los objetos que habían sacado de la tienda azul: las mochilas, la radio, la cámara, el botiquín de primeros auxilios, el *frisbee*, la cantimplora vacía, las libretas de espiral. Jeff revisó primero una mochila y luego la otra, hasta que encontró un bolígrafo negro. Se lo llevó junto con un cuaderno al otro extremo de la cima, donde estaban los restos de la precipitada construcción del cobertizo. De ahí cogió la cinta adhesiva y un palo de aluminio de un metro de longitud. Mathias lo miró sonriendo y cabeceando, pero no dijo nada. Estaba aclarando, y Jeff sabía que faltaba poco para la salida del sol. Mientras bajaba por el sendero vio los fuegos de los mayas, temblando lánguidamente al otro lado del claro.

A medio camino sintió una necesidad urgente, apremiante, de defecar. Dejó todo lo que llevaba en las manos, se metió entre las plantas y se bajó rápidamente los pantalones. No era diarrea, pero casi. La mierda salió a chorros, serpenteante, y formó una pequeña pila a sus pies. Despedía un olor intenso que le dio náuseas. Tenía que limpiarse, pero no sabía con qué. Estaba rodeado por la enredadera, con sus brillantes hojas planas, pero Jeff sabía que cuando se las aplastaba soltaban una savia ácida. Regresó al sendero arrastrando los pies y medio encogido, todavía con los pantalones bajados, y arrancó una hoja de la libreta. La hizo una bola y la restregó con energía. Tendrían que cavar una letrina en la ladera de la colina, pensó, en la dirección del viento. Podrían dejar una libreta al lado, para limpiarse con el papel.

Al fin despuntaba el alba. Era una vista extraordinaria, rosa claro y rosa oscuro sobre una línea verde. Jeff la contempló en cuclillas, con el papel manchado de caca todavía en la mano. De repente, en un instante, el sol pareció saltar por encima del horizonte; un sol amarillo pálido, centelleante, demasiado brillante para mirarlo.

Cuando volvía a la zona de las plantas para tapar su caca con tierra —subiéndose los pantalones, tanteando la cremallera—, notó un escozor en los dedos. La creciente luz le permitió ver que una pelusilla verde cubría sus tejanos. Y también sus bambas. Se dio cuenta de que era la enredadera; durante la noche, había echado raíces en su ropa, que ahora estaba cubierta por unos retoños tan diminutos —diáfanos, traslúcidos, prácticamente invisibles— que parecían más un hongo que una planta. Cuando Jeff los sacudió, se rompieron y desprendieron su corrosiva savia, quemándole las manos. Miró aquella pelusilla verde durante un rato, intrigado. El hecho de que la enredadera creciese tan rápido parecía extraordinario, un descubrimiento importante, y sin embargo, ¿qué significaba? Era incapaz de pensar, de sacar conclusiones, así que se dio por vencido. Se obligó a mirar hacia otro lado y a continuar con las actividades del día. Arrojó el papel sobre la pequeña pila de mierda. La tierra era demasiado compacta para desprenderla con el pie, de manera que se agachó y la rompió con una piedra, sudando por el esfuerzo. Consiguió sacar un par de puñados de tierra amarilla y los arrojó sobre la porquería, tapándola a medias, sofocando el olor. Era suficiente.

Después volvió al sendero, se agachó para recoger el boli, la cinta adhesiva, la libreta y el palo de aluminio. Cuando iba a girarse para reiniciar el descenso, dudó un instante y pensó: «Debería haber moscas. ¿Por qué no hay moscas?» Se acuclilló otra vez, intrigado, mirando hacia la mierda semienterrada como si esperase que los insectos aparecieran con retraso, zumbando y revoloteando. Pero no lo hicieron y la mente de Jeff continuó discurriendo a toda velocidad, sin pausa, como un ladrón registrando un escritorio, abriendo los cajones y arrojando el contenido al suelo.

«No sólo aquí, sino también sobre Pablo. Debería haber moscas revoloteando sobre su piel, atraídas por el olor. Y mosquitos. Y jejenes. ¿Dónde están?»

El sol seguía ascendiendo. Y la temperatura aumentaba rápidamente.

«Igual es por los pájaros. Puede que se hayan comido todos los insectos.»

Se incorporó y miró alrededor, buscando a los pájaros, tratando de oírlos cantar. Ya deberían estar despiertos, revoloteando, saludando al amanecer. Pero nada. Ni movimientos ni sonidos. Allí no había moscas, ni mosquitos, ni jejenes ni pájaros.

«Excrementos», pensó y miró las plantas que le rodeaban, buscando las típicas cagadas blancas o amarillas de pájaro entre las flores rojas y las hojas planas con forma de mano. Pero tampoco encontró nada.

«A lo mejor viven en agujeros, excavan los nidos en la tierra con el pico.»

Recordó haber leído sobre unas aves que hacían algo así, y casi pudo ver aquellos especímenes de color tierra, con garras y pico ganchudo. Pero no había señales de túneles de tierra o agujeros sombríos.

Vio una piedrecilla perfectamente redonda, no más grande que un arándano, se agachó a recogerla y se la metió en la boca. También había leído que los que se perdían en el desierto a veces chupaban piedras para combatir la sed. Ésta tenía un sabor ácido, más fuerte de lo que esperaba, y estuvo a punto de escupirla, pero resistió el impulso y la empujó con la lengua hacia abajo del labio inferior, como si fuese tabaco de mascar.

Había que respirar por la nariz, y no por la boca, porque de ese modo se perdía menos humedad.

Había que evitar hablar a menos que fuera absolutamente necesario.

Había que restringir la comida y abstenerse de consumir alcohol.

Había que sentarse a la sombra, a por lo menos treinta centímetros del suelo, porque la tierra actuaba como un radiador y absorbía la energía del cuerpo.

¿Qué más? Demasiadas cosas para recordar, demasiados aspectos que considerar, y allí no había nadie para ayudarle.

La noche anterior había oído pájaros. Jeff estaba convencido de ello. Sintió la tentación de ir a buscar los nidos al otro lado de la colina, pero sabía que eso tendría que esperar, que no era importante. Primero el letrero. Luego volvería a la tienda para racionar la comida y el agua del día. Luego cavaría el hoyo para destilar la orina y la letrina; tendrían que excavar antes de que el calor se volviera insoportable. Después podría buscar pájaros y huevos y preparar trampas. Era crucial que no se agobiaran ni actuaran impulsivamente. Una tarea detrás de la otra; sólo así conseguirían salir de aquélla.

Miró hacia abajo.

Cuatro mayas, tres hombres y una mujer, lo esperaban al pie del sendero. Estaban acuclillados en torno a los rescoldos del fuego. Le vieron acercarse, y los hombres se levantaron para coger sus armas. Uno de ellos era el calvo de la pistola, el primero que trató de detenerlos. Ahora llevaba el arma en la mano, colgando despreocupadamente a un lado, pero lista para levantarla en cualquier momento. Para apuntar y disparar. Sus dos acompañantes iban armados con arcos, con la flecha preparada pero la cuerda todavía floja. Jeff vio que en la linde de la selva había media docena de mayas más, envueltos en mantas y con la cara oculta bajo el sombrero de paja, durmiendo. Uno de ellos se movió, como si presintiera la proximidad de Jeff. Sacudió al que estaba al lado, y ambos se levantaron para mirar.

Jeff se detuvo al pie del sendero y dejó todo en el suelo. Se acuclilló de espaldas a los mayas.

Sintió un aleteo de miedo —no podía dejar de imaginar los arcos levantados, las flechas preparadas—, pero pensó que así resultaría menos amenazador. Arrancó la última página de la libreta, destapó el boli y comenzó a dibujar el primer letrero, una calavera con unos huesos cruzados, un símbolo claro, sencillo y convenientemente aciago. Lo repasó una y otra vez con el boli, hasta que quedó lo bastante oscuro.

Arrancó otra hoja y escribió SOS.

En la tercera puso AUXILIO.

Y en la cuarta, PELIGRO.

Recogió una piedra del tamaño de una pelota de béisbol y la usó para clavar el palo de aluminio en la tierra, justo al borde del claro, bloqueando el camino. A continuación pegó los letreros, uno debajo del otro, y se volvió a observar la reacción de los mayas. Los que estaban entre los árboles se habían acostado otra vez, con el sombrero en la cara, y la mujer del fuego le daba la espalda. Avivaba el rescoldo con la mano izquierda mientras con la derecha apoyaba una olla de hierro sobre el trípode; el desayuno, supuso Jeff. Los otros tres seguían mirándolo, pero con una actitud más despreocupada. Casi parecían sonreír, y con jovialidad, pensó Jeff. ¿O también con aire burlón? Jeff se volvió y dio un par de golpes más al palo. Alguien tendría que bajar y sentarse allí por la tarde, después de que el autobús llegase a Cobá, pero por el momento bastaba con eso. Era sólo una precaución, por si los griegos se las ingeniaban para llegar antes de lo previsto. Por si hacían autostop, por ejemplo. O alquilaban un coche.

Jeff recogió el bolígrafo, el cuaderno y el rollo de cinta adhesiva y se giró para empezar a subir la cuesta, pero entonces cambió de idea. Dejó todo en el suelo otra vez y, con paso titubeante, con sumo cuidado, bajó al borde del claro levantando las manos. Los mayas alzaron las armas. Jeff señaló hacia la derecha, tratando de explicarles que sólo pretendía caminar por el borde del claro, muy cerca de la enredadera, y que no tenía intención de huir. Los mayas lo miraron fijamente, con los arcos preparados y apuntándole al pecho con la pistola, pero no dijeron ni hicieron nada para detenerlo, cosa que Jeff interpretó como una autorización.

Los mayas lo siguieron, dejando el sendero sin vigilancia. Cuando habían recorrido unos doce metros, el hombre de la pistola le gritó algo a la mujer que estaba a su espalda, y ella dejó de cocinar para ir a despertar de un puntapié a uno de los durmientes. Éste se sentó y se restregó los ojos. Miró a Jeff durante un largo instante y despertó a un compañero. Cogieron los arcos, se levantaron y se dirigieron hacia el fuego con aire soñoliento.

Jeff continuó andando por el borde del claro, seguido por

los mayas con las armas en alto. Su mente se dispersó otra vez: la letrina, el hoyo para destilar la orina, Amy robando agua. Se preguntó si sus letreros tendrían algún significado para los griegos, o si éstos pasarían de largo, sin hacerles el menor caso. Miró al cielo, ahora azul claro y totalmente despejado, y se preguntó si por la tarde aparecerían nubes y caerían los chaparrones de rigor, breves pero fuertes, incomprensiblemente ausentes el día anterior. Trató de pensar en cómo recogerían el agua si por fin llovía; supuso que podrían usar los restos de la tienda azul, construir un gigantesco embudo de nailon que desembocara... ¿dónde? No tenía sentido juntar agua si no podían almacenarla; necesitaban recipientes, botellas, vasijas. Y éste era el problema que estaba considerando cuando vio el primer montículo de plantas hasta la cintura y se dio cuenta por fin de por qué había bajado al borde del claro, qué buscaba allí y qué sabía que encontraría indefectiblemente, aunque se resistiera a admitirlo.

El montículo estaba a unos tres metros del borde del claro, una pequeña isla verde en el suelo árido y oscuro. Jeff se detuvo unos pasos antes de llegar, asustado, a punto de echarse atrás. Pero no, aunque sabía de qué se trataba, estaba convencido de ello, tenía que cerciorarse. Se acercó, se agachó y comenzó a arrancar las ramas, olvidando los peligros de la savia hasta que comenzaron a escocerle las palmas. Pero no podía detenerse, porque aquello ya estaba medio desenterrado. Se limpió las manos en la tierra.

Era otro cadáver.

Jeff se incorporó y apartó las ramas que quedaban con el pie. Era una mujer, probablemente la que Henrich había conocido en la playa, la que lo conquistó con su belleza y lo invitó a ir allí, conduciéndolo a la muerte. Tenía el cabello rubio oscuro, largo hasta los hombros, pero aparte de eso habría resultado difícil describirla, ya que la mitad de su carne estaba corroída. Su rostro era una calavera mirando fijamente al vacío. Su ropa también había desaparecido; no era más que un esqueleto con pelo, algunos trozos de carne momificada, una sucia pulsera de plata en la huesuda muñeca, la hebilla de un cinturón, una cremallera, un botón de cobre en la por lo demás vacía oquedad de su pelvis. No podía ser la novia de Henrich, desde luego; estaba demasiado podrida. Incluso en aquel clima, un grado de descomposición semejante llevaría meses. O quizá no, pensó Jeff mientras se inclinaba para apartar otra rama, esta vez con cuidado. Quizá la planta corroyera la carne para alimentarse con sus nutrientes.

Los mayas estaban a unos seis metros, observándolo.

Jeff apartó otro zarcillo y el brazo izquierdo del esqueleto se desprendió de la articulación del hombro y cayó al suelo con estrépito. Entonces notó que la enredadera no brotaba del suelo, sino directamente de los huesos. Jeff reflexionó durante un momento y de repente pensó en el misterio del propio claro: ¿cómo conseguían mantenerlo libre de vegetación? La enredadera crecía tan rápido que en una sola noche había echado raíces en su ropa y en sus bambas. Y, sin embargo, la tierra que pisaba ahora estaba totalmente yerma. Recogió un puñado y lo examinó con atención. Era un suelo oscuro, de aspecto fértil, salpicado de cristales blancos. «Sal —pensó, llevándose un cristal a la boca para cerciorarse—. La han sembrado de sal.»

Fue en ese instante cuando Pablo empezó a gritar en la cima de la colina. Lejos, demasiado lejos para que Jeff lo oyese.

Se levantó, dejó caer el puñado de tierra y siguió andando. Sus tres acompañantes lo siguieron, manteniéndose a una distancia intermedia entre él y la linde de la selva. Jeff pasó delante de otro fuego, alrededor del cual desayunaban siete mayas. Cuando se acercó hicieron una pausa y apoyaron los platos de metal sobre el regazo. Jeff alcanzó a ver y oler la comida. Era una especie de guiso —pollo, tomates, arroz—, quizá los restos de la noche anterior. Le gruñeron las tripas por el hambre. Tuvo el impulso de pedirles comida, de arrodillarse y extender las manos en señal de súplica, pero se resistió, sabiendo que sería un gesto inútil. Siguió andando, chupando la piedrecilla que llevaba en la boca.

Ya podía ver el montículo siguiente.

Cuando llegó a él, se agachó y retiró con cuidado algunas ramas.

Otro cadáver.

Éste parecía masculino, aunque sería difícil asegurarlo, pues estaba aún más corrompido que el de la rubia. Los huesos se habían soltado, formando un montón que ya no guardaba semejanza alguna con un esqueleto. Jeff adivinó el sexo del muerto por el tamaño del cráneo, que era grande y casi cuadrado. Un zarcillo de la enredadera se había metido en las cuencas de los ojos, entrando por la derecha y saliendo por la izquierda. Otra vez encontró botones y una cremallera larga y delgada, semejante a un gusano, que debía de pertenecer a la bragueta de un pantalón de hombre. Unas gafas con montura de alambre, un peine de plástico, un llavero. Jeff vio tres puntas de flecha sin el asta. Y en el suelo, casi ocultos por el revoltillo de huesos, varias tarjetas de crédito y un pasaporte. Era el contenido de una cartera, por supuesto. Una cartera de piel, pensó Jeff, puesto que no quedaba ni rastro de ella. Sólo se conservaban los materiales inorgánicos, sintéticos —el metal, el plástico, el vidrio—; todo lo demás había sido devorado. Sí, «devorado» era la palabra adecuada. Porque aquello no era fruto de la acción de una fuerza pasiva —la podredumbre, la descomposición—, sino de una fuerza activa: la planta.

Jeff se inclinó junto a los huesos y examinó el pasaporte. Pertenecía a un holandés llamado Cees Steenkamp. La foto mostraba a un hombre de cejas gruesas, rubio, con entradas y una expresión que podía interpretarse o bien como distante, o como melancólica. Había nacido el 11 de noviembre de 1951, en una ciudad llamada Lochem. Cuando Jeff levantó los ojos, descubrió que los tres mayas lo observaban. Naturalmente, era posible que ellos hubieran asesinado a aquel hombre con sus flechas. Jeff tuvo el impulso de alargarles el pasaporte y enseñarles la foto de Cees Steenkamp, el hombre que había contemplado al mundo melancólicamente, con aquellos ojos grandes y ligeramente bovinos, y que ahora estaba muerto, asesinado. Pero sabía que eso no serviría de nada, que no cambiaría las cosas. Empezaba a entender lo que ocurría, los porqués, los motivos, las fuerzas que estaban en juego. Allí no había sitio para la culpa, la comprensión o la misericordia. La foto no significaría nada para aquellos hombres, y Jeff los comprendía cada vez mejor; casi simpatizaba con ellos. A una docena de metros de los mayas había una nube de mosquitos, detenida en la entrada de la selva como si una fuerza invisible le impidiera acercarse. Y Jeff también entendió por qué.

Se puso el pasaporte en el bolsillo y continuó andando, seguido por los silenciosos mayas. Pasaron por delante de otros fuegos, donde nuevamente todos dejaron lo que estaban haciendo para ver pasar a Jeff. Tardó casi una hora en rodear la colina, y encontró otros cinco cadáveres antes de terminar. Más huesos, botones, cremalleras. Dos pares de gafas. Tres pasaportes: uno estadounidense, otro español y otro belga. Cuatro alianzas, unos pendientes, un collar. Más puntas de flecha y un puñado de balas achatadas por el choque contra el hueso. También vio a Henrich, por supuesto, aunque al principio le costó reconocerlo. Su cadáver estaba en el mismo sitio, pero había cambiado radicalmente durante la noche. La carne y la ropa habían desaparecido casi por completo, devoradas por la enredadera.

Ahora Jeff lo entendía todo, o empezaba a entenderlo. Pero hasta que no dio la vuelta completa a la colina y regresó al punto de partida, al pie del sendero, no fue consciente de la auténtica magnitud de la situación.

Los letreros habían desaparecido.

Al principio pensó que los mayas los habían arrancado, pero esto no encajaba con la idea que se estaba formando, así que miró alrededor durante largo rato, buscando otra explicación. Vio el agujero donde había clavado el palo, la piedra que había usado como martillo, el cuaderno, el bolígrafo y el rollo de cinta adhesiva. Pero no había ni rastro de los carteles.

Cuando ya se daba por vencido, percibió un brillo metálico a aproximadamente un metro del sendero, semienterrado entre las plantas. Fue hacia allí, se agachó y comenzó a apartar la vegetación, que en aquel punto le llegaba a la rodilla. Era el palo de aluminio, todavía caliente por el sol. Los zarcillos de la enredadera se habían enroscado a su alrededor con tanta fuerza que Jeff tuvo que forcejear para liberarlo. Los letreros habían sido arrancados de la cinta, y las plantas ya habían empezado a disolver el papel. Incluso después de ver esto, Jeff siguió tratando de aferrarse a la vieja lógica, a las reglas del mundo que existía más allá de esa colina cubierta de enredaderas: quizá los mayas habían arrojado piedras contra el palo hasta derribarlo, pensó. Entonces vio algo más entre las sarmentosas ramas: una plancha de metal negra. Apartó los zarcillos con el pie y se agachó a recogerla. Era una bandeja de horno de unos treinta centímetros de lado y siete de hondo. En el tiznado fondo, alguien había rayado el metal para escribir una sola palabra en español: ¡PELIGRO!

Jeff la estudió durante unos minutos.

El día estaba volviéndose cada vez más caluroso. Se había dejado el sombrero en la tienda de campaña, y el sol estaba achicharrándole el cuello y la cara. Su sed había adquirido una nueva dimensión. Ya no era un simple deseo de beber; ahora sentía dolor, la sensación de que el cuerpo estaba padeciendo. La piedrecilla que chupaba no había servido de nada, así que la escupió, y entonces observó con sorpresa una rápida conmoción entre las plantas al contacto con la piedra. Algo había salido disparado como una serpiente, aunque Jeff sólo vio un movimiento brumoso, demasiado rápido para identificarlo.

«Los pájaros», pensó.

Pero no eran los pájaros, por supuesto, y lo sabía. Porque, aunque aún tenía que averiguar de dónde habían salido los ruidos de la noche anterior, ya se había dado cuenta de que en la colina no había pájaros. Ni pájaros, ni mosquitos, ni moscas ni jejenes. Se agachó, recogió otra piedra y la arrojó hacia la profusión de zarcillos que le rodeaban los pies. Una vez más percibió el movimiento, casi demasiado rápido para apreciarlo, y ahora Jeff supo de qué se trataba, supo quién había arrancado sus carteles, y la idea le asqueó.

Arrojó otra piedra. Esta vez no hubo movimiento alguno, y Jeff también entendió por qué. Era exactamente lo que esperaba. Si hubiese ocurrido otra vez, habría sido simplemente un reflejo, y no lo era.

Se volvió a mirar a los mayas, que por fin habían bajado las armas y lo observaban desde el centro del claro. Se les veía aburridos con el espectáculo, y a Jeff le pareció comprensible. Al fin y al cabo, no había hecho nada que ellos no hubiesen visto en otras ocasiones. El letrero, la caminata alrededor de la colina, el descubrimiento de los cadáveres, la lenta revelación de la clase de mundo en el que estaban atrapados: lo habían visto todo con anterioridad. Y aún había más; sin duda preveían lo que ocurriría a continuación, los acontecimientos de los días venideros, cómo comenzarían y cómo acabarían; lo sabían todo y habrían podido contárselo si hablasen la misma lengua. Con esta idea en la cabeza comenzó a subir lentamente por el sendero, ansioso por compartir sus descubrimientos con los demás.

Stacy había abierto los ojos al oír los gritos. Eric se retorcía a su lado, obviamente desesperado, y tardó unos instantes en darse cuenta de que no eran suyos los gritos que resonaban en la tienda. El ruido procedía de fuera. Era Pablo. Pablo gritaba. Y, sin embargo, a Eric también le pasaba algo. Estaba apoyado sobre el codo, mirándose las piernas, sacudiéndolas y diciendo:

—Ay, mierda, ay, Dios mío, Dios santo.

Repetía lo mismo una y otra vez mientras Pablo gritaba, y

Stacy no entendía nada. Amy estaba del otro lado, desperezándose, y parecía aún más confundida que ella.

Los tres estaban solos en la tienda. No había señales de Jeff ni de Mathias.

La enredadera había cubierto la pierna izquierda de Eric.

—¿Qué pasa? —preguntó Stacy.

Eric no pareció escucharla. Se incorporó un poco más y comenzó a tirar de la planta, luchando por liberarse. Al tirar de las hojas, las aplastaba y las rompía, y la savia comenzó a quemarlo, y a quemar también a Stacy cuando intentó ayudarlo. Un zarcillo se había enroscado alrededor de su pierna izquierda, trepando hasta el pubis.

«El semen —pensó Stacy, recordando la paja de la noche anterior—. La atrajo el semen.»

Porque era cierto: la planta no envolvía sólo la pierna de Eric, sino también su pene y sus testículos. Eric luchaba por soltarse, ahora con desesperación, repitiendo las mismas palabras:

—Ay, mierda; ay, Dios mío; ay, Dios santo.

Los gritos de Pablo eran aún más potentes si cabe, y las paredes de la tienda parecían temblar. Ahora Stacy oyó gritar también a Mathias. Los llamaba, pensó, pero era incapaz de concentrarse en eso, sólo lo percibió de una manera vaga mientras seguía tirando de la enredadera con las manos ya no sólo quemadas, sino laceradas, y las yemas de los dedos sangrantes. Amy se levantó, corrió hacia la puerta, la abrió y salió. Dejó la cremallera abierta y por la abertura entró un chorro de luz, haciendo que Stacy, incluso en medio de aquel caos, se volviera brutalmente consciente de su sed. Tenía la boca algodonosa y la garganta hinchada, cuarteada.

No era sólo por el semen, pensó. También era por la sangre. La planta parecía haberse pegado como una sanguijuela a la herida de la rodilla.

Fuera, Pablo dejó de gritar de repente.

—¡Está dentro de mí! —gritó Eric—. ¡Joder, está dentro de mí!

Y era verdad. La planta se las había ingeniado de alguna manera para meterse dentro de la herida, abriéndola, ensanchándola, atravesando el cuerpo. Stacy vio un zarcillo debajo de la piel, una protuberancia de unos ocho centímetros de largo, como un dedo largo tanteando el terreno. Eric trató de extraerlo, pero lo hizo con demasiado miedo, con demasiada brusquedad, y el zarcillo se rompió y despidió más savia, quemándolo, dejando aquel dedo adherido debajo de la piel.

Eric empezó a chillar. Al principio eran sólo gritos de dolor, pero luego añadió palabras:

—¡Coge el cuchillo!

Stacy no se movió. Estaba demasiado sorprendida. Se quedó mirándolo. La enredadera estaba dentro de él, debajo de la piel. ¿Se movía?

—¡Trae el puto cuchillo! —gritó Eric.

Ella se levantó y corrió hacia la puerta de la tienda.

Amy despertó unos segundos después que Stacy. No se dio cuenta de lo que le pasaba a Eric; los gritos de Pablo eran demasiado estridentes para fijarse en otra cosa. Entonces Mathias los llamó y, por alguna razón, Eric y Stacy no le hicieron caso. Se movían con brusquedad, como si estuvieran peleando. Amy no entendía nada; estaba medio dormida y era incapaz de pensar con claridad. Pablo gritaba; el resto no importaba. Se levantó de un salto y salió a ver qué pasaba. Los gritos eran ensordecedores, llenos de dolor, y parecía que no acabarían nunca, pero esto no le preocupaba demasiado. Al fin y al cabo, Pablo tenía la columna rota, ¿no era lógico que gritase? Lo tranquilizarían, aunque les llevase un rato, y podría volver a la tienda a dormir.

Una vez fuera, parpadeó durante unos instantes, deslumbrada por el sol. Se sintió mareada, desorientada, y cuando estaba a punto de volver a por las gafas, Mathias se giró hacia ella con una expresión de pánico en la cara. El miedo invadió a Amy de repente, como si una mano la cogiera y la sacudiera con violencia.

—¡Ayúdame! —exclamó Mathias. Estaba acuclillado junto a la camilla, inclinado sobre las piernas del griego, y tuvo que gritar para hacerse oír por encima de los alaridos de aquél.

Amy corrió hacia él, viendo y a la vez sin ver lo que ocurría. Vio el saco de dormir hecho un ovillo en el suelo, junto a Mathias, de modo que Pablo estaba desnudo de cintura para abajo. Pero no, no estaba desnudo en absoluto, pues tenía las piernas totalmente cubiertas por la florida enredadera, tan densamente que parecía que se había puesto unos pantalones hechos con la planta. No se veía ni un centímetro de piel entre la cintura y los pies. Mathias tironeaba, arrancaba los largos y sarmentosos tallos y los arrojaba a un lado, mientras la espesa y brillante savia le cubría las manos y las muñecas. Pablo había levantado la cabeza lo suficiente para mirar, y trataba desesperadamente de apoyarse en los codos, pero no lo conseguía. Tenía los tendones tensos por el esfuerzo, y la boca abierta en una o perfecta: estaba desgañitándose. El sonido era tan fuerte, tan terrible, que al acercarse a ellos Amy sintió que atravesaba una barrera física, que entraba en una zona donde la gravedad se encontraba inexplicablemente acentuada. Ahora también ella estaba a cuatro patas, tirando de la enredadera sin pensar en la savia que corría por sus manos, fresca al principio, pero luego tan ardiente que se habría detenido de no ser por los gritos, los incesantes gritos, los gritos que parecían haber entrado en su cuerpo y alojarse dentro de ella, resonando, retumbando, volviéndose más fuertes, insoportablemente fuertes, mucho más dolorosos que las quemaduras. Tenía que detenerlos, que silenciarlos, y la única forma de hacerlo era seguir tirando de las ramas —arrancándolas, desgarrándolas— para liberar el cuerpo de Pablo. Y, sin embargo, veía y no veía; las piernas aparecieron por fin, una mancha blanca por debajo de la rodilla, no el blanco de la piel, sino un color más claro, más brillante —brillante y húmedo—, el blanco de un hueso. Continuó arrancando los zarcillos, viendo y sin ver no ya el blanco del hueso sino el propio hueso, despojado de la carne, y la sangre que empezaba a encharcarse, que se encharcaba y chorreaba mientras apartaban la planta revelando más blanco, más hueso blanco, más hueso, la parte inferior de la pierna convertida en nada más que hueso, la piel y el músculo y la grasa desaparecidos, devorados, la sangre manando de la rodilla del griego, chorreando y encharcándose, y un largo zarcillo completamente enroscado alrededor del hueso de la espinilla, atenazándolo, negándose a soltarlo, y tres flores colgando de la rama verde, tres flores rojas, de un rojo vivo, rojo sangre.

—Oh, Dios santo —exclamó Mathias.

Había dejado de tirar de las ramas y miraba con horror las piernas mutiladas de Pablo; y de repente el no ver de Amy dejó de funcionar: ahora sólo veía —los huesos, las flores, la sangre encharcándose— y ya no le importaron ni los gritos ni las quemaduras; sólo estaban los huesos deslumbrándola con su blancura y la presión en el pecho, el nudo en el estómago, una oleada de náuseas. Se levantó de un salto, se alejó tres pasos del cobertizo y vomitó.

Pablo paró de gritar. Ahora lloraba; Amy le oyó llorar, gemir. No se volvió; permaneció inclinada con las manos en las rodillas, un largo hilo de saliva colgando de su boca, balanceándose ligeramente, y un pequeño charco de bilis a sus pies, el suelo absorbiendo lentamente la preciosa agua que había robado durante la noche. Todavía no había terminado. Sintió náuseas de nuevo y se quedó esperando.

—Despertó y empezó a gritar como un loco —explicó Mathias.

Amy no se movió ni lo miró. Tosió una vez y escupió, con los ojos cerrados.

—Aparté el saco. Yo no...

Ya llegaba, peor que la primera vez; se inclinó y de su boca salió un torrente. Fue doloroso; se sentía como si hubiera vomitado una parte de sí misma, una parte de su cuerpo. Mathias calló, y Amy supuso que la estaría mirando. Y un segundo después, en el interior de la tienda, Eric empezó a chillar. Al principio eran sólo gritos de dolor, pero luego añadió palabras:

—¡Coge el cuchillo!

Amy alzó la cabeza, con el vómito aún chorreándole por la boca, la barbilla y la camisa. Se volvió hacia la tienda. Se volvieron todos, incluso Pablo, que hizo una pausa en sus sollozos y levantó la cabeza, esforzándose para ver.

—¡Trae el puto cuchillo!

Entonces apareció Stacy, agachada para pasar por la puerta de la tienda, y titubeó por un instante al otro lado, mirando a Amy, al hilo de saliva que le colgaba de la boca, al charco de vómito entre sus pies. Stacy entornó los ojos, deslumbrada por el sol cegador —«Ve y no ve», pensó Amy— y se giró hacia el cobertizo, hacia Mathias.

—Necesito el cuchillo —dijo.

—¿Para qué? —preguntó Mathias.

—Se le ha metido dentro. No sé cómo... Se le ha metido dentro.

—¿El qué?

—La planta. En la rodilla. Se metió dentro. —Mientras hablaba miró a Pablo, que estaba llorando otra vez, aunque más quedamente. Veía sin ver los huesos descarnados, la sangre encharcada, la enredadera que todavía le cubría la mitad de las piernas.

Desde el interior de la tienda se oyó la voz de Eric, aparentemente aterrorizada, gritando:

—¡Deprisa!

Stacy miró hacia la puerta de la tienda, luego otra vez a Pablo y por fin a Mathias. Amy se dio cuenta de que no estaba asimilando los hechos, de que no entendía nada de lo que pasaba. Tenía la cara relajada y la voz inexpresiva. «Se encuentra en estado de shock», pensó.

—Creo que quiere cortarla.

Mathias se dio la vuelta y rebuscó entre el revoltijo de cosas que había al lado del cobertizo, las tiras de nailon azul, los palos de aluminio. Cuando se levantó, tenía un cuchillo en la mano. Empezó a andar hacia la tienda, pero se detuvo en seco y miró hacia los pies de Amy y un poco más allá. Stacy también se volvió y también se quedó petrificada en el acto. Las caras de ambos reflejaron una emoción idéntica, una mezcla de espanto e incomprensión, así que, incluso antes de mirar, Amy sintió que el corazón se le aceleraba y la adrenalina le inundaba el cuerpo. No quería verlo, pero el no ver se había acabado, ya no era una opción. Detrás de ella había movimiento, un sonido como de algo que se arrastraba, y Stacy levantó la mano derecha y se cubrió la boca, con los ojos desorbitados.

Amy se volvió.

Para mirar.

Para ver.

Ella se encontraba en el centro del pequeño claro, junto a la tienda. Había unos cinco metros de tierra seca y rocosa en todas direcciones, y luego comenzaban las plantas, un muro de vegetación que llegaba a la rodilla. Emergiendo de esta masa verde, directamente enfrente de ella, vio lo que al principio confundió con una serpiente gigantesca: increíblemente larga, de color verde oscuro con manchas rojas en toda su extensión. Manchas de sangre que no eran manchas, desde luego, sino flores, porque aunque se movía como una serpiente, dibujando grandes eses mientras se arrastraba hacia ella, no era una serpiente. Era un zarcillo de la planta.

Rápidamente Amy dio un paso atrás, alejándose del charco. Siguió retrocediendo hasta quedar detrás de Mathias, que tenía el cuchillo en la mano.

Pablo contemplaba la escena desde la camilla, ahora en silencio.

Eric volvió a llamar desde la tienda, pero Amy casi no le oyó. Miró cómo la serpiente vegetal avanzaba por el claro hacia el pequeño charco de vómito. Allí vaciló, como si olfateara la porquería antes de hundirse en ella, formando una voluta poco apretada. Luego empezó a sorber el líquido de manera audible, aparentemente con las hojas, que se habían aplanado sobre la superficie del charco y lo succionaban como con un sifón. Amy no habría podido calcular cuánto tiempo duró. Pero no fue mucho —tal vez unos segundos, un minuto como máximo—, y cuando todo terminó, cuando el charco se secó, convertido en una sombra húmeda sobre el suelo pedregoso, la planta comenzó a retirarse del claro, deslizándose de la misma manera que antes.

Entonces Stacy empezó a gritar. Miró uno por uno a los demás, señalando la enredadera, aterrorizada. Amy se acercó, la cogió en sus brazos y empezó a acariciarla, tratando de calmarla, mientras las dos miraban cómo Mathias se metía en la tienda con el cuchillo en la mano.

Eric había parado de gritar al oír los chillidos de Stacy. Le escocían las manos, las piernas y los pies por la savia de la planta, y aún tenía aquel zarcillo de ocho centímetros dentro, bajo la piel, apenas a la izquierda de la espinilla, paralelo a ella. «Se mueve», pensó. Aunque tal vez fueran movimientos de su cuerpo, espasmos musculares. Lo único que sabía era que quería quitárselo y que para extirparlo, para separarlo de la carne, necesitaba un cuchillo.

Pero ¿qué pasaba fuera? ¿Por qué gritaba Stacy?

La llamó a gritos:

—¿Stacy?

Entonces, un instante después, Mathias entró en la tienda con el cuchillo en la mano y la cara crispada. Crispada de miedo, pensó Eric.

—¿Qué pasa? —preguntó—. ¿Qué está pasando?

Mathias no respondió. Estaba examinando el cuerpo de Eric.

—Enséñame —dijo.

Eric le señaló la herida. Mathias se agachó y escrutó la larga protuberancia en la piel. Se movía como un gusano, como si intentase cavar un túnel dentro de Eric. Fuera, Stacy había callado por fin.

Mathias levantó el cuchillo.

—¿Quieres hacerlo tú? —preguntó—. ¿O prefieres que lo haga yo?

—Tú.

—Te dolerá.

—Lo sé.

—No está esterilizado.

—Por favor, Mathias. Hazlo de una vez.

—Puede que no consigamos detener la hemorragia.

Eric se dio cuenta de que no eran los músculos. Era la planta: el zarcillo se movía por voluntad propia, enterrándose cada vez más en la pierna, como si presintiera la proximidad del cuchillo. Sintió el corte y gritó, tratando de apartarse, pero Mathias no se lo permitió y lo sujetó con el peso de su cuerpo. Eric cerró los ojos. La hoja del cuchillo se hundió un poco más, produciéndole la extraña sensación de una cremallera que se abría, y entonces sintió los dedos de Mathias dentro de él, cogiendo el zarcillo y arrancándolo. Lo arrojó lejos, hacia los objetos apilados junto a la pared del fondo. Eric lo oyó chocar viscosamente contra el suelo de tela.

—Ay, Dios —dijo—. Joder.

Sintió que Mathias le presionaba la herida, tratando de contener el nuevo chorro de sangre, y abrió los ojos. Mathias tenía la espalda desnuda; se había quitado la camiseta para vendarle la pierna.

—Tranquilo —dijo—. Ya está.

Permanecieron inmóviles durante varios minutos, ambos tratando de recuperar el aliento y Mathias usando todo su peso para restañar la herida. Eric pensó que Stacy vendría a ver qué le pasaba, pero no lo hizo. Oyó llorar a Pablo. No había señales de las chicas.

—¿Qué pasó? —preguntó por fin—. ¿Qué ha pasado ahí fuera?

Mathias no respondió. Eric lo intentó de nuevo.

—¿Por qué gritaba Stacy?

—Es terrible.

—¿El qué?

—Tienes que verlo. No puedo... —Mathias sacudió la cabeza—. No sabría cómo describirlo.

Eric hizo una pausa, tratando de asimilar aquellas palabras, de encontrarles un sentido.

—¿Es Pablo? —Mathias asintió—. ¿Se encuentra bien? —Mathias negó con la cabeza—. ¿Qué le pasa?

Mathias hizo un ademán vago con la mano y Eric sintió una opresión de impotencia en el pecho. Deseaba ver la cara del alemán.

—Dímelo de una vez —insistió.

Mathias se levantó. Tenía la camiseta en la mano, hecha una bola y oscurecida por la sangre de Eric. Le tendió la mano.

—¿Puedes levantarte?

Eric lo intentó. Todavía le sangraba la pierna, y le costó apoyar el peso sobre ella. Consiguió levantarse, aunque casi de inmediato estuvo a un tris de caerse. Mathias lo sostuvo, enderezándolo, y lo ayudó a salir de la tienda.

Jeff los encontró a los cuatro sentados en el pequeño claro, junto a la tienda anaranjada. Cuando lo vieron, todos empezaron a hablar a la vez.

Amy parecía a punto de llorar.

—¿Qué haces aquí? —preguntaba una y otra vez.

Había tardado tanto en volver, que todos pensaban que se las había ingeniado para escapar, que burlaría a los guardias apostados al pie de la colina y se internaría en la selva, camino de Cobá, para regresar con ayuda. Habían comentado esta posibilidad de manera tan exhaustiva, imaginando las distintas etapas del viaje y el factor tiempo —¿podría parar un coche cuando llegara a la carretera, o tendría que recorrer los dieciséis kilómetros a pie? ¿La policía acudiría de inmediato, o necesitarían tiempo para organizar un destacamento lo bastante numeroso para vencer a los mayas?—, que Amy parecía haberse abierto camino por el brumoso territorio de lo posible para instalarse en el de lo probable, mucho más claro y con límites más definidos. La huida de Jeff no era algo que podría estar ocurriendo; era algo que había ocurrido.

La misma pregunta una y otra vez:

—¿Qué haces aquí?

Cuando le explicó que bajó al pie de la colina y dio toda la vuelta por el borde del claro, ella lo miró como si no le entendiera, como si acabara de decirle que se había pasado la mañana jugando al tenis con los mayas.

A Eric le pasaba algo. No paraba de levantarse y pasearse, cojeando, y enseguida se sentaba otra vez, con la pierna herida extendida. Ahora llevaba pantalones cortos, Jeff supuso que robados de una de las mochilas. Permanecía un rato sentado, balanceándose ligeramente mientras se miraba la costra de sangre en la rodilla y la espinilla, sólo para levantarse bruscamente de nuevo y hablar, hablar y hablar. La planta estaba dentro de él: eso era lo que decía, lo que repetía sin dirigirse a nadie en particular, como si no esperase una respuesta, como si le pareciera imposible que se la dieran. Se la habían quitado, pero seguía dentro.

Stacy contó a Jeff cómo la enredadera se había metido en la herida de Eric mientras éste dormía y cómo Mathias tuvo que extirparla con el cuchillo. Al principio parecía más tranquila que los otros, sorprendentemente tranquila. Pero luego cambió de tema a mitad de una frase.

—Vendrán hoy, ¿no? —dijo con voz baja y apremiante.

—¿Quiénes?

—Los griegos.

—No lo sé —empezó Jeff—. Yo... —Entonces vio la expresión de la joven, el temblor de su cara, el pánico, y se corrigió—. Es posible. Tal vez esta tarde.

—Tienen que venir.

—Si no es hoy, entonces...

Stacy lo interrumpió, subiendo la voz:

—No podemos pasar otra noche aquí, Jeff. Tienen que venir hoy.

Jeff calló y la miró con asombro.

Stacy dedicó un momento a observar los paseos y murmullos de Eric. Después se inclinó hacia Jeff y le tocó el brazo:

—La planta se mueve —susurró. Mientras hablaba echó una ojeada al pequeño muro de vegetación que rodeaba el claro, como si temiera que pudiera oírla—. Amy vomitó y la planta se acercó. —Imitó a una serpiente con el brazo—. Se acercó y se bebió el vómito.

Jeff notó que todos lo miraban como si esperasen que lo negara todo, que dijera que eso era imposible. Pero se limitó a asentir. Sabía que la planta podía moverse. De hecho, sabía muchas cosas más.

Obligó a Eric a sentarse para examinarle la pierna. La herida se había cerrado de nuevo; la costra era de color rojo oscuro, casi negro, y la piel de alrededor estaba inflamada, notablemente caliente. Y debajo había otra herida, perpendicular a la primera y paralela a la espinilla, de modo que parecía que alguien hubiese tallado una T en la carne del joven.

—Parece que está bien —dijo Jeff. Sólo intentaba tranquilizar a Eric; en realidad, no creía que la herida tuviera buen aspecto. La pierna de Eric estaba brillante, porque le habían untado los cortes con el antiséptico del botiquín, y había motas de polvo pegadas al gel—. ¿Por qué no lo vendasteis? —preguntó.

—Lo intentamos —respondió Stacy—. Pero se quita la venda. Dice que quiere ver el corte.

—¿Por qué?

—Si no la vigilo, esa cosa empezará a crecer una y otra vez —dijo Eric.

—Pero te la sacaste. ¿Cómo iba a...?

—Sólo sacamos el trozo más grande. El resto está dentro de mí. Puedo sentirlo. —Se señaló la espinilla—. ¿Ves lo hinchado que está?

—La hinchazón es natural, Eric. Se produce siempre que hay un corte.

Eric desechó esa idea con un movimiento de la mano y su voz adquirió un dejo ansioso.

—¡Y una mierda! ¡Está creciendo dentro de mí! —Se levantó y empezó a pasearse de nuevo por el claro, cojeando—. Tengo que salir de aquí. Necesito ir a un hospital.

Jeff lo miró, sorprendido por su agitación. Amy todavía parecía a punto de echarse a llorar. Stacy se restregaba las manos.

Mathias se había puesto una camisa de color verde oscuro que debía de haber encontrado en una mochila. No había dicho ni una palabra, pero finalmente dijo algo con la voz serena de siempre y su casi imperceptible acento alemán:

—Y eso no es lo peor. —Se volvió para mirar a Pablo.

Pablo; Jeff se había olvidado de él. Al llegar a la cima echó una ojeada rápida al cobertizo y vio al griego muy quieto, con los ojos cerrados —«Estupendo; duerme», pensó—; y luego Amy había empezado a repetir su extraña pregunta —¿qué haces aquí?—, y Stacy a preocuparse por la llegada de los griegos, y Eric a insistir en que la enredadera estaba creciendo dentro de él, y todo aquel absurdo caos lo había distraído, apartando su mente de donde tenía que estar.

«Lo peor.»

Jeff se dirigió al cobertizo. Mathias lo siguió y los demás los miraron desde el otro extremo del claro, como si tuvieran miedo de acercarse. Pablo estaba tendido en la camilla, con el saco de dormir sobre las piernas. Su aspecto no había variado, así que Jeff no entendió por qué tenía el extraño presentimiento de que le acechaba un peligro. Pero lo tenía: la sensación de un peligro inminente, una opresión en el pecho.

—¿Qué? —preguntó.

Mathias se agachó y retiró con cuidado el saco de dormir.

Durante unos minutos interminables, Jeff fue incapaz de asimilar lo que ocurría. Lo miraba, lo veía, pero no aceptaba la información que le ofrecían sus ojos.

«Lo peor.»

No era posible. ¿Cómo iba a ser posible?

La carne había desaparecido casi por completo de las piernas de Pablo, de la rodilla para abajo. Lo único que quedaba eran huesos, tendones, cartílago y grandes coágulos de sangre negra. Mathias y los demás habían atado un par de torniquetes alrededor de los muslos del griego, obturando la arteria femoral. Habían usado las tiras de nailon de la tienda azul. Jeff se agachó para examinar los torniquetes; era una estratagema para escapar, para no tener que mirar los huesos expuestos, lo reconocía. Necesitaba ocupar su mente por un momento, distraerla, darle tiempo para acostumbrarse a este nuevo horror. Nunca había atado un torniquete, pero había leído sobre ellos y sabía cómo hacerlos, al menos en teoría. Había que aflojarlos a intervalos regulares y luego volver a apretarlos, pero Jeff no recordaba el tiempo exacto de cada fase ni para qué servían esas maniobras.

Suponía que no tenía importancia.

No: sabía que no tenía importancia.

—¿La enredadera? —preguntó.

Mathias asintió.

—Cuando arrancamos los zarcillos, empezó a sangrar a chorros. De un modo u otro la planta contenía la hemorragia. Pero cuando se la quitamos... —Imitó un surtidor con las manos.

Pablo tenía los ojos cerrados, como si estuviera dormido, pero sus manos parecían crispadas y la piel que recubría los nudillos estaba tensa y blanca.

—¿Está consciente? —preguntó Jeff.

Mathias se encogió de hombros.

—Es difícil asegurarlo. Al principio gritó, pero de repente paró y cerró los ojos. Ha estado sacudiendo la cabeza y chilló una vez. Pero no ha vuelto a abrir los ojos.

Pablo desprendía un olor curiosamente dulce, y nauseabundo una vez que uno lo notaba. Jeff sabía que era gangrena. Las piernas del griego comenzaban a pudrirse. Necesitaba una operación, necesitaba ir a un hospital... y lo antes posible. Para que sobreviviese, tendrían que recibir ayuda antes del anochecer. De lo contrario pasarían los días siguientes contemplando la agonía de Pablo.

O tal vez hubiera una tercera opción.

Jeff estaba bastante seguro de que nadie los auxiliaría antes del anochecer. Y no quería sentarse a ver morir a Pablo. Pero la tercera opción... Sabía que los demás aún no estaban preparados para ella, no podrían aceptarla ni en teoría ni en la práctica. Y si quería intentarlo, necesitaría ayuda, desde luego.

En consecuencia, regresó con la idea de prepararlos, de endurecerlos, dando la espalda al cuerpo mutilado de Pablo, y comenzó a hablar de los descubrimientos que había hecho esa mañana.

Después de todo lo que habían visto hacer a la planta desde el amanecer —meterse en la pierna de Eric, devorar la carne de Pablo, reptar por el claro para sorber el vómito de Amy—, a Stacy no le sorprendieron las revelaciones de Jeff. Las escuchó con una extraña sensación de indiferencia; su única emoción visible era una ligera irritación ante Eric, que continuaba paseándose por el claro sin prestar atención a Jeff y a su historia. Ella quería que se sentara, que dejara de obsesionarse por la presencia de la planta en el interior de su cuerpo, la cual, en opinión de Stacy, era completamente imaginaria. La enredadera no estaba dentro de su cuerpo; la sola idea le parecía ridícula, gratuitamente aterradora. Sin embargo, sus intentos por tranquilizar a Eric resultaban infructuosos. Seguía paseándose y deteniéndose de vez en cuando para tocarse la herida con expresión de dolor. La única alternativa era esforzarse para no hacerle caso.

La enredadera era la razón de su cautividad allí: ésa era la esencia de lo que estaba diciéndoles Jeff. Los mayas habían conseguido formar un claro al pie de la colina sembrando el suelo con sal, todo con la intención de aislar a la planta. La teoría de Jeff era que la enredadera se reproducía por contacto. Cuando la tocaban, recogían las semillas, las esporas, o lo que fuese que le sirviese de medio de reproducción, y si cruzaban el claro, se las llevarían consigo. Por eso los mayas no los dejaban salir de la colina.

—¿Y los pájaros? —preguntó Mathias—. ¿No...?

—No hay pájaros —interrumpió Jeff—. ¿No lo has notado? Ni pájaros ni insectos; ningún ser vivo aparte de nosotros y la planta.

Todos miraron alrededor, como si buscasen algo con que refutar esta declaración.

—Pero ¿cómo saben que no deben acercarse? —preguntó Stacy. Se imaginó a los mayas deteniendo a los pájaros, las moscas y los mosquitos como habían hecho con ellos seis, el calvo alzando el arma hacia los pequeños seres, gritándoles para mantenerlos a raya. ¿Cómo era posible que los pájaros se dieran cuenta de que debían volver atrás y ella no?

—La evolución —respondió Jeff—. Los que vinieron a la colina murieron. Los que presintieron que debían evitarla sobrevivieron.

—¿Todos? —preguntó Amy con evidente incredulidad. Jeff se encogió de hombros.

—Mira. —Su camisa tenía botones de plástico en los bolsillos. Arrancó uno y lo arrojó contra la enredadera.

Hubo un movimiento ondulante, una bruma verde.

—¿Veis lo rápida que es? —preguntó. Parecía extrañamente complacido, como si estuviera orgulloso de las habilidades de la planta—. Imaginad que en lugar de una piedra fuese un pájaro. O una mosca. No tendría ninguna oportunidad.

Nadie dijo nada; miraban la vegetación como si esperasen que volviera a moverse. Stacy recordó aquel largo brazo balanceándose hacia ella por el claro y el sonido de succión que había hecho al absorber el vómito de Amy. Entonces cayó en la cuenta de que contenía la respiración, y eso la estaba mareando. Tenía que acordarse de exhalar... inhalar... exhalar...

Jeff arrancó el botón del otro bolsillo y también lo arrojó. Otra vez hubo una vertiginosa agitación.

—Pero hay algo asombroso —continuó. Esta vez se llevó la mano al cuello, arrancó el tercer botón y lo lanzó contra la enredadera.

No pasó nada.

—¿Lo veis? —Les sonrió. Otra vez parecía orgulloso; era incapaz de evitarlo—. Aprende —añadió—. Piensa.

—¿Qué dices? —exclamó Amy, como ofendida por las palabras de Jeff. O quizás aterrorizada, porque su voz se quebró.

—Arrancó mis letreros.

—¿Sugieres que sabe leer?

—Lo que digo es que sabía lo que yo estaba haciendo. Sabía que tenía que deshacerse de los letreros si quería matarnos; a nosotros y a quienquiera que aparezca por aquí. Igual que se deshizo de esto. —Dio un puntapié a la fuente metálica con la palabra ¡PELIGRO! en el fondo.

Amy rió.

Pero fue la única. Nadie la imitó. Stacy había escuchado todo lo que dijo Jeff, pero era incapaz de asimilar sus palabras, de entender que las estaba usando en sentido literal. «Las plantas se inclinan hacia la luz», pensó. Incluso, milagrosamente, recordó el nombre de este reflejo —una rápida remembranza de la biología del instituto, el olor a tiza y a formol, los pegajosos bultos de chicle seco debajo del pupitre—, una pequeña burbuja subiendo hacia la superficie de su mente, rompiéndose con un sonido explosivo: fototropismo. Las flores se abren por la mañana y se cierran por la noche; las raíces buscan el agua. Era extraño, inquietante, misterioso, pero no era lo mismo que pensar.

—Eso es absurdo —dijo Amy—. Las plantas no tienen cerebro. No piensan.

—Crece sobre casi todo, ¿no? Sobre cualquier material orgánico, ¿eh? —Jeff señaló la pelusilla verde que había brotado en sus tejanos. Amy asintió—. Entonces, ¿por qué la cuerda estaba limpia?

—No lo estaba. Por eso se rompió. La enredadera...

—Pero ¿por qué quedaban restos de la cuerda? Esa cosa devoró la carne de las piernas de Pablo en una sola noche. ¿Por qué no se comió también la cuerda?

Amy frunció el entrecejo. Era obvio que ignoraba la respuesta.

—Era una trampa —dijo Jeff—. ¿No lo veis? Dejó la cuerda, porque sabía que quienquiera que viniese acabaría explorando el pozo. Entonces podía quemar la cuerda y...

Amy alzó las manos en un gesto de incredulidad.

—¡Es una planta, Jeff! Las plantas no son conscientes. No...

—Mira —interrumpió Jeff. Se metió las manos en los bolsillos y los vació en el suelo. Había cuatro pasaportes, dos pares de gafas, anillos, pendientes y un collar—. Están todos muertos. Esto es lo único que queda de ellos. Esto y sus huesos. Y yo digo que lo hizo la enredadera. Los mató. Y ahora mismo, mientras hablamos, está haciendo planes para matarnos a nosotros también.

Amy sacudió la cabeza con vehemencia.

—No los mató la enredadera; fueron los mayas. Trataron de huir y los mayas se los cargaron. La planta sólo se apoderó de los cuerpos una vez que murieron. Para eso no necesita pensar. No...

—Mira a tu alrededor, Amy.

Amy dio una vuelta en redondo, observando el claro. La imitaron todos, incluso Eric.

—¿Qué? —preguntó la joven, alzando las manos.

Jeff cruzó el claro y se metió entre la vegetación. A unos doce pasos del borde había uno de esos extraños montículos que llegaban hasta la cintura. Se inclinó y empezó a arrancar ramas. «Se quemará», pensó Amy, aunque era evidente que a él no le importaba. Mientras Jeff despejaba la zona, Amy empezó a ver manchas de color crema debajo de la masa verde. «Piedras», pensó, aunque incluso mientras pronunciaba la palabra en su mente sabía que no eran piedras. Jeff llegó al centro del montículo, sacó un objeto aproximadamente esférico y se lo enseñó. Stacy no quería verlo: ésta fue la única explicación que encontró a su incomprensible tardanza en reconocer algo tan fácil de identificar, la sonriente imagen de Halloween, la bandera pirata ondeando en el mástil del brazo de Jeff, el pobre Yorick con su gracia infinita. Lo que les enseñaba era una calavera. Tuvo que repetir la palabra en su mente varias veces para poder asimilarla, para convencerse de que era verdad: «Una calavera, una calavera, una calavera...»

Luego Jeff movió el brazo hacia la cima de la colina y todas las cabezas se giraron a la vez para seguir el gesto. Stacy vio que los montículos estaban por todas partes. Empezó a contarlos, pero al ver cuántos le quedaban cuando llegó al noveno, se acobardó y paró.

—Los ha matado a todos —dijo Jeff. Volvió junto a ellos, limpiándose las manos en el pantalón—. Fue la enredadera, no los mayas. Los mató a todos, uno a uno.

Eric había dejado de pasearse por fin.

—Tenemos que escapar —dijo.

Todos se volvieron hacia él. Sacudía la mano frenéticamente, como si acabara de pillársela con un cajón y tratase de calmar el dolor. Tal era su nerviosismo, su ansiedad.

—Podemos fabricar escudos. Y tal vez lanzas. Y cargar contra ellos todos a la vez. Podemos...

Jeff le interrumpió casi con desprecio:

—Tienen armas de fuego —dijo—. Dos, por lo menos, pero quizá más. Y nosotros sólo somos cinco. ¿Y con...? ¿Cuánto? ¿Unos veinte kilómetros por delante para llegar a un lugar seguro? Y Pablo...

La mano de Eric se movía cada vez más rápido, desdibujándose y produciendo un chasquido.

—¡No podemos quedarnos aquí sentados sin hacer nada!

—Eric...

—¡Está dentro de mí!

Eric sacudió la cabeza con firmeza. Su voz también sonó firme, sorprendentemente firme.

—No es verdad —dijo Jeff—. Quizá te lo parezca, pero no la tienes dentro. Te lo prometo.

Naturalmente, Eric no tenía ningún motivo para creerle. Lo único que pretendía Jeff era tranquilizarlo; incluso Stacy se dio cuenta. Pero por lo visto funcionó, y ella vio cómo Eric se daba por vencido y sus músculos se relajaban. Se sentó en el suelo con las rodillas apretadas contra el pecho y cerró los ojos. Pero Stacy sabía que no duraría; sabía que pronto se levantaría y volvería a pasearse por el claro. Porque incluso mientras Jeff se giraba, pensando que había resuelto este problema y podía ocuparse del siguiente, vio que la mano de Eric descendía de nuevo hacia la espinilla, la herida, la pequeña hinchazón alrededor de los bordes.

Todos bebieron un trago de agua. Estaban sentados en círculo en el claro, junto al cobertizo de Pablo, y fueron pasándose la garrafa de plástico. Amy no pensó en su promesa de la noche anterior —su intención de confesar y rechazar la ración matutina—, y aceptó el trago convenido sin el menor remordimiento. Tenía demasiada sed y estaba demasiado ansiosa por quitarse el sabor acre del vómito de la boca.

«Los griegos vendrán pronto», se repetía una y otra vez,

mientras imaginaba sus progresos: los dos riendo y haciendo payasadas en la estación de Cancún, comprando los billetes con los nombres impresos —Juan y Don Quijote—; cuánta gracia les haría esto: intercambiarían palmadas y sonreirían con su picardía de costumbre. Después el viaje en autobús, el traqueteo del taxi, la larga caminata por la selva hasta el primer claro. No bajarían al poblado maya, decidió Amy; serían más listos que ellos, encontrarían el segundo sendero y lo recorrerían a paso rápido, quizá cantando. Amy imaginó sus caras de sorpresa cuando salieran de entre los árboles y vieran la colina cubierta de plantas, y a ella, o Jeff, o Stacy o Eric en la base, haciéndoles señas para que se marcharan, explicándoles con mímica el peligro que corrían, el apuro en que se encontraban. Los griegos lo entenderían. Darían media vuelta, correrían hacia la selva y buscarían ayuda. Amy sabía que aún faltaban horas para esto. Era muy temprano. Juan y Don Quijote todavía no habrían llegado a la estación de autobuses; puede que ni siquiera estuvieran despiertos. Pero vendrían. Sí; no importaba si aquella planta era perversa o si, como decía Jeff, podía pensar y estaba planeando cómo destruirlos, porque los griegos los rescatarían pronto. Ya mismo se levantarían de la cama, se ducharían, desayunarían, estudiarían el mapa de Pablo...

Jeff les hizo vaciar las mochilas para hacer un inventario de la comida.

Stacy enseñó las provisiones que habían llevado ella y Eric: dos plátanos semipodridos, una botella de agua de un litro, una bolsa de galletas saladas, una lata pequeña de frutos secos.

Amy abrió la mochila de Jeff y sacó dos botellas de té frío, un par de barritas proteicas, una caja de uvas pasas y una bolsa de plástico llena de uvas demasiado maduras.

Mathias sacó una naranja, una lata de Coca-Cola y un grasiento sándwich de atún.

Todos tenían hambre, desde luego, y podrían haber acabado con las provisiones allí mismo sin quedar satisfechos. Pero

Jeff no lo permitiría. Se acuclilló delante del montón de comida y lo miró con el entrecejo fruncido, como si sólo con su poder de concentración pudiera hacerlo crecer —duplicarlo, triplicarlo tal vez—, produciendo milagrosamente suficiente comida para sobrevivir allí el tiempo necesario.

«El tiempo necesario.» Amy pensó que era la clase de frase que usaría Jeff, fría y objetiva, y sintió una furia súbita hacia él. Los griegos aparecerían por la tarde. ¿Por qué se negaba tercamente a reconocerlo? Encontrarían la manera de advertirles, de mandarlos a buscar ayuda, y el rescate sería al anochecer. No había necesidad de racionar la comida. Era una medida exagerada y alarmista. Más tarde le tomarían el pelo, pensó Amy, lo imitarían, burlándose de cómo había cogido el sándwich de atún, lo había desenvuelto y cortado en cinco trozos idénticos con el cuchillo. Amy dedicó unos minutos a imaginar la escena: todos en la playa de Cancún, riéndose de Jeff. Ella pondría el índice a dos centímetros y medio del pulgar para describir lo pequeños que habían sido los trozos, ridículamente pequeños —sí, de verdad, no más grandes que una galleta de aperitivo—, tanto que ella se había metido el suyo entero en la boca. Y esto es precisamente lo que hizo ahora, mientras imaginaba esa escena más feliz aún por llegar —al día siguiente, duchados y descansados, tendidos en la playa sobre las coloridas toallas—: abrió la boca, se metió el pequeño cuadrado de sándwich dentro, masticó un par de veces y tragó.

Los demás se entretenían con los suyos —dando minúsculos mordiscos de ratón—, y ella se arrepintió. ¿Por qué no había pensado como ellos en alargar el proceso, en hacer durar aquello que ni siquiera merecía el nombre de aperitivo para convertirlo en algo semejante a una comida? Quería que le devolvieran su ración, que le dieran una nueva, porque ahora encontraría la manera de consumirla más despacio. Pero había desaparecido, perdida para siempre en su estómago, y ahora tenía que esperar allí sentada mientras los demás se recreaban con la suya, picoteando, olfateando, saboreando. De repente sintió ganas de llorar; no, llevaba con ganas de llorar toda la mañana, o incluso más, desde que llegaron a la colina, pero ahora se habían intensificado. Nadaba para mantenerse a flote en aguas cada vez más profundas y al mismo tiempo intentaba fingir que no pasaba nada, pero estaba agotada por el esfuerzo —de nadar, de fingir— y no sabía cuánto tiempo podría aguantar. Quería más comida y más agua, quería volver a casa, quería que Pablo no estuviera tendido debajo del cobertizo con las piernas descarnadas. Quería eso y mucho más, pero todo era imposible, así que seguía nadando y fingiendo, y sabía que en cualquier momento le resultaría demasiado, que tendría que dejar de nadar, dejar de fingir, y abandonarse, ahogarse.

Se pasaron la garrafa y cada uno bebió otro sorbo de agua para bajar la comida.

—¿Y qué hay de Pablo? —preguntó Mathias.

Jeff miró hacia el cobertizo.

—No creo que pueda comer nada.

Mathias negó con la cabeza.

—Me refiero a su mochila.

Miraron alrededor, buscando la mochila de Pablo. Estaba cerca de Jeff, que la cogió, la abrió, sacó tres botellas de tequila, y le dio la vuelta, sacudiéndola. Cayeron unos sobrecitos de celofán: galletitas saladas. Stacy rió y Amy la imitó. Fue un alivio. Se sintió bien, casi normal. La risa le aclaró la mente y le levantó el ánimo. Tres botellas de tequila... ¿En qué estaría pensando Pablo? ¿Adónde creía que iban? Amy deseó seguir riendo, hacer durar el momento como los demás habían hecho con su miserable porción del sándwich de atún, pero fue demasiado escurridizo, demasiado rápido. Stacy paró, y ella no podía seguir sola, así que calló y miró cómo Jeff guardaba las botellas y añadía las galletas a la pequeña reserva de provisiones. Notó que estaba haciendo cálculos mentalmente, decidiendo qué debían comer y cuándo. Primero los alimentos perecederos, supuso, los plátanos, las uvas y la naranja, que repartiría en bocados. En su boca, el sabor del atún estaba mezclándose con el resabio del vómito. Le dolía el estómago y se sentía extrañamente hinchada, pero quería más comida. Para ella era obvio que no bastaba con lo que les había dado Jeff. Tendría que ofrecerles algo más: una galleta, un gajo de naranja, un puñado de uvas.

Amy miró alrededor, al amplio círculo que habían formado. Eric no formaba parte de él: de nuevo iba y venía, paseándose con nerviosismo, y sólo se detenía de vez en cuando para examinarse la herida. Mathias miraba a Jeff, que estaba ordenando la comida, y Stacy se deleitaba con su último y miserable bocado de sándwich: se lo metió en la boca y luego masticó durante largo rato con los ojos cerrados. Los griegos llegarían pronto —en unas cuantas horas—, así que era ridículo que estuviesen racionando la comida de esa manera, y alguien tenía que decirlo. Pero Amy sabía que no serían los demás. No, como de costumbre, tendría que ser ella, la quejica, la protestona, la tiquismiquis.

—Uno de nosotros debería bajar a esperar a los griegos —dijo Jeff—. Y he pensado que deberíamos cavar una letrina... Ahora, antes de que el sol suba más. Y...

—¿Sólo nos toca esto? —preguntó Amy.

Jeff levantó los ojos y la miró. No sabía de qué hablaba.

Amy señaló la comida.

—Para comer —añadió.

Él asintió. Una inclinación breve y brusca de la cabeza. Por lo visto, la pregunta no merecía ni siquiera una respuesta hablada. No habría discusiones ni debate. Amy se volvió hacia los demás, buscando apoyo, pero era como si no la hubiesen oído. Todos miraban a Jeff, esperando que continuara. Jeff titubeó por un instante con la mirada fija en Amy, como para cerciorarse de que había terminado de hablar. Y había acabado. Se encogió de hombros, miró hacia otro lado, se sometió a la voluntad del grupo. Era una cobarde, y lo sabía. Se quejaba, se enfurruñaba, pero era incapaz de rebelarse.

—Mathias y yo cavaremos la letrina —prosiguió Jeff—;

Eric debería tratar de descansar un poco a la sombra, en la tienda. —Miró a Stacy y Amy—. Eso significa que una de vosotras tendrá que bajar a la colina para vigilar, mientras la otra se queda con Pablo.

Amy notó que Stacy no prestaba atención. Aún estaba saboreando el atún, con los ojos cerrados. Aparte del hambre, la sed y el malestar general, ahora Amy tomó conciencia de una apremiante necesidad de hacer pis. Se había aguantado durante toda la mañana porque no quería volver a mear en la botella, esperando la oportunidad para esconderse y hacerlo en cualquier parte. Eso, y nada más que eso, fue lo que la indujo a hablar; no pensó en lo que supondría estar al pie de la colina sola, con los mayas al otro lado del pequeño claro de tierra yerma. No; se limitó a imaginarse en cuclillas en el camino, fuera de la vista de los demás, un pequeño charco de pis formándose lentamente a sus pies.

—Iré yo —dijo.

Jeff dio su aprobación con una inclinación de la cabeza.

—Ponte el sombrero. Y las gafas de sol. E intenta no moverte demasiado. Deberíamos esperar un par de horas antes de volver a beber agua.

Amy se dio cuenta de que la estaba despidiendo. Se levantó, todavía pensando sólo en su vejiga y en el alivio que le esperaba cuesta abajo. Se puso el sombrero y las gafas de sol, se colgó la cámara al cuello y empezó a cruzar el claro. Acababa de empezar a bajar por el sendero cuando Jeff la llamó:

—¡Amy! —Ella se volvió. Jeff se había levantado y corría a su encuentro. Cuando llegó a su lado, la cogió del codo y dijo en voz baja—: Si ves una oportunidad de escapar, no lo dudes, aprovéchala.

Amy no respondió. No tenía intención de escapar; le parecía una idea absurda, un riesgo innecesario. Los griegos llegarían pronto. En ese mismo momento debían de estar levantándose, duchándose o preparando las mochilas.

—Lo único que tienes que hacer es correr e internarte unos

metros en la selva —añadió Jeff—. Luego tírate al suelo. La vegetación es tan espesa que difícilmente te verán. Espera un poco y después sigue adelante. Pero con cuidado, cuando te mueves es cuando tienen más posibilidades de verte.

—No pienso huir, Jeff.

—Lo digo sólo por si tienes la...

—Van a venir los griegos. ¿Por qué iba a tratar de escapar? —Ahora fue Jeff quien no dijo nada. Se limitó a mirarla con cara inexpresiva—. Te comportas como si no fueran a venir. No nos dejas comer, ni beber ni...

—No sabemos si vendrán.

—Por supuesto que vendrán.

—Y si vienen, no podemos estar seguros de que no acabarán aquí con nosotros.

Amy sacudió la cabeza como si esa posibilidad fuera demasiado absurda para considerarla siquiera.

—No lo permitiré —dijo. Jeff calló de nuevo. Esta vez su cara se crispó ligeramente—. Les advertiré que no se acerquen.

Jeff continuó mirándola en silencio durante un rato, y ella lo vio debatirse, contemplar la idea de añadir algo y abandonarla, sólo para considerarla otra vez. Cuando por fin habló, lo hizo en voz aún más baja, casi un murmullo:

—Esto es muy grave, Amy. Lo sabes, ¿no?

—Sí.

—Si sólo fuera cuestión de esperar, no me preocuparía demasiado. Por difícil que resulte, creo que conseguiríamos sobrevivir. Tal vez Pablo no, pero los demás sí. Tarde o temprano vendrá alguien... Sólo tendríamos que aguantar hasta entonces. Y no sería fácil. Pasaríamos hambre y sed y tal vez a Eric se le infectaría la rodilla, pero al final todo saldría bien, ¿no crees? —Amy asintió—. Pero ahora no se trata sólo de esperar.

Amy no respondió. Entendía lo que quería decir, pero no tenía valor para reconocerlo.

Jeff no le quitó la mirada de encima, obligándola a mirarlo a los ojos.

—¿Sabes a qué me refiero?

—A la enredadera.

Él asintió.

—Tratará de matarnos. Igual que a esas otras personas. Y cuanto más tiempo nos quedemos aquí, más oportunidades tendrá de hacerlo.

Amy miró al vacío. Había visto lo que era capaz de hacer la planta. La había visto acercarse a ella reptando, para absorber el pequeño charco de vómito. Había visto las piernas descarnadas de Pablo. Sin embargo, todo eso se apartaba tanto de las leyes naturales que consideraba inmutables, de lo que sabía que podían hacer las plantas, que era incapaz de aceptarlo. Habían ocurrido cosas extrañas —cosas espeluznantes—, y ella las había visto con sus propios ojos, pero aun así no acababa de creerlas. Al mirar ahora hacia la vegetación enmarañada y retorcida, con las hojas verde oscuro y las flores de color rojo sangre, no sintió miedo. Le aterrorizaban los mayas, con sus arcos y pistolas, y la idea de quedarse sin bebida y comida. Pero en su cabeza la planta seguía siendo una planta, y era incapaz de temerla, aun sabiendo que debería hacerlo. No podía creer que fuese a matarla.

Regresó a su refugio:

—Los griegos llegarán pronto.

Jeff suspiró. Ella se dio cuenta de que lo había decepcionado, de que esta vez tampoco había dado la talla. Pero era incapaz de hacer otra cosa —no podía ser mejor, ni más valiente, ni más lista de lo que era— y advirtió que Jeff estaba pensando lo mismo, resignándose a la incompetencia de ella. Le apartó la mano del codo.

—Ten cuidado, ¿vale? —dijo—. Estate atenta. Si pasa algo, grita lo más alto que puedas e iremos corriendo.

Con esas palabras de despedida, la envió hacia el pie de la colina.

Eric estaba de nuevo en la tienda naranja. Sabía que era una insensatez, que era el peor lugar donde podía estar, pero era incapaz de marcharse. Se sentía flojo, apático y, sin embargo —dentro de esa coraza de abulia—, presa del pánico. Atrapado, fuera de sí, y su presencia en la tienda sólo empeoraba las cosas. Pero Jeff le había ordenado que se pusiera a la sombra y tratara de descansar, y en eso estaba ahora.

Pero tenía la sensación de que no era lo más indicado.

Hacía cada vez más calor; el sol ascendía inexorablemente, calentando el nailon anaranjado, y dentro de poco sería como si la propia tela irradiase luz y calor, en lugar de limitarse a filtrarlos. Eric estaba acostado boca arriba, sudoroso y con el pelo grasiento, tratando de controlar su respiración. Era demasiado rápida e irregular, y creía que si conseguía calmarla, inspirando hondo, llenando el pecho de aire, todo lo demás se compondría a la vez: frenaría el ritmo de su corazón, y quizá también el de sus pensamientos. Porque ése era su principal problema ahora: sus pensamientos se movían demasiado rápido, saltaban, se encabritaban. Sabía que estaba al borde de un ataque de nervios, o tal vez ya había traspasado ese borde. Sufría un ataque de ansiedad y no encontraba la manera de serenarse. La respiración, el corazón y los pensamientos habían escapado inexplicablemente de su control.

No paraba de sentarse para examinarse la pierna, inclinándose, mirando con los ojos entornados, apretando la zona hinchada con un dedo. La planta estaba dentro de él. Mathias la había extirpado, pero aún quedaba algo dentro. Estaba seguro, la sentía, pero los demás se negaban a escucharlo. No le hacían caso, no le creían, y la enredadera empezaba a crecer; a crecer y a comer, y cuando terminase, Eric quedaría igual que Pablo, sin un ápice de carne en las piernas. Ni él ni el griego saldrían con vida de aquel lugar, acabarían en uno de esos montículos que salpicaban la colina.

Había ocurrido en la tienda, así que ¿por qué estaba de nuevo allí? Por culpa de Jeff, que le ordenó que se metiera allí y descansase, como si pudiera descansar. Y todo porque Jeff no le creía. Había dedicado apenas unos segundos a examinarle la pierna, y eso no era suficiente, ni mucho menos; él no la había visto. Claro que tal vez fuera imposible verla por mucho que uno mirase; tal vez el problema era ése. Eric sabía la verdad porque él la sentía; había algo raro dentro de su pierna, algo que se movía y que no formaba parte de él, algo ajeno a sí mismo, con voluntad propia. Ojalá pudiera verlo, ojalá pudieran verlo Jeff y los demás, porque entonces sería más sencillo. No estaría allí, en la tienda, donde había ocurrido todo, donde podía ocurrir otra vez. No debería estar solo.

Se sorprendió a sí mismo poniéndose en pie. Fue cojeando hasta la puerta de la tienda, se agachó y salió a la luz del sol. Stacy estaba junto al cobertizo. Le habían construido una sombrilla pequeña con los palos y la tela que quedaba de la tienda azul, convirtiendo esos desperdicios en una especie de paraguas abollado. Ella estaba sentada debajo, en el suelo, con las piernas cruzadas, en diagonal a Pablo, para poder vigilarlo sin tener que mirarlo. Ya nadie quería mirar a Pablo, y Eric lo entendía; él tampoco quería. Lo que le preocupaba era que los demás parecían empezar a incluirlo dentro de esa zona de fuga visual. Incluso ahora, cuando se sentó al lado de Stacy, ésta siguió mirando hacia otro lado.

Eric le cogió la mano y ella se lo permitió, pero pasivamente, con los músculos relajados, así que fue como sujetar un guante. Permanecieron un rato callados, y en este breve silencio Eric casi consiguió alcanzar un estado parecido a la serenidad. Eran sólo dos personas descansando al sol, ¿por qué no podía ser así de sencillo? Pero el momento de paz no duró; se rompió repentinamente, como un objeto de cristal que se hace añicos contra el suelo, y Eric sintió el corazón en la boca. Su sudor se hizo más profuso, y la mano de Stacy se volvió resbaladiza. Tuvo que contenerse para no levantarse de un salto y pasearse de nuevo. Podía oír la respiración de Pablo —acuosa, enfermiza, como el sonido de un serrucho cortando una lata—, y le echó una mirada rápida, aunque se arrepintió en el acto. La cara del griego había adquirido un extraño tono grisáceo, sus ojos estaban hundidos y cerrados y de su boca pendía un hilo de líquido oscuro que Eric fue incapaz de identificar; tal vez vómito, bilis o sangre. «Alguien debería limpiarlo», pensó, pero no hizo nada al respecto. Y debajo del saco de dormir estaban las piernas de Pablo, desde luego, o lo que quedaba de ellas: los huesos, los coágulos de sangre, los amarillentos tendones. Eric sabía que el griego no sobreviviría de esa manera, descarnado, y deseó que ocurriera lo antes posible, ahora mismo —«Será un alivio, una bendición», pensó—, y todas las pamplinas que la gente suele decir sobre la muerte, con el único fin de consolarse, súbitamente le parecieron verdad. «Hazlo, muérete ya», pensó. Y mientras tanto —sí, inexorable, inevitablemente— la respiración de Pablo continuó su tortuoso curso.

Eric oyó el suave murmullo de las voces de Jeff y Mathias, pero no logró entender lo que decían. Estaban fuera de la vista, en la ladera de la colina, cavando la letrina.

Apretó la mano de Stacy, que aún no lo había mirado.

—Así que... —comenzó, titubeando, no demasiado seguro de que fuera lo mejor—, había un tipo que tenía una planta creciendo dentro de él.

Silencio. «No responderá», pensó. Pero entonces lo hizo.

—Te la sacó —dijo quedamente. Eric tuvo que inclinarse para oírla.

—Deberías decir «pero».

—No estoy jugando. Te digo que te la extirpó. Ya no la tienes dentro.

—Pero la siento.

Finalmente lo miró.

—El hecho de que la sientas no significa que la tengas dentro.

—¿Y si fuera así?

—No podemos hacer nada al respecto.

—O sea que admites que es posible.

—Yo no he dicho eso.

—Pero la siento, Stacy.

—Te digo que sea como sea, no podemos hacer nada aparte de esperar.

—Así que acabaré como Pablo.

—Para, Eric.

—Pero está dentro de mí... en mi sangre. La siento en el pecho.

—Para, por favor.

—Así que moriré aquí.

—Eric.

Eric calló, sorprendido por el cambio en la voz de Stacy. Estaba llorando. ¿Cuándo había empezado a llorar?

—Por favor, para, cariño —dijo Stacy—. ¿Puedes? ¿Puedes tranquilizarte un poco? —Se secó la cara con el dorso de la mano—. Necesito que te tranquilices, de verdad.

Eric no dijo nada. «En el pecho...» ¿De dónde había salido esa idea? Era cierto, aunque no se había dado cuenta hasta que lo dijo. Podía sentir la enredadera dentro de su pecho, una presión sutil pero clara contra el interior de las costillas, empujando hacia fuera.

Stacy le soltó la mano, se levantó y cruzó el claro. Se inclinó sobre la mochila de Pablo, rebuscó en el interior, sacó una botella y la abrió mientras regresaba junto a Eric.

—Aquí tienes —dijo, ofreciéndole el tequila.

Eric no lo cogió.

—Jeff dijo que no debíamos beber.

—Pero Jeff no está aquí, ¿no?

Todavía sin moverse, Eric miró la botella, el líquido ambarino del interior. Pudo oler el tequila, sentir su atracción, que estaba mezclada —de manera ilógica pero inevitable— con su intensa sed. Levantó la mano y cogió la botella. Era la misma de la que habían bebido la tarde anterior, después de la abortada expedición por el lodazal, en un mundo totalmente diferente, habitado por otras versiones de sí mismos, ilesas e inocentes. Recordó a Pablo delante de él, rebosante de alegría, tendiéndole la botella, y con esta imagen en la cabeza —que parecía más un sueño que un recuerdo—, echó la cabeza atrás y apuró un largo trago del licor. Fue demasiado; se atragantó, tosió, y las lágrimas le nublaron fugazmente la vista. Pero también fue agradable; lo necesitaba. Sin esperar a recuperarse —lo único que necesitaba era volver a respirar—, se llevó la botella a la boca de nuevo.

Lo único que había comido desde el día anterior era un minúsculo cuadradito de pan con atún; estaba deshidratado, exhausto, y el tequila le hizo efecto en cuestión de segundos, causándole una placentera sensación de euforia, permitiéndole respirar por fin. La insensibilidad, la obnubilación... fue todo tan rápido como el pinchazo de una aguja en una vena. Se secó la boca con el antebrazo y se sorprendió soltando una carcajada.

Stacy todavía estaba de pie frente a él, con aquel ridículo paraguas apoyado en el hombro, abarcándolo en su círculo de sombra.

—No tanto —dijo, y cuando él levantó la botella para echar otro trago, se inclinó rápidamente y se la quitó de la mano.

La cerró y la guardó en la mochila de Pablo. Después se sentó junto a él y dejó que volviera a cogerle la mano. A Eric le ardía el pecho y le zumbaban los oídos por culpa del tequila. «A lo mejor tienen razón —pensó—, a lo mejor estoy exagerando.» Todavía podía sentir algo moviéndose por su pierna como un gusano y aquella extraña opresión en el pecho, pero ahora que el licor había serenado sus tumultuosos pensamientos, comprendió que todas esas cosas no estaban necesariamente relacionadas con la enredadera. Puede que simplemente estuviera asustado, demasiado pendiente de su cuerpo. Si uno presta demasiada atención al cuerpo, siempre encuentra alguna sensación rara.

—Las desdichadas desdichas del desdichado —dijo. Las palabras salieron súbitamente de su boca, sin razón aparente.

—¿Qué? —preguntó Stacy.

Eric sacudió la cabeza e hizo un gesto de indiferencia. Había tres botellas de tequila, y trató de pensar en las horas siguientes, en racionar la bebida gota a gota, como el suero que entraba en la vena desde una bolsa. Los griegos llegarían pronto y todos se salvarían. Lo único que necesitaba era quedarse allí sentado, de la mano con Stacy, y al cabo de unos minutos podría pedirle la botella de nuevo. Pensó que así, sorbo a sorbo, sería capaz de sobrevivir al día.

No tenían pala.

Jeff había encontrado una piedra afilada parecida a una gigantesca cabeza de lanza, tan grande que tuvo que ponerse a cuatro patas y usar las dos manos para cavar en el compacto y seco suelo. Mathias usaba una de las piquetas de la tienda azul para romper la tierra, gruñendo cada vez que movía el brazo. Cuando conseguían aflojar una cantidad de tierra considerable, se levantaban para apartarla con el pie; luego hacían una pequeña pausa para recuperar el aliento y enjugarse el sudor de la cara, y volvían a empezar.

Era un trabajo arduo y no estaba saliendo todo lo bien que esperaba Jeff. Éste tenía una imagen en la cabeza: un hoyo de un metro veinte de profundidad y el ancho necesario para que una persona pudiera acuclillarse encima, con paredes de tierra perfectamente perpendiculares. Puede que hubiera leído un libro que describiera algo semejante, o que hubiese visto un diagrama en alguna parte, pero eso no era lo que él y Mathias estaban creando. A una profundidad mínima, las paredes de tierra comenzaron a desmoronarse, así que el hoyo iba ensanchándose conforme se hacía más hondo. Si querían que quedase lo bastante estrecho para que alguien pudiera sentarse encima, tendrían que dejar de cavar cuando adquiriera unos sesenta centímetros de profundidad, con lo cual, naturalmente, no cumpliría su cometido. Una letrina tan superficial no era una letrina, y para eso podían seguir haciendo lo que había hecho Jeff por la mañana: meterse entre las plantas, cagar y cubrir la porquería con un puntapié de despedida.

Mientras pensaba en esto, Jeff se rindió al peso de la evidencia, aceptó lo que habría debido saber desde el principio: su idea era una estupidez. No necesitaban una letrina, ni siquiera una letrina perfecta. En esos momentos, la higiene no era uno de sus problemas prioritarios, y pasara lo que pasase en aquel lugar, ellos estarían en otro sitio mucho antes de que se convirtiera en una necesidad urgente. A salvo, quizás. O muertos. Seguían cavando no porque tuviera lógica, sino porque Jeff luchaba por mantenerse a flote, buscaba un clavo ardiente al que agarrarse, una actividad, cualquier cosa con tal de no sentarse a esperar con impotencia. Cuando se dio cuenta, cuando por fin lo admitió, dejó de cavar y se sentó en el suelo. Mathias lo imitó.

—¿Qué estamos haciendo? —preguntó Jeff.

Mathias se encogió de hombros y señaló el pequeño y contrahecho hoyo que habían conseguido excavar.

—Cavar una letrina.

—¿Acaso servirá de algo?

Mathias negó con la cabeza.

—La verdad es que no —repuso.

Jeff arrojó la piedra al suelo y se limpió las manos en los pantalones. Le escocían las palmas. Aquella maldita pelusilla estaba creciendo otra vez en sus tejanos. Todos la llevaban —en la ropa y en las bambas—, y en un momento u otro Jeff los había visto agacharse para sacudírsela.

—Podríamos usar el hoyo para destilar la orina —sugirió Mathias. Hizo un movimiento con las manos, cubriendo el agujero con una lona imaginaria.

—¿Y eso serviría de algo?

Esta vez Mathias se picó y dijo:

—Oye, fuiste tú quien...

—Ya sé, fue idea mía —le interrumpió Jeff—. Pero ¿cuánta agua conseguiríamos de esa manera?

—No mucha.

—¿La necesaria para compensar la que estamos perdiendo con el sudor mientras cavamos?

—Lo dudo.

Jeff suspiró. Se sentía idiota. ¿Y qué más? Cansado, tal vez, pero sobre todo derrotado. O quizás estuviera desesperado, que era lo peor que podía sentir, lo opuesto a la supervivencia. Fuera lo que fuese, aquel sentimiento lo había invadido y no conseguía librarse de él.

—Si llueve, tendremos agua suficiente —dijo—. Si no llueve, moriremos de sed.

Mathias no respondió. Lo miraba con atención, con los ojos entornados.

—Trataba de buscar una actividad —continuó Jeff—. Algo que hacer para mantenernos ocupados. Para levantar el ánimo. —Sonrió, burlándose de sí mismo—. Hasta había planeado bajar al pozo.

—¿Para qué?

—El pitido. El sonido que parecía el timbre de un móvil.

—No hay queroseno para la lámpara.

—Podríamos hacer una antorcha.

Mathias rió con incredulidad.

—¿Una antorcha?

—Con trapos... Podríamos impregnarlos con tequila.

—¿Lo ves? —dijo Mathias—. ¿No te he dicho que pareces alemán?

—¿Quieres decir que no serviría de nada?

—De nada que justifique el riesgo.

—¿Qué riesgo?

Mathias se encogió de hombros, como si la respuesta fuera evidente.

—Mira a Pablo.

Pablo. Lo peor. Jeff todavía no había mencionado su idea, su plan para salvar al griego, e incluso ahora titubeó, preguntándose hasta qué punto eran puras sus intenciones. Consideró la posibilidad de que nuevamente estuviera buscando actividades para matar el tiempo, pero enseguida la descartó. Si lo intentaban, podrían salvarlo. Estaba convencido de ello.

—¿Crees que sobrevivirá? —preguntó.

Mathias frunció el entrecejo. Cuando habló, su voz sonó ronca y casi inaudible:

—Difícilmente.

—Pero si recibimos ayuda hoy...

—¿Tú piensas que recibiremos ayuda hoy?

Jeff negó con la cabeza, y guardaron silencio durante un rato. Mathias removía la tierra con la piqueta. Jeff estaba armándose de valor. Al final se aclaró la garganta y dijo:

—Quizá podríamos salvarlo.

Mathias siguió removiendo la tierra, sin molestarse en levantar los ojos.

—¿Cómo?

—Podríamos amputarle las piernas.

Mathias se detuvo y esta vez miró a Jeff, sonriendo pero con expresión de duda.

—Bromeas. —Jeff negó con la cabeza—. ¿Quieres cortarle las piernas?

—Morirá si no lo hacemos.

—Sin anestesia.

—No sentiría dolor. Está insensible de cintura para abajo.

—Perdería demasiada sangre.

—Ya le hemos puesto torniquetes. Cortaríamos por debajo.

—¿Con qué? No tienes instrumental quirúrgico y...

—El cuchillo.

—Necesitarías una sierra para huesos. No harás nada con un cuchillo.

—Podríamos romper los huesos, y después cortarlos.

Mathias sacudió la cabeza con expresión de horror. Era la primera emoción que Jeff veía en su cara.

—No, Jeff. Ni hablar.

—Entonces está perdido.

Mathias pasó por alto ese comentario.

—¿Y qué me dices de las infecciones? ¿Usarías un cuchillo sucio?

—Podríamos esterilizarlo.

—No tenemos leña. Ni agua para hervir. Ni una olla, desde luego.

—Hay cosas para quemar: los cuadernos, las mochilas llenas de ropa. Podríamos calentar el cuchillo en las llamas. Iría cauterizando a medida que cortara.

—Lo matarías.

—O lo salvaría, una de las dos cosas. Pero al menos tendría una oportunidad. ¿Prefieres quedarte de brazos cruzados y ver cómo agoniza durante los próximos días? No será rápido. No te engañes.

—Si recibimos ayuda...

—Hoy, Mathias, la ayuda tendría que llegar hoy. Con las piernas destrozadas, pronto se producirá una septicemia. Si es que el proceso no ha empezado ya. Una vez que empieza, nadie puede hacer nada para detenerlo.

Mathias comenzó a remover la tierra de nuevo, con los hombros encorvados.

—Lamento haberos traído aquí —dijo.

Jeff lo silenció con un gesto; no tenía sentido hablar de eso.

—Vinimos por decisión propia.

Mathias suspiró y dejó caer la piqueta.

—No me creo capaz de hacerlo —dijo.

—Lo haré yo.

—Me refiero a dar mi consentimiento. No puedo dar mi consentimiento.

Jeff calló mientras asimilaba esta información. No se lo esperaba; había pensado que Mathias sería el más comprensivo, que incluso le ayudaría a convencer a los demás.

—Entonces deberíamos ayudarlo a morir —dijo Jeff—. Emborracharlo, meterle el tequila por el gaznate y esperar a que muera. Y ya sabes... —Hizo un ademán brusco con el brazo, sacudiéndolo: un golpe. Decirlo con palabras resultaba más difícil de lo que esperaba.

Mathias lo miró fijamente y Jeff se dio cuenta de que no le había entendido. O tal vez no quería entenderle, quería obligarle a decirlo sin rodeos.

—¿Qué? —preguntó.

—Terminar con la agonía. Cortarle el cuello. Asfixiarlo.

—No hablas en serio.

—Si fuera un perro, ¿no lo harías?

—Pero no es un perro.

Jeff levantó las manos con impotencia. ¿Por qué se lo ponía tan difícil? Sólo intentaba ser práctico. Compasivo.

—Tú me entiendes.

No estaba dispuesto a continuar con el tema. Ya había explicado su idea, ¿qué otra cosa podía hacer? De nuevo experimentó la sensación de llevar una carga, un gran peso. El sol estaba ascendiendo. Deberían estar en la tienda, a la sombra; era una tontería seguir a la intemperie, sudando. Pero no hizo ademán de levantarse. Se dio cuenta de que estaba enfurruñado, castigando a Mathias por no aceptar su propuesta. Se odió por esa escena, y odió a Mathias por presenciarla. Deseaba parar, pero no podía.

—¿Has hablado de esto con los demás? —preguntó Mathias.

Jeff negó con la cabeza.

Mathias se sacudió la pelusilla de los tejanos y luego se limpió las manos en la tierra, reflexionando. Al final se levantó.

—Deberíamos votar —dijo—. Si los demás están de acuerdo, yo acataré la decisión de la mayoría.

Y mientras pronunciaba esas palabras comenzó a andar hacia la tienda.

Se reunieron de nuevo en el claro.

Primero llegó Mathias, y al cabo de unos instantes lo hizo Jeff. Se sentaron junto a Eric y Stacy, formando un pequeño semicírculo alrededor del cobertizo. Pablo tenía los ojos cerrados y nadie parecía dispuesto a mirarlo, ni siquiera mientras discutían su situación. También evitaban usar su nombre: se limitaban a decir «él» mientras señalaban vagamente hacia su cuerpo destrozado. Amy seguía al pie de la colina, esperando a los demás griegos, pero nadie mencionó su ausencia, ni siquiera cuando comenzaron a hablar y quedó claro que estaban a punto de tomar una decisión trascendental, una decisión terrible. Stacy pensó en ella, se preguntó si deberían ir a buscarla —ella la quería a su lado, cogiéndole la mano mientras discurrían cómo salir de aquel brete—, pero no se atrevió a decir nada. Era incapaz de dar la talla en situaciones como aquélla. El miedo la volvía pasiva y silenciosa. Se acobardaba y esperaba que las cosas malas desaparecieran por sí solas.

Pero ahora querían su opinión. La suya y la de Eric. Si decían que sí, Jeff le cortaría las piernas a Pablo. Algo terrible e inimaginable, pero también, según Jeff, la única esperanza. Por lo tanto, de acuerdo con este razonamiento, si se negaban, no quedaría ninguna esperanza. Era lo que les había dicho Jeff.

Ninguna esperanza: había un precursor de estas palabras, una primera esperanza que era preciso abandonar para arriesgarse a abrigar la segunda. Lo que estaba diciéndoles Jeff era que ese día no los rescatarían. Y Stacy se centró en eso, aunque sabía que debería estar pensando en Pablo; tendrían que pasar otra noche en la tienda naranja, rodeados por la enredadera, que podía moverse y meterse en la pierna de Eric y que, si Jeff estaba en lo cierto, pretendía matarlos a todos. Ella se sentía incapaz de soportarlo.

—¿Cómo lo sabes? —preguntó. Percibió el miedo en su propia voz, y eso tuvo el efecto de intensificarlo: oírlo la asustó aún más.

—¿Cómo sé qué? —replicó Jeff.

—Que no van a venir.

—Yo no he dicho eso.

—Dijiste...

—Que no parecía probable que fueran a venir hoy.

—Pero...

—Y si no vienen hoy, y no hacemos nada, él... —señaló vagamente hacia el cobertizo— no conseguirá sobrevivir.

—Pero ¿cómo lo sabes?

—Tiene los huesos al aire. Se...

—No. Cómo sabes que no van a venir hoy.

—No se trata de lo que sabemos, sino de lo que no sabemos con seguridad. Se trata del riesgo de esperar en lugar de actuar.

—Así que puede que vengan.

Jeff levantó los brazos en un gesto de exasperación.

—Y puede que no vengan. Ésa es la cuestión.

Hasta Stacy podía ver que no hacían más que dar vueltas alrededor de lo mismo, sin decir nada, arrojándose las palabras mutuamente. Jeff no le daría lo que ella deseaba; de hecho, no podía dárselo. Ella quería que llegaran los griegos o, mejor aún, que ya estuvieran allí, que la rescatasen y la llevaran a un lugar seguro, y Jeff insistía en que era posible que eso no ocurriera, al menos ese día, y que en tal caso tendrían que cortarle las piernas a Pablo.

Para Stacy era obvio que él deseaba cortárselas. Y que Mathias no estaba de acuerdo. Éste se limitaba a escuchar, como de costumbre, esperando que la decisión la tomaran ellos. Stacy deseó que dijera algo, que se esforzara por convencerlos a Eric y a ella de que no aceptaran, porque ella no quería que Jeff lo hiciera, no le parecía una buena idea, aunque no sabía cómo argumentar su postura. Intuía que no podía negarse sin más; tendría que dar explicaciones. Necesitaba que alguien la ayudase, y no había nadie dispuesto a hacerlo. Eric estaba medio borracho, adormilado por el alcohol; se lo veía mucho más tranquilo, desde luego, pero era como si no estuviera presente del todo. Y Amy estaba lejos, al pie de la colina, esperando a los griegos.

—¿Y qué hay de Amy? —preguntó Stacy.

—¿Qué pasa con Amy?

—¿No deberíamos pedirle su opinión?

—Sólo si hay un empate.

—¿Un empate?

—En la votación.

—¿Vamos a votar?

Jeff asintió con un gesto equivalente a un «por supuesto» lleno de impaciencia, como si votar fuera la única acción lógica y no entendiese de qué se sorprendía tanto Stacy.

Pero ella estaba sorprendida. Había pensado que sólo discutían buscando el consenso, y que no harían nada a menos que todos estuvieran de acuerdo. Sin embargo, no sería así; bastaría con el consentimiento de tres de ellos para que Jeff le cortara las piernas a Pablo. Stacy se esforzó por expresar su reticencia con palabras; tartamudeó, buscando una forma de empezar:

—Pero... O sea... No parece...

—Córtaselas —dijo Eric en voz tan alta que la sobresaltó—. Ahora mismo.

Stacy se volvió a mirarlo. De repente parecía sobrio y despierto. Y también vehemente, seguro de sí mismo y de la propuesta que secundaba. Stacy sabía que aun así podía negarse. Podía decir que no, y entonces Jeff tendría que bajar al pie de la colina para consultar a Amy. Probablemente la convencería; incluso si ella se oponía, él acabaría por persuadirla. Era más fuerte que cualquiera de ellos. Los demás estaban cansados, sedientos y ansiosos por marcharse, mientras que él parecía inmune a todas esas cosas. ¿Qué sentido tenía discutir, entonces?

—¿Estás seguro de que es lo mejor? —preguntó.

—Si no hacemos nada, morirá.

Al oír estas palabras, Stacy se estremeció como si acabaran de responsabilizarla de la posible muerte de Pablo, como si ésta pudiera ser culpa suya, algo que habría podido evitar fácilmente.

—Yo no quiero que muera.

—Claro que no —dijo Jeff.

Stacy sintió los ojos de Mathias fijos en ella. La miraba sin pestañear. Quería que se negase; lo sabía. Y habría deseado hacerlo, pero fue incapaz.

—Vale —dijo—. Supongo que deberías cortárselas.

Amy estaba haciendo fotos.

Antes de bajar había cogido la cámara como por reflejo, sin una intención consciente; simplemente se la colgó del cuello. Sólo se dio cuenta de que la llevaba consigo a mitad de camino, cuando estaba acuclillada junto al sendero, en ese momento de relajación y lucidez que siguió a la evacuación de la vejiga. Quería fotografiar a los mayas, reunir pruebas de lo que estaba ocurriendo allí, porque los rescatarían —no dejaba de repetírselo—, e inevitablemente habría una investigación, arrestos y un juicio. Lo que significaba que necesitarían pruebas, desde luego, ¿y qué mejor prueba que las fotografías de los responsables del delito?

Comenzó a usar la cámara en cuanto llegó abajo, enfocando la cara de los hombres. Le gustaba esa sensación, esa especie de poder furtivo, la presa volviéndose contra los cazadores. Los castigarían; pasarían el resto de su vida entre rejas. Y Amy contribuiría a encarcelarlos. Mientras enfocaba y apretaba el obturador, imaginó el juicio, la sala abarrotada, los murmullos mientras ella declaraba. Proyectarían sus fotos en una pantalla gigantesca, y ella señalaría al calvo con la pistola en la cintura. «Él era el jefe —diría—. El que no nos dejaba marchar.»

Los mayas no le hacían caso. De hecho, casi no la miraban. Sólo cuando pisó el claro, buscando una posición mejor para enfocar a los hombres que se encontraban alrededor del fuego más cercano, dos de ellos se movieron y levantaron el arco. Amy hizo la foto y regresó rápidamente a la zona de la enredadera.

Al cabo de un rato, la sensación de poder comenzó a desvanecerse, y no logró sustituirla por ninguna emoción agradable. El sol seguía subiendo y Amy tenía demasiado calor, demasiada sed, demasiada hambre. Sin embargo, ya había sentido todas esas cosas al llegar, así que el cambio debía de tener otra causa. Sí; era la indiferencia de los mayas al verla allí, haciendo fotos afanosamente, lo que acabó por desmoralizarla. Estaban reunidos en torno a los rescoldos del fuego, algunos dormitando en la linde de la selva, bajo la menguante sombra de los árboles. Conversaban y reían, y uno de ellos le sacaba punta a un palo que acabaría reducido a la nada: era la tarea de un hombre aburrido, una forma de ocupar las manos mientras el tiempo pasaba lentamente. Porque eso era lo que hacían, ¿no? Saltaba a la vista que lo único que hacían era esperar. Y no en vilo, no intrigados por el posible resultado de su vigilia. Esperaban sin emoción aparente, como quien espera la llegada de la noche mirando arder una vela, totalmente seguro de lo que pasará, sabiendo que lo único que lo separa del final de la espera es el propio tiempo.

«¿Y qué significa eso?», se preguntó Amy.

Tal vez los mayas supieran algo de los griegos. Tal vez Juan y Don Quijote hubieran llegado ya, pasado por delante de la entrada del camino y seguido hasta el poblado, sólo para regresar sin mirar hacia la linde de la selva. Ni siquiera se habían planteado esta posibilidad, pero ahora que pensaba en ella, a Amy le pareció evidente, imposible de pasar por alto. De repente se dio cuenta de que los griegos no llegarían, sintió el peso de esa certeza: nadie iría a buscarlos. Si estaba en lo cierto, no había ninguna esperanza. Ni para Pablo, desde luego, ni para los demás. Los mayas lo sabían y de ahí su aburrimiento, su apatía; sabían que sólo tenían que esperar a que los acontecimientos siguieran su curso. Lo único que se requería de ellos era que vigilasen la colina. La sed, el hambre y la enredadera harían el resto, como tantas otras veces.

Amy dejó de sacar fotos. Se sentía mareada, como borracha, y tuvo que sentarse al pie del camino. «Es el calor —se dijo—. El estómago vacío.» Pero se engañaba, y lo sabía. El sol y el hambre no tenían nada que ver. Lo que sentía era miedo. Trató de distraerse de este descubrimiento respirando hondo, jugueteando con la cámara. Era un chisme sencillo y barato que había comprado hacía diez años con lo que ganó haciendo de canguro. Jeff le había regalado una cámara digital, pero ella le obligó a devolverla. Le tenía demasiado cariño a la vieja para reemplazarla. No era muy de fiar —la mayoría de las veces sacaba fotos malas, oscuras o sobreexpuestas, y casi siempre movidas—, pero Amy sabía que sólo la cambiaría por otra si la rompía, la perdía o se la robaban. Miró cuántas fotos le quedaban: tres de treinta y seis. Y eso sería todo, porque no había llevado rollos de recambio; no imaginó que estarían fuera el tiempo suficiente para necesitarlos. Era curioso pensar que en toda su vida había hecho un número concreto de fotos, y casi todas con esa cámara. Había un número x de fotos de sus padres, un número x de fotos de monumentos, atardeceres y perros, un número x de fotos de Jeff y Stacy. Y si ahora estaba en lo cierto —si los mayas y Jeff estaban en lo cierto—, era muy probable que sólo le quedasen tres fotos por hacer. Amy trató de decidir cuáles serían. Tendría que usar el temporizador para hacer una del grupo, pensó; todos alrededor de la camilla de Pablo. Otra de ella y Stacy cogidas del brazo, desde luego: la última de la serie. Y luego...

—¿Te encuentras bien?

Amy se volvió y vio a Stacy a su lado, de pie, con la improvisada sombrilla en el hombro. Estaba horrible, demacrada y con el pelo grasiento. Le temblaban la boca y las manos, así que la sombrilla se sacudía como empujada por una suave brisa.

«¿Estoy bien?», pensó Amy, buscando una respuesta sincera. Al mareo le había seguido una extraña sensación de calma, un sentimiento de resignación. Ella no era una luchadora, como Jeff. O puede que no fuera capaz de engañarse tan fácilmente como él. La amenaza de morir allí no la llenaba de una urgencia por hacer cosas; más bien la hacía sentirse agotada, con ganas de echarse a descansar para acelerar el proceso.

—Supongo que sí —respondió. Y luego, viendo que Stacy tenía aspecto de estar peor de como se sentía ella—: ¿Y tú?

Stacy sacudió la cabeza e hizo un gesto hacia la cima de la colina.

—Están... ya sabes... —Dejó la frase en el aire, como si fuese incapaz de encontrar las palabras adecuadas. Se humedeció los labios, que en las últimas horas se habían llenado de profundas grietas; eran los labios de un náufrago, partidos, despellejados—. Han empezado.

—¿Empezado a qué?

—A cortarle las piernas.

—¿De qué hablas? —preguntó Amy. Aunque lo sabía, por supuesto.

—Las piernas de Pablo —murmuró Stacy, arqueando las cejas como si la noticia la sorprendiera también a ella—. Están usando el cuchillo.

Amy se levantó sin saber qué se proponía hacer. Estaba tan aturdida por la sorpresa, que todavía no sentía su reacción. Pero debía de estar sintiendo algo, porque su expresión había cambiado. Vio que Stacy respondía a ella retrocediendo con cara de horror.

—No debí decir que sí, ¿no?

—¿A qué?

—Votamos y yo...

—¿Por qué no me avisaron?

—Porque estabas aquí abajo. Jeff dijo que tu opinión sólo importaría si había un empate. Eric aceptó y yo... —Otra vez la misma expresión de horror, aunque ahora dio un paso al frente y cogió el antebrazo de Amy—. Debí negarme, ¿verdad? Entre tú, Mathias y yo habríamos podido detenerlos.

Amy era incapaz de aceptar que aquello estaba sucediendo. No creía que fuera posible cortarle las piernas a alguien con un cuchillo y no imaginaba que Jeff fuese capaz de intentar una barbaridad semejante. Quizá se limitaran a hablar de ello, quizá todavía estuvieran hablando, en cuyo caso podría detenerlos si corría. Se soltó de la mano de Stacy y dijo:

—Quédate aquí. Vigila por si vienen los griegos, ¿vale?

Stacy asintió, todavía con el miedo en la cara y un temblor intermitente en los músculos de alrededor de la boca. Se sentó en el suelo, dejándose caer en el centro del sendero como si alguien hubiese cortado el hilo que la sujetaba.

Lo estaban haciendo Jeff y Mathias. Fue una suerte que no pidieran ayuda a Eric, porque éste sabía que sería incapaz de participar. Mientras ellos trabajaban, Eric se paseaba de un extremo al otro del claro, haciendo una pausa de vez en cuando para mirar, pero volviéndose de nuevo casi en el acto, ya que ambos estados, el de ver y el de no ver, se le antojaban igual de insoportables.

Primero volvieron a sujetarlo con los cinturones. Los encontraron en el suelo junto a la camilla; tres serpientes enredadas, abandonadas allí la noche anterior. Jeff y Mathias sólo necesitaron dos para atar al griego por el pecho y la cintura. Durante estos preliminares los ojos de Pablo permanecieron cerrados; de hecho, no los había abierto ni una sola vez desde que paró de gritar por la mañana. Incluso ahora que Jeff trataba de despertarlo para explicarle por señas lo que iban a intentar, el griego se negaba a responder. Tenía la cara crispada, cada parte de ella —la boca, los ojos— firmemente acorazada contra el mundo. Parecía fuera del alcance de todos, como si no estuviera presente. Como si ya no le importase nada, supuso Eric, nada en absoluto.

A continuación prendieron un fuego pequeño, porque no consiguieron encender otro mayor. Usaron tres de los cuadernos de los arqueólogos, una camisa y un pantalón. Arrancaron un par de páginas para empezar y luego añadieron los cuadernos enteros. La ropa la empaparon en tequila. El fuego casi no despedía humo y ardía con una insignificante llama azul. Jeff dejó el cuchillo en medio, junto a la piedra con forma de cabeza de lanza. Mientras estos objetos se calentaban —la piedra crujiendo conforme adquiría un intenso color rojo—, Pablo y Mathias se arrodillaron al lado de Pablo y empezaron a susurrar, señalando primero una pierna y luego la otra, planeando la operación. Jeff parecía súbitamente triste y deprimido, como si estuviese actuando bajo coacción, en contra de su voluntad; si tenía dudas, no permitió que éstas entorpecieran la intervención.

Eric estaba de pie junto a ellos cuando empezaron. Jeff utilizó una toalla que había encontrado en una mochila para sacar la piedra del fuego; se envolvió la mano con ella, como si fuera una manopla, para protegerse del calor. Con rapidez, en un único y fluido movimiento, sacó la piedra, la levantó por encima de su cabeza y se giró hacia la camilla. Luego la dejó caer con todas sus fuerzas sobre la pierna del griego.

Pablo abrió los ojos, sobresaltado, y empezó a gritar de nuevo, retorciéndose y arqueándose bajo las ataduras. Jeff no pareció notarlo; su cara no expresó emoción alguna. Volvió a poner la piedra en el fuego y cogió el cuchillo. También Mathias permaneció inmutable, concentrado en la tarea. Su trabajo consistía en mantener el fuego ardiendo: alimentarlo con cuadernos, si era necesario, añadir alcohol y remover las brasas o avivarlas soplando.

Jeff estaba de cuclillas junto a la camilla, cortando y serrando, con los músculos tensos por el esfuerzo. Al contacto con el cuchillo caliente, la piel de Pablo despedía olor a carne quemada, a comida. Eric echó una ojeada a la pierna del griego por debajo de la rodilla, al hueso astillado y la sangrienta médula que salía de él mientras el cuchillo de Jeff se hendía, cortaba, hurgaba. Vio cómo la mitad inferior de la pierna se separaba del resto, y el pie, el tobillo y la espinilla se convertían en una pieza escindida, amputada, irrecuperable. Jeff se sentó en el suelo, tratando de recobrar el aliento. Pablo seguía gritando y retorciéndose, con los ojos en blanco. Mathias le quitó el cuchillo a Jeff y lo puso de nuevo en el fuego. Jeff se envolvió la mano con la toalla por segunda vez. Cuando iba a coger la piedra ardiente, Eric se volvió con rapidez y comenzó a cruzar el claro. Era incapaz de seguir mirando; tenía que huir.

Pero no había adónde huir, por supuesto. Incluso en el otro extremo de la cima, de espaldas a la escena, podía oír lo que pasaba, el crujido de la piedra al chocar contra la otra pierna y los gritos, que ahora parecían más fuertes y agudos.

Eric no pudo evitar mirar por encima del hombro.

Mathias sujetaba la fuente de horno negra que Jeff había encontrado al pie de la colina, la que decía «peligro». Eric vio que la ponía al fuego. La usarían para cauterizar las heridas del griego, apretándola contra los muñones.

Jeff estaba inclinado sobre la camilla, trabajando con el cuchillo, serruchando rítmicamente, con la camisa empapada en sudor.

Pablo seguía gritando. Y ahora decía algo. Eran palabras incomprensibles, por supuesto, pero Eric supo que eran súplicas, ruegos. Recordó cómo había chocado contra Pablo al saltar en el pozo, la sensación de que el cuerpo del griego se arqueaba bajo su peso. Y cómo Amy y él lo habían subido a la camilla con movimientos torpes, bruscos, llenos de pánico. Sintió la planta moviéndose en su interior, en la pierna y en el pecho; la insistente presión debajo de las costillas, empujando hacia fuera. Todo iba mal, espantosamente mal, y no había forma de detenerlo, no había forma de escapar.

Eric se giró otra vez, pero fue incapaz de permanecer de espaldas. No pudo evitar echar otra ojeada casi de inmediato.

Jeff terminó con el cuchillo y lo arrojó al suelo. Eric observó cómo cogía la toalla, se envolvía la mano y se giraba para sacar la fuente de horno del fuego. Ahora Mathias tuvo que ayudarlo. Se acuclilló junto a la camilla y se inclinó para levantar la pierna de Pablo, o lo que quedaba de ella, sujetándola con las dos manos por encima de la rodilla. Pablo lloraba y ahora se dirigía a Jeff y Mathias por su nombre. Pero ninguno de los dos le hizo caso; evitaban mirarlo. La fuente de horno estaba anaranjada y las letras del fondo se veían más oscuras, casi rojas, así que Eric consiguió leer la inscripción incluso mientras Jeff la sacaba de entre las llamas. Vio cómo Jeff se giraba, colocaba la fuente contra el muñón izquierdo de Pablo y apretaba con todas sus fuerzas. Eric oyó el sonido de la carne al quemarse: un crujido, un chisporroteo. También la olió, y se quedó atónito ante la espeluznante reacción de su estómago, que se removió no por las náuseas, sino de hambre.

Se alejó unos pasos y se puso en cuclillas, con los ojos cerrados y las manos sobre los oídos, respirando por la boca. Permaneció así durante un rato que se le antojó eterno, concentrado en la sensación de que tenía la enredadera dentro de su cuerpo —el persistente e incisivo espasmo de la pierna, la presión en el pecho—, e intentó imaginar que se trataba de otra cosa, de algo benigno, un engaño de los sentidos, como insistía Stacy: los latidos del corazón, los músculos cansados, el miedo. Pero no lo consiguió, y tampoco consiguió seguir de espaldas; tuvo que volverse a echar otra ojeada.

Cuando lo hizo, vio que Jeff y Mathias seguían inclinados sobre la camilla. Ahora Jeff apretaba la fuente contra el muñón derecho. El aire se llenó del mismo olor espeluznantemente tentador. Pero ahora había silencio: Pablo ya no gritaba. Por lo visto había perdido el conocimiento.

Entonces oyó unas pisadas que se acercaban. Amy subía por el sendero. Llegó al claro corriendo, sin aliento, con la piel brillante por el sudor.

«Demasiado tarde —pensó Eric. Vio cómo se detenía y se tambaleaba, mirando, viendo lo que pasaba, con una expresión de horror—. Ha llegado demasiado tarde.»

Jeff no sabía qué sentir. No; sabía qué pensaba y por ende sabía qué sentía, aunque no lograba armonizar las dos cosas. Todo había salido bien, tal vez incluso mejor de lo previsto. Esto era lo que pensaba. Habían cortado las piernas bastante rápido, ambas a unos centímetros por debajo de la rodilla, salvando la articulación. Habían cauterizado las heridas lo suficiente para que al quitar los torniquetes casi no sangraran; sólo unas gotas, nada importante. Pablo había perdido el conocimiento hacia el final de la operación, al parecer más por la impresión que por otra cosa. Jeff estaba convencido de que no había sido por el dolor, ya que no debía de sentir nada. Sin embargo, había permanecido despierto; fue capaz de levantar la cabeza para ver qué le hacían, y eso explicaba su angustia. Ahora tenía más posibilidades de sobrevivir, pensó Jeff, aunque todavía se encontraba en peligro. Sólo habían logrado alargarle la vida, aunque no demasiado, quizás un día o dos. Pero algo era algo, y Jeff pensó que debía sentirse orgulloso, que había realizado una proeza, una hazaña digna de encomio. Por eso no entendía por qué se sentía tan angustiado, casi incapaz de respirar, como si estuviera conteniendo las lágrimas.

Amy no le ayudaba mucho. Nadie le ayudaba. Mathias parecía eludir su mirada. Estaba sentado junto a las brasas, con los hombros encorvados, completamente absorto en sus pensamientos. Eric había reanudado los paseos y las fastidiosas exploraciones de la pierna y el pecho. Y Amy empezó a atacarlo de inmediato, mientras retiraban los torniquetes y untaban concienzudamente los muñones con la pomada antiséptica, sin molestarse en tratar de entender lo que había hecho.

—¡Dios mío! —exclamó, sobresaltándolo. No la había visto venir—. Joder. ¿Qué coño has hecho? —A Jeff le pareció innecesario contestar. Lo que había hecho era evidente—. Le has cortado las piernas. ¿Cómo puñetas...?

—No teníamos alternativa —dijo Jeff, que estaba inclinado sobre el segundo muñón, aplicándole el gel—. Iba a morir.

—¿Y crees que con esto lo salvarás? ¿Cortándole las piernas con un cuchillo mugriento?

—Lo hemos esterilizado.

—Venga, Jeff. Mira dónde está acostado.

Era verdad, por supuesto: el saco de dormir que habían usado para acolchar la camilla estaba empapado en la orina de Pablo. Jeff se encogió de hombros.

—Le hemos alargado la vida. Si nos rescatan mañana, o incluso pasado mañana...

—¡Le has cortado las piernas! —dijo Amy, casi gritando.

Jeff se volvió a mirarla por fin. Estaba de pie junto a él, quemada por el sol, con la cara sucia de tierra y los pantalones cubiertos con una capa de pelusilla verde de un centímetro. Andrajosa y desesperada, parecía otra persona. Jeff supuso que a todos les pasaría lo mismo, en mayor o menor medida. De hecho, él había dejado de sentirse el Jeff de siempre en las últimas veinticuatro horas. Acababa de usar una piedra y un cuchillo para cortarle las piernas a un hombre... ¿Un amigo?, ¿un desconocido?, no estaba seguro. Ni siquiera sabía el verdadero nombre de Pablo.

—¿Cuántas posibilidades crees que tenía de sobrevivir con los huesos expuestos? —preguntó. Pero Amy no respondió. Estaba mirando al suelo, hacia la derecha, con una expresión extraña—. Responde.

¿Iba a echarse a llorar? Le temblaba la barbilla, y se la tocó con la mano.

—¡Oh, Dios! —murmuró—. ¡Dios santo!

Jeff siguió la dirección de sus ojos. Estaba mirando los miembros amputados, los restos de los pies, los tobillos y las espinillas, los huesos manchados de sangre y todavía sujetos por jirones de carne. Jeff los había arrojado a un lado de la camilla, con la intención de enterrarlos más tarde, cuando terminase de cauterizar los muñones. Pero por lo visto no tendría que hacerlo. La enredadera había enviado al claro un largo zarcillo, que avanzaba serpenteando. Se había enrollado alrededor del pie de Pablo y estaba arrastrando los huesos por el suelo. Mientras Jeff contemplaba la escena, apareció un segundo zarcillo, más rápido que el primero, para reclamar el otro pie.

Ahora miraban todos; también Eric y Mathias. Éste se levantó de repente con el cuchillo en la mano. Fue hasta el primer zarcillo, se inclinó y lo cortó de cuajo. Se giró rápidamente hacia el segundo y lo cortó también. Sin embargo, mientras hacía esto apareció un tercer zarcillo, y luego un cuarto, para coger los huesos. Amy soltó un grito breve y estridente, se llevó una mano a la boca y comenzó a retroceder hacia Jeff. Mathias se inclinaba y cortaba, se inclinaba y cortaba, pero la enredadera seguía acercándose, ahora desde todas partes.

—Déjalo —dijo Jeff.

Mathias le ignoró. Cortaba, pisoteaba y arrancaba los zarcillos, cada vez más rápido, pero la planta se defendía, enroscándosele alrededor de las piernas, obstaculizándole los movimientos.

—Mathias —dijo Jeff. Lo cogió del brazo y tiró de él. Sintió la fuerza del alemán, sus músculos en tensión, esforzándose, pero también su fatiga, su derrota.

Juntos observaron cómo la enredadera se llevaba su presa, doblándose sobre sí misma, el blanco de los huesos penetrando en la verde masa hasta desaparecer por completo.

Los cuatro seguían en la misma posición, petrificados, cuando en el otro extremo de la cima se oyó un zumbido familiar, el timbre de un teléfono móvil sonando con insistencia en el fondo del pozo.

Stacy estaba sentada con los hombros encorvados debajo de la deshilachada sombrilla, en su pequeño círculo de sombra. Le costaba resistirse al impulso de mirarse la muñeca; tenía que recordarse constantemente que no llevaba el reloj, que lo había olvidado en Cancún, en la habitación del hotel, donde también debería estar ella, pero no estaba. Quizás el reloj tampoco estuviera allí; quizá sus temores se habían hecho realidad al fin y al cabo y la camarera se lo había robado. ¿Dónde estaría en ese caso? Junto con su sombrero, supuso, adornando a una desconocida, a una mujer que reía mientras almorzaba en un restaurante de la playa. Stacy sintió la ausencia de estas posesiones de una forma casi física, como un dolor en el pecho, una añoranza del cuerpo, pero lo que más echaba de menos eran las gafas. Allí había demasiado sol, demasiado resplandor. La cabeza le latía por ese motivo, aunque también por el hambre, la sed, la fatiga y el miedo.

A su espalda, en la cima de la colina, estaban cortándole las piernas a Pablo. Moriría allí; ella no veía otra posibilidad. Pero trató de no pensar tampoco en eso.

Al final no pudo evitarlo: se miró la muñeca. Allí no había nada, desde luego, y de nuevo empezó a dar vueltas alrededor de lo mismo: la mesilla de noche, la camarera, el sombrero, las gafas, la mujer almorzando en la playa. Ésta estaría descansada, limpia y bien alimentada, con una botella de agua junto al codo. Estaría tranquila, despreocupada, alegre. Stacy experimentó una oleada de odio hacia aquella desconocida imaginaria, un odio que enseguida se extendió hacia el crío que le había tocado la teta junto a la estación de autobuses, la perversa camarera —tal vez ficticia— y los mayas sentados enfrente de ella, con sus arcos y flechas. Ahora estaba con ellos un niño, el mismo que los había seguido el día anterior sobre el manillar de la bicicleta, el más pequeño. Estaba sentado en el regazo de una anciana y observaba a Stacy con cara inexpresiva, igual que los demás. Stacy también lo odió a él.

La pálida pelusilla verde de la enredadera le cubría el pantalón, la camiseta y las sandalias. No paraba de sacudírsela, quemándose las manos, pero los diminutos zarcillos volvían a crecer de inmediato. Ya le habían hecho varios agujeros en la camiseta. Uno de ellos, situado encima del ombligo, era grande como un dólar de plata. Stacy sabía que era sólo cuestión de tiempo que su ropa se convirtiese en harapos.

Naturalmente, también detestaba a la planta, si es que era posible detestar a una planta. Detestaba su vivo color verde, sus florecillas rojas, el escozor que le producía la savia en la piel. La odiaba porque era capaz de moverse, por su voracidad y su malevolencia.

Todavía tenía los pies llenos de barro a causa de la caminata del día anterior, y el barro continuaba despidiendo un tufillo a mierda. «Igual que Pablo», pensó Stacy, y su mente regresó a la cima, a lo que estaba sucediendo allí, al cuchillo y la piedra caliente. Se estremeció y cerró los ojos.

Odio y más odio; se hundía, se estaba ahogando en él, y no veía el fondo. Odiaba a Pablo por haber caído en el pozo, por haberse roto la columna, porque estaba a punto de morir. Odiaba a Eric por la herida de la pierna, porque la enredadera se había movido como un gusano debajo de su piel, por el pánico que había visto reflejado en su cara en esos momentos. Odiaba a Jeff por su competencia y su frialdad, por haber recurrido con tanta facilidad al cuchillo y a la piedra ardiente. Odiaba a Amy por no haberlo detenido, y a Mathias por su silencio y sus miradas perdidas, pero sobre todo se odiaba a sí misma.

Abrió los ojos y miró alrededor. Habían pasado un par de minutos, pero todo seguía igual.

Sí; se odiaba a sí misma.

Se odiaba por no saber qué hora era ni cuánto tiempo tendría que seguir sentada allí.

Se odiaba por haber dejado de confiar en que Pablo viviría.

Se odiaba por saber que los griegos no acudirían, ni ese día ni nunca.

Inclinó el paraguas hacia atrás y echó una rápida ojeada al cielo. Sabía que Jeff esperaba que lloviera, contaba con ello. Estaba trabajando para salvarlos; tenía planes, proyectos, estrategias, pero todos tenían el mismo defecto, la misma deficiencia: todos requerían cierto grado de esperanza. Y la lluvia no venía de la esperanza, venía de las nubes; nubes blancas, grises o totalmente negras, daba igual, pero tenían que estar allí para que lloviera. Sin embargo, el cielo se mantenía tercamente azul, de un azul deslumbrante, sin una sola nube a la vista.

No llovería.

Y Stacy se odió también por esa convicción.

Decidieron bajar de nuevo al pozo.

Fue idea de Jeff, pero Amy no discutió. Los griegos no acudirían ese día. Ahora todos lo admitían —al menos ante sí mismos—, así que el teléfono, el acaso mítico móvil que los llamaba desde el fondo del pozo, era su única esperanza. Por lo tanto, cuando Jeff propuso hacer un último intento por encontrarlo, Amy lo sorprendió accediendo.

Por supuesto, no podían dejar solo a Pablo. Al principio pensaron en poner a Amy a vigilarlo mientras Eric y Mathias bajaban a Jeff al pozo. Pero Jeff quería que ella lo acompañase. Se proponía hacer una antorcha con la ropa de los arqueólogos, empapándola en tequila, y no sabía cuánto duraría la luz. Dos pares de ojos verían más que uno, dijo, y permitirían hacer una búsqueda metódica y concienzuda.

Amy no quería bajar otra vez al pozo. Pero Jeff no le preguntó qué quería; le estaba diciendo lo que quería él, describiéndolo como una decisión inamovible.

—Podríamos llevarla junto al agujero —sugirió Mathias.

Se refería a la camilla, a Pablo, y todos sopesaron la cuestión durante unos instantes. Hasta que Jeff asintió.

Y eso fue lo que hicieron. Jeff y Mathias levantaron la camilla y cruzaron la cima hasta la boca del pozo, despacio, con cuidado de no sacudir a Pablo. Su cuerpo despedía olores nauseabundos: el ya familiar hedor a pis y caca, la peste a carne quemada de los muñones y ese otro aroma dulzón, el primer y aciago indicio de putrefacción. Nadie dijo nada al respecto. De hecho, nadie decía ya nada sobre Pablo. Seguía inconsciente y tenía peor aspecto que nunca. No eran sólo las piernas lo que evitaba mirar Amy, sino también la cara. Tras matricularse en la Facultad de Medicina había hecho una gira por el campus y vio los cadáveres que diseccionaban los estudiantes. Tenían la piel grisácea, los ojos hundidos y la boca entreabierta. El mismo aspecto que comenzaba a adquirir el rostro de Pablo.

Lo dejaron junto al agujero. El pitido había cesado, pero ahora, en cuanto llegaron, empezó a sonar otra vez, y todos ladearon la cara para mirar a la oscuridad, aguzando el oído.

Sonó nueve veces y paró.

Mathias examinó la cuerda. La desenrolló por completo, extendiéndola en zigzag sobre el pequeño claro y se cercioró de que no hubiera defectos en el cáñamo.

Amy estaba junto al agujero, mirando hacia abajo, tratando de armarse de valor mientras recordaba el rato que había pasado allí con Eric, los dos solos, las mentiras que habían dicho para mantener a raya el miedo. No quería volver, y lo habría dicho si hubiese sabido cómo. Pero ahora que habían cruzado el claro con Pablo, no parecía tener alternativa.

Eric se acuclilló y se tocó la herida de la pierna murmurando para sí:

—Lo cortaremos.

Amy se volvió a mirarlo con asombro, sin saber si había oído bien. Pero Eric empezó a pasearse de nuevo. La enredadera le había comido la mayor parte de la camiseta, dejándola casi en jirones. Estaba cubierto por su propia sangre, con manchas y chorretones por todas partes. Todos tenían mal aspecto, pero nadie superaba a Eric.

Jeff estaba preparando la antorcha. Cogió un palo de la tienda y envolvió el extremo inferior con cinta adhesiva para que el aluminio no se calentase demasiado. En la parte superior enrolló unos vaqueros cortos y una camiseta de algodón, atándolos con fuerza. Amy no entendía cómo funcionaría, pero no dijo nada, pues estaba demasiado cansada para discutir. Si no tenía más remedio que hacer lo que le mandaban, quería acabar cuanto antes.

Mathias se levantó y se secó las manos en el pantalón. La cuerda estaba bien. Todos lo observaron mientras volvía a enrollarla en el tambor del cabrestante. Cuando terminó, Jeff se pasó el lazo por la cabeza y lo ajustó por debajo de las axilas. Llevaba consigo la caja de cerillas, la botella de tequila y la antorcha de aspecto endeble. Mathias y Eric se acercaron al cabrestante y apoyaron todo su peso contra la manivela. Entonces, sin el menor atisbo de duda, Jeff puso el pie en el agujero. Se fue sin decirle nada a Amy, sin explicarle su plan. Lo único que sabía ella era que debía seguirlo. Del resto se enteraría abajo.

Se oyó el familiar chirrido del cabrestante. Mathias y Eric lucharon contra el peso, soltando la cuerda palmo a palmo, sudando por el esfuerzo. Amy se inclinó sobre el agujero y vio cómo Jeff se sumía en la oscuridad, cómo parecía empequeñecerse a medida que se alejaba. Siguió viéndolo durante más tiempo del que había previsto, como si se llevara la luz del sol a las profundidades. Su figura se volvió brumosa, como la de un fantasma, pero ella siguió viéndolo aun cuando habría debido desaparecer por completo. Jeff no le devolvió la mirada, no alzó la cara hacia ella ni una sola vez, sino que mantuvo los ojos fijos abajo, hacia el fondo del pozo.

—Ya casi estamos —dijo Mathias con voz tan baja que era imposible saber a quién se dirigía; quizás a sí mismo.

Amy se volvió, lo miró y echó una ojeada al cabrestante. La cuerda casi se había acabado; faltaban sólo un par de vueltas. Cuando volvió a mirar al pozo, Jeff había desaparecido. La cuerda descendía en la oscuridad, balanceándose ligeramente mientras se desenrollaba, y ella ya no alcanzaba a ver la punta. Venció el impulso de llamar a Jeff, luchando contra la sensación de que había desaparecido de verdad, y no sólo de su vista.

El cabrestante dejó de chirriar por fin. Eric y Mathias se unieron a Amy junto al agujero y los tres miraron hacia abajo.

—¿Todo bien? —gritó Mathias.

—Subid la cuerda —respondió Jeff. Su voz sonó lejana, llena de ecos, diferente.

Mathias volvió a enrollar la cuerda, que sin peso subió muy rápido y con un chirrido diferente, más agudo, un sonido espeluznante, curiosamente parecido a una risa. Amy sintió escalofríos y se abrazó. «Di que no —pensó—. Puedes hacerlo. Dilo sin más.» Pero Eric le estaba pasando el lazo, ayudándola a meterse dentro, y ella aún no había hablado. «No es tan difícil —se dijo—. Ya lo hiciste una vez. ¿Por qué no ibas a poder hacerlo de nuevo?» Y con estas palabras en la cabeza dio un paso al vacío y se balanceó en el aire durante unos segundos antes de empezar el lento descenso hacia las profundidades.

De día era diferente. Mejor en algunos sentidos; peor en otros. Se veía mejor, por supuesto: vio el pozo, con las piedras y las maderas empotradas en la pared, la enredadera brotando aquí y allí en forma de largas y serpenteantes hebras, como festivas guirnaldas. Pero, a su vez, la luz acentuó la sensación de tránsito, de que al bajar estaba cruzando una frontera, pasando de un mundo a otro. Era una sensación opresiva. El día convirtiéndose en noche; la visión, en ceguera; la vida, en muerte. Mirar hacia arriba tampoco fue buena idea; sólo empeoró las cosas, pues incluso a una profundidad relativamente escasa, la luz se le antojó increíblemente lejana. Y al igual que Jeff había parecido empequeñecerse mientras descendía, ahora daba la impresión de que el pozo se encogía, amenazando con cerrarse del todo, como una boca devorándola, atrapándola en la tierra. Se cogió con fuerza de la cuerda y se concentró en respirar más despacio, tratando de tranquilizarse. La cuerda estaba húmeda; Amy supuso que por el sudor de Jeff. O quizá por el suyo. Comenzó a balancearse de un extremo al otro del pozo, casi tocando las paredes, y trató de detenerse, pero fue peor, y sintió las tripas revueltas como si estuviera viajando en barco. Todavía tenía sabor a vómito en la boca y esto no ayudó; hizo que pareciera aún más posible, a pesar de su estómago vacío, que vomitase allí mismo, salpicando a Jeff, que la esperaba abajo.

Cerró los ojos.

Misteriosamente, la sensación pasó.

El aire se volvía cada vez más fresco, incluso frío. Amy lo había olvidado; si lo hubiese recordado, se habría puesto un suéter robado de las mochilas de los arqueólogos. Aunque todavía sudaba, ahora empezó a temblar. Sabía que eran los nervios y el miedo.

El chirrido continuó. Cuando volvió a abrir los ojos, vio a Jeff, aunque indistintamente. Estaba y no estaba allí. Era como mirarlo debajo del agua, o a través del humo.

Amy no alcanzaba a verle la cara, pero había algo en su postura que la convenció de que le sonreía. A su pesar —a pesar del miedo, el sudor, los escalofríos y la sensación de malestar general—, le devolvió la sonrisa.

Tocó el fondo del pozo con los pies. La cuerda se aflojó y el chirrido cesó. Fue extraño, pero el súbito silencio la llenó de pánico y sintió una opresión en el pecho.

—Bueno —dijo, sólo por oír su voz, por romper aquella escalofriante quietud—. Aquí estamos.

Jeff la ayudó a quitarse el lazo de cuerda.

—¡Es increíble! —exclamó—. ¿No te parece increíble? ¿A qué profundidad crees que estamos?

Amy no pudo responder, demasiado sorprendida por la emoción y el placer que notó en la voz de su novio. Se dio cuenta de que Jeff estaba disfrutando. A pesar de todo lo que había ocurrido durante las últimas veinticuatro horas, era capaz de sentir satisfacción. Era como un niño con pasiones de niño: las delicias ilícitas de las cosas subterráneas, como las cuevas, los escondites y los túneles secretos.

—Más profundo de lo que he estado en mi vida —añadió—. Sin duda alguna. ¿Treinta metros, tal vez?

—Jeff —dijo ella.

Era extraño, estaban a oscuras, pero también había luz. O un vestigio, un remanente de la luz procedente de arriba. Conforme sus ojos se fueron adaptando a la oscuridad, Amy empezó a ver cada vez mejor: las paredes, el suelo y la cara de Jeff. Vio que la miraba con expresión de intriga.

—¿Qué pasa? —preguntó.

—Busquemos el teléfono, ¿vale?

Jeff asintió con la cabeza.

—Vale.

Amy vio que se acuclillaba y preparaba la antorcha. Le quitó el tapón al tequila y derramó el líquido sobre el nudo de ropa lentamente, para que se empapase bien. Se tomó su tiempo: echó un chorrito, hizo una pausa y echó otro chorrito. Amy podía oler el tequila; estaba tan vacía —hambrienta, sedienta, cansada—, que el olor bastó para que se sintiera ligeramente borracha. Vio una bamba y un calcetín en el suelo del pozo, varios palmos a la derecha de Jeff, y tardó unos minutos en darse cuenta de que pertenecían a Pablo. Los habían olvidado la noche anterior, con las prisas, y ya estaban cubiertos por una fina pelusilla verde. Amy estuvo a punto de agacharse y recogerlos, pensando que Pablo los querría, pero entonces se detuvo, sintiéndose idiota. Y también culpable, porque había esbozado una sonrisa morbosa. Desde luego, Pablo no volvería a necesitar zapatos ni calcetines. Nunca más.

—Anoche había una pala ahí —dijo, y se sorprendió de sus propias palabras. No lo había pensado antes, ni siquiera pensó en la desaparición de la pala hasta que se oyó mencionarla. Señaló la pared del fondo, donde había estado apoyada la herramienta. Ya no estaba allí.

Jeff se volvió y siguió la dirección de su dedo.

—¿Estás segura? —preguntó.

Amy asintió.

—Era de esas que se pliegan.

Jeff miró hacia allí durante unos segundos antes de volver a concentrarse en la antorcha.

—Puede que se la llevara.

—¿Quién?

—La planta.

—¿Por qué?

—Hace un rato, Mathias y yo intentamos cavar un hoyo con una piedra y una piqueta de la tienda. Para hacer una letrina y un pozo donde destilar la orina. Quizá no quieran que lo hagamos.

Amy no respondió. Había tantas cosas cuestionables en esas palabras que experimentó algo parecido al pánico y un zumbido en los oídos. No sabía por dónde empezar.

—¿Sugieres que es capaz de ver? ¿Qué os vio cavando?

Jeff se encogió de hombros.

—Ha de tener algún medio para percibir las cosas. De lo contrario, ¿cómo iba a extenderse para coger el pie de Pablo, como hizo hace un rato?

«Feromonas —pensó Amy—. Reflejos.» No quería que la planta fuese capaz de ver, la sola idea la horrorizaba; deseaba que sus acciones fueran automáticas, preconscientes.

—¿Y puede comunicarse? —preguntó.

Jeff terminó de usar la botella y la tapó. La ropa ya estaba saturada de tequila.

—¿A qué te refieres?

—Te vio cavando arriba y avisó a las plantas de aquí abajo para que escondieran la pala. —La idea era tan absurda que estuvo a punto de echarse a reír. Pero algo, ese zumbido en la cabeza, le impidió hacerlo.

—Supongo —respondió Jeff.

—¿Y piensa?

—Seguro.

—Pero...

—Arrancó los letreros. ¿Cómo iba a hacerlo si no...?

—Es una planta, Jeff. Las plantas no ven. No se comunican. No piensan.

—¿Anoche había una pala ahí? —Señaló la pared del pozo.

—Creo que sí. Yo...

—¿Dónde está ahora entonces? —Amy calló. No podía responder—. Si alguien se la llevó, ¿no es lógico pensar que fue la enredadera?

Antes de que pudiera responder, el pitido empezó a sonar otra vez. Procedía de la galería que se abría hacia la izquierda. Jeff encendió una cerilla y la acercó al nudo de ropa. El alcohol pareció atrapar la cerilla, absorber su luz con un sonido de aleteo, y alrededor de la antorcha apareció una nube de fuego azul claro. Jeff levantó la antorcha y la puso delante; emitía un resplandor débil, tenue, que parecía a punto de extinguirse en cualquier momento. Amy supo que no duraría.

—Rápido —dijo Jeff, señalando hacia la galería.

El sonido continuó —ya iba por el tercer pitido—, y los dos avanzaron con rapidez, impacientes por encontrarlo antes de que volviera a parar. Cinco pasos largos y entraron en la galería, donde soplaba una continua brisa fresca que sacudió ligeramente la antorcha en la mano de Jeff. Por un momento Amy sintió miedo de dejar atrás el pequeño cuadrado de cielo azul; ahora el techo era lo bastante bajo para que Jeff tuviera que agacharse. La oscuridad parecía oprimirlos, constreñirlos un poco más a cada paso, como si las paredes y el techo de la galería se movieran hacia dentro. Curiosamente, en aquel lugar la enredadera crecía por todas partes, cubriendo todas las superficies disponibles. Les llegaba a la rodilla y colgaba del techo, rozando la cara de Amy, que si no hubiese estado desesperada por encontrar el móvil, habría dado media vuelta y huido despavorida.

Sonó un cuarto pitido, siempre por delante de ellos, atrayéndolos más y más adentro. Amy advirtió que más adelante había una pared; a pesar de no haberla visto aún, a pesar de la oscuridad, supo que la galería terminaba a unos nueve metros de allí. El pitido producía una especie de eco, pero incluso así le pareció evidente que el teléfono estaba contra la pared del fondo, en el suelo, escondido entre las plantas. Ahora casi corría; la ansiedad por encontrar el teléfono antes de que parase de sonar se unió al terror que le infundía aquel lugar, y la combinación de las dos cosas la empujó a seguir.

Jeff avanzaba más despacio, con cautela. Amy lo estaba dejando atrás, con la antorcha, mientras la enredadera le rozaba el cuerpo suavemente, acariciándola, casi apartándose para dejarla pasar.

—Espera —dijo Jeff, y se detuvo en seco, levantando la antorcha para ver mejor.

Amy no le hizo caso; lo único que quería era llegar, coger el teléfono y largarse. Ahora podía ver la pared, o algo por el estilo: una sombra, un obstáculo, delante de ella.

—Amy —dijo Jeff, ahora en voz más alta, y su voz retumbó contra la pared del fondo.

La joven titubeó, aflojó el paso y se volvió a medias, y entonces se dio cuenta de que la enredadera se movía y ésa era la causa del sentimiento de opresión; no era sólo la creciente oscuridad, ni la galería que se estrechaba. No; eran las flores. Las flores que colgaban del techo, de las paredes, que brotaban del suelo, estaban moviéndose, abriéndose y cerrándose como bocas diminutas. Al percatarse de esto, Amy estuvo a punto de parar. Pero entonces el teléfono sonó por quinta vez, atrayéndola; sabía que no habría muchos pitidos más. Y estaba cerca; contra la pared, supuso. Lo único que tenía que hacer era arrodillarse y...

—¡Amy! —gritó Jeff, sobresaltándola. Se movía otra vez, corriendo hacia ella con la antorcha en la mano—. No...

—Está aquí mismo —dijo Amy, y dio otro paso. Era una tontería, pero quería ser ella quien lo encontrase—. Está...

—¡Para! —gritó Jeff. Y antes de que ella pudiera responder, Jeff apareció a su lado, la cogió del brazo y tiró, obligándola a retroceder. Amy sintió su cara junto a la suya, percibió su calor, le oyó murmurar—: No hay ningún teléfono.

—¿Qué? —preguntó ella, confundida. Justo entonces sonó el sexto pitido, que parecía venir de entre las ramas, a un paso de ellos. Amy trató de soltarse—. Está...

Jeff tiró de ella con brusquedad, haciéndole daño. Se inclinó y le susurró al oído.

—Es la enredadera. Las que emiten el sonido son las flores.

Amy negó con la cabeza. No le creía. No quería creerle.

—No. Está...

Jeff se inclinó y acercó la antorcha a la masa de plantas que se alzaba ante ellos. Los zarcillos temblaron, apartándose del fuego, creando una abertura en el centro. Se movían con tanta rapidez que parecían silbar. Jeff se acuclilló y acercó las llamas a lo que debería ser el suelo pero era en realidad un oscuro vacío, y la corriente se intensificó de repente, agitando el cabello de Amy, confundiéndola. Ahora Jeff sacudía la antorcha de un lado a otro, agrandando el agujero que había hecho, y Amy aún tardó unos segundos en comprender qué era lo que estaba viendo, aquella oscuridad, por qué no había suelo. Era la boca de otro pozo, que la enredadera había ocultado de la vista. Entonces entendió que era una trampa. Los habían estado atrayendo para que cayesen al vacío.

Se oyó un chasquido semejante a un latigazo y un zarcillo se enrolló alrededor de la empuñadura de la antorcha, arrancándosela a Jeff de la mano. Amy la vio caer, titilando, a punto de apagarse, aunque seguía encendida cuando chocó contra el fondo, unos diez metros más abajo. Entonces vio un resplandor blanco —«Huesos», pensó— y algo parecido a una calavera mirándola desde las profundidades. La pala también estaba allí, junto a una masa retorcida de zarcillos, algo parecido a un nido de serpientes apartándose de la pequeña antorcha que ardía en su centro. Luego las llamas temblaron, se atenuaron y por fin se apagaron.

Todo quedó oscuro, terriblemente oscuro, mucho más de lo que Amy habría creído posible. Por un instante, lo único que oyó fue la respiración de Jeff a su lado y el suave tamborileo de su propio corazón, pero entonces reapareció el zumbido, ahora más alto y penetrante, e incluso antes de que la cogieran supo que el sonido procedía de la enredadera. Los zarcillos parecían brotar de todas partes a la vez, de las paredes, del techo, del suelo, y se le enroscaban alrededor de los brazos, las piernas e incluso el cuello, arrastrándola hacia el pozo.

Amy gritó y luchó por escapar, tirando de las ramas, pero cuando conseguía liberar una extremidad, de inmediato le cogían otra. La enredadera no tenía fuerza suficiente para vencerla de esta manera —se rompía con excesiva facilidad, quemándole la piel con su savia—, pero cada vez había más zarcillos. Amy se dio la vuelta y continuó gritando, ahora presa del pánico y tan desorientada que no sabía en qué dirección estaba la salida y en cuál la entrada de la galería.

—¿Jeff? —llamó, y entonces sintió que su mano tiraba de ella y se dejó llevar, lo siguió mientras los zarcillos los golpeaban a ambos, atenazándolos, quemándolos, arrastrándolos.

Jeff gritó algo, pero ella no le entendió. La llevaba hacia atrás, y ambos tropezaban constantemente, cayendo el uno sobre el otro mientras avanzaban a gatas entre los zarcillos que intentaban detenerlos. Cuando por fin pudieron levantarse, vieron un tenue resplandor y corrieron hacia él, Jeff tirando del brazo de Amy, hasta que los zarcillos quedaron atrás, de nuevo inmóviles y silenciosos.

Amy vio el lazo en el extremo de la cuerda. Y más arriba, la pequeña ventana de cielo. Cuando echó la cabeza atrás, para mirar hacia arriba, distinguió las cabezas de Eric y Mathias.

—¿Jeff? —dijo Mathias.

Jeff no se molestó en responder. Miraba por encima del hombro hacia la boca de la galería, donde ahora sólo había oscuridad y la continua corriente de aire, pero él parecía incapaz de apartar los ojos de allí.

—Átate la cuerda —dijo.

Amy notó que estaba casi sin aliento. Ella también estaba agitada, así que permaneció junto a Jeff durante unos segundos, tratando de recuperarse.

Jeff se agachó y destapó la botella de tequila. Recogió el calcetín de Pablo y lo mojó con el licor.

—¿Qué haces? —susurró Amy,

En la oscura boca de la galería se oyó un sonido como de alguien moviéndose, casi inaudible al principio, pero luego cada vez más fuerte. Jeff empezó a meter el calcetín por el pico de la botella, empujándolo con el dedo índice. Aquel ruido iba aumentando de volumen, y aunque aún era demasiado suave para identificarlo, sonaba curiosamente familiar, como alguien barajando unas cartas; era extraño, horripilante, casi humano.

—Deprisa, Amy.

Ella no rechistó; cogió la cuerda y pasó la cabeza y los brazos por el lazo.

—¿Jeff? —repitió Mathias.

—¡Súbela!

Amy miró hacia arriba. Aún podía ver las cabezas, observándola desde el rectángulo de cielo. Aunque sabía que no podían verla en la oscuridad. Vio que Mathias hacía bocina con las manos:

—¿Qué ha pasado? —gritó.

Jeff trasteaba con las cerillas.

—¡Ahora! —gritó.

El sonido aumentaba de volumen segundo a segundo, y al mismo tiempo se iba haciendo más familiar. Amy sabía lo que era; la información estaba en la cabeza, aunque todavía fuera de su alcance. No quería oír ese ruido ni descubrir qué era. La cuerda se sacudió y el chirrido comenzó de nuevo, descendiendo hacia ella, tapando el otro sonido, el que se resistía a reconocer, y empezó a subir, a elevarse en el aire, con los pies balanceándose por encima del suelo. Jeff ni siquiera la miró. Sus ojos iban de la caja de cerillas a la oscuridad, el origen del sonido que continuaba aumentando de volumen, como empeñado en seguirla hacia la luz, en capturarla, en arrastrarla de nuevo hacia abajo.

Amy vio que Jeff sacudía la mano y encendía una cerilla. La acercó al calcetín de Pablo y el tequila ardió de inmediato, con la misma llama de color azul claro que había producido la antorcha. Jeff se levantó y sostuvo la botella a un lado durante unos segundos, para cerciorarse de que no se apagaría. Luego la arrojó a la galería como si fuera una granada. Amy la oyó estallar, y de la boca del pozo salió una llamarada que iluminó aún más a Jeff.

«Un cóctel molotov», pensó. Se extrañó de haberlo reconocido; imaginó a los polacos arrojándolos con impotencia a los tanques rusos, un gesto desesperado e inútil. Debajo de ella, Jeff estaba totalmente inmóvil, mirando hacia la galería; el fuego ya se extinguía y ella continuaba subiendo sin pausa. Sabía que pronto, muy pronto, lo perdería de vista por completo. Las llamas habrían debido detener ese ruido horrible, el ruido que reconocía aunque no quisiera admitirlo, y al principio lo hizo, pero luego el sonido empezó de nuevo, y aunque esta vez era más suave, pareció envolverla. Amy tardó unos instantes en darse cuenta de que ya no procedía sólo de abajo; ahora salía también de arriba y de los lados. Jeff estaba desapareciendo de la vista, el fuego se apagaba y las sombras lo reclamaban, y cuando Amy alzó los ojos para ver cuánto le faltaba para llegar, un pequeño movimiento atrajo su mirada y la cautivó. Eran las plantas que colgaban de las paredes del pozo, más pálidas y endebles que sus hermanas de arriba. Sus florecillas se abrían y se cerraban. Amy se dio cuenta de que eran ellas las que producían aquel sonido horrible —ahora mucho más suave, insidiosamente suave—, el sonido que ya no tenía más remedio que reconocer y que supuso se oiría en toda la colina.

«Se ríen», pensó.

Tras sacarlos a los dos del pozo, no supieron qué más hacer. Jeff se había quedado sin planes, para variar. Parecía aturdido por lo que había visto allí abajo. Llevaron a Pablo de nuevo al cobertizo, se sentaron juntos —todos menos Stacy, que seguía al pie de la colina esperando a los griegos— y se pasaron la garrafa de agua. Cuando Jeff la cogió para beber el sorbo convenido, Eric notó que le temblaban las manos, y sintió un extraño placer. A él hacía tiempo que le temblaban, así que se alegró de no ser el único. «Las desdichadas desdichas del desdichado», pensó. Por alguna razón no conseguía quitarse estas palabras de la cabeza, y a cada rato tenía que contenerse para no pronunciarlas en voz alta.

—Se reían de nosotros —murmuró Amy.

Nadie respondió. Mathias tapó la garrafa, se levantó y regresó a la tienda. Nada más salir, Jeff les contó que las plantas habían imitado el timbre del teléfono móvil con el fin de tenderles una trampa, e incluso este engaño, con sus aterradoras connotaciones, había reconfortado a Eric hasta cierto punto. Porque ahora entenderían; ahora que habían sido testigos del poder de la enredadera, le creerían cuando decía que ésta seguía dentro de su cuerpo, creciendo, devorándolo desde el interior. Porque todavía la sentía, desde luego; no podía evitarlo. Tenía la sensación de que una cosa pequeña, parecida a un gusano, se movía en su pierna, enterrándose en la carne junto a la espinilla, hurgando y masticando. Parecía avanzar hacia el pie. Más arriba, en el pecho, no sentía movimientos sino una presión constante, imposible de ignorar. Eric imaginaba que allí, justo debajo de las costillas, había una especie de vacío, una cavidad natural del cuerpo que la planta intentaba ocupar, enroscándose mientras crecía, empujando los órganos, exigiendo más y más espacio con cada segundo que pasaba. Pensaba que si se hacía un corte allí, aunque sólo fuera una incisión diminuta, la planta se asomaría, saldría a la luz, manchada de su sangre, como un terrorífico recién nacido, retorciéndose y contorsionándose, con las flores abriéndose y cerrándose, una docena de pequeñas bocas pidiendo comida.

Pablo gimió —fue algo parecido a una palabra, como si llamase a alguien—, pero cuando se volvieron hacia él comprobaron que seguía inmóvil y con los ojos cerrados. «Sueña», pensó

Eric, aunque enseguida fue consciente de que era algo peor, mucho peor. El delirio, el tropezón previo a la caída.

«Soñar, delirar, morir...»

—¿No deberíamos darle un poco de agua? —preguntó Amy.

Eric notó algo extraño en su voz. «Deben de temblarle las manos a ella también», pensó. Nadie respondió. Miraron a Pablo en silencio durante un rato, esperando que se moviera o abriese los ojos, pero no hizo ninguna de las dos cosas. Sólo se oía el gorgoteo húmedo y viscoso de su respiración. Eric recordó una mañana lejana en que había despertado al oír a alguien arrastrando muebles de un extremo al otro de la habitación de arriba. Él estaba de visita en casa de un amigo, durmiendo en el sofá. Curiosamente, no conseguía acordarse del nombre del amigo en cuestión. Aún podía ver las botellas de cerveza en la mesa de centro, oler el tufillo a moho de la almohada que le habían dado y oír el ruido de los muebles que empujaban en el piso de arriba, pero estaba tan cansado, sediento y hambriento que no recordaba quién lo había alojado. Sin embargo, aquel ruido era el mismo que oía ahora, no le cabía la menor duda; la respiración de Pablo sonaba exactamente igual que una mesa arrastrada por el suelo de madera.

Amy insistió:

—No ha bebido nada desde...

—Está inconsciente —la interrumpió Jeff—. ¿Cómo quieres que le demos agua?

Amy calló, enfurruñada.

Uno a uno dejaron de mirar a Pablo: cerraron los ojos, o giraron la cabeza. Eric paseó la mirada por el claro, ociosamente, hasta que la posó en el cuchillo, abandonado junto al cobertizo. La hoja estaba opaca por la sangre de Pablo, manchada de punta a punta. No se encontraba muy lejos; para alcanzarlo, Eric sólo necesitó moverse un par de palmos hacia la izquierda, inclinarse, estirarse y listo, ya lo tenía en la mano. El mango estaba caliente por el sol, un calor reconfortante, un indicio de que había hecho bien al cogerlo. Trató de limpiar la hoja con la camiseta, pero la sangre se había secado y no salía. Eric estaba tan deshidratado que sólo después de mover la lengua durante un rato juntó saliva suficiente para escupir. Pero no le sirvió de mucho; en cuanto empezó a restregar la hoja, su camiseta —tan carcomida por la pelusilla verde de la enredadera que estaba casi transparente, como si fuera de gasa— comenzó a convertirse en jirones.

No importaba. Lo que menos le preocupaba era el riesgo de infección.

Se inclinó y se hizo un corte de unos ocho centímetros en la pierna, a la izquierda de la espinilla, a unos milímetros de la incisión que le había practicado Mathias por la mañana. Le dolió, por supuesto, sobre todo porque tuvo que hundir el cuchillo en el músculo, separando la carne con el filo para buscar el minúsculo trozo de planta que sabía que estaba ahí. Fue un dolor intenso —estentóreo, pensó—, pero a la vez curiosamente reconfortante: lo animó, le aclaró la cabeza. La sangre se acumuló primero en la hendidura y luego comenzó a salpicar, a chorrear por la pierna, impidiéndole ver, así que metió el dedo índice de la otra mano en la herida y escarbó, buscando a tientas, y ahora el dolor fue como un hombre subiendo las escaleras corriendo, saltando peldaños. Los demás lo miraban, demasiado sorprendidos para hablar. A pesar del dolor, la sensación de que tenía un gusano dentro no desapareció. Eric sentía cómo esa cosa se movía, huyendo de su dedo. De nuevo empezó a escarbar con el cuchillo, cortando más hondo, hasta que Jeff se levantó y corrió hacia él.

Eric levantó los ojos mientras la sangre que le caía a chorros por la pierna empezaba a acumularse otra vez en el zapato. Esperaba comprensión, un ofrecimiento de ayuda, así que se quedó atónito al ver la cara de furia e impaciencia de Jeff. Éste le arrebató el cuchillo de las manos.

—Para —dijo, arrojando al suelo el cuchillo, que se deslizó por la tierra—. No seas imbécil.

Se hizo un silencio. Eric se volvió hacia los demás, esperando que alguien lo defendiera, pero todos eludieron su mirada, y sus caras reflejaban la misma desaprobación que la de Jeff.

—¿No te parece que ya tenemos suficientes problemas? —continuó Jeff.

Eric hizo un gesto de impotencia, señalándose la espinilla ensangrentada con las ensangrentadas manos.

—Está dentro de mí.

—Lo único que vas a conseguir es una infección. ¿Es lo que quieres? ¿Que se te infecte la pierna?

—No es sólo la pierna. También la tengo en el pecho. —Eric se apoyó la palma de la mano en el sitio donde sentía aquel dolor sordo, y le pareció que la planta le respondía empujando sutilmente hacia fuera.

—Dentro de ti no hay nada, ¿entiendes? —preguntó Jeff con una voz tan severa como su expresión, llena de frustración y cansancio—. Te lo estás imaginando todo, y tienes que parar de una puta vez.

Con esas palabras dio media vuelta y regresó al centro del claro.

Comenzó a pasearse de un lado a otro mientras todos lo miraban. Pablo seguía empujando esa pesada mesa por el suelo de madera, y de repente en la cabeza de Eric apareció el nombre de Mike O'Donnell. Ése era el amigo: pelirrojo, con los dientes separados, jugador de *lacrosse*. Se habían conocido en el instituto, pero luego fueron a facultades diferentes y terminaron distanciándose. Mike vivía en un edificio viejo de Baltimore, y Eric pasó un fin de semana allí. Fueron a ver un partido de los Oriole, pero le habían comprado las entradas a un revendedor y al final no vieron ni torta. Todo esto había ocurrido hacía dos o tres años, pero ahora parecía increíblemente lejano, como si hubiese sucedido en una vida diferente a la que vivía aquí, sentado en el pequeño claro, oyendo el espantoso chirrido de la respiración de Pablo —«Soñar, delirar, morir...»—, deseando meterse el dedo de nuevo en la herida, pero conteniéndose, diciéndose «no está ahí» y tratando de creérselo.

Jeff dejó de pasearse.

—Alguien debería ir a sustituir a Stacy —dijo.

Nadie se movió ni habló.

Jeff miró primero a Amy y luego a Mathias. Ninguno de los dos le devolvió la mirada. Ni siquiera se molestó en mirar a Eric.

—Vale —dijo por fin, con un gesto desdeñoso con el que pareció expresar su desprecio hacia los tres, hacia su apatía, su abulia, su indefensión, y la expresión de disgusto de su cara pareció abarcarlo todo—. Iré yo.

Y sin otra palabra ni otra mirada, dio media vuelta y se marchó.

Mientras empezaba a bajar por el sendero, Jeff cayó en la cuenta de que deberían haber comido algo. Ya era más de mediodía. Deberían repartir los cuatro plátanos; cortarlos en partes iguales, masticarlos y tragarlos, y llamar a eso almuerzo. La cena sería la naranja, y tal vez algunas uvas; eran los alimentos perecederos, los que ya empezaban a estropearse con el calor. ¿Y después? Las galletas saladas, los frutos secos, las barritas proteicas. ¿Cuánto durarían las provisiones? Un par de días más, supuso Jeff; luego empezaría el ayuno, el hambre. Pero no tenía sentido preocuparse por eso ahora, puesto que no podía hacer nada para cambiar la situación. Fantasear y rezar era lo único que les quedaba por hacer, y para Jeff, fantasear y rezar equivalía a no hacer nada.

Debió llevarse el cuchillo. Eric seguiría cortándose, a menos que los demás lo detuvieran, y Jeff no confiaba en que Amy y Mathias fueran capaces de detenerlo. Estaba perdiéndolos; lo sabía. Habían pasado sólo veinticuatro horas y ya se comportaban como víctimas: encorvados, con la mirada perdida... Hasta Mathias parecía haberse dado por vencido en el transcurso de la mañana; se había vuelto pasivo, y Jeff lo necesitaba activo.

Debió darse cuenta de lo del teléfono móvil; debió prever que los acontecimientos tomarían ese curso, o que pasaría algo por el estilo. No estaba pensando con tanta lucidez como debía, y sabía que eso sólo podía acarrear problemas. La enredadera pudo devorar la cuerda, pero no lo hizo. La dejó intacta en el cabrestante, lo que significaba que quería que volvieran al fondo del pozo, y Jeff debió percatarse de ello, entender que sólo podía significar una cosa: que el silbido era una trampa. La planta podía moverse e imitar sonidos, no sólo el de un teléfono, sino también el canto de los pájaros. Porque tuvo que ser la enredadera la que alertó a los mayas de su intento de fuga de la noche anterior, y también tendría que haberse dado cuenta de eso.

Estaba volviéndose descuidado. Estaba perdiendo el control, y no sabía cómo recuperarlo.

Vio a Stacy sentada debajo de la sombrilla, mirando hacia el claro, los mayas y la selva. No le oyó venir ni se volvió para saludar, y Jeff no entendió por qué hasta que llegó a su lado. Estaba sentada con las piernas cruzadas, inclinada hacia delante, con la sombrilla apoyada en el hombro, los ojos cerrados y la boca entreabierta, profundamente dormida. Jeff la miró durante casi un minuto, con los brazos en jarras. La furia que lo embargó por la negligencia de la chica pasó enseguida; estaba demasiado cansado para alimentarla. En la práctica, habría dado casi igual, y Jeff lo sabía. Si los griegos hubieran llegado y la hubiesen visto allí sentada, la habrían despertado con tiempo suficiente para que ella los detuviera. Pero lo más importante era que los griegos no habían llegado y con toda probabilidad no llegarían nunca. Así que no había lugar para enfados, y el que sintió vino y se fue como un escalofrío.

La sombrilla estaba del lado equivocado, así que el círculo de sombra sólo cubría la mitad superior de Stacy, dejándole el regazo y las piernas expuestos a la luz del sol del mediodía. Dentro de las sandalias manchadas de barro, los pies se habían quemado hasta el tobillo y ahora eran del color rojo vivo de la carne cruda. Más tarde se llenarían de ampollas y se despellejarían, un proceso doloroso. De tratarse de Amy, aquello habría sido motivo de innumerables quejas, o incluso lágrimas, pero Jeff sabía que Stacy no lo notaría apenas y ni siquiera lo mencionaría. Esa especie de desconexión con su cuerpo formaba parte de su actitud soñadora. Jeff no podía evitar compararla con Amy. Las había conocido a las dos juntas, porque durante el primer año de facultad vivían en la misma residencia estudiantil que él, en el piso de arriba. Un día subió a quejarse por un golpeteo y las encontró en pijama, acuclilladas junto a una pila de madera, con un martillo, unos clavos y unas instrucciones escritas en coreano. Era una estantería barata que Amy había comprado por Internet, sin darse cuenta de que no venía montada. Terminó montándola Jeff, y en el proceso se hicieron amigos. Durante una temporada ni siquiera había quedado claro a cuál de las dos cortejaba Jeff, y ahora suponía que por eso le costaba tanto dejar de compararlas, de sopesar las diferencias.

Al final, Amy lo conquistó con su personalidad —a pesar de las quejas, era mucho más seria, más sensata y de fiar que Stacy—, pero desde un punto de vista puramente físico, Stacy siempre había sido la favorita. Había algo en sus oscuros ojos, en la forma en que lo miraba a uno de repente, con una expresión que no ocultaba nada, casi dolorosamente franca. También era cautivadora y sensual, mientras que Amy sólo era bonita. Durante una breve temporada, poco después de que él y Amy empezaran a salir en serio, Jeff había acariciado la fugaz y morbosa fantasía de vivir una aventura con Stacy. Porque lo que pasó en la playa con Don Quijote no era un hecho aislado. Stacy hacía esas cosas a menudo. Era promiscua de una forma pícara e inocente, casi a pesar de sí misma. Le gustaba besar a jóvenes desconocidos, tocar y que la tocasen, sobre todo si había bebido antes. Eric estaba al corriente de alguno de estos episodios, pero no de todos. Discutían por ello, gritando e insultándose mutuamente con agresividad, y Stacy siempre acababa haciendo promesas llorosas, aparentemente sinceras, que indefectiblemente rompía, a veces pocos días después. Era extraño que Jeff recordase estas cosas ahora, sobre todo la fantasía de adulterio, cuando no conseguía recordar cómo había surgido. Ni por qué. Ahora parecía muy lejana.

Lo curioso sobre Stacy era que tenía un aire sorprendentemente infantil, a pesar del erotismo que exudaba. En parte se debía a su personalidad —su tendencia a huir, el hecho de que prefiriese el juego y las fantasías a cualquier cosa semejante al trabajo—, pero había también un componente mucho más físico, algo en los rasgos de su cara y en la forma de su cabeza, que era notablemente redonda y un poco grande en relación con el cuerpo, una cabeza más de niña que de mujer. Jeff dudaba de que fuera a cambiar. Incluso si salía con vida de aquel lugar, si llegaba a convertirse en una anciana arrugada, encorvada y temblorosa, seguiría conservando aquella cualidad. Una cualidad acentuada ahora, por supuesto, por su aire de indefensión mientras dormía profundamente.

«No debería estar aquí», pensó Jeff. Las palabras aparecieron solas en su cabeza, sobresaltándolo. Era verdad, desde luego: ninguno de ellos debería estar allí. Pero estaban allí, y cada vez parecía más evidente que no llegarían a pisar otro sitio. Él había tenido la idea del viaje a México y también la de acompañar a Mathias en la búsqueda de Henrich. ¿Acaso esas palabras se referían a eso? ¿Eran una forma sutil de atribuirle la responsabilidad? La enredadera había echado raíces en las sandalias de Stacy, colgaba del cuero como una guirnalda, y mientras pensaba en ello, Jeff se agachó para arrancar los zarcillos.

Stacy despertó al sentir su contacto y se levantó rápidamente, con torpeza, dejando caer la sombrilla. Estaba asustada.

—¿Qué pasa? —preguntó, casi gritando.

Jeff trató de tranquilizarla con gestos, y la hubiese tocado

—cogido de la mano, abrazado— si ella no hubiera retrocedido, poniéndose fuera de su alcance.

—Te dormiste —dijo.

Stacy se llevó la mano a la frente, a modo de visera, y trató de orientarse. Jeff notó que la enredadera también había echado raíces en la ropa de la chica. Un zarcillo largo colgaba de la pechera de la camiseta y otro de la pernera izquierda del pantalón, enroscándose alrededor de la pantorrilla. Jeff se agachó, cogió la sombrilla y se la ofreció. Ella la miró como si le costase reconocerla, como si no supiera qué era ni para qué servía, pero al final la cogió y se la apoyó en el hombro. Retrocedió otro paso. «Es como si tuviera miedo de mí», pensó Jeff con un asomo de irritación.

Señaló hacia la cima.

—Ya puedes volver.

Stacy no se movió. Levantó el achicharrado pie y se rascó con aire distraído.

—Se reía —dijo.

Jeff se limitó a mirarla. Sabía qué quería decir, pero no cómo responder. Había algo en Stacy, en este encuentro con ella, que le hacía tomar conciencia de su cansancio. Reprimió un bostezo.

Stacy señaló alrededor.

—La planta.

Jeff asintió con la cabeza.

—Bajamos de nuevo al pozo. Para buscar el teléfono.

La expresión de Stacy cambió radicalmente en un instante. Su postura y el tono de su voz también cambiaron, animados por la esperanza.

—¿Lo encontrasteis?

Jeff negó con la cabeza.

—Era una trampa. La que hacía el ruido era la enredadera. —Se sintió como si le hubiera pegado, porque el efecto de sus palabras fue dramático. Stacy se encorvó y su cara empalideció y se volvió mustia.

—Oí cómo reía toda la colina.

Jeff asintió.

—Imita cosas. —Y puesto que ella parecía necesitar apoyo, añadió enseguida—: Es algo que ha aprendido. No es una risa verdadera.

—Me quedé dormida. —Stacy parecía sorprendida, como si hablara con otra persona—. Tenía mucho miedo. Estaba... —Sacudió la cabeza, incapaz de encontrar las palabras idóneas, y luego terminó en voz baja—: No entiendo cómo me dormí.

—Estás cansada. Todos estamos cansados.

—¿Se encuentra bien? —preguntó Stacy.

—¿Quién?

—Pablo. ¿Está...? —Titubeó de nuevo, otra vez buscando las palabras adecuadas—. ¿Está bien?

Fue extraño, pero Jeff tardó unos instantes en entender de qué le hablaba. Le bastaba con mirar hacia abajo para ver las salpicaduras de sangre en sus tejanos y, sin embargo, tuvo que hacer un esfuerzo para recordar de quién era esa sangre y cómo había llegado allí. «El cansancio», pensó, pero sabía que había algo más. Por dentro estaba huyendo, igual que sus amigos.

—Está inconsciente —respondió.

—¿Y las piernas?

—Ya no las tiene.

—¿Pero sigue vivo? —Jeff asintió—. ¿Y se recuperará?

—Ya veremos.

—¿Amy no te detuvo? —Jeff negó con la cabeza—. Se suponía que iba a detenerte.

—Ya habíamos terminado.

Stacy calló.

Jeff notó que empezaba a exasperarse, a impacientarse otra vez con ella. Quería que se marchara. ¿Por qué no se iba? Adivinó lo que iba a decir a continuación, lo esperaba, y aun así se sintió desconcertado y ofendido cuando por fin lo dijo.

—Creo que no debiste hacerlo.

Jeff hizo un movimiento brusco, como sacudiéndose las palabras.

—Es un poco tarde para eso, ¿no?

Stacy titubeó, pero siguió mirándolo. Luego, como a regañadientes, añadió:

—Quería decirlo. Para que lo supieras. Ojalá hubiera votado que no. Que no quería que le cortasen las piernas.

Jeff no supo cómo responder. Todas las opciones que se le ocurrieron eran inaceptables. Habría querido gritarle, cogerla por los hombros y sacudirla, abofetearla, pero eso sólo le habría causado problemas. Todo el mundo parecía empeñado en fallarle, en decepcionarlo; todos eran mucho más débiles de lo que jamás habría imaginado. Él sólo intentaba hacer lo correcto, salvar la vida de Pablo, salvarlos a todos, y nadie era capaz de reconocerlo, y mucho menos de armarse de valor para ayudarle a hacer todas las cosas difíciles que había que hacer.

—Deberías volver —dijo—. Diles que te den un poco de agua.

Stacy asintió, tirando del pequeño zarcillo que colgaba de su camiseta. Lo arrancó, pero la tela se rasgó, dejando un largo tajo. No llevaba sujetador, y Jeff le vio fugazmente el pecho derecho. Era sorprendentemente parecido al de Amy: el mismo tamaño, la misma forma, pero con el pezón más oscuro, color marrón, mientras que el de Amy era rosa muy claro. Desvió rápidamente los ojos y este gesto pareció adquirir vida propia, porque la inercia lo empujó a seguir volviéndose y, sin quererlo, acabó dándole la espalda. Miró a los mayas, al otro lado del claro. La mayoría estaban tendidos a la sombra, en la linde de la selva, tratando de protegerse del calor. Algunos fumaban mientras conversaban y otros parecían dormir. Habían apagado el fuego, cubriendo el rescoldo con ceniza. Nadie les prestaba atención ni a Stacy ni a él, y por un brevísimo instante Jeff tuvo la impresión de que podría cruzar el claro, pasar por entre los mayas y desaparecer bajo la sombra de los árboles sin que nadie hiciera nada para detenerlo. Pero sabía que no era más que una fantasía; le resultó fácil imaginar cómo cogerían las armas en cuanto diera un paso, el grito de advertencia y el sonido de los arcos al disparar, así que no sintió el impulso de intentarlo.

Vio a uno de los niños que los habían seguido desde el poblado el día anterior; era el más pequeño de los dos, el que iba sentado en el manillar de la desvencijada bicicleta. Estaba junto a los restos del fuego, tratando de aprender a hacer juegos malabares. Tenía tres piedras del tamaño de un puño y las arrojaba al aire una tras otra, esforzándose por conseguir ese fluido movimiento circular que los payasos practican con pelotas, espadas o antorchas encendidas. Pero el crío no tenía ni de lejos la gracia de los payasos y dejaba caer las piedras constantemente, sólo para recogerlas y volver a empezar de inmediato. Después de una docena de repeticiones, se percató de que Jeff estaba mirándolo. Se giró y le devolvió la mirada, y también esto pareció convertirse en una especie de juego, un desafío, ya que ambos se negaban a apartar los ojos. No sería Jeff quien se rindiera, desde luego, pues estaba desfogando toda su frustración y su furia en aquel encuentro, tan concentrado en él que apenas notó que Stacy daba media vuelta y empezaba a alejarse, sus pisadas atenuándose con cada segundo hasta fundirse, al fin, con el silencio.

Stacy encontró a Amy y Eric en el claro, junto a la tienda. Amy estaba sentada en el suelo, de espaldas a Pablo, con las rodillas contra el pecho. Tenía los ojos cerrados. Eric se paseaba de un lado a otro, y ni siquiera la miró cuando llegó. No había señales de Mathias.

La primera preocupación de Stacy era la sed.

—Jeff me ha dicho que bebiera un poco —anunció.

Amy abrió los ojos y la miró fijamente, pero no dijo nada.

Eric tampoco. En el claro había olor a comida y un círculo de hollín donde Mathias había encendido el fuego, y Stacy pensó: «Han cocinado.» Después recordó el motivo del fuego y miró a Pablo de soslayo; lo vio a medias debajo el cobertizo (los ojos hundidos, los brillantes muñones de color rosa y negro...) antes de retroceder, volverse hacia la tienda y huir. La puerta estaba abierta, así que Stacy se agachó y entró rápidamente, dejando la sombrilla fuera.

Sus pupilas tardaron unos instantes en adaptarse a la mortecina luz del interior. Mathias estaba acostado de lado sobre un saco de dormir. Tenía los ojos cerrados, pero Stacy intuyó que no dormía. Pasó por su lado para ir al fondo de la tienda, donde se agachó y cogió la garrafa de agua. La destapó, bebió un largo trago y se secó la boca con el dorso de la mano. No le bastó, por supuesto, ni la garrafa entera le habría bastado, y por unos instantes consideró la posibilidad de beber otro sorbo. Pero sabía que habría sido injusto —la sola idea le hizo sentirse culpable—, así que tapó la garrafa. Cuando se volvió para marcharse, descubrió que Mathias la estaba mirando con la expresión indescifrable de costumbre.

—Jeff ha dicho que podía —dijo. Le preocupaba que el alemán pensara que estaba robando agua. Mathias asintió y continuó mirándola en silencio—. ¿Está bien? —susurró Stacy, señalando en la dirección de Pablo.

Mathias tardó tanto en responder que pareció que no iba a hacerlo. Al final sacudió lentamente la cabeza.

A Stacy no se le ocurría qué más decir. Dio otro paso hacia la puerta y se detuvo.

—¿Y tú? —preguntó.

La cara de Mathias cambió, amagando una sonrisa que al final no se produjo. Por un instante, Stacy creyó incluso que iba a reír, pero no lo hizo.

—¿Y tú? —preguntó él.

Stacy negó con la cabeza.

—No.

Y luego, nada: él continuó mirándola con esa expresión casi ausente, la insinuación de una jocosidad cansina que no terminaba de expresarse. Por fin, Stacy comprendió que Mathias estaba esperando que ella se marchara. Y eso fue lo que hizo: salió al sol y cerró la cremallera de la puerta.

Eric continuaba paseándose. Stacy notó que le sangraba la pierna de nuevo y estuvo a punto de preguntarle por qué, pero entonces se dio cuenta de que prefería ignorarlo. Deseó que se metiera en la tienda con Mathias y se acostara un rato. Lo habría obligado, si hubiera sabido cómo. Con toda probabilidad, Jeff habría deseado que todos permanecieran en la tienda. A la sombra, descansando, conservando las fuerzas. Pero era como meterse en una trampa. Estabas encerrado, sin ver lo que pasaba ni lo que podía pasar. Stacy no quería quedarse allí dentro, y supuso que los demás se sentirían igual. No entendía cómo podía soportarlo Mathias.

Recuperó la sombrilla y se sentó en el suelo, a la derecha de Amy.

Eric seguía paseándose, con un hilo de sangre deslizándose por su pierna. La bamba producía un ruido de chapoteo cada vez que daba un paso. Stacy quería que parase, que se tranquilizase, y dedicó unos instantes a ordenárselo mentalmente. «Siéntate, Eric —pensó—. Siéntate, por favor.» No funcionó, por supuesto; no habría funcionado aunque hubiese dicho las palabras en voz alta, aunque las hubiera gritado.

Lo peor de estar en el claro no eran ni el sol ni el calor. Era el sonido de la respiración de Pablo, que era intenso, ronco, extrañamente irregular. A veces se detenía durante unos segundos y Stacy, a su pesar, siempre acababa mirando hacia el cobertizo, pensando las mismas dos palabras: «Ha muerto.» Pero entonces, con un ronquido áspero que siempre la sobrecogía, la respiración del griego se reanudaba, aunque nunca antes de que ella se sintiera obligada a mirarlo de nuevo, a ver los brillantes muñones cubiertos de ampollas, los ojos que se negaban a abrirse, el fino hilo de líquido marrón que brotaba de la comisura de su boca.

Y también estaba la enredadera, desde luego. Verde, verde, verde... dondequiera que mirase Stacy, allí estaba ella. Trataba de convencerse de que era únicamente una planta, sólo una planta, nada más que una planta. Al fin y al cabo, ahora que no se movía ni emitía sus espeluznantes carcajadas falsas, no parecía otra cosa. Era sólo una bonita maraña de vegetación, con las diminutas flores rojas y las hojas planas con forma de mano, absorbiendo la luz del sol, inofensivamente inerte. Eso era lo que hacían las plantas. No se movían ni se reían, porque no podían moverse, no podían reír. Pero Stacy fue incapaz de alimentar su fantasía. Era como sujetar un cubito de hielo y desear que no se derritiera; cuanto más tiempo lo tuviera en la mano, menos quedaría de él. Había visto a la enredadera moverse, la había visto meterse en la pierna de Eric y sorber el vómito de Amy, y también la había oído reír... La colina entera había reído. Ahora no podía evitar sentir que los observaba mientras planeaba su próximo ataque.

Se acercó un poco más a Amy y colocó la sombrilla de manera que diera sombra para las dos. Cuando cogió la mano de Amy, le sorprendió lo húmeda que estaba. «Tiene miedo», pensó. Y volvió a formular la pregunta de rigor, la que le había hecho a Mathias en la tienda:

—¿Te encuentras bien?

Amy negó con la cabeza y se echó a llorar, apretando la mano de Stacy.

—Chsss —murmuró Stacy, tratando de calmarla—. Tranquila. —Le rodeó los hombros con un brazo y sintió que los gemidos de Amy se volvían más profundos y su cuerpo comenzaba a estremecerse, a hipar.

Amy le soltó la mano y se secó la cara. Comenzó a sacudir la cabeza como si no pudiera parar.

Eric seguía paseándose, absorto en su mundo, sin mirarlas siquiera. Stacy lo observó ir y venir por el pequeño claro.

Finalmente Amy logró hablar:

—Estoy muy cansada —murmuró—. Eso es todo. Estoy tan cansada... —Empezó a llorar de nuevo.

Stacy se quedó a su lado, esperando a que se calmara. Pero no se calmó. Al final, Stacy no pudo aguantar más. Se levantó y caminó hacia el otro extremo de la cima, donde estaba la mochila de Pablo. La abrió, sacó una de las dos botellas de tequila que quedaban y regresó con Amy, rompiendo el precinto por el camino. No sabía qué otra cosa hacer. Se sentó debajo de la sombrilla, bebió un largo y ardiente sorbo y le ofreció la botella a su amiga. Amy la miró fijamente, todavía llorando, pestañeando rápidamente mientras se enjugaba las lágrimas con la mano. Stacy la vio dudar, y casi le pareció que iba a negarse, pero al final cedió. Cogió la botella, se la llevó a los labios, echó la cabeza atrás y el tequila cayó copiosamente en su boca, deslizándose hacia la garganta. Amy emergió a la superficie con un gemido, una mezcla de tos y sollozo.

Eric se había sentado inesperadamente al lado de ellas y tenía la mano extendida.

Amy le dio la botella.

Y así pasaron la tarde, mientras el sol avanzaba despacio hacia el oeste. Sentados muy juntos en el pequeño claro —rodeados por la gigantesca y enmarañada enredadera, las hojas verdes, las flores rojas—, turnándose para beber de una botella de tequila cada vez más vacía.

Amy no tardó en emborracharse.

Empezaron despacio, pero no importaba. Tenía el estómago tan vacío que el tequila parecía estar quemándola viva. Al principio se sintió roja, achispada, ligeramente mareada. Luego notó cierta falta de coordinación en el habla y en el pensamiento, y al final llegó el cansancio. Eric ya se había dormido a su lado, aunque del trío de heridas de su pierna continuaban brotando finos hilos de sangre que se deslizaban por la espinilla.

Stacy estaba despierta, incluso hablaba, pero parecía cada vez más lejana, y costaba seguir el hilo de lo que decía. Amy cerró los ojos por unos instantes y trató de no pensar en nada en absoluto, lo cual era una maravilla, lo mejor que podía hacer.

Cuando volvió a abrir los ojos, sintiéndose agarrotada e infeliz, el sol estaba mucho más bajo. Eric seguía dormido y Stacy aún no había parado de hablar.

—Ésa es la cuestión, desde luego —decía—. Si había o no otro tren que coger. No debería tener importancia, pero estoy segura de que ella se la da; estoy convencida de que piensa en ello todo el tiempo. Porque si era el último tren del día, si se hubiera visto obligada a pasar la noche en esa ciudad cuya lengua aún no conocía... Bueno, eso mejora un poco las cosas, ¿no?

Amy no sabía de qué hablaba, pero de todas formas asintió; le pareció la respuesta adecuada. La botella de tequila estaba delante de Stacy, sin el tapón, de lado, con el líquido por la mitad. Amy sabía que debía parar, que había sido una idiota por beber como lo hizo, que el alcohol la deshidrataría, haciendo que las dificultades se le antojaran más insoportables todavía, que la noche se acercaba y que deberían estar sobrios para recibirla, pero nada de esto surtió efecto. Lo repasó varias veces, reconociendo su sensatez, y luego volvió a estirar la mano para coger la botella. Stacy se la pasó sin dejar de hablar.

—Yo pienso lo mismo —decía—. Si es el último tren, corres para pillarlo; saltas. Y recuerda que era deportista, una deportista muy buena. Así que seguro que ni siquiera consideró la posibilidad de caerse y no dudó. Simplemente corrió y saltó. Yo no la conocía, así que no puedo decirte cómo ocurrió. Sólo estoy especulando. Eso sí, la vi una vez cuando volvió. Había pasado más o menos un año, lo cual es bastante poco en sus circunstancias. Y jugaba al baloncesto. Ya no con el equipo, por supuesto, pero en el campo. Y se la veía... ya sabes, bien. Llevaba un pantalón de chándal, así que no pude ver qué aspecto tenían. Pero la vi correr por el campo y parecía casi normal. Bueno, no exactamente normal, pero casi.

Amy tomó dos sorbos rápidos de tequila. Estaba acalorada después de tanto rato al sol, y esto hacía que la bebida bajase más fácilmente de lo normal. Tomaba grandes sorbos y no tosía. Stacy alargó la mano, reclamando la botella, y Amy se la devolvió. Bebió un sorbito pequeño, como una señora, y luego tapó la botella y se la puso en el regazo.

—Quiero decir que parecía contenta. Parecía estar bien. Sonreía y estaba haciendo lo que le gustaba, a pesar de... Ya sabes. —Stacy dejó la frase en el aire, con expresión triste.

Amy estaba borracha y medio dormida y todavía no tenía ni idea de qué estaba hablando Stacy.

—¿A pesar de...?

Stacy asintió con gesto grave.

—Exactamente —respondió.

Después de eso guardaron silencio durante un rato. Amy estaba a punto de pedir la botella de nuevo, cuando Stacy se animó de repente.

—¿Quieres que te enseñe?

—¿Qué cosa?

—Cómo corría.

Amy asintió y Stacy le dio la sombrilla y la botella. Se puso en pie y empezó a fingir que jugaba al baloncesto, driblando, pasando la pelota, amagando. Después de un lanzamiento a la canasta, corrió con las manos en alto, jugando de defensa. Luego salió disparada hacia el otro lado, una rápida escapada, un pequeño salto para hacer un gancho. Corría defectuosamente, como con una pequeña cojera, y desgarbada como un ave zancuda. Amy echó un largo trago mientras la miraba con perplejidad.

—¿Ves? —dijo Stacy jadeando, todavía inmersa en su juego imaginario—. Le salvaron las rodillas. Es lo más importante. Así que todavía podía correr bastante bien. Parecía un poco patosa, pero había pasado sólo un año, como te decía. Puede que ahora esté mejor.

«Le salvaron las rodillas.» Ahora Amy lo entendió todo:

la carrera detrás de un tren, el salto, la caída. «Le salvaron las rodillas.» Bebió otro sorbo de tequila y se atrevió a echar una ojeada hacia Pablo. Su respiración se había serenado un poco, y ahora era más lenta y suave, aunque conservaba el inquietante gorgoteo de fondo, húmedo y viscoso. Su aspecto era horrible, desde luego. ¿Cómo no iba a serlo? Se había roto la columna y tenía dos muñones chamuscados en lugar de piernas. Había perdido mucha sangre, estaba deshidratado, inconsciente y posiblemente moribundo. Y apestaba a pis, a caca y a carne quemada. La enredadera había empezado a brotar en el saco de dormir, empapado en los distintos fluidos que despedía el joven. Amy pensó que deberían hacer algo al respecto, como deshacerse del saco de dormir, levantar a Pablo de la camilla y quitar ese trapo fétido de abajo. Comprendía que sería lo apropiado, lo que quizás haría Jeff si se encontrase allí en esos momentos, pero no se movió. Sólo podía pensar en la noche anterior, en ella y en Eric en el fondo del pozo, levantando a Pablo hacia la movediza camilla. Sabía que no intentaría levantar de nuevo a Pablo, ni ahora ni nunca.

—Sin las rodillas —dijo Stacy—, tienes que moverlas así. De esta manera.

Amy se volvió a mirar a su amiga, que caminaba por el borde del claro con las piernas rígidas, balanceándose, y con cara de concentración. Las imitaciones se le daban bien desde siempre; era una actriz nata. Parecía el capitán Ahab paseándose por la cubierta con su pata de palo. Amy no pudo evitarlo y rió.

Stacy se volvió hacia ella, complacida.

—La otra todavía no me sale, ¿no? Deja que lo intente otra vez. —Reanudó el imaginario partido de baloncesto, al principio sólo driblando, probando distintos movimientos de piernas, buscando el efecto apropiado. Pareció conseguirlo de repente: era una especie de elegancia patosa, como una bailarina con los pies dormidos. Corrió hacia el extremo del claro e hizo otro gancho antes de regresar hacia Amy jugando de defensa.

Eric se movió. Había estado acurrucado de lado y ahora se sentó y miró a Stacy. Su aspecto era deplorable, aunque Amy supuso que todos tendrían más o menos la misma pinta. Estaba demacrado y sin afeitar. Parecía un refugiado hambriento y agotado, huyendo de una catástrofe. Tenía la camisa hecha jirones y daba la impresión de que las heridas de sus piernas no cicatrizarían nunca. Miró a Stacy driblar y hacer pases con expresión ausente, una expresión de sala de estar, como un enfermo que mira la televisión sin volumen en la sala de Urgencias mientras espera la llamada de la enfermera.

—Está jugando al baloncesto —explicó Amy—. Con piernas ortopédicas. —Eric se giró y transfirió su mirada ausente de la cara de Stacy a la de Amy—. Había una chica —continuaba Amy—. Se cayó debajo de un tren. Pero todavía puede jugar al baloncesto. —Sabía que lo estaba contando mal, confundiéndolo todo, pero daba lo mismo, porque Eric asintió.

—Ah —dijo. Tendió la mano y ella le pasó la botella.

Vieron cómo Stacy marcaba otro tanto y luego, cuando por fin paró, agotada y sudando por el esfuerzo, Amy aplaudió. Aunque no sabía por qué, se sentía cada vez mejor, y estaba decidida a contagiar a los demás.

—¡Haz la azafata! —exclamó.

Stacy tensó la cara con una sonrisa rígida, exagerada, y comenzó a repasar la mímica de las instrucciones previas a un vuelo, demostrando cómo usar el cinturón de seguridad, dónde estaban las salidas de emergencia y cómo usar la máscara de oxígeno, todo con gestos concisos y mecánicos. Imitaba a la azafata del avión que los había traído a Cancún. Lo había hecho la primera noche, en la playa, donde se reunieron después de dejar las cosas en la habitación y bebieron cerveza sentados en círculo. Aún no conocían a los griegos. Fue un encuentro alegre: estaban todavía blancos y cansados del viaje, pero contentos de encontrarse allí. Y todos rieron la actuación de Stacy mientras bebían cerveza, sintiendo la arena en los pies, aún cálida por el sol, oyendo el rumor de las olas y la música procedente de la terraza del hotel; sí, un encuentro alegre. Y puede que Amy le pidiera a Stacy que imitara de nuevo a la azafata para recuperar aquel momento, para llevarlos a todos de vuelta a aquella situación de inocencia, cuando aún ignoraban la existencia de este horrible lugar en el que habían acabado sin saber cómo. Pero no funcionó, por supuesto. Aunque no por culpa de Stacy, que había calcado la sonrisa, los gestos afectados... que era la azafata. Los que habían cambiado, frustrando este intento de volver atrás, eran Eric y Amy. La miraron, y Amy hasta consiguió reír, pero con un dejo de tristeza imposible de disimular.

«Le salvaron las rodillas», pensó.

Aquella primera noche en la playa cada uno contribuyó con algo. Eran duchos en estas cosas; compartían un historial de campamentos de verano y excursiones de esquí y sabían cómo entretenerse bajo el cielo estrellado o alrededor del fuego. Cada uno tenía asignado un papel. Stacy hacía imitaciones. Jeff les enseñaba cosas, y aquel día les contó lo que había leído en la guía del viajero durante el vuelo. Eric inventaba historias graciosas, fantaseaba sobre lo que podía pasar en el viaje y creaba escenarios estrafalarios, haciéndoles reír. Y Amy cantaba. Tenía una voz bonita, lo sabía; no particularmente potente, sino suave y melodiosa, perfecta para las veladas junto al fuego bajo el cielo estrellado.

Ahora Stacy cruzó el claro y se sentó junto a ellos, recuperando la sombrilla. Amy se fijó en que tenía la camiseta rota y se le veía un pecho. Todos estaban igual. La pelusilla verde de la enredadera les estaba comiendo la ropa. No podían hacer nada al respecto; se la sacudían, pero al cabo de unos minutos había vuelto a crecer. Y cada vez que la arrancaban, la planta soltaba su ácida savia, quemándoles la piel. Tenían las manos en carne viva, y resultaba doloroso coger cualquier cosa. Si buscaban, seguramente encontrarían pantalones y camisetas en las mochilas, pero había algo escalofriante en ponerse la ropa de otros, de los muertos, de los montículos verdes que salpicaban la colina, y Amy esperaba poder evitarlo durante el mayor tiempo posible. En cierto modo sería como rendirse, como aceptar la derrota, porque, ¿qué sentido tenía cambiarse de ropa si el rescate era inminente?

Eric no paraba de frotarse el pecho. Parecía incapaz de dejar de tocar un punto en concreto debajo de las costillas. Lo apretaba, hundía los dedos en él, o lo masajeaba con suavidad. Amy sabía lo que hacía, sabía que estaba convencido de que la enredadera continuaba creciendo dentro de él, y este constante manoseo comenzaba a ponerla nerviosa. Quería que parase.

—Cuéntanos algo gracioso, Eric —dijo.

—¿Gracioso?

Amy asintió, sonriendo, tratando de que olvidara —de que los tres olvidaran— aquella sensación en el pecho.

—Invéntate un cuento.

Eric negó con la cabeza.

—No se me ocurre nada.

—Dinos qué pasará cuando volvamos a casa —sugirió Stacy.

Lo miraron beber otro sorbo de tequila, con los ojos lagrimeando por el alcohol. Se limpió la boca con el dorso de la mano y tapó la botella.

—Bueno, seremos famosos, ¿no? Al menos por un tiempo.

Las dos chicas asintieron. Por supuesto que serían famosos.

—Saldremos en la portada de *People* —continuó Eric, animándose—. Y puede que también en la de *Time*. Y alguien querrá comprar los derechos para la película. Tendremos que ser listos y ponernos de acuerdo, firmar un documento o algo por el estilo donde aceptemos vender la historia en grupo. De esa manera sacaremos más pasta. Supongo que necesitaremos un abogado, o un agente.

—¿Harán una película? —preguntó Stacy. Parecía ilusionada con la idea, pero también sorprendida.

—Sí.

—¿Quién me interpretará a mí?

Eric miró a Stacy, pensando. De repente sonrió y le señaló el pecho.

—Tienes una teta al aire, ¿sabes?

Stacy miró hacia abajo y se arregló la camiseta. No quedaba tela suficiente para cubrirle el pecho, pero no pareció preocuparle.

—En serio, ¿quién hará mi papel?

—Primero tienes que decidir quién eres.

—¿Quién soy?

—Porque tendrán que cambiarnos un poco, ¿sabéis? Transformarnos en personajes. Necesitarán un héroe, un villano... esas cosas. ¿Sabéis lo que quiero decir?

Stacy asintió.

—¿Y yo qué soy?

—Bueno, hay dos papeles femeninos, ¿no? Así que una de vosotras tendrá que ser la chica buena, la repipi, y la otra, la puta. —Reflexionó un momento y se encogió de hombros—. Supongo que Amy será la repipi, ¿no crees? —Stacy se enfurruñó, pero no dijo nada—. Por lo tanto, ya sabes... tú serás la puta.

—Vete a la mierda, Eric. —Parecía enfadada.

—¿Qué pasa? Yo sólo digo...

—Entonces tú serás el villano. Si yo tengo que ser...

Eric sacudió la cabeza.

—De eso nada. Yo soy el graciosillo, el personaje típico de Adam Sandler. O Jim Carrey. El que no debería estar aquí, el que vino por error y se pasa el tiempo chocándose con los demás y tropezando con las cosas. Soy el toque humorístico, para relajar la tensión.

—¿Entonces quién es el villano?

—Mathias, sin lugar a dudas. Los perversos alemanes hicieron que nos trajera hasta aquí con un motivo. La enredadera es una especie de experimento nazi que no salió bien. Su padre era un científico, por ejemplo, y él nos trajo a este sitio para dar de comer a las plantas de papá.

—¿Y el héroe?

—Jeff, desde luego. Bruce Willis, el estoico salvador. El ex explorador. —Se volvió hacia Amy—. Porque fue explorador, ¿no? Apuesto a que estuvo en los *boy scouts*.

Amy asintió.

—Del grupo Águila.

Los tres rieron, aunque no era un chiste. Era cierto que Jeff había formado parte del grupo Águila. Su madre tenía una foto enmarcada donde se le veía de uniforme, estrechando la mano del gobernador de Massachusetts. Al pensar en ello, Amy experimentó una presión en el pecho, una súbita oleada de amor hacia él y deseos de protegerlo. Recordó lo que había pasado en el pozo, los zarcillos restallando en la oscuridad, agarrándola, tratando de arrastrarla. Había visto los huesos en el fondo antes de que se apagara la antorcha; allí habían muerto otras personas, y ella pudo ser una más. Y no había sobrevivido gracias a sus habilidades o a su inteligencia. No; la había salvado Jeff. Si lo dejaban, Jeff los salvaría a todos. No deberían reírse de él.

—No tiene gracia —dijo, pero su voz salió demasiado baja y los otros dos estaban borrachos. No parecieron oírle.

—¿Quién hará de mí? —insistió Stacy.

Eric hizo un gesto despectivo.

—Da igual. Cualquiera que tenga buen aspecto con una teta al aire.

—Tú serás el gordo —dijo Stacy, que parecía enfadada otra vez—. El gordo sudoroso.

Amy se dio cuenta de que estaban a punto de empezar una pelea. Un par de comentarios más como aquéllos y empezarían a insultarse a gritos. Se sentía incapaz de soportar algo así allí y entonces, así que procuró distraerlos.

—¿Y qué hay de mí? —preguntó.

—¿Tú? —dijo Eric.

—¿Quién hará mi personaje?

Eric frunció los labios, pensando. Destapó la botella, tomó otro sorbo y le pasó el tequila a Stacy como ofrenda de paz. Ella lo aceptó, echó la cabeza atrás y bebió un buen chorro, atragantándose casi. Al bajar la botella rió complacida, con los ojos brillantes y vidriosos.

—Alguien que sepa cantar —respondió Eric.

—Es verdad —dijo Stacy—. Así podrán meter números musicales.

Eric sonrió.

—Un dueto con el *boy scout*.

—Madonna, tal vez.

Eric resopló.

—Britney Spears.

—Mandy Moore

Ambos reían.

—Cántanos algo, Amy —dijo Eric.

Amy sonreía confundida, esperando una ofensa. No sabía si se burlaban de ella o si se trataba de una broma a la que también ella debía encontrarle la gracia. Se dio cuenta de que estaba tan borracha como ellos.

—Canta *One is the loneliest number* —propuso Stacy.

—Sí —convino Eric—. Es perfecto.

Los dos sonreían, esperando. Stacy le ofreció la botella, y Amy bebió con los ojos cerrados. Cuando los abrió, aún estaban esperando. Así que empezó a cantar:

—«El uno es el número más solitario... El dos puede ser tan malo como el uno... Es el más solitario después del uno... El no es la experiencia más triste que conocerás... El sí es la experiencia más triste que conocerás... Porque el uno es el número más solitario... El uno es el número más solitario, peor que el dos...» —Se interrumpió por falta de aire, ligeramente mareada. Le pasó la botella a Eric—. No recuerdo cómo sigue —dijo. No era verdad, pero no quería seguir cantando. La letra la estaba entristeciendo y hacía un rato se había sentido bien, o casi bien. No deseaba estar triste.

Eric tomó un largo trago de tequila. Ya se habían bebido

las dos terceras partes de la botella. Se levantó y cruzó el claro con paso vacilante. Se agachó, recogió algo y regresó hacia ellas haciendo eses. Tenía la botella en una mano, y en la otra, el cuchillo. Amy y Stacy lo miraron atónitas. Amy no quería que tuviera el cuchillo, pero no se le ocurrió qué decir para que lo dejase. Lo vio escupir sobre la hoja y tratar de limpiarla con la camiseta. Luego la señaló con el cuchillo.

—Podrás cantarla al final, cuando no quede nadie más.

—¿Cuando no quede nadie más? —preguntó Amy. Quería arrebatarle el cuchillo, y hasta le ordenó a su brazo que se levantara, que se moviera en esa dirección, pero no pasó nada. Sabía que estaba muy, pero que muy borracha, y también cansada. No se sentía con fuerzas para detenerlo.

—Cuando hayamos muerto todos los demás —dijo Eric.

Amy sacudió la cabeza.

—No digas eso. No tiene gracia.

Eric no le hizo caso.

—El *boy scout* vivirá; es el héroe, así que tiene que sobrevivir. Pero tú creerás que ha muerto. Te pondrás a cantar y él reaparecerá de repente. Entonces escaparéis juntos. Él construirá un globo aerostático con la tienda y os iréis volando hacia la libertad.

—¿Yo moriré? —preguntó Stacy. Lo miró con los ojos como platos, aparentemente alarmada ante esta posibilidad. Comenzaba a arrastrar las palabras—. ¿Por qué tengo que morir?

—La puta debe morir; sin discusión. Porque eres mala. Debes ser castigada.

Stacy parecía ofendida.

—¿Y qué me dices del graciosillo?

—Él será el primero. Siempre es el primero. Y muere de una forma estúpida. Para que la gente ría cuando desaparezca.

—¿Como cuál?

—Se hace un corte, por ejemplo, y la enredadera se le mete dentro de la pierna. Lo devora de dentro hacia fuera.

Amy sabía lo que iba a hacer a continuación y por fin levantó la mano para detenerlo. Pero ya era demasiado tarde. Estaba haciéndolo... lo había hecho. Se había levantado la camiseta y cortado un tajo de diez centímetros debajo de las costillas. Stacy emitió un grito ahogado. Amy permaneció con la mano inútilmente levantada. En los bordes de la herida se dibujó una cresta de sangre que luego descendió por el abdomen hasta empapar la cinturilla del pantalón. Eric observó el corte con el entrecejo fruncido y comenzó a hurgar con el cuchillo, separando la carne y aumentando la hemorragia.

—¡Eric! —exclamó Stacy.

—Pensé que saldría como un muelle —dijo. Debía de dolerle, pero no parecía importarle. No paraba de hurgar en la herida con el cuchillo—. Está aquí abajo. La siento. Debe de percibir que estoy cortando y por eso retrocede. Se oculta.

Se palpó con la mano izquierda, apretando la piel por encima de la incisión. Amy se estiró y le quitó el cuchillo. Pensó que se resistiría, pero no lo hizo; prácticamente se lo dio. La herida seguía sangrando y no hizo nada para contenerla.

—Ayúdalo —dijo Amy a Stacy. Arrojó el cuchillo al suelo, a su lado—. Ayúdalo a parar la hemorragia.

Stacy la miró boquiabierta. Jadeaba como si estuviera al borde de un ataque de nervios.

—¿Cómo?

—Quítale la camiseta. Pónsela en la herida y aprieta.

Stacy soltó la sombrilla, se acercó a Eric y le ayudó a quitarse la camiseta. Él se había vuelto pasivo, y levantó los brazos como un niño.

—Acuéstate —ordenó Amy, y Eric obedeció. Se tendió de espaldas y la sangre siguió manando, acumulándose en el ombligo.

Stacy hizo una bola con la camiseta y la apretó contra la herida.

Las cosas se habían desquiciado de nuevo, y Amy sabía que no había forma de enmendarlas, de obligar a la tarde a recuperar su falso aire de serenidad. No habría más imitaciones, ni chistes ni canciones. Ella y Stacy permanecieron sentadas en silencio, la segunda ligeramente inclinada para aplicar presión sobre la herida. Eric seguía acostado boca arriba, extrañamente sereno, sin quejarse, mirando al cielo.

—Es culpa mía —dijo Amy. Stacy y Eric la miraron intrigados. Se pasó la mano por la cara y la sintió sucia y sudorosa—. Yo no quería venir. Cuando Mathias lo propuso, yo pensé que prefería quedarme. Pero no dije nada; me dejé llevar. Ahora podríamos estar en la playa. Podríamos estar...

—Calla —dijo Stacy.

—Y luego el hombre de la camioneta, el taxista. Nos advirtió que no viniéramos. Dijo que era un sitio malo. Que...

—Tú no sabías nada, cariño.

—Y después, cuando nos marchamos del poblado, si no se me hubiese ocurrido mirar entre los árboles, nunca habríamos encontrado el sendero. Si me hubiera callado...

Stacy sacudió la cabeza, sin dejar de presionar el abdomen de Eric. La camiseta ya estaba empapada de sangre, así que la hemorragia no cesaba. También tenía las manos ensangrentadas.

—¿Cómo ibas a imaginar lo que pasaría?

—Y fui yo quien pisó la enredadera, ¿no? Si no la hubiera pisado, el calvo nos habría obligado a marcharnos. Habríamos...

—Mirad las nubes —dijo Eric, interrumpiéndola con voz soñolienta, extrañamente distante, como si estuviera drogado. Levantó una mano, señalando el cielo.

Tenía motivos: hacia el sur comenzaban a formarse nubes de tormenta, con la parte inferior ominosamente oscura, preñadas de lluvia. Si hubiesen estado en la playa de Cancún, ahora empezarían a recoger los bártulos para regresar al hotel. Jeff y ella harían el amor y se quedarían dormidos, una larga siesta antes de cenar mientras la lluvia empañaba las ventanas y en el diminuto balcón se formaba un charco de varios centímetros de altura. El primer día habían visto a una gaviota sentada en ese charco, parcialmente protegida del aguacero, mirando al mar. Desde luego, la lluvia significaba agua. Amy sabía que deberían pensar en la manera de recogerla. Pero fue incapaz; tenía la mente en blanco. Estaba borracha, cansada y triste, así que tendría que ser otro el que discurriera cómo juntar el agua de lluvia. Eric no, por supuesto, con toda esa sangre empapando la camiseta. Y tampoco Stacy, que parecía estar peor que Amy: quemada por el sol, temblorosa, con la mirada ausente. Los tres eran unos inútiles, con sus estúpidos cuentos, sus canciones, sus risas en un sitio como aquél; eran idiotas, no supervivientes.

¿Y cómo era posible que el sol hubiese descendido tanto en tan poco tiempo? Casi rozaba ya el horizonte. Dentro de una hora, o dos, como mucho, sería de noche.

¿Cuándo habían empezado a torcerse las cosas?

Después, a la mañana siguiente, cuando «todos» pasó a significar uno menos que antes, Eric dedicó un buen rato a tratar de descifrar esta incógnita. No creía que se debiera a la bebida ni al corte. Porque entonces las cosas aún eran manejables... un tanto desquiciadas, quizá, pero todavía soportables. Tendido boca arriba, mientras Stacy le restañaba la herida con la camiseta, esforzándose por contener la hemorragia, mientras las nubes crecían en el cielo, él había experimentado una inesperada sensación de paz. Estaba a punto de llover, de manera que no morirían de sed. Y si eso era cierto, si lograban superar el obstáculo más acuciante para la supervivencia, ¿por qué no iban a superar los demás?

Por supuesto, la necesidad de comida estaba apenas oculta tras la necesidad de agua, y ¿qué podía hacer la lluvia al respecto? Eric miró fijamente al cielo, cavilando sobre este dilema, pero fue incapaz de despejarlo. Lo único que consiguió fue despertar el hambre latente.

—¿Por qué no hemos comido nada más? —preguntó; su

voz se le antojó lejana incluso a él; hablaba con la lengua estropajosa, a medio pulmón. «El tequila —pensó. Y luego—: Estoy sangrando.»

—¿Tienes hambre? —preguntó Amy.

Era una pregunta tonta, desde luego —¿cómo no iba a tener hambre?—, así que no se molestó en contestar. Al cabo de unos minutos, Amy se levantó, fue hasta la tienda, abrió la cremallera de la puerta y desapareció en el interior.

«Fue justo entonces —concluyó Eric a la mañana siguiente—. Cuando se marchó a buscar la comida.» Pero en el momento no notó nada; la vio entrar en la tienda y volvió a centrar su atención en el cielo, en las nubes que se cernían en lo alto. Decidió que no se movería. Se quedaría donde estaba, boca arriba, mientras la lluvia caía sobre él.

—No para —dijo Stacy.

Él sabía que se refería a la sangre de la herida. Parecía preocupada, pero él no lo estaba. La hemorragia le daba igual y estaba demasiado borracho para sentir dolor. Permanecería allí y dejaría que la lluvia lo lavase. Una vez limpio, se armaría de valor para meter la mano dentro del corte y buscar la planta, cogerla, extirparla. Todo acabaría bien.

Amy salió de la tienda, trayendo consigo la garrafa de agua y la bolsa de uvas. Dejó la garrafa en el suelo, abrió la bolsa y se la alargó a Stacy.

Ésta negó con la cabeza.

—Tenemos que esperar.

—Nos hemos saltado la comida —dijo Amy—. Deberíamos comer algo.

Siguió mirando a Stacy sin bajar las uvas, pero ésta sacudió la cabeza de nuevo.

—Cuando vuelva Jeff. Podemos...

—Le guardaré algunas. Las apartaré.

—¿Y qué pasa con Mathias?

—Para él también.

—¿Qué está haciendo?

Amy señaló la tienda.

—Duerme. —Sacudió la bolsa—. Vamos; sólo un par. Nos ayudarán a combatir la sed.

Stacy titubeó, visiblemente confusa, pero al final cogió dos uvas.

Amy sacudió la bolsa de nuevo.

—Más. Coge algunas para Eric.

Stacy sacó otras dos. Se puso una en la boca y le dio otra a Eric. Éste la sostuvo sobre la lengua unos instantes, recreándose en su textura. Miró cómo Amy y Stacy masticaban las suyas y las imitó. La sensación fue casi demasiado intensa —la explosión de zumo, el dulzor, el placer de masticar, de tragar— y se sintió embriagado. Pero no experimentó satisfacción, ni siquiera un leve aplacamiento del apetito. Por el contrario, éste pareció crecer, como si despertase de un profundo sueño, y el cuerpo entero empezó a dolerle de hambre. Stacy dejó caer otra uva dentro su boca y esta vez masticó más rápido —tragar había pasado a ser más importante que saborear— y sus labios se abrieron de inmediato, esperando otra. Los demás parecían sentir una urgencia semejante. Nadie hablaba; estaban masticando, tragando, metiendo la mano en la bolsa. Eric observó las nubes mientras comía. Sólo tenía que abrir la boca para que Stacy dejase caer otra uva dentro. Las dos chicas sonreían. Tal como había prometido Amy, el zumo mitigó la sed de Eric. Empezaba a sentirse más sobrio, en el mejor sentido: todo comenzó a ordenarse, a armonizarse, dentro y fuera de él. Sentía dolor, pero incluso esto era reconfortante. Sabía que había cometido una estupidez cortándose, escarbando con el cuchillo; no entendía de dónde había sacado el valor necesario para hacerlo. Ahora estaba en apuros. Necesitaba puntos, y tal vez también antibióticos, pero de todas formas se sentía extrañamente en paz. Creía que si podía seguir allí tumbado comiendo uvas, mirando cómo las nubes se oscurecían, de alguna manera, milagrosamente, todo saldría bien y se salvaría.

Se llevó una desagradable sorpresa al comprobar de repente, sin que nada lo presagiase, que la bolsa estaba casi vacía. Quedaban sólo cuatro uvas. Se habían comido el resto. Los tres miraron fijamente la bolsa y nadie habló durante unos minutos. La respiración de Pablo seguía siendo dificultosa, pero Eric ya casi no la oía. Era como cualquier sonido de fondo: el tráfico al otro lado de la ventana, las olas en la playa. Alguien debía decir algo, desde luego, comentar lo que habían hecho, y fue Amy quien por fin asumió la responsabilidad.

—Ellos pueden comerse la naranja —dijo.

Stacy y Eric no respondieron. La bolsa de uvas era grande; habría sido fácil apartar unas cuantas para Jeff y Mathias.

—Tengo que mear —murmuró Stacy. Eric cayó en la cuenta de que se dirigía a él—. ¿Puedes sujetar la camiseta?

Asintió, cogió la camiseta y mantuvo la presión sobre el costado. Por debajo del dolor, sintió que la enredadera se movía de nuevo dentro de él. Después de cortarse se le había pasado, pero ahora había vuelto.

—¿Debería usar la botella? —preguntó Stacy a Amy.

Ésta negó con la cabeza y Stacy se levantó y se alejó unos metros. Por lo visto, no quería meterse entre las plantas. Se acuclilló de espaldas a ellos y Eric oyó que empezaba a orinar. No sonó a mucho, apenas un breve chorro antes de incorporarse y subirse los pantalones.

—También pueden comer algunas uvas pasas —dijo Amy, pero en voz baja, como si hablara sola.

Stacy volvió y se sentó junto a Eric. Éste pensó que volvería a restañarle la herida, pero no lo hizo. Cogió la garrafa de plástico, la destapó y se tiró un chorrito de agua en el pie derecho. Eric y Amy la miraron atónitos.

—¿Qué coño haces? —preguntó Amy.

Stacy pareció sorprendida por la brusquedad de la voz de su amiga.

—Me he meado el pie —respondió.

Amy le quitó la garrafa de las manos y la tapó.

—Es el agua de todos. Y tú acabas de desperdiciarla en tu puto pie.

Stacy pestañeó de manera teatral, como si no entendiera lo que Amy le decía.

—No es necesario que sueltes tacos.

—Podríamos morir por falta de agua, ¿sabes? Y tú...

—Lo hice sin pensar, ¿vale? Me mojé el pie con pis, vi la garrafa y...

—Me cago en Dios, Stacy. ¿Cómo puedes ser tan despistada?

Stacy señaló el cielo, las nubes que se acercaban.

—Lloverá pronto. Tendremos agua de sobra.

—¿Por qué no esperaste, entonces?

—No me grites, Amy. Ya he dicho que lo siento y...

—El hecho de que lo sientas no nos devolverá el agua, ¿no?

Eric quería decir algo para distraerlas, pero no se le ocurrió nada. Se dio cuenta de lo que pasaba, de lo que estaba a punto de empezar. Así peleaban Amy y Stacy, con súbitos, pequeños ataques de furia que iban y venían con una violencia proporcional a su brevedad. El detonante solía ser una palabra involuntaria —casi siempre cuando habían estado bebiendo—, y en cuestión de segundos empezaban a tirarse los trastos a la cabeza, a veces literalmente. Eric había visto cómo Stacy le arañaba la cara a Amy hasta hacerle sangre, y sabía que en una ocasión Amy le había pegado a Stacy una bofetada tan fuerte que la arrojó al suelo. Pero estas batallas quedaban siempre en agua de borrajas, y se zanjaban precisamente en el momento de mayor ferocidad. Entonces las chicas se miraban con asombro, preguntándose cómo habían sido capaces de decir lo que habían dicho, se pedían perdón mutuamente, se abrazaban y lloraban.

Y ahora empezaban a recorrer ese camino trillado.

—A veces eres tan idiota... —dijo Amy.

—Vete a la mierda —replicó Stacy en voz casi inaudible.

—¿Qué?

—Que lo dejes, ¿vale?

—Ni siquiera lo lamentas, ¿no?

—¿Cuántas veces tengo que disculparme?

Eric trató de incorporarse, pero experimentó un dolor lacerante, y se lo pensó mejor.

—A lo mejor deberíais... —empezó a decir.

Amy lo miró con auténtico desprecio. Él notó que la borrachera se le reflejaba en la cara, exagerando sus expresiones.

—No te metas, Eric. Ya has causado suficientes problemas.

—Déjalo en paz —dijo Stacy. Las dos gritaban demasiado y le lastimaban los oídos. Quería levantarse y dejarlas solas, pero todavía estaba sangrando, dolorido y borracho, así que se sentía incapaz de moverse.

—Si el muy imbécil se corta de nuevo, dejaré que se desangre.

—Te estás comportando como una arpía, Amy, ¿te das cuenta?

—Puta.

Al oír esto, Stacy se quedó de una pieza, como si Amy le hubiera escupido.

—¿Qué?

—Eric tiene razón. Tú serías la puta.

Stacy hizo un gesto desdeñoso, tratando de fingir indiferencia, asumir un aire de superioridad, pero Eric notó que no lo estaba logrando. Se aproximaba la etapa de los arañazos, las bofetadas y las patadas.

—Estás borracha —dijo Stacy—. Te estás poniendo en evidencia.

—Puta. Eso es lo que eres.

—¿Oyes cómo arrastras las palabras?

—Cierra el pico, puta.

—Cierra el pico tú, arpía.

—No. Tú.

—Arpía.

—Puta.

—Arpía.

—Puta.

Entonces ocurrió algo extraño. Las dos callaron y miraron hacia la derecha de Eric. O no callaron, porque las palabras continuaron sonando, con su voz, una y otra vez —Arpía... Puta... Arpía... Puta... Arpía... Puta...—, aunque ya no eran ellas quienes las pronunciaban. Primero con sorpresa y después con algo semejante al terror, miraron hacia el otro lado de la colina, donde sus propias voces gritaban esos dos insultos cada vez más alto, comenzando a mezclarse, a fundirse entre sí.

ArpíaPutaArpíaPutaArpíaPutaArpíaPutaArpíaPuta...

Era la enredadera. Las estaba imitando, como si se burlase de la pelea, copiando el sonido de sus voces con tanta perfección que incluso cuando Eric comprendió lo que pasaba, incluso mientras miraba a Stacy y Amy y veía que ya no movían la boca, que estaban calladas, que no podían ser ellas las que hablaban, no terminaba de creérselo. Porque eran sus voces... robadas, confiscadas de alguna manera, pero sus voces al fin.

ArpíaPutaArpíaPutaArpíaPutaArpíaPutaArpíaPuta...

Se repente Mathias apareció junto a ellos, despeinado, parpadeando, despertando mientras Eric lo miraba.

—¿Qué pasa? —preguntó.

Nadie respondió. Al fin y al cabo, ¿qué podían decir? Las voces se amortiguaron y luego se amplificaron nuevamente para articular otras palabras:

Si el muy imbécil se corta de nuevo... Ni siquiera lo lamentas, ¿no?

—Es la enredadera —dijo Stacy, como si los demás necesitaran una explicación.

Mathias estaba callado, pero movía los ojos, atando cabos: la bolsa con las cuatro uvas restantes, la camiseta ensangrentada en el abdomen de Eric, la figura inmóvil de Pablo, la botella de tequila casi vacía.

—¿Dónde está Jeff? —preguntó.

Me mojé el pie con pis... Ellos pueden comerse la naranja...

—Al pie de la colina —respondió Amy.

—¿No debería ir alguien a reemplazarlo?

Nadie respondió. Todos miraban al vacío, avergonzados, deseando que las voces callaran y Mathias los dejase en paz. Eric sintió una presión en el pecho... los primeros indicios de la furia. ¿Acaso Mathias se creía con derecho a juzgarlos? Él no era un miembro del grupo, ¿no? Casi no lo conocían; era prácticamente un extraño.

A veces eres tan idiota...

—¿Habéis estado bebiendo? —preguntó Mathias.

Otra vez enmudecieron. Y de repente se oyó la voz de Eric desde el otro lado de la cima:

Nazi... boy scout... Nazi... boy scout...

Eric sintió que Mathias se volvía hacia él, pero siguió mirando al sur, a las nubes que continuaban creciendo y oscureciéndose. Descargarían pronto, muy pronto; deseó que fuera en ese instante.

Cierra el pico.

Déjalo en paz.

Cuéntanos algo gracioso.

Yo seré el graciosillo.

—¿Cuánto tiempo hace que empezó todo esto? —preguntó Mathias.

—Acaba de empezar —respondió Amy.

Le salvaron las rodillas.

Nazi.

Dejaré que se desangre.

Estás borracha.

Nazi.

Vete a la mierda.

Nazi. Nazi. Nazi.

Eric notó que Mathias se desentendía de las voces; su expresión se endureció mientras tomaba una decisión.

—Iré a reemplazar a Jeff —dijo.

Amy y Stacy asintieron. Eric siguió callado. Le parecía oír a la planta en su interior, sentir cómo vibraba contra la caja torácica, hablando, gritando. ¿Alguien más la oía? «Arpía», dijo en la voz de Amy. Y «puta» en la de Stacy. La camiseta estaba totalmente empapada, como una esponja; cuando la estrujó, la cálida sangre cayó como una cascada por su costado.

Nazi.

Puta.

Arpía.

Nazi.

Vieron cómo Mathias daba media vuelta y empezaba a cruzar el claro.

Las voces continuaron durante un rato —Amy, Stacy y Eric hablando desde distintas direcciones, solapándose, gritando por momentos— y por fin pararon, de manera tan súbita como habían comenzado. Pero el silencio no resultó tan reconfortante como Eric esperaba; estaba cargado de tensión, de la certeza de que la enredadera podía volver a empezar en cualquier momento. Tardaron un rato en reunir el valor suficiente para hablar, y cuando Stacy se atrevió por fin, su voz fue un murmullo:

—Lo siento. —Amy la silenció con un gesto—. No sé en qué estaría pensando —insistió Stacy—. Yo... Tenía pis en el pie.

—No importa —Amy señaló las nubes—. Todo saldrá bien.

—No eres ninguna arpía.

—Lo sé, cariño. Olvidémoslo, ¿vale? Hagamos como que no ha pasado nada. Las dos estamos cansadas.

—Y asustadas.

—Exactamente. Cansadas y asustadas.

Stacy se arrimó a Amy. Le tendió la mano y ella se la cogió.

Eric deseaba levantarse, seguir a Mathias y aclarar las cosas. Había oído a su propia voz gritar «nazi» una y otra vez, y no podía ni imaginar lo que estaría pensando Mathias, no quería ni pensarlo y, sin embargo, seguía dándole vueltas al asunto en la cabeza. «Debí habérselo explicado —pensó con una creciente sensación de pánico—. Debí decirle que era una broma.» Pero estaba demasiado dolorido para seguir al alemán y su herida seguía sangrando profusamente; de hecho, no parecía que fuera a parar nunca. Pero alguien tenía que ir y arreglar las cosas.

—Ve a decírselo —le dijo a Stacy.

Ésta lo miró intrigada.

—¿Qué? ¿A quién?

—A Mathias. Dile que era una broma.

—¿Qué cosa era una broma?

—Lo de nazi. Dile que sólo estábamos tonteando.

Antes de que Stacy pudiera responder, Pablo los sorprendió hablando. En griego, por supuesto: una sola palabra asombrosamente alta. Todos se volvieron a mirarlo. Había abierto los ojos y levantado la cabeza, con los músculos del cuello tensos, temblando ligeramente. Repitió la palabra y señaló la garrafa de plástico con la mano derecha.

Aquella voz cavernosa:

—*Po... to.*

—Creo que quiere agua —dijo Stacy.

Amy cogió la garrafa, la llevó al lado de la camilla y se acuclilló junto a Pablo.

—¿Agua? —preguntó.

Pablo asintió. Abrió y cerró la boca como si imitase a un pez.

—*Po... to... po... to... po... to...*

Amy destapó la garrafa y le echó un poco de agua en la boca. Pero le temblaban las manos y el agua salió demasiado deprisa, atragantándolo. Pablo tosió, escupió y giró la cabeza.

—Tal vez deberías darle una uva —dijo Stacy. Levantó la bolsa y se la tendió a Amy.

—¿Tú crees?

—No ha comido nada desde ayer.

—Pero, ¿puede...?

—Inténtalo.

Pablo había parado de toser. Amy esperó a que volviera a mirarla y entonces sacó una uva y se la puso en la cara, arqueando las cejas.

—¿Tienes hambre? —preguntó.

Pablo se limitó a mirarla. Parecía estar desapareciendo, hundiéndose dentro de sí. Por un momento su cara había tenido color, pero ahora volvía a estar gris. Relajó el cuello y la cabeza cayó sobre la camilla.

—Métesela en la boca, a ver qué pasa —sugirió Stacy.

Amy metió la uva entre los labios de Pablo y la empujó hasta que desapareció de la vista. Pablo cerró los ojos, pero su mandíbula no se movió.

—Usa la mano —dijo Stacy—. Ayúdalo a masticar.

Amy cogió la barbilla del griego y tiró, abriéndole la boca, y después se la cerró. Eric oyó el sonido acuoso de la uva al reventar y Pablo empezó a ahogarse otra vez, a girar la cabeza y hacer arcadas. La fruta masticada salió junto con una sorprendente cantidad de líquido. Un líquido negro, lleno de viscosos coágulos. Eric sabía que era sangre. «Dios mío —pensó—. ¿Qué coño estamos haciendo?»

Y en ese momento le sobresaltó el sonido de unas palabras casi exactas:

—¿Qué coño estáis haciendo?

Eric se volvió, atónito, y vio que Jeff estaba junto a ellos, mirando a Amy con furia.

Sentado al pie de la colina, esperando a los griegos, Jeff tuvo la sensación de haber entrado en una versión más lenta y densa del tiempo. Los segundos se prolongaban hasta convertirse en minutos, los minutos se acumulaban para formar horas, y no pasaba nada importante, nada de nada... desde luego no aquello para lo que estaba allí: impedir que los griegos cruzaran el claro y entrasen en la zona prohibida. Permaneció sentado mientras el sol le robaba a su piel parte de la valiosa humedad, añadiendo el calor a la lista de malestares del cuerpo: el hambre, la sed, el cansancio y la creciente sensación de fracaso, de que todo lo que hacía no servía más que para infligir tanto daño como el que pretendía evitar.

Tenía demasiadas cosas en que pensar, y ninguna era agradable. Estaba Pablo, por supuesto. ¿Cómo no iba a pensar en Pablo?

Aún podía sentir el peso de la piedra en la mano y el calor a través de la toalla; aún podía oír el sonido del hueso astillándose mientras él golpeaba la tibia y el peroné; aún podía oler el nauseabundo hedor de la carne quemada. «¿Qué alternativa tenía?», se preguntaba una y otra vez, sabiendo que ese impulso de justificarse, de explicarse como si respondiera a una acusación, no era una buena señal. «Intentaba salvarle la vida.» Y tampoco quería oír estas palabras retumbándole en la cabeza, porque el «intentaba» sugería un fracaso, algo deseado, ambicionado, pero no logrado. Porque era verdad: Jeff había perdido todas las esperanzas con relación a Pablo. Si los rescataban ese mismo día o a primera hora del siguiente, quizá pudieran hacer algo por él. Pero ¿sucedería así? Ésa era la cuestión: que los rescatasen en las horas siguientes, al día siguiente; todo dependía de eso, y Jeff estaba perdiendo la fe. Había pensado que al cortarle las piernas al griego le concedería un poco más de tiempo —no mucho, sólo un poco—, pero no sería así. Tenía que admitirlo. Pablo duraría un par de días, tres como mucho, y luego moriría.

En medio de terribles dolores, sin duda alguna.

Por supuesto, siempre existía la posibilidad de que llegaran los griegos, pero cuanto más pensaba en ella, más remota se le antojaba. Los mayas sabían exactamente lo que hacían; lo habían hecho antes y, casi con toda probabilidad, volverían a hacerlo. Jeff dio por sentado que habrían puesto a alguien a vigilar la entrada del sendero, para que distrajera o confundiera a los posibles rescatadores. Don Quijote y Juan no estaban a la altura de un reto como ése; incluso si acudían, cosa que Jeff dudaba, los engañarían sin dificultad. No; si alguien los rescataba sería mucho después —quizá demasiado tarde—, al cabo de varias semanas, cuando sus padres se dieran cuenta de que no habían regresado y comenzaran a investigar, a preocuparse, a actuar. Jeff no quería ni pensar en lo que demoraría eso, en las llamadas que tendrían que hacer, las preguntas que tendrían que formular antes de que el engranaje correcto se pusiera en marcha. Incluso entonces, ¿los buscarían más allá de Cancún? Los billetes de autobús tenían sus nombres impresos, pero ¿quedaba constancia de esa información en alguna parte? Y si salvaban ese obstáculo y la búsqueda se trasladaba a Cobá, ¿cómo se extendería a veinte kilómetros más, hasta la selva? Quienquiera que se encargara del caso llevaría fotografías, pensó Jeff, y las enseñaría a los taxistas, los vendedores ambulantes y los camareros de los bares de Cobá. El conductor de la camioneta amarilla los reconocería y tal vez estuviera dispuesto a contar lo que sabía. ¿Y entonces qué? El policía o detective seguiría el sendero, llegaría al poblado maya con aquellas cuatro, cinco o seis fotografías —dependiendo de si se enteraba de la existencia de Mathias y Pablo y los relacionaba con ellos—, ¿y qué le ofrecerían los mayas? Caras de póquer, sin duda. Se rascarían la barbilla con expresión pensativa y sacudirían la cabeza muy despacio. Incluso si el mítico policía o detective, dotado de una sagacidad y una perseverancia milagrosas, llegaba a desenmascarar esas falsas declaraciones de ignorancia, ¿cuánto tiempo tardaría? Todos los pasos que debía dar para avanzar, con los potenciales desvíos y callejones sin salida... ¿cuánto tiempo le llevarían? Demasiado, supuso Jeff. Demasiado para Pablo, sin duda alguna. Y quizá demasiado para los demás también.

Necesitaban que lloviera. Era lo principal, lo más urgente. Sin agua, no durarían mucho más que Pablo.

Y luego estaba el asunto de la comida. Tenían las escasas

provisiones que habían llevado consigo, simples aperitivos, en realidad, que mediante un racionamiento estricto podrían alimentarlos durante dos o tres días. ¿Y después?

Nada. Ayuno. Hambre.

Jeff sabía que Eric se encontraba en apuros. El corte, los paseos, los murmullos, todo eran malas señales. Sus heridas se infectarían pronto, y él no podía hacer nada al respecto. Una vez más, el tiempo sería crucial. La gangrena y la septicemia serían más lentas que la sed, pensó, pero mucho más rápidas que la desnutrición.

Jeff no pensó en la enredadera; se resistía a hacerlo, no sabía qué pensar. Aquellas plantas se movían, emitían sonidos, pensaban y urdían planes. Y sospechaba que aún harían cosas peores, aunque no quería ni imaginarlas.

Siguió sentado, mirando a los mayas que lo miraban a él. Esperando a los griegos, aun sabiendo que no acudirían. Pensó en el agua, en la comida, en Pablo y en Eric. Cuando empezaron a formarse nubes en el sur, las observó deseando que crecieran, que se oscurecieran y se movieran hacia el norte. La lluvia. Tendrían que recoger el agua. No habían hablado del tema. Debería haberlo hecho, debió dejar instrucciones a los demás, pero estaba cansado, tenía demasiadas cosas en que pensar y lo había olvidado. Se levantó y miró hacia la cima de la colina. ¿Por qué no venían a reemplazarlo? También debió prever esa cuestión, pero no lo había hecho.

Las nubes continuaban creciendo. Estaba aquella caja de herramientas de la tienda azul. Podrían vaciarla y usarla para juntar agua. Sin duda habría otras cosas que podrían utilizar con este propósito, pero necesitaba verlas, necesitaba estar en la cima para pensar en cómo adaptarlas.

Dio un pequeño paseo. Se sentó otra vez. Miró a los mayas, las nubes, el sendero a su espalda. Los mayas le sostenían la mirada, mudos e impasibles. Las nubes se multiplicaban. El sendero permanecía vacío. Jeff se levantó, se estiró y anduvo un poco más. El cielo estaba ya completamente encapotado;

la lluvia era inminente, lo sabía, y cuando comenzaba a considerar la posibilidad de darse la vuelta y subir a la cima, mientras sopesaba el riesgo de dejar el camino sin vigilancia contra el de que llegase la lluvia antes de que estuvieran preparados para recogerla —teniendo en cuenta lo breves e intensas que solían ser las tormentas en esa parte del mundo—, oyó unos pasos aproximándose por el camino.

Era Mathias.

Algo iba mal; Jeff lo supo nada más ver la forma en que se movía Mathias. Andaba con cierta tirantez, como si se apresurase y se frenase al mismo tiempo. Su cara reflejaba la cautela de costumbre, pero con un pequeño cambio, algo casi imperceptible. Estaba en los ojos, pensó Jeff: un aire de cansancio, incluso de alarma. Se detuvo a unos metros de Jeff, agitado.

—¿Qué pasa? —preguntó Jeff.

Mathias señaló hacia la cima.

—¿No lo has oído?

—¿El qué?

—Hablaban.

—¿Quiénes?

—Las plantas. —Jeff lo miró fijamente, no con incredulidad, pero demasiado sorprendido para hablar—. Nos imitaban. Imitaban las voces de Stacy y Amy.

Jeff reflexionó. Aquello no le pareció suficiente para explicarse la agitación de Mathias; tenía que haber algo más.

—¿Qué decían?

—Yo me quedé dormido en la tienda. Y cuando desperté... —Mathias se interrumpió, como si no supiera cómo continuar. Luego dijo—: Estaban discutiendo.

—¿Discutiendo?

—Sí, las chicas. Se insultaban a gritos.

—Oh, Dios. —Jeff suspiró.

—Han estado bebiendo tequila. Bastante, creo.

—¿Todos? —Mathias asintió con la cabeza—. ¿Están borrachos? —Mathias volvió a asentir.

—Me llamaron nazi.

—¿Qué?

—Las plantas. O Eric, supongo. Lo gritaban las plantas, pero con la voz de Eric.

Jeff lo observó con atención. Se dio cuenta de que era eso lo que lo había alterado tanto. ¿Y por qué no? Debía de sentirse solo entre ellos, puesto que casi no los conocía. Era un extraño, y resultaba fácil convertirlo en el chivo expiatorio. Jeff trató de tranquilizarlo.

—Seguro que fue una broma. Eric es así, ¿sabes? —Mathias permaneció mudo, sin confirmar ni negar estas palabras—. Debería subir —continuó Jeff—. ¿Te quedas vigilando por si aparecen los griegos? —Mathias asintió con la cabeza. Jeff se volvió para marcharse, pero se detuvo.

—¿Qué tal Pablo? —preguntó a Mathias.

El alemán hizo un gesto vago, extendiendo la mano.

—Igual —respondió—. No muy bien.

Después de oír esto, Jeff comenzó a subir la colina, corriendo en los tramos más planos y andando en los más escarpados. Se agitaba más de lo habitual. Sólo llevaban un día allí, y ya empezaba a sentirse débil. Tenía la impresión de que el decaimiento físico era el reflejo de un deterioro más general: comenzaba a perder el control de la situación. Stacy, Amy y Eric se habían pasado la tarde bebiendo tequila. ¿Cómo podían ser tan estúpidos? Imprudentes, impulsivos, irresponsables; tres idiotas coqueteando con su propia destrucción. Y Eric, vaya a saber por qué, había llamado nazi a Mathias. La incredulidad de Jeff se fue transformando en furia. Ésta era otra clase de temeridad, lo sabía, pero se sentía incapaz de resistirse, incapaz de reprimir el deseo de castigar a aquellos tres, de sacudirlos para que recuperasen la sensatez. Aún estaba lidiando con estos sentimientos cuando llegó a la cima de la colina, cruzó el pequeño claro y vio a Amy obligando a comer una uva al semiinconsciente Pablo.

—¿Qué coño estáis haciendo? —exclamó, y todos se volvieron a mirarlo, sobresaltados por su presencia allí y por la furia de su voz.

Pablo vomitaba, aunque ésta no era la palabra más exacta para describir lo que hacía. Porque vomitar es una acción dinámica y vigorosa, y la actitud de Pablo era mucho más pasiva. Volviendo la cabeza a un lado, abrió la boca y de ella salió un pequeño torrente de líquido negro. Sangre, bilis... lo que fuera. Pero la cantidad era excesiva, muy superior a lo que Jeff habría creído posible. Un líquido negro con grumos o coágulos. Formó un charco al lado de la camilla, demasiado gelatinoso, al parecer, para que la tierra lo absorbiera. Aunque estaba a más de un metro de distancia, Jeff percibió un olor dulzón a podrido.

—Tenía hambre —dijo Amy. Al oír su voz, la amenaza de trastabillar acechando en cada palabra, Jeff se dio cuenta de lo borracha que estaba. En la mano izquierda sujetaba la bolsa de plástico que había contenido las uvas y donde ahora sólo quedaban tres. La botella de tequila estaba en el suelo, casi vacía, al lado de Stacy. Eric apretaba una camiseta ensangrentada contra su abdomen.

Jeff sintió que la furia se expandía dentro de su cuerpo, que lo llenaba por completo y comenzaba a empujar hacia fuera, como buscando una salida.

—Estás borracha, ¿no? —Amy miró hacia otro lado. Pablo había parado de vomitar y ahora tenía los ojos cerrados—. Todos estáis borrachos —insistió Jeff, sorprendido de su capacidad para mantener la voz serena—. ¿Me equivoco?

—Yo no —dijo Eric.

Jeff se volvió bruscamente hacia él, como si fuera a pegarle. «Para —se dijo—. No lo hagas.» Pero ya era demasiado tarde, ya había empezado a hablar y su voz, animada por la furia, aumentaba de volumen, de velocidad y de intensidad con cada palabra.

—¿Así que tú no estás borracho?

Eric sacudió la cabeza, pero daba lo mismo, porque Jeff no lo notó. No había hecho una pausa para esperar una respuesta; no, siguió hablando, consciente de que estaba manejando este asunto de la peor manera posible, pero incapaz de detenerse, sin querer detenerse, de hecho, porque en el fondo encontraba satisfacción, placer, en hablar y gritar. El desahogo fue casi físico, con una intensidad semejante a la de un orgasmo.

—Porque la borrachera sería tu única excusa, Eric, ¿entiendes? Joder, te has rajado otra vez, ¿no? Te has rajado la puta barriga. ¿Tienes idea de lo que haces?, ¿de lo capullo que eres? Te estás cortando a cada rato con un cuchillo mugriento, y estamos atrapados en este sitio con sólo un puñetero tubo de pomada antiséptica. ¿Te parece lógico? Coño, tío, ¿le ves algún sentido? Sigue así y la palmarás aquí. Vas a...

—Jeff... —empezó Amy.

—Tú calla, Amy. Eres igual de idiota. —Se volvió hacia ella. Daba igual a quién le gritara; le valía cualquiera—. Esperaba que tú, por lo menos, fueses un poco más sensata. El alcohol es un diurético... te deshidrata. Y tú lo sabes. Así que ¿por qué coño...?

¿Te parece lógico?

Era su propia voz, pero procedía de algún lugar a su izquierda, y lo hizo callar.

Coño, tío, ¿le ves algún sentido?

Jeff se volvió; aunque sabía lo que pasaba, casi esperaba encontrarse a una persona imitándolo a su espalda. Se había levantado una pequeña ventolera que agitaba la enredadera, y las hojas con forma de mano se mecían y balanceaban como en una danza paródica.

Ahora se oyó la voz de Amy: *¡Puta!*

Y luego la de Stacy: *¡Arpía!*

—Es porque estás gritando —explicó Stacy, casi susurrando—. Lo hace cuando gritamos.

Boy scout, dijo la voz de Eric. *¡Nazi!*

El cielo estaba totalmente encapotado, casi oscuro, así que resultaba difícil calcular la hora. La tormenta se acercaba, no cabía ninguna duda, pero la noche también parecía al caer. Y no estaban ni remotamente preparados para ninguna de las dos cosas.

—Mirad —dijo Amy, señalando hacia arriba. Jeff notó que hacía un enorme esfuerzo por hablar con normalidad, pero no lo conseguía—. Tendremos agua.

—Pero ¿os habéis preparado para recogerla? —preguntó Jeff—. El chaparrón durará poco, será visto y no visto, y vosotros os quedaréis ahí sentados, papando moscas, ¿no? Mirando cómo el agua desaparece en el suelo, desperdiciada. —Jeff sintió que su furia comenzaba a disiparse, aunque no de una forma satisfactoria, en una erupción rápida y violenta, sino como una fuga lenta e inexorable. No quería que se marchara, se sintió abandonado, como si perdiera una fuente de energía: sin ella, su cuerpo pareció debilitarse—. Dais pena —dijo, volviéndose—. Todos dais pena. No necesitáis que la enredadera os mate. Lo conseguiréis solos.

La voz de Stacy preguntó: *¿Quién es el villano?*

Cántanos algo, Amy, respondió la voz de Eric.

¡Arpía!

¡Puta!

¡Nazi!

Luego Jeff oyó otra vez su propia voz, llena de furia, y se le antojó odiosa:

Estás borracha, ¿no?

Jeff fue a la tienda naranja, abrió la cremallera de la puerta y entró. Observó los objetos amontonados contra la pared del fondo. Allí estaba la caja de herramientas, pero no vio otra cosa que pudiera resultar útil en aquellas circunstancias. Se inclinó sobre la caja, la abrió y le sorprendió no encontrar herramientas sino un pequeño costurero, un acerico lleno de agujas, un recipiente con dos filas de carretes de hilo que cubrían todas las tonalidades del espectro, como una caja de lápices de colores. Retazos de tela, unas tijerillas, e incluso una cinta métrica. Jeff vació la caja en el suelo de la tienda y la sacó al claro.

Nada había cambiado. Eric continuaba acostado boca arriba, con la camiseta ensangrentada en el abdomen. Stacy estaba sentada a su lado, con la misma expresión de miedo. Los ojos de Pablo seguían cerrados y su respiración cavernosa subía y bajaba de volumen. Amy estaba junto a él y no levantó los ojos cuando apareció Jeff. Éste colocó la caja de herramientas en el centro del claro, y la abrió para recoger el agua de la lluvia. Luego se dirigió a la boca del pozo, donde estaba el montón de objetos que habían sacado de la tienda azul.

Las plantas continuaban con sus imitaciones. Unas veces las voces gritaban y otras susurraban. Hacían largas pausas, durante las cuales parecía que fueran a detenerse, pero de repente soltaban una andanada, y las palabras y los sonidos se fundían entre sí. Jeff trató de no prestarles atención, pero algunas de las cosas que decían lo sorprendían y lo hacían detenerse a pensar. Llegó a la conclusión de que ése era el objetivo; sospechaba que la enredadera, por increíble que pareciera, había empezado a hablar para enfrentarlos, para crear discordia entre ellos.

La voz de Stacy dijo: *Jeff no está, ¿no?* Y luego la de Eric: *¿Jeff fue explorador? Apuesto a que estuvo en los Boy Scouts.* A continuación se oyeron las risas de Eric y Stacy, mezclándose, con un dejo burlón.

Era como si la enredadera hubiese aprendido sus nombres, como si supiera quién era quién y creara parodias personalizadas, para molestarlos más. Jeff trató de repasar las cosas que había dicho durante las últimas veinticuatro horas, buscando posibles consecuencias. Pero estaba tan cansado, tan aturdido, que su mente se negaba a ayudarle. Pero daba igual, porque la enredadera lo sabía, y mientras rebuscaba entre los bártulos situados cerca del pozo, oyó su propia voz diciendo: *Terminar con la agonía. Cortarle el cuello. Asfixiarlo.*

Cuanto más tiempo pasemos aquí, más oportunidades tendrá de matarnos.

Es algo que ha aprendido. No es una risa verdadera.

Entonces la colina entera pareció estallar en carcajadas: una interminable sucesión de risas tontas, burlonas, irónicas y maliciosas. En medio se oía la voz de Jeff, gritando como si quisiera silenciar las risas, repitiendo la misma frase una y otra vez:

No es una risa verdadera... No es una risa verdadera... No es una risa verdadera...

Jeff cogió el *frisbee* y la cantimplora vacía y se dirigió a la tienda naranja. Supuso que podría usar el *frisbee* para llenar la cantimplora, la garrafa y la botella que habían usado para la orina. No era el mejor plan del mundo, pero no se le ocurrió ningún otro.

Amy, Stacy y Eric no se habían movido. La enredadera había enviado otro zarcillo, que se estaba dando un festín con el vómito de Pablo, sorbiéndolo ruidosamente. Los tres lo miraban boquiabiertos, borrachos. Cuando terminó con el pequeño charco, el zarcillo se retiró. Nadie se movió ni habló. A Jeff le exasperaba aquella pasividad, aquel estupor colectivo, pero no dijo nada. La necesidad apremiante de gritar había desaparecido. Dejó el *frisbee* junto a la caja de herramientas y vació la botella de orina. Los demás lo miraban en silencio, todos escuchando a la enredadera, que había callado durante unos instantes sólo para empezar a reír de nuevo a todo volumen. Las voces de los desconocidos, pensó Jeff. De Cees Steenkamp, quizá. De la joven que Henrich había conocido en la playa. No eran más que un montón de huesos descarnados, almas perdidas desde hacía tiempo, pero sus risas seguían allí, recordadas por la enredadera y utilizadas ahora como arma.

No es una risa verdadera... No es una risa verdadera... No es una risa verdadera...

Aún quedaban algunas tiras de nailon de la tienda azul, y Jeff las estaba examinando, preguntándose cómo usarlas para recoger o guardar el agua de lluvia. Sabía que debería haberlo pensado antes; habría podido usar el costurero que encontró en la tienda naranja para unir las tiras y confeccionar una bolsa enorme. Pero ahora no había tiempo para eso.

«Mañana», pensó.

Entonces empezó a llover.

La lluvia cayó de golpe, como si en el cielo se hubiera abierto una claraboya. No hubo una llovizna de advertencia; primero el cielo estaba encapotado, de color gris oscuro, con ese aire de expectación que suele preceder a las tormentas tropicales, la brisa agitando ligeramente las hojas de la enredadera, y un instante después, sin transición aparente, el aire se llenó de lluvia. La luz se volvió mortecina, adquirió una tonalidad verdosa que rayaba en la oscuridad, y la compacta tierra del suelo se convirtió en lodo de inmediato. Costaba respirar.

Las plantas callaron.

El *frisbee* se llenó en un segundo. Jeff vertió el agua en la cantimplora, llenó el *frisbee* de nuevo y repitió la operación. Luego le pasó la cantimplora a Stacy. Tuvo que gritar para que lo oyese por encima del sonido de la lluvia, que ahora parecía un rugido.

—¡Bebe! —gritó; tenía los zapatos completamente empapados, pesados por el agua, y la ropa se le pegaba al cuerpo.

Vertió el agua del *frisbee* en la garrafa de plástico: dejó que se llenara y lo volcó, dejó que se llenara y lo volcó de nuevo. Cuando terminó, empezó con la botella de Mathias.

Stacy bebió de la cantimplora y se la pasó a Eric, que seguía tumbado en el suelo, sin camisa, mientras la lluvia le cubría el cuerpo de barro. Se sentó con esfuerzo, agarrándose el costado, y cogió la cantimplora.

—¡Bebe tanto como puedas! —gritó Jeff.

«Jabón», pensó. Debió registrar las mochilas para ver si encontraba una pastilla de jabón. Les habría dado tiempo para lavarse al menos las manos y la cara; una tontería, lo sabía, pero estaba convencido de que les habría levantado el ánimo. «Mañana —pensó—. Si ha llovido hoy, ¿por qué no va a llover mañana?»

Terminó con la botella de Mathias, extendió la mano para coger la cantimplora, volvió a llenarla y se la pasó a Amy.

La lluvia continuaba cayendo a mares. Estaba sorprendentemente fría. Jeff empezó a temblar. Los demás también temblaban. Supuso que sería por la falta de comida. Se habían quedado sin fuerzas para luchar contra el frío.

Cuando el *frisbee* se llenó otra vez, se lo llevó a los labios y bebió directamente de él. Le sorprendió el sabor dulzón de la lluvia. «Agua azucarada», pensó, y mientras bebía, su mente pareció aclararse y su cuerpo adquirió una solidez, un peso, que no sabía que hubiera perdido. Llenó el *frisbee*, bebió, llenó el *frisbee*, bebió, y su estómago empezó a hincharse, a crecer de una forma placentera, hasta que casi empezó a dolerle de tan tenso. Era la mejor agua que había probado en su vida.

Amy había parado de beber. Stacy y ella estaban de pie, encorvadas, abrazándose a sí mismas, temblando. Eric había vuelto a acostarse, y tenía los ojos cerrados y la boca abierta, para llenarla de lluvia. El barro le salpicaba las piernas, el abdomen, el pelo y la cara, cubriéndolo cada vez más.

—¡Llevadlo a la tienda! —gritó Jeff.

Le quitó la cantimplora a Amy y comenzó a llenarla, mientras las chicas ayudaban a Eric a levantarse y lo llevaban a la tienda.

La lluvia empezó a amainar. Todavía lloviznaba, pero el aguacero había terminado. Jeff sabía que en cuestión de cinco o diez minutos habría parado por completo. Cruzó el claro para ver cómo estaba Pablo. El cobertizo no lo había resguardado mucho, y estaba tan mojado como los demás. Al igual que a Eric, el barro lo había salpicado por todas partes: la camiseta, la cara, los brazos y los muñones. Aún tenía los ojos cerrados y su respiración seguía su tortuoso y áspero curso. Pero, curiosamente, no temblaba, y Jeff se preguntó si eso sería una mala señal, si el cuerpo podía llegar a deteriorarse hasta el punto de quedarse sin fuerzas incluso para temblar. Se agachó, le puso la mano en la frente y se sobresaltó al comprobar lo caliente que estaba. Por supuesto, todo eran malas señales; allí no había otra cosa. Pensó en cómo había imitado su voz la enredadera: *Terminar con la agonía. Cortarle el cuello. Asfixiarlo.* Y con estas palabras en mente, estuvo a punto de actuar. Al fin y al cabo sería fácil; estaba solo en el claro, y nadie se enteraría. Podía agacharse, apretarle la nariz, cubrirle la boca y contar hasta... ¿cuánto? ¿Hasta cien? «Compasión», esto es lo que pensó mientras levantaba la mano de la frente de Pablo y la deslizaba hacia abajo. La dejó suspendida a unos centímetros de la nariz del griego, sin tocarlo aún, y estaba considerando la idea —«Noventa y siete, noventa y ocho, noventa y nueve»— cuando Amy salió de la tienda, llevando consigo su borrachera, tambaleándose al pisar el claro. Tenía el pelo lacio a causa de la lluvia y una mancha de barro en la mejilla izquierda.

—¿Está bien? —preguntó.

Jeff se levantó rápidamente. Detestaba la forma en que mascullaba Amy y volvió a sentir el impulso de gritar y devolverle la sobriedad con su furia. Pero se contuvo; dejó la pregunta sin responder —¿qué podía responder?— y fue hacia la caja de herramientas.

La cual, inexplicablemente, estaba casi vacía.

Jeff la miró fijamente, tratando de entender qué había pasado.

—Tiene un agujero —dijo Amy.

Y era verdad. Cuando Jeff la levantó, vio salir un chorro continuo desde el fondo, que tenía una grieta de casi tres centímetros. No la había visto al retirar el costurero. Con las prisas, no la examinó detenidamente. De haberlo hecho, habría podido arreglarla antes de que lloviese —«Con la cinta adhesiva», pensó—, pero ya era demasiado tarde. La lluvia había llegado y se marchaba ya. Mientras pensaba estas palabras, estaba amainando; y al cabo de otro minuto, pararía del todo. Enfadado consigo mismo, arrojó la caja de herramientas, que fue dando vueltas hacia la tienda.

Amy se quedó atónita.

—¿Qué coño haces? ¡Todavía había agua!

Corrió y la levantó. Jeff sabía que era inútil. La tormenta había pasado y el cielo comenzaba a despejarse. No llovería más, al menos ese día.

—Mira quién fue a hablar.

Amy se volvió hacia él, limpiándose la cara.

—¿Qué?

—Ya puedes hablar tú de desperdiciar el agua.

—No empieces —replicó ella, sacudiendo la cabeza.

—¿Que no empiece qué?

—Ahora no.

—¿Que no empiece qué, Amy?

—A sermonearme.

—Pero no paras de joder la marrana, y lo sabes, ¿no?

Amy no respondió. Se limitó a mirarlo con una fingida expresión de tristeza, como si la culpa de todo fuese de él. Jeff se enfureció aún más.

—Robas agua a media noche. Te emborrachas. ¿Acaso crees que esto es un juego?

Amy volvió a sacudir la cabeza.

—Estás siendo demasiado duro, Jeff.

—¿Duro? Mira esos putos montículos. —Señaló hacia el otro lado de la cima, hacia los huesos cubiertos por la enredadera—. Podemos acabar todos así. Y será con tu ayuda.

Amy siguió sacudiendo la cabeza.

—Los griegos...

—Para de una vez. Eres una cría. Los griegos, los griegos, los griegos... Olvídate, Amy, no vendrán. Más vale que vayas haciéndote a la idea.

Amy se tapó los oídos con las manos.

—No, Jeff. Por favor, no...

Jeff se acercó, la agarró por las muñecas y la obligó a escucharlo. Ahora gritaba:

—Mira a Pablo. Se está muriendo, ¿lo ves? Y Eric acabará con gangrena o con...

—Chsss. —Trató de soltarse, mirando con ansiedad hacia la tienda.

—Y a vosotros tres os da por beber. ¿No te das cuenta de que es un disparate como una casa? Es exactamente lo que la enredadera quiere que...

Amy lo interrumpió con un brutal alarido de furia:

—¡Yo no quería venir! —Se soltó las manos y empezó a pegarle en el pecho, obligándolo a retroceder un paso—. ¡No quería venir! —repitió sin parar de pegarle—. ¡Tú sugeriste que viniéramos! ¡La culpa es tuya, no mía! Lo golpeaba en el pecho y en los hombros, con la cara desencajada y brillante, Jeff no sabía si por la lluvia o por las lágrimas—. ¡Es culpa tuya, no mía!

De repente, la enredadera empezó a gritar otra vez:

Es culpa mía, ¿no? Fui yo quien pisó la enredadera, ¿no?

Era la voz de Amy y parecía proceder de todas partes. Amy dejó de pegar a Jeff y miró alrededor con los ojos desorbitados.

Es culpa mía.

—¡Para! —gritó Amy.

Fue por mi culpa, ¿no?

—¡Cierra el pico!

Fui yo quien pisó la enredadera, ¿no?

Amy se volvió hacia Jeff con cara de desesperación, las manos extendidas en actitud de súplica.

—¡Hazla callar!

Es culpa mía.

Amy señalo a Jeff con una mano temblorosa.

—¡Fuiste tú! ¡Sabes que eso no es cierto! ¡No fui yo! Yo no quería venir.

Fue por mi culpa, ¿no?

—Hazla callar. Por favor, ¿puedes hacerla callar?

Jeff no se movió ni habló; permaneció donde estaba, mirándola.

Fui yo quien pisó la enredadera, ¿no?

El cielo empezaba a oscurecer, pero no era por la tormenta. Detrás de la cortina de nubes, el sol se acercaba al horizonte. La noche estaba al caer, y no se habían preparado para recibirla. Jeff pensó que deberían comer, y esto le recordó la bolsa de uvas. Amy y los demás no se habían limitado a emborracharse, también habían cogido la comida.

—¿Qué más comisteis? —preguntó.

—¿Comer?

—Además de las uvas. ¿Robasteis algo más?

—No robamos las uvas. Teníamos hambre y...

—Contéstame.

—Vete a la mierda, Jeff. Te comportas como si...

—Dímelo.

Amy cabeceó.

—Eres demasiado duro. Todo el mundo... todos... Todos pensamos que eres demasiado duro.

—¿Qué quieres decir?

La culpa es mía.

Amy dio media vuelta y volvió a dirigirse a la planta.

—¡Calla!

—¿Habéis hablado de eso? —preguntó Jeff—. ¿De mí?

—Para, por favor. —Otra vez sacudía la cabeza, y ahora Jeff no tuvo dudas: estaba llorando—. ¿Puedes parar, cariño? ¿Por favor? —Le tendió la mano.

«Cógela», se dijo Jeff. Pero no hizo ningún movimiento. Había una historia común, y los conflictos que surgían entre ellos solían seguir unas pautas fijas. Cada vez que discutían, con independencia del motivo, Amy se alteraba, lloraba, se retiraba; y por mucho que se resistiera, Jeff acababa acercándose para tranquilizarla, mimarla, susurrarle ternezas y asegurarle que la amaba. No importaba de quién fuera la culpa, porque siempre, siempre, siempre era él quien pedía perdón; nunca Amy. Y esta vez no fue diferente. Había dicho: «¿Puedes parar?» No «¿Podemos parar?». Jeff estaba cansado —harto, hasta la coronilla— y se juró que no haría lo mismo de siempre.

No allí ni entonces. La que se había equivocado era ella, y en consecuencia le correspondía ceder y pedir perdón.

En cierto momento, Jeff no sabía exactamente cuándo, la enredadera había callado.

Pronto oscurecería. En cuestión de diez o quince minutos, calculó Jeff, no verían nada. Habrían debido hablar, convenir un turno de guardias, repartir otra ración de comida y agua. Incluso ahora, mientras la luz se desvanecía, deberían estar haciendo cosas. «Eres demasiado duro —había dicho Amy—. Creemos que eres demasiado duro.» Él se esforzaba por salvarlos, y ellos se quejaban, murmuraban a sus espaldas.

«Que le den —pensó Jeff—. Que les den a todos.»

Se volvió, dejando a Amy con la mano extendida. Se acercó al cobertizo y se sentó en el barro, mirando a Pablo. Éste tenía los ojos cerrados y la boca entreabierta. El olor que despedía era casi insoportable. Jeff sabía que debían moverlo, levantarlo de ese asqueroso y hediondo saco de dormir, que estaba empapado con sus fluidos corporales. Deberían lavarlo, irrigar los muñones para quitarle el barro. Ahora tenían suficiente agua y podían permitírselo. Pero la luz se desvanecía, y Jeff sabía que no podrían lavarlo en la oscuridad. La culpa era de Amy... de Amy, de Stacy y de Eric, que lo habían distraído, le habían hecho perder el tiempo. Y ahora Pablo tendría que esperar hasta la mañana siguiente.

Los muñones seguían sangrando —no mucho, sólo una exudación continua— y era preciso limpiarlos y vendarlos. No tenían gasas, por supuesto, ni otro material esterilizado. Jeff tendría que revisar las mochilas de nuevo, coger una camisa limpia y rogar que bastara con eso. Tal vez podía aprovechar el costurero, usar una aguja con hilo. Buscaría los vasos que sangraban y los cosería uno por uno. También tenía que pensar en Eric: le cosería la herida del costado. Se volvió y miró a Amy, que seguía de pie en medio del claro, inmóvil. Ni siquiera había bajado la mano. Esperaba que él se ablandara. Pero no lo haría.

—Dime que lo sientes —dijo en cambio.

—¿Cómo? —La luz era demasiado tenue para verle la cara. Jeff sabía que se estaba comportando como un niño. Era tan tonto como ella. Pero no podía evitarlo.

—Di que lo sientes —insistió Jeff. Amy bajó la mano—. Dilo.

—¿Que siento qué?

—Haber robado el agua. Haberte emborrachado.

Amy se secó la cara con un gesto cansino y suspiró.

—Vale.

—¿Qué vale?

—Lo siento.

—¿Qué sientes?

—Venga...

—Dilo, Amy.

Hubo una larga pausa mientras Amy titubeaba. Por fin cedió y recitó con voz monocorde:

—Siento haber robado el agua. Siento haberme emborrachado.

«Ya basta —se dijo Jeff—. Para aquí.» Pero no lo hizo. Al mismo tiempo que pensaba estas palabras, se oyó decir:

—No pareces muy sincera.

—Joder, Jeff. No puedes...

—Dilo como si lo sintieras de verdad; de lo contrario, no cuenta.

Amy suspiró de nuevo, esta vez más fuerte; fue casi una risa despectiva. Después sacudió la cabeza, se volvió y se dirigió al otro extremo del claro, donde se dejó caer pesadamente al suelo. Estaba de espaldas a Jeff, encorvada, con la cabeza en las manos. Casi no quedaba luz; a Jeff le pareció que la veía extinguirse, desaparecer del aire. Notó que la silueta encorvada de Amy se desvanecía entre las sombras, como si se fundiera con la vegetación que había más allá. Le pareció que sacudía los hombros. ¿Lloraba? Aguzó el oído, pero la ronca respiración de Pablo le impidió oír nada más.

«Ve a buscarla —se dijo—. Ya mismo.» Pero no se movió.

Se sentía atrapado, paralizado. Una vez había leído cómo forzar una cerradura, y suponía que sería capaz de hacerlo si fuera necesario. Sabía cómo escapar del maletero de un coche, cómo trepar desde el fondo de un pozo, cómo huir de un edificio en llamas. Pero nada de eso le servía en las actuales circunstancias. No; no sabía cómo salir de esa situación. Necesitaba que Amy diera el primer paso.

Ahora no le cabía duda: estaba llorando. Pero en lugar de ablandarlo, el llanto tuvo el efecto contrario. Jeff llegó a la conclusión de que buscaba compasión, de que pretendía manipularlo. Lo único que le había pedido era que se disculpara con sentimiento. ¿Tan irracional era eso? O quizá no lloraba; quizás estuviera temblando, porque debía de estar mojada, por supuesto, y tendría frío. Mientras la miraba, tratando de dilucidar si eran temblores o sollozos, vio que Amy se inclinaba hacia un lado y se acostaba en el barro. Sabía que esto también debería infundirle compasión, pero, una vez más, sólo sintió furia. Si estaba mojada y tenía frío, ¿por qué no hacía algo al respecto? ¿Por qué no se levantaba, se metía en la tienda y buscaba ropa seca en las mochilas? ¿Tenía que decírselo él? Bien, pues no lo haría. Si quería quedarse tirada en el barro, temblando o llorando, o las dos cosas a la vez, allá ella. Por él podía pasarse toda la noche allí, que no haría nada para impedírselo.

Más tarde, mucho más tarde, después de que el sol se pusiera y Mathias regresara para unirse a los demás en la tienda, después de que saliera la luna, aquella pálida rodaja reducida ahora a casi nada, después de que a Jeff se le secara la ropa, endureciéndose un poco en el proceso, después de que la respiración de Pablo cesara durante treinta segundos y se reiniciara con un ronquido brusco que sonó como una arcada, o como si desgarraran una sábana, después de que Jeff pensara una docena de veces en Amy, en despertarla, en mandarla a la tienda, sólo para decidir que no en cada ocasión, después de que acabara su turno de guardia e hiciera la mayor parte del siguiente, sin moverse, deseando que fuera ella quien tomase la iniciativa, que se acercase a pedirle perdón o, mejor aún, que lo abrazara en silencio, después de todas estas cosas, Amy se levantó tambaleándose. O no se levantó del todo, porque dio medio paso hacia él, cayó de rodillas y empezó a vomitar. La vio doblada hacia delante, apoyada en una mano mientras se cubría la boca con la otra, como si quisiera contener el vómito. Estaba demasiado oscuro para verla bien. Jeff vislumbró su silueta, el sombrío bulto de su cuerpo, pero nada más. No tanto sus ojos como sus oídos le advirtieron de lo que pasaba. La oyó hacer arcadas, toser, escupir. Intentó incorporarse de nuevo, pero obtuvo el mismo resultado: otro medio paso antes de volver a caer de rodillas, la mano derecha sobre la boca mientras la izquierda parecía buscar a Jeff en la oscuridad. ¿Lo llamaba? Por debajo de las arcadas, la tos, los escupitajos, ¿le oyó pronunciar su nombre? No estaba seguro, o no del todo, así que no se movió. Y ahora las dos manos de Amy cubrían su boca, como para contener el vómito. Pero no lo conseguían, naturalmente. Las arcadas y las toses continuaron. A pesar del apestoso olor de Pablo, Jeff pudo oler el vómito de Amy —el tequila, la bilis—, que no cesaba.

«Ve a buscarla», pensó de nuevo.

Y luego: «Eres demasiado duro. Todos creemos que eres demasiado duro.»

La vio inclinarse más, siempre con las manos en la boca. Titubeó allí y por fin paró: no más toses, ni arcadas ni atragantamientos. Durante casi un minuto, no se movió en absoluto. Luego, muy despacio, se giró de lado sobre el barro. Quedó en posición fetal, totalmente inmóvil. Jeff dio por sentado que había vuelto a dormirse. Sabía que debería ir a ayudarla, limpiarla como si fuese una niña y acompañarla a la tienda. Pero ella se lo había buscado, ¿no? Así que, ¿por qué tenía que sacarle las castañas del fuego? No lo haría. La dejaría allí, para que despertase por la mañana con la cara cubierta de vómito seco. Volvió a olerlo, y se le revolvió el estómago. Pero su estómago no fue el único que reaccionó ante aquel hedor; también lo hicieron sus sentimientos. La furia, el asco y un profundo desasosiego lo mantuvieron junto al cobertizo durante toda la noche, observando sin actuar. «Debería ir a ver cómo se encuentra», pensó. ¿Cuántas veces? Una docena, o más. «Debería cerciorarme de que está bien.» Pero no lo hizo. Se quedó mirándola, pensando estas palabras, reconociendo su sensatez, su cordura, pero sin hacer nada en toda la noche.

Rayaba el alba cuando por fin se movió. Había estado dando cabezadas, perdiendo y recuperando la conciencia mientras la luna ascendía, llegaba al cenit y empezaba a descender. Casi había desaparecido cuando Jeff consiguió despertar, se levantó con esfuerzo y se estiró, sintiendo la sangre espesa en las venas. Ni siquiera entonces fue a ver a Amy; aunque ya daba igual. La miró durante un rato largo —un bulto inmóvil en el centro del claro—, se dirigió a la tienda, abrió la cremallera y entró con sigilo.

Stacy había oído discutir a Jeff y Amy. No pudo descifrar sus palabras a causa del tamborileo de la lluvia contra el techo de la tienda, pero estaba segura de que habían discutido. La enredadera también había participado, imitando la voz de Amy.

Gritando: *Es culpa mía.*

Y luego: *La culpa es mía, ¿no?*

En la tienda sólo estaban ella y Eric. La tormenta impedía ver gran cosa. Stacy no sabía qué hora era, pero intuía que el día llegaba a su fin. Otra noche; no sabía cómo iban a afrontarla.

—Si me duermo, ¿me vigilarás? —preguntó Eric.

La mente de Stacy estaba embotada por el alcohol. Todo parecía moverse más despacio de lo normal. Miró a Eric en la oscuridad, tratando de procesar su pregunta. La lluvia no amainaba, y el techo de la tienda se hundía bajo su peso. Jeff y Amy habían dejado de gritar.

—¿Toda la noche? —preguntó.

Eric negó con la cabeza.

—Una hora. ¿Podrás mantenerte despierta durante una hora? Sólo necesito ese tiempo.

Stacy se dio cuenta de que estaba cansada, como si el solo hecho de hablar de ello la agotase. Cansada, hambrienta y muy, pero que muy borracha.

—¿Por qué no podemos dormir los dos?

Eric señaló los objetos amontonados en el fondo de la tienda.

—Volverá. Se me meterá dentro de nuevo. Uno de los dos ha de permanecer despierto.

«Se refiere a la enredadera», pensó Stacy, y por un momento la sintió cerca, oculta entre las sombras, escuchando, observando, esperando a que se durmiesen.

—Vale —dijo—. Una hora. Después te despertaré.

Eric estaba acostado boca arriba. Seguía apretándose el costado con la camiseta hecha una bola. En la tienda estaba demasiado oscuro para saber si la hemorragia había cesado. Stacy se sentó a su lado y le cogió la mano libre, que estaba fría y húmeda. Sabía que deberían secarse y cambiarse. Aunque ella aún temblaba de frío, no dijo nada ni rebuscó en las mochilas. Los arqueólogos estaban muertos, igual que todos los que habían llegado antes y después que ellos, y Stacy tenía la absurda sensación de que sus pertenencias podían contagiarle algo. No quería usar su ropa.

Eric se durmió, y su mano se relajó dentro de la de Stacy. Ésta se sorprendió de la rapidez con que había conseguido conciliar el sueño. Empezó a roncar, con un sonido aterradoramente similar al de la respiración de Pablo. Stacy estuvo a punto de despertarlo, deseando que se pusiera de lado y callara, pero entonces, de repente, paró solo. Eso también la aterró, aunque de una forma diferente, así que se inclinó y puso la oreja derecha sobre la cara de Eric, para asegurarse de que seguía respirando.

Respiraba, desde luego.

Inclinada de esta forma, con la cabeza casi horizontal, a apenas un palmo del suelo de la tienda, parecía más fácil seguir cayendo que luchar para incorporarse. Se tumbó a su lado, abrazándolo. No se dormiría, ¿cómo iba a dormir? Ni siquiera era de noche todavía. Amy entraría pronto, y entonces se pondrían a charlar en voz baja, susurrando incluso, para no despertar a Eric. Cierto que estaba cansada, pero le había dado su palabra a Eric, y sabía que la planta estaba al acecho, esperando que bajaran la guardia. No; no se dormiría. Sólo iba a cerrar los ojos por un momento, para escuchar el suave tamborileo sobre el nailon y tal vez fantasear un poco, imaginándose en otro lugar.

Cuando abrió los ojos, la tienda estaba muy oscura, demasiado oscura para ver. Había alguien a su lado, sacudiéndola por el hombro.

—Despierta, Stacy —decía esa persona una y otra vez—. Te toca a ti.

Reconoció la voz de Jeff, pero no se movió; se limitó a mirarlo en la oscuridad. Las cosas le volvían a la memoria, pero demasiado despacio para entenderlas. La lluvia; Amy gritándole puta; Jeff y Amy discutiendo; Eric pidiéndole que lo vigilase. Tenía resaca y todavía estaba borracha. Una combinación dolorosa. La cabeza no sólo le dolía; experimentaba la extraña sensación de que su contenido podía volcarse, de que si se movía demasiado rápido hacia un lado o hacia el otro, se vaciaría por completo. No era una idea clara; sólo sabía que no quería moverse, que era peligroso. Tenía la vejiga tan llena que le dolía, pero ni siquiera eso bastó para ponerla en marcha.

—No —respondió.

No podía ver a Jeff, pero percibió su asombro, cierta rigidez entre las sombras, por encima de ella.

—¿No? —preguntó él.

—No puedo.

—¿Por qué?...

—Simplemente no puedo.

—Pero es tu turno.

—No puedo, Jeff.

Éste alzó un poco la voz, enfadado.

—Déjate de puñetas, Stacy. Levántate. —Le dio un pequeño empujón y ella casi gritó. Le dolía todo el cuerpo. Empezó a repetir:

—No puedo, no puedo, no puedo, no puedo...

—Iré yo. —Era la voz de Mathias, procedente del otro extremo de la tienda.

Stacy notó que Jeff se apartaba de ella y se volvía.

—Le toca a ella.

—Es igual. Estoy despierto.

Stacy le oyó levantarse, prepararse y dirigirse a la puerta. Aunque se detuvo allí, con un titubeo.

—¿Dónde está Amy? —preguntó.

—Fuera —respondió Jeff—. Durmiendo la mona.

—Debería...

—Déjala en paz.

Stacy oyó que Mathias abría la cremallera, y algo semejante a la luz entró en la tienda. Por un momento, los vio a los tres: Eric acostado boca arriba, inmóvil; Jeff de pie al lado de ella, y Mathias saliendo al claro. «Gracias», pensó, pero no consiguió convertir la idea en sonido. La puerta se cerró, sumiéndolos de nuevo en la oscuridad.

Sin querer, estaba cerrando los ojos otra vez. Jeff se acostó a unos palmos de ella, mascullando algo con un inconfundible tono quejumbroso. Echando pestes sobre ella, supuso Stacy. Qué más daba. Ya estaba enfadado con Amy, así que, ¿por qué no con ella? Más tarde se reirían del incidente; Stacy imitaría sus murmullos y suspiros, que todavía continuaban.

«Debería comprobar cómo está Eric», pensó.

Trató de recordar lo que había hecho antes de dormirse.

¿Lo había despertado, como le había prometido? Cuanto más pensaba en ello, más improbable le parecía, y mientras luchaba por despertarse, por abrir los ojos, e incluso por sentarse y tocar a Eric, Mathias empezó a llamar a Jeff a gritos.

Todo se repetía: el despertar rodeado por aquel olor a humedad y la enredadera creciendo sobre sus piernas. «Dentro de mí —pensó Eric mientras la tocaba—. Y ahora también en el pecho.»

Mathias gritaba desde el claro. Otra persona se movía en la tienda. Estaba demasiado oscuro para ver quién era. Eric trató de incorporarse, pero la planta estaba encima de él, y era como si lo sujetase.

«Dentro de mí.»

—¡Jeff! —gritaba Mathias—. ¡Jeff!

Algo malo había ocurrido; Eric lo notó en la voz de Mathias. «Pablo ha muerto», pensó.

—¡Jeff!

Había alguien de pie, dirigiéndose a la puerta de la tienda.

—Ay, Dios —dijo Eric—. Había metido la mano entre los zarcillos, y se estaba tocando el pecho, por encima de la herida. Debajo de la piel, una masa esponjosa le cubría las costillas y se extendía hacia el esternón—. ¡El cuchillo! —exclamó—. ¡Traedme el cuchillo!

—¿Qué pasa? ¿Qué tienes? —Era Stacy, con voz soñolienta y asustada. Lo cogió del hombro.

—Necesito el cuchillo —dijo Eric.

—¿El cuchillo?

—¡Deprisa!

En el claro, Mathias seguía gritando:

—Jeff... Jeff...

Eric bajó la mano hasta la pierna, donde encontró el mismo bulto acolchado por debajo de la piel, subiendo por la rodilla en dirección al muslo. Oyó la cremallera de la tienda y se volvió a mirar. Todavía era de noche, pero fuera estaba más claro que dentro. Vio salir a Jeff.

—Espera —lo llamó—. Necesito...

Pero Jeff ya se había ido.

Jeff lo sabía.

Lo supo en cuanto oyó gritar a Mathias. Se había levantado y corría por el claro, todo sucedía muy rápido, demasiado rápido, pero no lo suficiente para ocultar la verdad. Estaba en la voz de Mathias, en el pánico y la urgencia que oyó en ella. Era lo único que necesitaba Jeff.

Sí, lo sabía.

Se levantó, salió de la tienda y cruzó el claro en la oscuridad, donde Mathias era apenas una sombra inclinada sobre otra sombra: Amy. Jeff cayó de rodillas y cogió la muñeca de Amy, que estaba fría. No podía verle la cara a ninguno de los dos.

—Creo que... —empezó Mathias, buscando las palabras adecuadas, tartamudeando casi por culpa de la agitación—. Creo que la ha estrangulado.

Jeff se inclinó un poco más. La planta crecía dentro de la boca y la nariz de Amy. Empezó a tirar de ella, quemándose las manos con la savia. Un zarcillo se le había metido hasta la garganta, y tuvo que escarbar con los dedos para sacarlo, ignorando la textura correosa de los labios, que también estaban muy fríos, demasiado fríos...

En la tienda, Eric había empezado a gritar otra vez.

—¡El cuchillo! ¡Traedme el cuchillo!

«No la estranguló; la ahogó», pensó Jeff. Porque olía a tequila y a bilis y la planta estaba húmeda. Recordó a Amy tratando de levantarse, dando medio paso hacia él con la mano en la boca. Él se había equivocado al pensar que Amy intentaba contener el vómito. En realidad estaba tirando, ahora lo entendía: luchaba por apartar la planta de su cara, para dejar salir al vómito que la estaba ahogando, y al final había caído de rodillas, pidiéndole ayuda.

Cuando le hubo despejado la cara, le inclinó la cabeza hacia atrás, le apretó la nariz y apoyó sus labios sobre los de ella; un cierre hermético, sin fugas. Sintió un sabor a vómito y el ardor de la savia en la lengua. Exhaló, llenando los pulmones de Amy, levantó la boca, le palpó el pecho, buscando el esternón, apoyó todo su peso contra él, empujando con las palmas de las manos, contando cada presión —uno... dos... tres... cuatro... cinco—, y regresó a la boca.

—Jeff —dijo Mathias.

Jeff evocó historias de muertes aparentes, de gente rescatada de las profundidades del mar, sin pulso, con los labios amoratados y los miembros rígidos. Historias sobre ataques cardíacos, picaduras de serpiente y electrocución por rayos. ¿Por qué no víctimas de asfixia? Aquellas personas no debían volver a respirar y, sin embargo, gracias a un milagro, a un capricho de la fisiología, habían vuelto a la vida simplemente porque alguien que no tenía motivos para creer ni para insistir mantuvo la fe e insistió de todos modos, insuflando aire en los pulmones de un cadáver, bombeando sangre a su corazón, resucitándolo como a Lázaro, salvándolo de una muerte prematura.

—Es demasiado tarde —dijo Mathias.

Jeff había aprendido primeros auxilios en segundo de bachillerato. Principios de primavera al oeste de Massachusetts, las moscas zumbando y chocando contra las ventanas que daban al patio, donde había una bandera izada en un mástil y un pequeño invernadero. Después de una clase breve, practicaron en el suelo con una muñeca de goma, una grotesca mujer sin piernas. Jeff recordó que le habían puesto un nombre, pero se le había borrado de la memoria. Quince adolescentes turnándose con ella; alguien hizo un chiste subido de tono, que el señor Kocher silenció con su expresión ceñuda. Todos estaban cohibidos, temerosos de equivocarse, pero disimulaban. Los labios de la muñeca sabían a alcohol. Arrodillado junto a la cabeza, Jeff había imaginado los rescates que le aguardaban en el futuro. Su abuela inconsciente en el suelo de la cocina, mientras el resto de la familia —su hermana, sus padres, sus primos, sus tíos y tías— la miraban agonizar paralizados, impotentes; entonces un sereno Jeff se adelantaría, se abriría paso entre ellos y se arrodillaría junto a la anciana para devolverle la vida con la respiración artificial, un gesto sencillo pero a la vez propio de un dios. Un momento de gracia —así lo había imaginado—, lleno de calma y aplomo.

Exhaló, llenando los pulmones de Amy.

Mathias le tocó el hombro.

—No está...

«Ve a buscarla», había pensado. Recordó que aquellas palabras le pasaron por la cabeza cuando estaba sentado en el barro, junto al cobertizo de Pablo, mirando cómo Amy se tambaleaba y caía de rodillas con la mano en la boca. «Ya mismo.» ¿Por qué no había ido?

Notó un movimiento cerca de la tienda y enseguida apareció Stacy.

—Se le ha metido dentro de nuevo —dijo—. Yo... —Se interrumpió, tratando de ver algo en la oscuridad—. ¿Qué ha pasado?

Jeff volvió a palpar el pecho de Amy, buscando el esternón.

—¿Está...?

«Fue culpa mía.» No le cabía la menor duda y, sin embargo, Jeff no podía permitirse el lujo de pensar en eso ahora. Después tendría que afrontar esas palabras, cargar con las consecuencias; sería inevitable. Pero ahora...

Empezó a presionar: uno... dos... tres... cuatro... cinco.

Por otra parte, quizá no hubiese un después. Era posible, ¿no? Ningún después, nada más allá de ese sitio. Amy era sólo la primera, pero él y los demás la seguirían pronto. Y si era así, ¿qué más daba? De esta forma y no de otra; ahora en lugar de al cabo de unos días o unas semanas. ¿No sería incluso una bendición, como cualquier otra forma de acortar el sufrimiento?

—Jeff... —dijo Mathias.

Él no se había dado cuenta. No pudo verla. Amy había estado a unos cinco metros, pero envuelta en sombras. ¿Cómo iba a imaginar Jeff lo que le pasaba?

Eric gritaba en la tienda, llamando a Stacy, pidiendo auxilio y reclamando el cuchillo.

«Ahora no —pensó Jeff, tratando de organizarse—. Más tarde.»

—¿Mathias? —dijo Stacy, con voz de pánico—. ¿Amy está...?

—Sí.

Bebés sacados de la basura, ancianas halladas inconscientes en camisón, montañeros sepultados en la nieve; lo importante era no rendirse, no dar nada por sentado, actuar sin vacilaciones y rezar para que se produjera el milagro, la súbita y caprichosa inhalación.

Stacy dio un paso al frente.

—Quieres decir que está...

—Muerta.

Jeff no les hizo caso. Volvió a la boca: los labios fríos, el sabor a vómito, la quemadura de la savia mientras le llenaba los pulmones a la fuerza. Eric seguía gritando en la tienda. Stacy y Mathias permanecían callados e inmóviles, mirando cómo Jeff trabajaba con el cadáver —con los pulmones y el corazón—, tratando de provocar ese momento de gracia que se le resistía, le rehuía, no llegaba. Se rindió mucho antes de parar, pero siguió bregando durante unos minutos por pura inercia, por el miedo a lo que significaría apartarle los labios de la boca y las manos del pecho sin intención de regresar. Al final, la fatiga, un calambre en el muslo derecho y el creciente mareo le obligaron a detenerse. Se sentó sobre los talones y trató de recuperar el aliento.

Nadie habló.

«Me llamó», pensó Jeff. Se limpió la boca, los labios escoriados por la savia. «Le oí pronunciar mi nombre.» Cogió la mano de Amy entre las suyas, como si intentase calentarla.

—¡Stacy! —gritó Eric.

Jeff levantó la cabeza y miró hacia la tienda.

—¿Qué le pasa? —preguntó. La serenidad de su propia voz lo dejó atónito; había supuesto que sonaría ronca y desesperada, como un rugido. Esperó las lágrimas —las sentía muy cerca—, pero no llegaron.

Se negaban a llegar.

«Más tarde», pensó.

—Se le ha metido dentro de nuevo —dijo Stacy, y también ella habló en voz baja, casi inaudible. Jeff sabía que era la presencia de la muerte lo que los inducía a hablar en susurros.

Soltó la mano de Amy y se la colocó con cuidado sobre el pecho, pensando otra vez en aquella muñeca de goma de brazos flácidos. Después de aprobar el cursillo, le habían dado un diploma que su madre enmarcó y colgó en la pared. Si cerraba los ojos, aún podía ver todos aquellos diplomas, medallas y placas junto a las estanterías llenas de trofeos.

—Alguien debería ir a ayudar a Eric —dijo.

Mathias se levantó en silencio y se dirigió a la tienda. Jeff y Stacy lo miraron alejarse, una sombra moviéndose por el claro.

«Como un fantasma», pensó Jeff, y entonces llegaron las lágrimas. Fue incapaz de reprimirlas. No hubo sollozos ni hipos —ni gemidos ni gritos ni lamentos—, sólo media docena de gotas de agua salada, deslizándose despacio por sus mejillas, escociéndole en los puntos donde la savia le había quemado la piel.

Stacy no vio las lágrimas de Jeff. De hecho, no veía casi nada. Se encontraba en un estado deplorable: cansada, borracha, con los músculos y los huesos doloridos y la cabeza embotada por el miedo. Estaba oscuro, demasiado oscuro, y le dolían los ojos por el esfuerzo de tratar de distinguir las cosas. Lo único que alcanzaba a ver era que Amy estaba tendida boca arriba y Jeff, arrodillado a su lado. Pero en cuanto salió de la tienda supo la verdad: Amy había muerto.

Se arrodilló en el suelo. Estaba a sesenta centímetros de ellos, y le habría bastado con extender el brazo para tocar a Amy. Sabía que debería hacerlo, que era lo más apropiado, lo que Amy habría querido, pero no se movió. Tenía miedo. Si la tocaba, su muerte se volvería real.

—¿Estás seguro? —preguntó a Jeff.

—¿Seguro de qué?

—De que está... —Stacy era incapaz de decirlo. Pero Jeff la entendió; intuyó que asentía en la oscuridad—. ¿Cómo? —susurró.

—¿Cómo qué?

—¿De qué manera...?

—Se le metió dentro de la boca. La asfixió.

Stacy respiró hondo y se quedó pensativa. «No puede estar pasándonos esto —pensó—. ¿Cómo es posible?» Otra vez olía a fuego, y eso le recordó que había gente al pie de la colina.

—Tenemos que decírselo —dijo.

—¿A quién?

—A los mayas.

Supo que Jeff la miraba, aunque él no respondió. Deseó poder verle la cara, porque con su serenidad, su voz queda y su cara oculta, Jeff propiciaba la sensación de irrealidad, de que nada de aquello estaba sucediendo de verdad.

—Tenemos que decirles lo que ha pasado —añadió Stacy en voz un poco más alta. Más que oír sintió cómo su corazón se aceleraba, consumiendo el tequila, el sueño e incluso el miedo—. Tenemos que convencerlos de que nos ayuden.

—No van a...

—Tienen que hacerlo.

—Stacy...

—¡Tienen que ayudarnos!

—¡Stacy! —Ella lo miró parpadeando. Tenía los muslos agarrotados y le costaba permanecer de cuclillas. Quería levantarse, correr cuesta abajo y acabar con todo. Parecía muy sencillo—. Cierra el pico —dijo Jeff en voz muy baja—. ¿De acuerdo?

Stacy no respondió. Estaba demasiado sorprendida. Por un instante sintió deseos de gritar, de insultarlo, de pegarle, pero se le pasó enseguida. Todo parecía desvanecerse en un santiamén. De repente, el cansancio y el miedo la invadieron de nuevo. Extendió el brazo y cogió la mano de Amy. Estaba fría y ligeramente húmeda. Si Amy le hubiese devuelto el apretón, Stacy habría gritado, y esta certeza la obligó a aceptar por fin la verdad.

«Ha muerto —pensó—. Amy está muerta.»

—No hables, ¿vale? —dijo Jeff—. ¿Puedes quedarte aquí conmigo, con ella, sin decir nada?

Stacy seguía apretando la mano de Amy. Le hacía sentirse mejor. Asintió con la cabeza.

Y eso fue lo que hicieron. Permanecieron junto al cadáver de Amy, esperando, sin hablar, mientras la tierra giraba lentamente hacia el amanecer.

Eric no paraba de suplicarle a Mathias que lo operase, pero éste se negaba a hacerlo en la oscuridad.

—Tenemos que sacarla —insistió Eric—. Se está extendiendo por todas partes.

—Eso no lo sabemos.

—¿No la palpas?

—Palpo una hinchazón.

—No es una hinchazón. Es la enredadera. Es...

Mathias le dio una palmada en el brazo.

—Chsss —dijo—. Cuando haya más luz.

En la tienda hacía un calor húmedo y sofocante, y Mathias tenía la mano sudorosa. Molesto por su contacto, Eric se apartó.

—No puedo esperar tanto tiempo.

—Amanecerá pronto.

—¿Es porque te llamé nazi? —Mathias no respondió—. Era una broma. Estábamos hablando de la película que harán cuando volvamos y dijimos que te convertirían en el malo. Porque eres alemán, ¿sabes? Así que te transformarán en un nazi. —No regía bien, lo sabía, y hablaba demasiado rápido. Estaba aterrorizado y pensó que quizá no se le entendiera. Pero una vez que se metió por ese camino, fue incapaz de detenerse—. No es que lo seas, pero harán que lo parezcas. Porque necesitarán un malo. Es indispensable. Aunque la mala podría ser la planta, ¿no? Entonces no tendrías que pasar por nazi. Podrías ser un héroe, igual que Jeff. Los dos seréis los héroes. ¿Tenéis *boy scouts* en Alemania?

Oyó que Mathias suspiraba.

—Eric...

—Dame el puto cuchillo, ¿vale? Lo haré yo mismo.

—No tengo el cuchillo.

—Pues ve a buscarlo.

—Cuando empiece a aclarar.

—Llama a Jeff. Él lo hará.

—No podemos llamar a Jeff.

—¿Por qué no?

Hubo una pausa y Eric notó que Mathias dudaba.

—Ha ocurrido algo malo —dijo.

Eric pensó en el pequeño cobertizo y en el olor a pis y mierda que salía de allí. Asintió con la cabeza.

—Ya lo sé —dijo.

—No creo que lo sepas.

—Es Pablo, ¿no? Ha muerto.

—No. No es Pablo.

—¿Entonces?

—Es Amy.

—¿Amy? —Eric no se lo esperaba—. ¿Qué pasa con Amy?

Otra pausa parecida para buscar las palabras apropiadas.

—Se ha ido.

—¿Se ha ido?

Sintió que Mathias sacudía la cabeza en la oscuridad.

—Ha muerto, Eric. La planta la mató.

—¿Qué demonios...?

—La asfixió mientras dormía.

Eric no dijo nada; estaba demasiado horrorizado para hablar.

«Muerta.»

—¿Estás seguro? —preguntó, consciente de que era una pregunta tonta.

—Sí.

Eric sintió que la cabeza le daba vueltas, como si estuviera en un coche que ha perdido la tracción. «Muerta.» Quería levantarse para comprobarlo en persona, pero no sabía si sería capaz. Primero, alguien tendría que cortar la planta y quitársela de la pierna y el pecho. «Muerta.» Sabía que era verdad, y al mismo tiempo no podía aceptarlo. «Muerta.» Era una tontería, pero la película que habían inventado en broma había conquistado su imaginación: Amy era la chica buena, la repipi y se suponía que debía sobrevivir, escapar con Jeff en un globo aerostático.

«Muerta, muerta, muerta.»

—Dios mío —dijo.

—Lo sé.

—Quiero decir que...

Otra palmada en el brazo, y de nuevo el contacto con la mano sudorosa.

—Calla. Tranquilo. No hay nada que decir.

Eric dejó caer la cabeza de nuevo sobre el suelo de la tienda. Cerró los ojos durante unos instantes y luego los abrió, buscando indicios de claridad en las paredes de nailon. Pero sólo había oscuridad; estaba rodeado por la oscuridad.

Cerró los ojos otra vez y esperó el amanecer con una palabra resonando en la cabeza:

«Muerta, muerta, muerta, muerta, muerta, muerta...»

En cuanto salió el sol, Eric empezó a llamar otra vez desde la tienda. Quería el cuchillo. Mathias salió al claro y se quedó mirando a Jeff y Stacy, que continuaban sentados junto al cadáver de Amy, uno a cada lado. Stacy le había cogido la mano.

—¿Qué pasa? —preguntó Jeff.

Mathias se encogió de hombros y miró hacia arriba. La luz aún no era demasiado intensa y estaba teñida de rosa. Jeff oyó cantos y graznidos de pájaros a lo lejos, en la selva. No conseguía descifrar la expresión de Mathias, aunque le pareció preocupado. O quizá confundido.

—Creo que deberías echarle un vistazo.

Jeff se levantó sintiéndose agarrotado y al límite de sus fuerzas. Siguió a Mathias hacia la tienda, dejando a Stacy con el cuerpo de Amy.

Dentro, la luz era demasiado tenue para ver con claridad. Eric estaba acostado boca arriba, con la pierna izquierda y el abdomen ocultos debajo de algo, y Jeff tardó unos instantes en darse cuenta de que ese algo era la enredadera.

Se arrodilló a su lado.

—¿Por qué no la has arrancado? —preguntó.

—Tiene miedo de romperla —explicó Mathias.

Eric asintió.

—Si los zarcillos se rompen, se meterán por todas partes. Como gusanos.

Jeff separó la masa de hojas, inclinándose un poco más para ver mejor. La planta había penetrado por las heridas de la pierna y el pecho, pero era difícil saber si había llegado muy hondo. Jeff necesitaba más luz.

—¿Puedes andar? —preguntó.

Eric negó con la cabeza.

—Las aplastaría. Me quemarían.

Jeff reflexionó y llegó a la conclusión de que Eric estaba en lo cierto.

—Entonces tendremos que llevarte en brazos.

Esto pareció asustar a Eric, que intentó sentarse, pero sólo consiguió incorporarse a medias, apoyándose sobre los codos.

—¿Adónde?

—Fuera. Aquí está demasiado oscuro.

En total había cinco zarcillos enroscados alrededor del cuerpo de Eric. Tres estaban adheridos a la pierna, cada uno de ellos en una herida diferente. Los otros dos habían penetrado por la incisión del pecho. Jeff se dio cuenta de que tendrían que cortarlos cerca de la raíz si querían sacar a Eric de allí, y lo hizo rápidamente, sin decir nada, por si Eric protestaba. Luego hizo una seña a Mathias para que le ayudase. Éste cogió a Eric por los hombros y Jeff por los pies. Lo levantaron y lo llevaron al claro con los zarcillos colgando, balanceándose y retorciéndose como serpientes.

Lo dejaron en el suelo, a mitad de camino entre Pablo y Amy. Luego Jeff cruzó el claro en busca del cuchillo. Tener una tarea era agradable y reconfortante. El solo hecho de sujetar el cuchillo en la mano pareció aclararle la mente y aguzarle los sentidos. Titubeó por un segundo, observando el pequeño campamento. Eran un grupo de zarrapastrosos, sucios y con la ropa hecha jirones. Mathias y Eric tenían un grueso rastrojo de barba. Eric estaba cubierto de sangre seca, y los zarcillos parecían brotar de sus heridas, más que haber penetrado en ellas. Mientras lo sacaban de la tienda, Jeff le había visto mirar brevemente a Amy, echar una pequeña ojeada exploratoria antes de estremecerse y desviar la mirada. Nadie había hablado; todos parecían esperar que empezara otro. Jeff sabía que necesitaban un plan, un camino que los llevase más allá del presente, algo en que pensar, y también sabía que tendría que ser él quien lo encontrase.

La luz empezaba a aumentar, trayendo consigo el calor del día. Curiosamente, a Pablo casi no se le oía respirar. Por un instante Jeff temió que hubiera muerto. Se acercó al cobertizo y se acuclilló junto a él. El griego seguía con ellos. Pero aquel gorgoteo viscoso había desaparecido, y la respiración ahora era lenta y regular. Jeff le tocó la frente y comprobó que aún ardía de fiebre. Pero algo había cambiado. Cuando Jeff levantó la mano, Pablo abrió los ojos y los fijó en él. Parecían sorprendentemente centrados y alerta.

—Hola —dijo Jeff.

Pablo se humedeció los labios y tragó saliva con dificultad.

—¿*Poto?* —dijo.

—Te está pidiendo agua —dijo Stacy desde el otro lado del claro—. Es agua en griego.

—¿Cómo lo sabes?

—Porque lo dijo antes.

Eric seguía acostado boca arriba, mirando al cielo.

—El cuchillo, Jeff —dijo.

—Un momento.

Mathias estaba de pie junto a Eric, con los brazos cruzados, como si tuviera frío. Pero Jeff vio que tenía la frente cubierta de sudor, brillante bajo la creciente luz del alba. Jeff señaló la garrafa de agua. Mathias la cogió y se la llevó.

Jeff destapó la garrafa y se la enseñó a Pablo.

—¿*Poto?* —preguntó.

Pablo asintió, abrió la boca y sacó un poco la lengua. Jeff vio que tenía una mancha marrón en los dientes, tal vez sangre. Le puso la garrafa en los labios y echó una pequeña cantidad de agua sobre la lengua. El griego tragó, tosió un poco y volvió a abrir la boca. Jeff repitió la operación tres veces. Sabía que la respiración calmada, la recuperación de la conciencia y la capacidad de retener el agua en el estómago eran buenas señales, pero no terminaba de aceptarlo. En su fuero interno, Pablo ya estaba muerto. Le parecía imposible que alguien pudiera sobrevivir a todo lo que le había ocurrido al griego en las últimas treinta y seis horas sin la ayuda de complicados procedimientos médicos. La fractura de la columna, la amputación de las piernas, la hemorragia, la infección casi segura... Unos sorbos de agua no podían compensarlo por todo eso.

Cuando Pablo cerró los ojos de nuevo, Jeff cruzó el claro y se arrodilló junto a Eric.

«Un plan.» Eso era lo que necesitaban.

Limpiar el cuchillo, lavando la sangre de la hoja, y prender otro fuego para esterilizarlo. Tal vez deberían esterilizar también algunas agujas. Luego extirpar la enredadera y coser a Eric.

Y al cabo de un rato, alguien debería bajar al pie de la colina para esperar a los griegos.

Después tendrían que coser los restos de la tienda azul, confeccionar un recipiente donde guardar el agua, por si llovía.

¿Y qué más? Sabía que olvidaba algo. O lo rehuía.

«El cadáver de Amy.»

Lo miró y apartó los ojos con rapidez. «Paso a paso —se dijo—. Primero el cuchillo.»

—Tardaremos unos minutos en prepararnos —advirtió a Eric.

Éste trató de sentarse, pero se lo pensó mejor.

—¿Qué quieres decir?

—Tengo que esterilizar el cuchillo.

—No importa. No necesito...

—No pienso cortarte con el cuchillo sucio.

Eric extendió el brazo.

—Entonces lo haré yo.

Jeff negó con la cabeza.

—Serán tres minutos, Eric, ¿vale?

Eric titubeó, cavilando. Por fin pareció darse cuenta de que no tenía alternativa. Bajó la mano.

—Date prisa, por favor.

«Limpiar el cuchillo.»

Jeff regresó a la tienda y rebuscó en las mochilas de los arqueólogos. En un bolsillo con cremallera, encontró un neceser que contenía espuma de afeitar, dentífrico, un cepillo de dientes, un peine, un desodorante y una pastilla de jabón en una pequeña jabonera roja. Se llevó el neceser al claro junto con una toalla pequeña, una aguja y un diminuto carrete de hilo.

El jabón, la toalla, el cuchillo, la aguja, el hilo, la garrafa de agua... ¿qué más necesitaba?

Se volvió hacia Mathias, que estaba sentado junto al cobertizo.

—¿Puedes encender fuego? —pidió.

—¿Cómo de grande?

—Uno pequeño. Para esterilizar el cuchillo.

Mathias se levantó y comenzó a moverse por el claro, preparándolo todo. El día anterior se habían dejado los cuadernos fuera y ahora estaban demasiado mojados para que prendieran. Mathias desapareció en la tienda, buscando algo que sirviera como combustible. Jeff mojó la toalla y restregó con ella la pastilla de jabón, haciendo espuma. Cuando empezaba a frotar la hoja del cuchillo, manchada de sangre seca, Mathias reapareció con un libro y un calzoncillo. Los dejó en el suelo, junto a Jeff, y los roció con tequila. El libro era una novela de Hemingway que Jeff había leído en el instituto: *Ahora brilla el sol*. La misma edición, la misma tapa. Al mirarlo, se dio cuenta de que no recordaba absolutamente nada del argumento.

—Dale un poco de eso —dijo, señalando el tequila.

Mathias le pasó la botella a Eric, que la cogió con las dos manos y miró a Jeff con expresión dubitativa.

Jeff asintió, indicándole que bebiera.

—Para el dolor.

Eric echó un largo trago, se detuvo para respirar y bebió un poco más.

Mathias tenía la caja de cerillas en la mano. La había abierto y sacado una.

—Avísame cuando estés listo —le dijo a Jeff.

Jeff echó un chorro de agua sobre la hoja del cuchillo, aclarándola. Cuando terminó, le quitó la botella de tequila a Eric y la dejó en el suelo.

—Después te coseré, ¿de acuerdo?

Eric sacudió la cabeza, aterrorizado.

—No quiero que me cosas.

—Las heridas no se cerrarán solas.

—Pero quedarán restos.

—No dejaré nada dentro, Eric. La...

—No podrás verla toda. Una parte es demasiado pequeña. Y si coses cuando aún queda algo...

—Escúchame, ¿quieres? —Jeff se esforzaba por mantener la voz baja, serena y tranquilizadora—. Si dejamos las heridas abiertas, ocurrirá lo mismo una y otra vez. ¿Lo entiendes? Te dormirás, y la enredadera se te meterá dentro. ¿Quieres que te pase eso?

Eric cerró los ojos y su cara comenzó a temblar. Jeff notó que luchaba por contener las lágrimas.

—Lo que quiero es volver a casa —dijo—. Eso es lo que quiero. —Respiró hondo, algo cercano a un sollozo reprimido a último momento—. Si me coses...

—Eric —dijo Stacy.

Eric abrió los ojos y se giró para mirarla. Todavía estaba sentada junto a Amy, cogiéndole la mano.

—Deja que te cosa, cariño, ¿vale?

Eric la miró fijamente... y también a Amy. Respiró hondo dos veces más y su cara dejó de temblar. Cerró los ojos, los abrió y asintió.

Jeff se volvió hacia Mathias, que había estado esperando con una cerilla preparada entre el dedo índice y el pulgar.

—Adelante —dijo Jeff.

Y todos miraron cómo el alemán encendía un pequeño fuego.

Stacy estaba a pocos metros y pudo verlo todo.

Jeff empezó por el abdomen, agrandando la herida original y tirando con suavidad de un zarcillo mientras cortaba. No tuvo que cortar demasiado para que saliera; sólo unos cinco centímetros. Luego comenzó a practicar una incisión en la dirección contraria, tirando del segundo zarcillo. Una vez más, bastó con cortar cinco o seis centímetros para que la rama saliera con facilidad. Debía de dolerle, por supuesto, pero Eric se limitó a hacer muecas y apretar los puños. Ni siquiera rechistó.

Jeff le pasó el cuchillo a Mathias y cogió la aguja. Mathias la había calentado en el pequeño fuego antes de enhebrarla. Aquellos dos no necesitaban hablar; sabían lo que quería el otro y lo hacían. «Como Amy y yo», pensó Stacy, y casi se echó a llorar. Para contenerse, cerró los ojos y los apretó con la misma fuerza con que apretaba la mano de Amy. El calor de su propio cuerpo había calentado la piel de su amiga, y si no hubiera sabido la verdad, habría podido imaginar que dormía. No; no era cierto. Una extraña rigidez había empezado a tomar posesión del cuerpo, y los dedos estaban ligeramente curvados.

Stacy abrió los ojos. Jeff limpiaba la sangre con la toalla y sujetaba la aguja con la otra mano, listo para empezar a coser.

Eric levantó la cabeza y lo miró fijamente.

—¿Qué haces?

Jeff titubeó, con la aguja suspendida sobre el abdomen de Eric.

—Te lo he dicho. Voy a coserte.

—Pero todavía no la has extirpado del todo.

—Claro que sí. Ha salido entera.

Eric sacudió la mano.

—¿No la ves, coño? Sube por mi pecho.

Jeff examinó la zona que señalaba Eric: la parte izquierda de la caja torácica y el esternón.

—Sólo es hinchazón, Eric.

—Y una mierda.

—Es la reacción del cuerpo ante un traumatismo.

—Córtame ahí. —Señaló el esternón.

—No pienso...

—Hazlo y verás.

Jeff miró primero a Mathias y luego a Stacy, esperando que lo ayudasen.

Stacy lo intentó, aunque sin demasiado empeño.

—Deja que te cosa, cariño.

Eric no le hizo caso. Tendió la mano hacia Mathias.

—Dame el cuchillo. —Mathias miró a Jeff, que negó con la cabeza—. O me cortas, o me das el cuchillo y lo hago yo.

—Eric... —empezó Jeff.

—Joder, la tengo dentro. La siento.

Jeff siguió dudando durante unos instantes, pero luego le devolvió la aguja a Mathias y cogió el cuchillo.

—Indícame dónde —dijo.

Eric se pasó la mano por el lado izquierdo del esternón.

—Aquí. Este bulto.

Jeff se inclinó sobre él, hundió la hoja en la piel y descendió, practicando una incisión de unos siete centímetros. La sangre que brotó de la herida comenzó a deslizarse por las costillas de Eric.

—¿Lo ves? —preguntó Jeff—. No hay ni rastro de la planta.

Eric sudaba, y tenía el pelo pegado a la frente. Stacy supuso que era por el dolor.

—Más adentro —dijo.

—Ni lo sueñes. —Jeff sacudió la cabeza—. Ahí no hay nada.

—Se esconde. Tienes que...

—Si hago un corte más profundo, tocaré el hueso. ¿Sabes lo que sentirías?

—Pero está ahí. La siento.

Jeff estaba restañando la herida con la toalla.

—Sólo es hinchazón, Eric.

—A lo mejor está debajo del hueso. ¿Podrías...?

—No se hable más. Te coseré. —Jeff le devolvió el cuchillo a Mathias y cogió la aguja.

—Me comerá por dentro. Igual que a Pablo.

Jeff no le hizo caso. Siguió absorbiendo la sangre con la toalla. Luego empezó a coser.

Eric dio un respingo y cerró los ojos.

—Duele.

Jeff estaba encorvado sobre el cuerpo de Eric, cosiendo y restañando, cosiendo y restañando, tirando del hilo y juntando los bordes de la herida. En voz muy baja, tan baja que Stacy tuvo que inclinarse para oírlo, dijo:

—Tienes que controlarte.

Eric permaneció callado, con los ojos cerrados. Respiró hondo, contuvo el aire y luego exhaló despacio.

—Es que... no quiero morir aquí.

—Desde luego. Nadie quiere morir.

—Pero podría suceder, ¿no crees? Podríamos morir todos.

Jeff no respondió. Terminó de coser la herida del esternón y volvió a la de las costillas.

Eric abrió los ojos.

—¿Jeff?

—¿Qué?

—¿Crees que moriremos aquí?

Jeff había comenzando a coser, y estaba concentrado en la tarea, con los ojos entornados.

—Creo que éste es un sitio peligroso y tenemos que ir con muchísimo cuidado —dijo—. Y ser muy listos. Y precavidos.

—No me has respondido.

Jeff sopesó la cuestión y asintió con la cabeza.

—Lo sé. —Pareció que iba a añadir algo, pero no lo hizo. Cosió y restañó, cosió y restañó, y cuando terminó con el abdomen, empezó con las heridas de la pierna.

Cuando hubo acabado, Jeff le dejó beber un poco más de tequila. No mucho, no lo suficiente, pero algo era algo. También le dio una aspirina, lo cual parecía un chiste. Eric rió cuando Jeff le ofreció el bote. Pero el *boy scout* ni siquiera sonrió.

—Tómate tres —dijo—. Será mejor que nada.

Le dolían los puntos; le dolía todo. Su piel parecía demasiado tirante para el cuerpo, como si pudiera empezar a rasgarse en cualquier momento. Le daba miedo moverse, sentarse o ponerse en pie, así que no hizo ninguna de las dos cosas. Permaneció acostado boca arriba en el claro, mirando al cielo, que estaba sorprendentemente azul, sin una sola nube. «Un día ideal para la playa», pensó, y trató de imaginar el bullicio en el hotel de Cancún y cómo él y los demás se habrían entretenido en una mañana como ésa. Un chapuzón temprano, quizás, antes del desayuno en la terraza. Luego, por la tarde, si no llovía, irían a montar a caballo. Stacy había dicho que quería probarlo antes de volver. Amy también. Al pensar en esto, Eric se giró para mirarlas. Stacy insistía en cerrarle los ojos a Amy, pero cada vez que lo conseguía, volvían a abrirse de inmediato. También tenía la boca abierta. La savia de la planta le había quemado la cara, y la quemadura parecía una mancha de nacimiento. Eric supuso que tendrían que enterrarla, y se preguntó cómo conseguirían cavar un hoyo lo bastante grande para el cadáver.

Lo primero que percibió fue el hambre, no el olor que lo despertó. Notó una especie de tensión, como un espasmo en el estómago, y la boca se le llenó de saliva. Inhaló con aire pensativo. «Pan», pensó.

En el mismo momento, Stacy preguntó:

—¿Oléis eso?

—Es pan —respondió Eric—. Alguien está haciendo pan.

Los otros dos levantaron la cabeza y olfatearon el aire.

—¿Los mayas? —preguntó Stacy.

Jeff estaba siguiendo el rastro del olor, que era cada vez más intenso y se asemejaba ya al de una panadería. Se movía despacio por el borde del claro, respirando hondo.

—A lo mejor nos han traído pan —sugirió Stacy sonriendo, encantada con la idea. De hecho, parecía convencida de que era así—. Uno de nosotros debería bajar y...

—No son los mayas. —Jeff estaba de cuclillas en el borde del claro, de espaldas a ellos.

—Pero...

Se volvió hacia Stacy y le hizo una seña para que se acercara.

—Es la enredadera —dijo.

Mathias y Stacy se levantaron y fueron a oler las florecillas rojas. Eric no tuvo necesidad de acompañarlos. Supo por la expresión de sus caras que Jeff estaba en lo cierto, que la planta se las había ingeniado para desprender el olor del pan recién horneado. Stacy regresó junto al cadáver de Amy y se sentó. Se cubrió la boca y la nariz con la mano, tratando de bloquear el olor.

—No puedo soportarlo, Jeff. No puedo.

—Comeremos un poco —dijo Jeff—. Repartiremos la naranja.

Stacy sacudió la cabeza.

—No servirá de nada. —Jeff no respondió. Desapareció en el interior de la tienda—. ¿Cómo lo hace? —preguntó Stacy. Paseó la mirada entre Eric y Mathias, como si esperase que uno de los dos le diera una explicación. No se la dieron, desde luego, y pareció que iba a echarse a llorar. Se había tapado la nariz con dos dedos y respiraba por la boca, casi jadeando.

Jeff reapareció al cabo de un momento.

—Lo hace adrede, ¿verdad? —preguntó Stacy.

Nadie respondió. Jeff se sentó y comenzó a pelar la naranja. Eric y Mathias observaron cómo la fruta emergía despacio por debajo de la cáscara.

—¿Por qué ahora? —insistió Stacy—. ¿Por qué no...?

—Esperó a que tuviéramos hambre —explicó Jeff—. A pillarnos con las defensas bajas. —Cortó la fruta y contó los gajos: había diez—. Si hubiese empezado antes, no nos habría fastidiado tanto. Nos habríamos acostumbrado. Pero ahora... —Se encogió de hombros—. También se tomó su tiempo antes de empezar a imitar nuestras voces. No revela sus poderes hasta que nos ve débiles.

—¿Por qué el olor a pan? —preguntó Stacy.

—Debió de percibirlo en algún momento. Puede que alguien hiciera pan aquí, o por lo menos lo calentara. Porque la enredadera imita cosas: lo que oye, lo que huele. Como un camaleón. Como un sinsonte.

—¡Pero es una planta!

Jeff la miró.

—¿Cómo lo sabes?

—¿Qué quieres decir?

—¿Cómo sabes que es una planta?

—¿Qué va a ser si no? Tiene hojas, flores y...

—Pero se mueve. Y piensa. Así que es posible que sólo parezca una planta. —Jeff sonrió, como si estuviera encantado con las facultades de la enredadera—. No tenemos forma de saberlo, ¿no?

El olor cambió, se volvió más fuerte e intenso. Eric buscaba la palabra en su mente cuando Mathias la pronunció:

—Carne.

Stacy miró hacia arriba, olfateando.

—Un bistec de ternera.

Mathias negó con la cabeza.

—Hamburguesas.

—Chuletas de cerdo —replicó Eric.

Jeff los silenció con un gesto.

—No lo hagáis.

—¿Que no hagamos qué? —preguntó Stacy.

—Hablar del tema. Sólo conseguiréis sentiros peor.

Todos callaron. «Chuletas de cerdo no —pensó Eric—. Salchichas de Frankfurt.» La planta seguía dentro de él; estaba convencido. Cosida en su interior, esperando una oportunidad para actuar. Pero tal vez no importara. Era capaz de imitar sonidos y olores, pensar y moverse. Triunfaría indefectiblemente, dentro o fuera de su cuerpo.

Jeff dividió la naranja en cuatro porciones iguales, dos gajos y medio por cabeza.

—Deberíamos comer también la piel —dijo. Y la dividió. Señaló a Stacy—. Elige tú primero.

Stacy se levantó, se acercó a las pequeñas montañitas y observó cada porción, midiéndola con los ojos. Al final cogió una.

—¿Eric? —dijo Jeff.

Eric tendió la mano.

—Me da igual. Dame cualquiera.

Jeff sacudió la cabeza.

—Señala.

Eric señaló una porción y Jeff se la acercó. Dos gajos y medio de naranja y un montoncillo de pieles. Si hubiesen sido cinco, les habrían tocado sólo dos gajos por cabeza. A Eric le pareció tristísimo que la ausencia de Amy pudiera medirse de una forma tan mezquina, con medio gajo de naranja. Se metió uno en la boca y cerró los ojos, sin masticar aún, recreándose en la sensación.

—¿Mathias? —dijo Jeff.

Eric oyó que el alemán se levantaba para ir a buscar su ración. Luego se hizo un silencio: todos se habían retirado a un lugar íntimo donde saborear lo que sería el desayuno de ese día.

El olor cambió otra vez. «Pastel de manzana», pensó Eric, que todavía no había empezado a masticar y que ahora, de manera repentina e inexplicable, tuvo que contener las lágrimas. «¿Cómo conoce el aroma del pastel de manzana?» Oyó el sonido acuoso de las bocas de los demás, que ya habían empezado a comer. Se cubrió los ojos con el sombrero.

«Con una pizca de canela.»

Eric masticó, tragó el gajo y luego se puso un trozo de piel de naranja en la boca. No lloraba; había logrado vencer la tentación. Pero las lágrimas continuaban al acecho. Las sentía cerca.

«Con nata montada, incluso.»

Masticó la pequeña tira de cáscara, la tragó y se metió otra en la boca. Hasta podía ver la masa del pastel, ligeramente tostada por debajo. Y aquello no era nata montada, sino helado de vainilla, derritiéndose despacio en el plato... un plato metálico de postre, con una taza de café al lado. Mientras imaginaba estas cosas, Eric sintió ganas de llorar de nuevo. Tuvo que cerrar los ojos con fuerza, aguantar la respiración y esperar a que pasaran, mientras aquellas tres palabras se repetían en su cabeza:

«¿Cómo lo sabe? ¿Cómo lo sabe? ¿Cómo lo sabe?»

—Tenemos que ponernos de acuerdo en algunas cosas —dijo Jeff.

Ya habían dividido la naranja y se la habían comido con piel y todo. Después se pasaron la garrafa de agua, y Jeff dijo a los demás que bebieran hasta llenarse. El agua ya no era su principal preocupación. Después del chaparrón de la noche anterior, estaba seguro de que llovería a menudo, tal vez a diario. Y sabía que el hecho de aliviar aunque sólo fuese un malestar les levantaría el ánimo. Así que tomaron su miserable desayuno y luego bebieron agua hasta hincharse.

Más tarde podrían usar los restos de nailon azul para confeccionar un depósito para el agua. Con suerte recogerían una cantidad suficiente para lavarse. Eso también los animaría.

No se habían saciado, por supuesto. ¿Cómo iban a saciarse con una naranja repartida entre cuatro? Jeff trataba de verlo como un ayuno voluntario o una huelga de hambre. ¿Cuánto podían prolongarse esas cosas? Le vino a la cabeza una fotografía de periódico, en blanco y negro, de tres jóvenes que miraban desafiantes al objetivo desde sus camas; débiles, demacrados pero indiscutiblemente vivos, con los ojos brillantes. Hizo un esfuerzo para recordar el pie de foto, o la noticia que acompañaba la imagen. ¿Por qué no lo lograba? Quería una cifra, el número de días. Habían sido semanas, sí, semanas a base de agua.

¿Cincuenta días?

¿Sesenta?

¿Setenta?

Pero sin duda llegaría un momento en que el ayuno se convertiría en inanición, y en la mente de Jeff esto estaba relacionado con la duración de su mísera reserva de provisiones, con independencia de lo poco que comieran. Creía que mientras tuvieran algo que repartir, por insignificante que fuera, serían dueños de la situación. Porque en tal caso estarían racionando, no muriéndose de hambre.

Una forma de negar la realidad. Un cuento de hadas.

Luego estaban las cosas que sabía y no podía negar, aquellas de las que había leído en el transcurso de los años, los detalles que se le habían quedado grabados. En cierto punto, las punzadas de hambre desaparecerían. El cuerpo comenzaría a quemar músculo, a digerir los ácidos grasos, como una máquina que se consume a sí misma para obtener combustible. El metabolismo se volvería más lento, el pulso disminuiría y la tensión arterial caería en picado. Se sentirían letárgicos y tendrían frío incluso bajo el sol. Y todo esto pasaría bastante rápido. En dos semanas, o tres como mucho. Luego se produciría un deterioro rápido: arritmia, problemas de visión, anemia, úlceras bucales, etcétera, etcétera, etcétera, hasta que no hubiera más etcéteras posibles. Daba lo mismo que no recordase si eran cincuenta, sesenta o setenta días; lo importante era que se trataba de un número finito. En algún punto del camino había un límite —un muro, un abismo—, y con cada hora que pasaba se acercaban un poco más a él.

Después del pan había sido la carne; después de la carne, el pastel de manzana; y después del pastel de manzana, chocolate con fresas. Luego la planta se detuvo.

—Es para que no nos acostumbremos —dijo Jeff—. Para pillarnos con la guardia baja.

Podían hacer algo, desde luego, tenían un recurso a su disposición, pero Jeff dudaba de que los demás quisieran usarlo. «Difícil de digerir», fue la expresión que le pasó por la cabeza. «A los demás les costará digerir la idea», pensó, y a pesar del dramatismo de la situación, pudo apreciar el humor de la metáfora.

Humor negro.

«Tenemos que ponernos de acuerdo en algunas cosas.» Lo había planteado así, con aquellas palabras engañosas por su banalidad, falsamente benignas. ¿Pero de qué otra manera podía empezar?

Eric seguía acostado boca arriba, con el sombrero en la cara. No dio señales de haberle oído.

—¿Eric? —dijo Jeff—. ¿Estás despierto?

Eric levantó la mano, se quitó el sombrero de la cara y asintió. La piel que rodeaba las incisiones estaba arrugada, tensa por los puntos, y aún sangraba un poco en algunos sitios. Las heridas se veían irritadas y dolorosas: una imagen desagradable. Mathias estaba a la izquierda de Jeff, con la garrafa de agua en el regazo. Stacy continuaba sentada junto al cadáver de Amy.

«El cadáver de Amy.»

—Deberías ponerte protector solar en los pies, Stacy —dijo Jeff.

Stacy se miró los pies como si no los viera. Estaban rojos e hinchados.

—Y coge el sombrero y las gafas de Amy.

Stacy miró a Amy, que tenía las gafas de sol enganchadas al cuello de la camiseta. El sombrero se le había caído y estaba a un metro de distancia; manchado de barro, deformado y todavía húmedo por la lluvia. Stacy se la quedó mirando sin moverse, así que Jeff se levantó. Se acercó, recogió el sombrero, desenganchó con cuidado las gafas de la camiseta de Amy y le ofreció las dos cosas a Stacy. Ésta titubeó, como si fuera a rechazarlas, pero al final extendió el brazo muy despacio y las cogió.

Jeff la observó mientras se ponía las gafas y el sombrero. Se alegró: era una buena señal, un primer paso. Regresó a su sitio y se sentó.

—Uno de nosotros tendrá que bajar pronto para vigilar el sendero. Por si los griegos...

Mathias se levantó.

—Iré yo.

Jeff sacudió la cabeza y le indicó que se sentara con una seña.

—Dentro de un minuto. Primero tenemos que...

—¿No deberíamos...? Ya sabes... —Stacy señaló el cadáver de Amy.

«El cadáver de Amy.»

Jeff se volvió hacia ella, sorprendido. A su pesar, experimentó una extraña mezcla de esperanza y alivio. «Ella lo dirá por mí.»

—¿Qué? —preguntó.

—Ya sabes... —repitió, señalando de nuevo a Amy. —Jeff esperó, deseando que lo dijera ella en su lugar. ¿Por qué tenía que ser siempre él? La miró, impaciente por oírla hablar, decirlo sin tapujos. Pero Stacy le falló—. Creo... No sé... —Se encogió de hombros—. ¿No deberíamos enterrarla?

No, no era eso, ¿no? Nada que ver. Tendría que decirlo él; había sido un idiota al imaginar que había otra posibilidad. Inclinó la cabeza, como si asintiera, pero no asentía en absoluto.

—Bueno, ésa es la cuestión. El tema que deberíamos discutir.

Los demás escuchaban en silencio. Jeff comprendió que nadie le ayudaría, que tendría que dar el salto solo. «Son como vacas», pensó, escrutando sus caras. A lo mejor se había equivocado al darles la naranja; quizás habría debido hablar en el momento de mayor intensidad del hambre, con el olor a pan en el aire. O a carne.

«Sí, a carne.»

—Creo que estamos bien —dijo—. Me refiero al agua. Parece que podremos contar con que lloverá lo suficiente para que no muramos de sed. Hasta podríamos fabricar un depósito donde guardar el agua. —Señaló hacia el otro lado del claro, a los restos de la tienda azul. Los demás siguieron su gesto, miraron hacia allí por un momento, y luego a él otra vez.

«Como borregos», pensó. Buscaba las palabras idóneas, pero no las encontraba.

Stacy se movió y de nuevo le cogió la mano a Amy, como para tranquilizarse.

Las palabras idóneas no existían, desde luego.

—Todo es cuestión de esperar, ¿sabéis? —continuó Jeff. Eso es lo que estamos haciendo. Esperar a que venga alguien y nos encuentre: los griegos, o tal vez alguien enviado por nuestros padres. —Le costaba mirarlos a los ojos, y se sintió avergonzado por ello. Sería mejor si pudiera mirar por lo menos a uno, lo sabía, pero por alguna razón le resultaba imposible. Su mirada se paseó entre su regazo, los quemados pies de Stacy, las heridas arrugadas de Eric y de nuevo su regazo—. Tenemos que esperar y sobrevivir durante la espera. Mantener la provisión de agua nos ayudará, desde luego. Pero también está el asunto de la comida, ¿no? Porque no tenemos mucha. Y no sabemos... Bueno, si no vienen los griegos, si tenemos que esperar a que vengan a rescatarnos nuestros padres, podrían pasar varias semanas. Y la comida que tenemos, incluso si la racionamos, durará dos días, como mucho. Si pudiéramos cazar, o pescar, o recoger raíces o bayas... —Se interrumpió, encogiéndose de hombros—. Lo único que hay en la colina, aparte de nosotros, es la enredadera, y es evidente que no podemos comérnosla. Supongo que podríamos buscar la manera de hervir los cinturones... Hay gente que lo ha hecho; náufragos o personas perdidas en el desierto. Pero eso no mejoraría mucho las cosas, ¿no? Sobre todo si hablamos de semanas aquí.

Se armó de valor para echar una breve ojeada a las caras de sus amigos. Todas inexpresivas. Le escuchaban, lo notó, pero sin saber adónde quería ir a parar. Trataba de no asustarlos, acercarse poco a poco a lo que debía decir, porque creía que así les daría la oportunidad de adivinarlo y prepararse, pero no parecía que la táctica funcionase. Para ello necesitaba la ayuda de los demás, y estaba claro que nadie estaba en condiciones de prestársela.

—Cincuenta, sesenta, setenta días —prosiguió—. Algo por el estilo; no recuerdo bien... Es el tiempo que podemos sobrevivir sin alimentos. Pero tendremos problemas antes, mucho antes. Así que calculemos treinta días, ¿vale? ¿Unas cuatro semanas? Si no vienen los griegos sino nuestros padres, ¿cuánto tiempo podrían tardar? Seamos realistas. Falta una semana para que nos esperen en casa, y puede que pase otra más antes de que empiecen a preocuparse, luego las llamadas a Cancún, el hotel, el consulado de Estados Unidos... todo eso es bastante sencillo. Pero después, ¿qué? ¿Cuánto tardarán en seguirnos el rastro hasta Cobá, hasta el poblado maya, hasta esta puta colina en medio de la selva? ¿Podemos confiar en que todo eso ocurra en menos de cuatro semanas?

Negó con la cabeza, respondiendo a su propia pregunta. Luego se arriesgó a mirarlos de nuevo a la cara, pero no, no le entendían. Los estaba deprimiendo, asustando, nada más. Lo tenían delante de sus narices y no podían verlo.

O no querían, quizá.

Señaló el cuerpo de Amy, manteniendo la mano levantada

el tiempo suficiente para que no pudieran evitar mirar hacia allí. Tenían que mirarla, observarla, ver la cenicienta piel, los ojos que se negaban a permanecer cerrados, la zona en carne viva alrededor de la boca y la nariz.

—Lo que le ha ocurrido a Amy es terrible. Terrible. No hay otra forma de describirlo. Pero, puesto que ha ocurrido, debemos afrontarlo, tenemos que aceptar lo que puede significar para nosotros. Porque hay una cuestión que debemos plantearnos... una cuestión muy delicada. Y habrá que usar la imaginación, porque se trata de algo que no parecerá importante hasta dentro de unos días, pero que debemos resolver ahora, con antelación. —Volvió a escrutar las caras—. ¿Entendéis lo que quiero decir?

Mathias permaneció callado, con expresión inmutable. Eric volvió a cerrar los ojos. Stacy no había soltado la mano de Amy, y ahora negó con la cabeza.

Jeff sabía que no funcionaría, pero tenía que plantear el tema, lo consideraba una obligación. Por fin se lanzó.

—Hablo de Amy. De buscar la manera de preservarla.

Los demás lo escucharon. Mathias se removió ligeramente y su cara pareció crisparse. «Lo sabe», pensó Jeff. Pero los demás, no. Eric seguía acostado, y hasta era posible que se hubiera dormido. Stacy ladeó la cabeza y lo miró intrigada.

—¿Te refieres a embalsamarla?

Jeff decidió usar otra táctica.

—Si necesitaras un riñón, si fueras a morir sin él, y Amy muriera primero, ¿cogerías el suyo?

—¿Su riñón? —preguntó Stacy. Jeff asintió—. ¿Y eso qué...? —Entonces, en mitad de la frase, lo entendió todo. Se cubrió la boca con la mano, como si tuviera náuseas—. No, Jeff, no. Ni lo sueñes.

—¿Qué?

—Insinúas que...

—Respóndeme, Stacy. Si necesitaras un riñón y...

—No es lo mismo y tú lo sabes.

—¿Por qué?

—Porque un riñón supondría una operación. Sería... —Cabeceó, exasperada. El volumen de su voz iba aumentando mientras hablaba—. Esto... esto es... —Levantó las manos con indignación.

Eric abrió los ojos y miró a Stacy intrigado.

—¿De qué habláis?

Stacy señaló a Jeff.

—Quiere que... que... —Parecía incapaz de decirlo.

—Hablamos de alimentos, Eric. —Jeff hizo un enorme esfuerzo para mantener la voz baja, serena en comparación con la creciente histeria de Stacy—. De si vamos a morir de hambre o no.

Eric le escuchó, pero siguió sin entender.

—¿Y eso qué tiene que ver con el riñón de Amy?

—¡Nada! —gritó Stacy—. Ésa es la cuestión.

—¿Tú lo harías? —preguntó Jeff, señalando a Amy—. Si necesitaras un riñón, si fueras a morir sin él, ¿cogerías el suyo?

—Supongo que sí. —Eric se encogió de hombros—. ¿Por qué no?

—No habla de riñones, Eric. Habla de comida, ¿entiendes? De comernos a Amy.

Ya no habría más rodeos: Stacy lo había dicho con todas las letras. Hubo un largo silencio mientras miraban el cadáver. Al final lo rompió Stacy, dirigiéndose a Jeff:

—¿De verdad lo harías?

—Mucha gente lo ha hecho. Náufragos y...

—Te lo pregunto a ti. Si tú serías capaz de comértela a ella.

Jeff reflexionó por unos instantes.

—No lo sé. —Era cierto: no lo sabía.

Stacy se quedó de piedra.

—¿No lo sabes? —Jeff negó con la cabeza—. ¿Cómo puedes decir eso?

—Porque no sé qué se siente al morirse de hambre. No sé qué decidiría llegado el caso. Lo único que sé es que si hay una posibilidad de que lo hagamos, si convenimos al menos en considerar la idea, entonces tendremos que tomar ciertas medidas ahora, antes de que pase mucho tiempo.

—Medidas.

Jeff asintió.

—Sí.

—¿Por ejemplo?

—Tendríamos que buscar la manera de preservar el cadáver.

—¿El cadáver?

Jeff suspiró. Aquello era un desastre, tal como había previsto.

—¿Qué quieres que diga?

—¿Qué tal Amy?

Jeff experimentó un súbito sentimiento de ira, una especie de indignación moral, y le gustó esa sensación. Era reconfortante; lo convenció de que hacía lo que debía.

—¿De verdad crees que sigue siendo Amy? Eso ahora es un objeto, Stacy. Una cosa. Algo sin movimiento, sin vida. Podemos guiarnos por la razón y usarlo para sobrevivir, o dejarnos arrastrar por la estupidez y el sentimentalismo y permitir que se pudra, que la enredadera se lo coma y lo convierta en otro montón de huesos. Ésa es la decisión que debemos tomar. Tenemos que decidir de manera consciente qué hacemos con ese cadáver. Porque no te engañes, rehuir la cuestión, tratar de no pensar en ella, también es una elección. Lo entiendes, ¿no?

Stacy no respondió. Ni siquiera lo miraba.

—Lo único que digo es que, tomemos la decisión que tomemos, debemos hacerlo con los ojos abiertos. —Jeff sabía que debía dejarlo ahí, que ya había hablado y presionado demasiado, pero había llegado ya tan lejos que fue incapaz de detenerse—. En un sentido puramente material, no es más que carne. Eso es lo que hay ahí.

Stacy lo miró con desprecio.

—¿Qué coño te pasa, tío? Ni siquiera estás afectado, ¿no? Amy está muerta, Jeff. ¿Lo entiendes? Muerta.

Jeff tuvo que hacer un esfuerzo para no alzar la voz al nivel de la de Stacy, pero lo logró. Quería extender el brazo, tocarla, pero sabía que ella se apartaría. Quería calmarla y calmarse.

—¿De verdad crees que a Amy le importaría? ¿Te importaría a ti, si estuvieras en su lugar?

Stacy sacudió la cabeza con vehemencia. El sucio sombrero de Amy comenzó a caérsele y tuvo que levantar la mano para mantenerlo en su sitio.

—No es justo.

—¿Por qué?

—Haces que parezca un juego. Como si estuviéramos en un bar, hablando en términos abstractos. Pero esto es real. Es su cuerpo. Y yo no pienso...

—¿Cómo lo harías? —interrumpió Eric.

Jeff se volvió hacia él, contento de que participara alguien más.

—¿Hacer qué?

Eric seguía tumbado boca arriba, las heridas rezumando diminutos hilos de sangre. No paraba de apretarse la barriga, palpando ahora en una zona nueva.

—Ya sabes... Preservar la... —Quería decir «carne». No había otra palabra, pero no se atrevió a pronunciarla.

Jeff se encogió de hombros.

—Supongo que habría que curarla. Secarla.

Stacy se inclinó hacia delante con la boca abierta, como si fuera a vomitar.

—Voy a devolver —dijo.

Jeff no le hizo caso.

—Creo que hay una forma de salarla usando orina. Se corta la carne en tiras, se remoja...

Stacy se cubrió los oídos con las manos y empezó a sacudir la cabeza de nuevo.

—No, no, no, no, no...

—Stacy...

Comenzó a recitar:

—No te lo permitiré, no te lo permitiré, no te lo permitiré, no te lo...

Jeff calló. ¿Qué alternativa tenía? Stacy seguía canturreando y sacudiendo la cabeza. El sombrero se deslizó hacia un lado y cayó al suelo. Al mirarla, Jeff volvió a experimentar aquel peso, aquel sentimiento de resignación. Daba lo mismo. Ese lugar era tan bueno para morir como cualquier otro, ¿no? Levantó la mano y se enjugó el sudor de la frente. Percibió el olor a piel de naranja en los dedos. Tenía tanta hambre que se los habría chupado, pero se contuvo.

Al final, Stacy paró. Nadie dijo nada durante un buen rato. Eric continuaba palpándose el pecho. Mathias cambió de postura y el agua de la garrafa gorgoteó sobre su regazo. Stacy aún sujetaba la mano de Amy. Jeff miró a Pablo, que tenía los ojos abiertos y los miraba como si supiera que estaban hablando de un tema importante. Al ver el cuerpo inmóvil y destrozado del griego, Jeff se dio cuenta de que la discusión no acabaría allí, de que, casi con toda probabilidad, la muerte de Amy no sería la última. Trató de no pensar en ello.

Todos evitaban mirarse. Jeff sabía que nadie diría nada, que sería él quien tendría que romper el hielo, y también que lo que dijera debería sonar como una ofrenda de paz. Se humedeció los labios, que estaban agrietados e hinchados.

—En tal caso, supongo que habrá que enterrarla —dijo.

No tardaron mucho en darse cuenta de que sería imposible enterrar a Amy. El creciente calor habría bastado para impedírselo. Y aunque no hiciese tanto calor, aún habrían tenido el problema de la pala. Lo único que podían usar para cavar era una piqueta y una piedra. Así que Jeff sacó un saco de dormir de la tienda y metieron el cadáver dentro. Esto entrañó otras dificultades, ya que Amy parecía resistirse a que la amortajaran. Las extremidades se negaban a cooperar y se salían de su sitio o se enganchaban. Jeff y Mathias tuvieron que luchar contra el cuerpo, ambos sudando y jadeando, para meterlo en el saco.

Stacy no hizo ademán de ayudar. Observó la escena con un malestar creciente. Tenía resaca, por supuesto, y estaba mareada, hinchada y con náuseas. Y Amy había muerto. Jeff había propuesto que se comieran el cuerpo para sobrevivir, pero ella se lo había impedido. Trató de sentir satisfacción por su victoria, pero no lo consiguió.

Hubo un pequeño titubeo antes de que los muchachos cerraran la cremallera, como si adivinaran la importancia simbólica, el carácter irreversible de ese acto, algo semejante a la primera palada de tierra sobre un ataúd. Stacy vio la cara de Amy a través de la abertura; ya se había hinchado y adquirido una ligera tonalidad verdosa. Los ojos se le habían abierto de nuevo. Stacy sabía que en el pasado solían poner monedas en los ojos de los muertos. ¿O era en la boca, para pagar al barquero? No estaba segura; nunca prestaba atención a esa clase de datos, y después lo lamentaba siempre; saber las cosas a medias era peor que no saberlas, y ella tenía la constante sensación de que no disponía de una información lo bastante completa para que resultara útil. Lo de las monedas en los párpados parecía una tontería. Porque ¿no se caerían de camino al cementerio, con todos los meneos y sacudidas que le darían al ataúd antes de meterlo en el hoyo? Los cuerpos yacerían bajo el peso de la tierra durante toda la eternidad, con los ojos abiertos y las monedas desperdiciadas sobre las tablas de madera.

Pero para Amy no habría ataúd... ni monedas. Nada con que pagar al barquero.

«Deberíamos celebrar una ceremonia», pensó Stacy. Trató de imaginarla, pero lo único que le vino a la cabeza fue la vaga silueta de alguien junto a una tumba abierta, leyendo un pasaje de la Biblia. Podía ver un montículo de tierra junto al hoyo y pequeñas gotas ambarinas de savia rezumando del ataúd de pino. No había nada de eso, por supuesto: ni Biblia, ni hoyo ni ataúd. Lo único que tenían era el cuerpo de Amy y un saco de dormir con olor a humedad, así que Stacy permaneció callada mientas Jeff se inclinaba por fin para cerrar la cremallera.

Eric volvió a cubrirse la cara con el sombrero. Mathias se sentó y cerró los ojos. Jeff desapareció en el interior de la tienda. Stacy se preguntó si intentaría huir de ellos, si querría estar solo para llorar o golpearse la cabeza contra el suelo, pero Jeff reapareció casi de inmediato con una botellita de plástico en la mano. Se arrodilló delante de Stacy, sobresaltándola, y ésta estuvo a punto de apartarse, pero se controló en el último momento.

—Tienes que ponerte esto en los pies —dijo.

Le alargó la botellita. Stacy la miró fijamente, haciendo un esfuerzo por descifrar la etiqueta. «Protector solar.»

La camisa caqui de Jeff tenía manchas de sudor por todas partes y un cerco de sal alrededor del cuello. Stacy percibió el apestoso olor de su cuerpo y las náuseas se intensificaron; era consciente de la fruta masticada, de los trocitos de piel de naranja que tenía en el estómago, de lo efímera que sería su residencia en el interior de su cuerpo, de su evanescencia. Quería que Jeff se marchara, que se levantara y se fuera. Pero él no se movió; se quedó donde estaba, mirando cómo ella se echaba rápidamente crema en la mano y comenzaba a aplicársela en el pie derecho, evitando las finas tiras de la sandalia.

—Vamos —dijo Jeff—. Hazlo bien.

—¿Bien? —No entendía de qué hablaba, pues toda su atención estaba centrada en contener el vómito. Si vomitaba, la planta se acercaría reptando y le robaría los gajos y trozos de piel de naranja, y ella sabía que no había nada con qué reemplazarlos.

Jeff le quitó la botella de las manos.

—Descálzate.

Stacy se descalzó con torpeza y observó cómo Jeff le aplicaba un chorretón de protector solar y le masajeaba la piel.

—¿Estás enfadado conmigo? —preguntó.

—¿Enfadado? —Jeff no levantó los ojos de los pies de Stacy, y esto la asustó, la hizo sentirse como si no estuviera presente. Quería que la mirase.

—Por... —Señaló el saco de dormir—. Ya sabes. Por detenerte.

Jeff no respondió de inmediato. Comenzó con el segundo pie, y una gota de sudor se deslizó por su nariz hasta caer sobre la espinilla de Stacy, que se estremeció. La respiración de Pablo había empeorado, y volvía a sonar como un gorgoteo ronco. Era el único sonido en el claro, así que era inevitable oírlo. Stacy notó que Jeff estaba escogiendo las palabras.

—Yo sólo quiero que nos salvemos —dijo—. Nada más. Evitar que muramos aquí. Y la comida... —Se interrumpió, encogiéndose de hombros—. Al final todo dependerá de la comida. Me parece evidente.

Cerró la botella, la dejó en el suelo y le hizo una seña para que se calzara. Stacy se miró los pies. Estaban quemados, de color rojo vivo. «Me dolerán en la próxima ducha», pensó, y tuvo que luchar por contener las lágrimas, porque de repente se sintió totalmente segura de que no habría otra ducha, ni para ella ni para los demás. No sería sólo Amy; ninguno de ellos volvería a casa.

—¿Y qué hay de ti? —preguntó Jeff.

—¿Yo?

—¿Estás enfadada conmigo?

En la cabeza de Stacy había empezado a sonar un zumbido, quizá por el hambre, la fatiga o el miedo. Ignoraba cuál era la causa, sólo sabía que cualquiera de esas explicaciones era igual de buena. Estaba demasiado agotada para experimentar un sentimiento tan enérgico como la furia; llevaba demasiado tiempo allí y había vivido demasiadas cosas. Negó con la cabeza.

—Bien —respondió Jeff. Y acto seguido, como si le anunciara que había ganado un premio por dar la respuesta correcta—: ¿Por qué no haces el primer turno al pie de la colina?

Stacy no quería. Sin embargo, incluso mientras buscaba una razón para negarse, comprendió que no tenía alternativa. La muerte de Amy debería cambiarlo todo. Pero el mundo continuaba y Jeff se movía con él, preocupándose por el protector solar y los griegos, haciendo planes, siempre haciendo planes, porque eso era lo que significaba estar vivo.

«¿Yo estoy viva?», se preguntó ella.

Jeff cogió la garrafa de agua y se la ofreció.

—Primero hidrátate.

Stacy la cogió, la destapó y bebió. El agua le alivió las náuseas, al menos lo suficiente como para levantarse.

Jeff le dio el protector solar.

—Tres horas, ¿de acuerdo? Luego te sustituirá Mathias.

Stacy asintió y él se dio la vuelta, listo para emprender la siguiente tarea. Ella sólo podía marcharse. Y lo hizo, con los pies resbaladizos a causa de la crema y el zumbido de su cabeza aumentando y disminuyendo de volumen. «Puedo hacerlo. Estoy viva.» Y mientras bajaba despacio por el camino, repitió esas palabras como si fueran un mantra: «Estoy viva. Estoy viva. Estoy viva.»

Eric estaba tendido boca arriba en el claro. Sentía el sol en su cuerpo —en la cara, los brazos, las piernas—, lo bastante caliente para causarle un ligero dolor. Pero también sentía placer, y no a pesar del dolor, sino a causa de él. Se estaba quemando la piel, ¿qué había de malo en eso? Era normal, podía pasarle a cualquiera —en el borde de una piscina, en la playa—, y esta idea lo reconfortaba. Sí, deseaba quemarse, deseaba experimentar ese dolor ordinario, porque creía que tal vez contribuyera a disimular los malestares extraordinarios de su cuerpo: la sensación de que las heridas podían abrirse si se movía con excesiva brusquedad, la sospecha —no, la convicción— de que la enredadera seguía dentro de él, aprisionada por los puntos que le había dado Jeff, enterrada pero no muerta, en período de latencia, como una semilla, esperando una oportunidad. Con los ojos cerrados, concentrado en la superficie del cuerpo, en la piel tensa y ardiente, Eric encontró un refugio especialmente seductor a causa de su evanescencia. Pero sabía que no debía llevar las cosas demasiado lejos. En el proceso había un elemento de estabilidad, un punto de equilibrio que debía evitar. Estaba agotado —no paraba de contener bostezos—, y sabía que si se relajaba aunque sólo fuera un poco, se dormiría. Y el sueño era su enemigo; era el momento en que la enredadera se apoderaba de él.

Se obligó a abrir los ojos y se incorporó, apoyándose sobre los codos. Jeff y Mathias estaban lavando los muñones de Pablo. Usaron el agua de la garrafa para enjuagar el tejido quemado; luego Jeff enhebró una aguja y la esterilizó con una cerilla. Todavía había media docena de vasos sanguíneos que rezumaban pequeñas gotas rojas. Jeff estaba inclinado para coserlos. Eric fue incapaz de mirar, así que volvió a acostarse. El olor de la cerilla ya le resultó demasiado, pues le recordó los horrores del día anterior: Jeff apretando la fuente al rojo vivo contra la carne del griego, el aroma a comida difundiéndose por la cima de la colina.

Sabía que debía meterse en la tienda, salir del sol. Pero mientras pensaba en ello cerró los ojos. Oyó su propia voz en el interior de su cabeza: «Todo irá bien. Jeff está a un paso. Me vigilará. Me cuidará.» Las palabras aparecieron solas, sin que Eric tuviera conciencia de haberlas concebido. Fue como oír hablar a otra persona.

Sintió que se dormía, y no se resistió.

Cuando despertó, descubrió que había pasado mucho tiempo. El sol iniciaba su lento descenso hacia el ocaso. También había nubes. Éstas cubrían la mitad del cielo y avanzaban visiblemente hacia el oeste. No se trataba de las típicas nubes de lluvia que él y los demás habían visto desde su llegada, las que aparecían de repente y se dispersaban con idéntica rapidez. No; esto parecía una tormenta en toda regla, a punto de estallar encima de ellos. El sol aún estaba a la vista, pero Eric presintió que no seguiría así por mucho tiempo. Lo habría adivinado incluso sin mirar hacia arriba, porque la luz tenía una cualidad ominosa.

Giró la cabeza y miró alrededor, todavía aturdido y soñoliento. Stacy había regresado del pie de la colina y estaba sentada junto a Pablo, cogiéndole la mano. Por lo visto, el griego había vuelto a perder el conocimiento. Su respiración continuaba deteriorándose. Eric la escuchó: las inhalaciones acuosas, las exhalaciones silbantes, las inquietantes pausas entre una respiración y otra. El cadáver de Amy estaba a su derecha, dentro del saco de dormir azul. Jeff seguía en el otro extremo de la cima, inclinado sobre algo que requería toda su atención. Eric tardó unos instantes en darse cuenta de qué era. Jeff había confeccionado una bolsa del tamaño de un cubo con los retazos de nailon azul: un depósito para el agua. Ahora estaba usando los palos de aluminio para hacerle un soporte, pegándolos con cinta adhesiva, de manera que los lados de la bolsa no se cerraran mientras ésta se llenaba.

No había señales de Mathias, y Eric supuso que estaría vigilando el sendero.

Se sentó y sintió el cuerpo agarrotado, vacío, extrañamente frío.

Acababa de inclinarse para examinarse las heridas, y estaba palpando la piel circundante en busca de señales de que la enredadera seguía creciendo en su interior —bultos, relieves, hinchazón—, cuando Jeff se levantó, pasó por delante de él sin decir palabra, y se metió en la tienda.

«¿Por qué tengo tanto frío?»

Eric sabía que la temperatura no había bajado. Alcanzaba a ver los círculos de sudor debajo de las axilas de Stacy, e incluso podía sentir el calor, pero distante, como si estuviera en una habitación con aire acondicionado mirando un paisaje árido por la ventana. No; no era así. Era como si su propio cuerpo fuese la habitación con aire acondicionado, como si su piel fuera el alféizar de la ventana, caliente en la superficie, y frío por debajo. Supuso que sería una consecuencia del hambre, el cansancio o la pérdida de sangre, o incluso de la planta que tenía dentro, absorbiendo el calor de su cuerpo como un parásito. No había manera de saberlo a ciencia cierta. Sólo sabía que era una mala señal. Otra vez sintió deseos de acostarse, y lo habría hecho si Jeff no hubiera reaparecido con dos plátanos en la mano.

Eric lo vio desenterrar el cuchillo, pasárselo por la camiseta, en un desganado intento por limpiar la hoja, acuclillarse y cortar cada plátano en dos, sin quitarles la piel. Luego les hizo una seña a él y a Stacy para que se acercaran.

—Elegid —dijo.

Stacy dejó con cuidado la mano de Pablo sobre el pecho, fue hasta Jeff y se agachó para examinar la comida. La piel de los plátanos estaba casi negra; a Eric le bastó mirarlos para saber cómo estarían de blandos. Stacy cogió un trozo y se lo puso en la palma de la mano.

—¿Nos comemos la piel?

Jeff se encogió de hombros.

—Te costará masticarla, pero puedes probar. —Se volvió hacia Eric, que no se había movido—. Elige un trozo —dijo.

—¿Y qué pasa con Mathias? —preguntó Eric.

—Iré a reemplazarlo y le llevaré su parte.

Eric se sentía a punto de echarse a temblar. No confiaba en que pudiera levantarse. No era sólo por las heridas, que parecían frágiles, como si fueran a reabrirse en cualquier momento; también temía que las piernas no pudieran sostenerlo. Extendió el brazo.

—Pásame uno.

—¿Cuál?

Señaló el que estaba más cerca de él.

—Ése. —Jeff se lo arrojó, y aterrizó sobre su regazo.

Comieron en silencio. El plátano estaba demasiado maduro y sabía como si ya hubiese empezado a fermentar: una pasta agridulce que a Eric le costaba tragar a pesar de su inmensa hambre. Comió con rapidez, primero la fruta y luego la piel. Esta última era demasiado fibrosa para triturarla con los dientes. Eric masticó y masticó hasta que empezaron a dolerle las mandíbulas y luego se obligó a tragar la grumosa masa. Jeff ya había terminado, pero Stacy estaba tomándose su tiempo, dando pequeños bocaditos a la fruta, la cáscara intacta aún sobre su rodilla.

Jeff levantó los ojos, examinó las nubes, que eran cada vez más oscuras, y el decreciente cuadrante azul.

—Os he dejado jabón por si empieza a llover antes de que vuelva. —Señaló hacia el depósito azul. A su lado, en el suelo, había una pastilla de jabón. La caja de herramientas también estaba allí. Jeff había reparado la grieta con cinta adhesiva—. Lavaos y luego meteos... —Se interrumpió en mitad de la frase y se giró hacia la tienda con expresión de estupor.

Eric y Stacy siguieron la dirección de su mirada. Se oyó un susurro: el saco de dormir se movía. No... Amy se movía, pataleando, retorciéndose y tratando de levantarse en el interior del saco. Por un momento se limitaron a mirarla, incapaces de creer lo que veían. Luego corrieron hacia allí los tres, incluso Eric, que se olvidó de las heridas, de su debilidad y del cansancio; todo esto quedó arrumbado, desplazado súbitamente por la impresión, la sorpresa y la esperanza. Una parte de él supo lo que iban a descubrir mientras miraba a Jeff y a Stacy inclinarse junto al saco de dormir, pero se resistió a aceptar esa información y esperó que se abriera la cremallera y Amy saliera jadeante y desconcertada. «Un error. Todo ha sido un error.»

Oyó la voz de Amy desde el interior del saco. Una voz ahogada, llena de pánico:

Jeff... Jeff...

—Estamos aquí, cariño —gritó Stacy—. Aquí mismo.

Buscaba la cremallera, pero Jeff la encontró primero, la abrió y un montón de zarcillos enredados salieron del saco y cayeron al suelo como en cascada. Las flores eran de color rosa claro. Eric contempló cómo se abrían y cerraban, repitiendo aún: *Jeff... Jeff... Jeff...* La gruesa maraña de zarcillos se movía espasmódicamente, enroscándose y desenroscándose. En el interior estaban los huesos de Amy, despojados ya de la carne. Eric contempló la calavera, la pelvis y lo que parecía un fémur, todo mezclado. Entonces Stacy empezó a gritar, retrocediendo y sacudiendo la cabeza. Eric se acercó y ella lo abrazó con suficiente fuerza para recordarle sus heridas, lo fácil que sería que volvieran a sangrar.

La enredadera dejó de pronunciar el nombre de Jeff. Tras unos minutos de silencio, se echó a reír. Fue una risa ronca y burlona.

Jeff estaba de pie junto al saco de dormir, mirándolo. Stacy apretó la cara contra el pecho de Eric. Ahora lloraba.

—Tranquila —dijo Eric—. Tranquila. —Le acarició el pelo, sintiéndose curiosamente distante.

Recordó la forma en que mucha gente describía los accidentes que había sufrido, aquella sensación de flotar por encima del lugar de los hechos que a menudo acompañaba las catástrofes, y se esforzó por volver a ser el mismo. El pelo de Stacy estaba grasiento; trató de concentrarse en eso, con la esperanza de que esa sensación lo devolviera a la realidad, pero incluso mientras la tocaba su mirada se desviaba hacia el saco de dormir, hacia la madeja de zarcillos —que continuaba retorciéndose y riendo— y los huesos encerrados en su interior.

«Amy.»

Stacy lloraba con desconsuelo, abrazándolo con fuerza. Le estaba clavando las uñas en la espalda.

—Tranquila —repitió Eric—. Tranquila.

Jeff no se había movido.

Eric sintió la enredadera en su pecho, notó cómo se movía, pero incluso esto lo dejaba frío, como si no le preocupase en lo más mínimo. Supuso que se encontraba en estado de shock. Y quizá fuera una ventaja, la manera en que su psique lo protegía cuando las cosas llegaban demasiado lejos.

—Quiero irme a casa —gimió Stacy—. Quiero irme a casa.

Eric le daba palmaditas en la espalda y la acariciaba.

—Tranquila... Tranquila...

La enredadera se había comido la carne de Amy en medio día, así que, ¿por qué no iba a hacerle algo parecido a él? Supuso que sólo necesitaba encontrar el camino del corazón y luego..., ¿qué? ¿Apretarlo despacio mientras todavía latía? Al pensar en esto, Eric tomó conciencia de su pulso, del hecho a la vez banal y profundo de que un día se detendría, ya fuese allí o en cualquier otro lugar, y cuando lo hiciera, él dejaría de existir. Esos latidos que resonaban con suavidad en su cabeza estaban contados, tenían un límite, y cada contracción de su corazón lo acercaba un poco más al final. Fuera de toda lógica, pensó que si fuese capaz de ralentizar el pulso, quizá conseguiría vivir más, añadir un par de días o incluso una semana a su vida, y estaba meditando sobre este desatino cuando la planta calló. Por un momento, lo único que se oyó en el claro fue la respiración de Pablo. Luego se oyeron las arcadas de una persona, al principio apenas perceptibles pero luego más altas.

Eric sabía que era Stacy. Estaba vomitando.

Jeff le dio la espalda al saco de dormir, a la madeja de zarcillos y a los huesos. Su rostro estaba petrificado en una mueca de crispación. Eric se percató de que estaba haciendo un gran esfuerzo para no llorar. Quería decirle algo, consolarlo, pero Jeff se movía demasiado deprisa. Y Eric tenía la mente embotada y no conseguía encontrar las palabras apropiadas. Vio que Jeff se agachaba para coger el último trozo de plátano y echaba a andar hacia el sendero. Estaba saliendo del claro cuando se oyó la voz de Amy, muy débil, a través de las arcadas: *Ayúdame.*

Jeff se detuvo y se volvió hacia Eric.

Ayúdame, Jeff.

Jeff sacudió la cabeza. De repente parecía indefenso y sorprendentemente joven, un niño tratando de contener las lágrimas.

—Yo no me di cuenta de lo que pasaba —dijo—. Lo juro. Estaba demasiado oscuro. No la vi. —Sin esperar la respuesta de Eric, dio media vuelta y se fue a toda prisa.

Eric lo miró marchar, con Stacy todavía abrazada a él, sollozando, mientras la voz de Amy, cada vez más lejana, perseguía a Jeff por la cuesta.

Ayúdame, Jeff... Ayúdame... Ayúdame...

Jeff no había recorrido ni cien metros cuando la planta calló. Había imaginado que sentiría alivio, pero no fue así. El silencio, la forma repentina en que la voz se apagó y el inexplicable sentimiento de soledad que le siguió fueron mucho peores. Acababa de oír a Amy en el momento de su muerte, por supuesto, su voz interrumpida en mitad de un grito. Sintió la inminencia de las lágrimas y supo que esta vez serían más poderosas que él, que no tendría más alternativa que someterse. Se acuclilló en medio del sendero, cruzó los brazos sobre las rodillas y hundió la cara entre ellos.

Era absurdo, pero no quería que la enredadera supiese que estaba llorando. Sintió el impulso de esconderse, como si temiera que la planta se alegrase de verlo sufrir. Lloró pero sin ruido, limitándose a hacer pequeñas aspiraciones entrecortadas. Y mantuvo la cabeza agachada todo el tiempo. Cuando al fin logró tranquilizarse, se levantó y se secó las lágrimas y los mocos con la manga de la camisa. Sentía las piernas temblorosas y un vacío extraño en el pecho, pero advirtió que aquel desahogo lo había fortalecido y serenado. Todavía estaba angustiado —¿cómo no iba a estarlo?—, y se sentía culpable y solo, pero al mismo tiempo más entero.

Continuó bajando la colina.

Por encima de él, al oeste, las nubes continuaban creciendo y oscureciéndose de manera ominosa. Se acercaba una tormenta, y de las grandes, a juzgar por los indicios. Jeff calculó que tardaría un par de horas en descargar. Supuso que tendrían que apretujarse en la tienda, y la idea de los cuatro metidos en ese espacio reducido, esperando que pasara el tiempo, le causó ansiedad. Pablo también era un problema; no podían dejarlo bajo la lluvia, ¿no? Jeff se devanó los sesos tratando de resolver ese dilema; imaginó la camilla dentro de la tienda, con ellos, mientras el agua se filtraba a través del techo de tela y el cuerpo del griego despedía aquel terrible hedor, y enseguida se dio cuenta de que esa solución era impracticable. Sin embargo, no se le ocurrió otra. «A lo mejor no llueve», pensó, e incluso mientras lo pensaba supo que estaba comportándose como un niño, igual que los demás, esperando pasivamente, confiando en que aquello que se le antojaba demasiado horrible incluso para imaginarlo se desvanecería sin más con sólo mirar hacia otro lado.

Mathias estaba sentado al pie de la colina, de cara a los árboles. No oyó que Jeff se acercaba o, si lo oyó, no se molestó en volverse. Jeff se sentó a su lado y le dio el medio plátano.

—La comida —dijo.

Mathias cogió la fruta sin decir palabra. Jeff lo observó mientras empezaba a comer. Era viernes, el día en que Mathias y su hermano debían regresar a Alemania. Jeff y los demás le habrían dado su teléfono y la dirección de correo electrónico. Se habrían hecho vagas pero sinceras promesas de visitarse en el futuro. Se abrazarían en el vestíbulo, y Amy habría sacado fotos. Después, ellos cuatro se quedarían junto al ventanal, saludando con la mano mientras la furgoneta se alejaba, llevándose a los dos hermanos al aeropuerto.

Jeff volvió a limpiarse la cara con la manga de la camisa, temiendo que quedaran vestigios de su llanto, como el rastro de las lágrimas en sus mugrientas mejillas. Era evidente que Mathias no había oído a la enredadera, y Jeff se sorprendió de lo mucho que le alivió este hecho. Se dio cuenta de que no quería que el alemán se enterase; le preocupaba lo que pudiera pensar de él.

«Me llamó. Pronunció mi nombre.»

Los mayas estaban atando un trozo de hule entre los árboles, Jeff supuso que para protegerse de la inminente tormenta. Los que trabajaban eran cuatro, tres hombres y una mujer. Había otros dos hombres sentados cerca de un fuego medio consumido, mirando a Jeff y Mathias con los arcos en el regazo. Uno de ellos no paraba de sonarse la nariz con un pañuelo sucio, y luego examinaba el pañuelo para ver qué había expulsado. Jeff se inclinó hacia delante y escrutó el pasillo de tierra de derecha a izquierda, pero no vio señales del jefe, el calvo con la pistola en la cintura. Supuso que se turnarían, y que algunos vigilarían la colina mientras los demás se quedaban en el poblado, trabajando en el campo.

—Lo más lógico sería que nos mataran de una vez —dijo. Mathias dejó de comer por un momento para mirarlo—. Estar ahí sentados requiere un esfuerzo demasiado grande. ¿Por qué no nos mataron al principio y se quitaron el problema de encima?

—Puede que lo consideren un pecado —repuso Mathias.

—Pero de todas maneras nos matarán al retenernos aquí, ¿no? Y si tratáramos de escapar, no dudarían en dispararnos.

—Desde su punto de vista, sería en defensa propia, ¿no? No sería un asesinato.

«Un asesinato», pensó Jeff. ¿Qué estaba pasando allí? ¿Amy había sido asesinada? Y en tal caso, ¿por quién? ¿Por los mayas? ¿La enredadera? ¿Él mismo?

—¿Desde cuándo crees que hace esto?

—¿Quién?

Jeff señalo alrededor, a la colina y el terreno desmantelado.

—La enredadera. ¿De dónde crees que ha venido?

Mathias miró la piel del plátano con el entrecejo fruncido, pensando. Jeff aguardó a que terminase de masticar. Tres pájaros negros revoloteaban entre los árboles, por encima del toldo de los mayas. Jeff supuso que serían cuervos. Aves de carroña atraídas por el olor de Pablo o de Amy, pero demasiado listas para acercarse más. Mathias tragó y se limpió la boca con el dorso de la mano.

—Imagino que de la mina, ¿no crees? Alguien tiene que haberla cavado.

—Pero ¿cómo han conseguido contenerla? ¿Cómo es que tuvieron tiempo para aislar la colina? Porque han tenido que desmantelar parte de la selva y sembrar el suelo con sal. Piensa en el tiempo que habrán tardado. —Cabeceó; no parecía lógico.

—Tal vez te equivoques al pensar que tienen a la planta en cuarentena. A lo mejor saben cómo matarla, pero no quieren hacerlo.

—¿Por qué?

—Porque volvería a crecer. Y ésta es una forma de marcar su límite de acción. Una especie de tregua que han acordado.

—Pero si no la tienen en cuarentena, ¿por qué no nos dejan marchar?

—Puede que se trate de algún tabú transmitido de generación en generación, una forma de asegurarse de que la planta no escapará de su territorio. Si la pisas, no puedes volver. Y luego, cuando empezó a llegar gente de fuera, también les aplicaron el tabú. —Sopesó esta cuestión mientras miraba a los mayas—. O podría ser un asunto religioso, ¿no? Consideran que la colina es sagrada, y si la pisas, no puedes marcharte. Puede que seamos las víctimas de un sacrificio.

—Pero si...

—Son sólo especulaciones, Jeff —dijo Mathias con una mezcla de cansancio e impaciencia—. Hablo por hablar. No merece la pena discutir al respecto.

Permanecieron un rato en silencio, mirando a los cuervos saltar de rama en rama. Se estaba levantando viento y la tormenta estallaría pronto. Los mayas habían empezado a guardar sus cosas debajo del hule. Mathias tenía razón, por supuesto. Teorizar no servía de nada. La enredadera y ellos estaban de un lado, y los mayas del otro. Y más allá de los mayas, inalcanzable, se encontraba el resto del mundo. Eso era lo único que importaba.

—¿Y qué me dices de los arqueólogos? —preguntó Jeff.

—¿Qué pasa con ellos?

—Tantas personas... ¿Por qué no ha venido nadie a buscarlas?

—Puede que aún sea demasiado pronto. No sabemos cuánto tiempo hace que desaparecieron. Si tenían previsto pasar todo el verano aquí, por ejemplo, ¿por qué iban a preocuparse por ellos?

—Pero ¿tú crees que vendrá alguien? ¿Que nos rescatarán si conseguimos aguantar el tiempo suficiente?

Mathias se encogió de hombros.

—¿Cuántos montículos de ésos crees que hay? ¿Treinta?, ¿cuarenta? Ha muerto demasiada gente aquí para que pase inadvertido. Tarde o temprano, alguien encontrará este sitio. No sé cuándo, pero lo descubrirán.

—¿Y piensas que podremos sobrevivir hasta entonces?

Mathias se limpió las manos en los tejanos y se las miró. Tenía las palmas rojas, quemadas por la savia de la planta, y las yemas de los dedos agrietadas y sanguinolentas. Negó con la cabeza.

—No sin comida.

Jeff comenzó a hacer un inventario mental de las provisiones que quedaban. Las dos barritas proteicas, las uvas pasas, las galletas de aperitivo. Una lata de Coca-Cola y dos de té. Todo esto había que repartirlo entre cuatro personas, o cinco si Pablo mejoraba lo suficiente como para comer, a lo largo de... ¿cuánto tiempo?, ¿seis semanas?

Uno de los cuervos bajó al claro y comenzó a acercarse muy despacio a los dos mayas que estaban sentados junto al fuego. El del resfriado lo ahuyentó con el pañuelo y el pájaro regresó a los árboles, graznando. Jeff lo observó.

—A lo mejor podríamos cazar uno de esos pájaros —dijo—. Podemos coger un palo de la tienda, pegarle el cuchillo en un extremo con la cinta adhesiva y atar un trozo de la cuerda del cabrestante en el otro extremo, como si fuera un arpón. Así podríamos arrojarlo a los árboles y recuperar la presa tirando de la cuerda. Sólo tenemos que buscar la manera de sacarle punta al cuchillo, para que...

—No nos dejarán acercarnos lo suficiente.

Era cierto, desde luego; Jeff se dio cuenta de inmediato, pero aun así sintió un asomo de furia contra Mathias, como si éste le llevase la contraria adrede.

—¿Y si tratásemos de desmantelar la colina? Podríamos ponernos todos a cortar y arrancar la planta. Si...

—Hay demasiada, Jeff. Y crece muy deprisa. ¿Cómo íbamos...?

—Sólo intento buscar una solución —dijo Jeff. Sabía que lo había dicho con brusquedad, y se detestó por ello.

Pero a Mathias no pareció importarle.

—Puede que no haya ninguna solución —dijo—. Quizá lo único que podemos hacer es esperar y tratar de sobrevivir el máximo tiempo posible. La comida se acabará, el cuerpo nos fallará y la enredadera hará lo que tenga que hacer.

Durante un momento, Jeff observó con atención la cara de Mathias. Al igual que a los demás, se le veía sorprendentemente consumido. Comenzaban a pelársele la frente y la nariz, y tenía adherida una pasta gomosa en las comisuras de los labios. Estaba ojeroso. Pero por debajo de este deterioro había una reserva de fuerzas que no poseía nadie, ni siquiera Jeff. Parecía más sereno que los demás, como si estuviera dotado de una entereza excepcional. De repente, Jeff se dio cuenta de lo poco que sabía de él: se había criado en Múnich, había pasado una breve temporada en el ejército, durante la cual se había hecho un tatuaje, y estudiaba Ingeniería. Nada más. Mathias solía ser tan discreto, tan reservado, que era fácil creer que uno conocía sus pensamientos. Pero ahora que se explayaba por primera vez, Jeff tuvo la impresión de que el alemán se transformaba segundo a segundo ante sus propios ojos, revelando su auténtica personalidad y demostrando ser mucho más fuerte, equilibrado y maduro de lo que Jeff habría imaginado. A su lado, él se sentía pequeño y un poco infantil.

—En inglés tenéis un dicho sobre el que se comporta como una gallina a la que le han cortado la cabeza, ¿no? —Mathias usó los dedos para imitar a alguien corriendo en círculos. Jeff asintió—. Nos estamos debilitando, y eso sólo puede ir a peor. Así que no malgastes tus fuerzas en tonterías. No andes si puedes estar sentado. No estés sentado si puedes echarte. ¿Entiendes?

El más pequeño de los niños mayas había reaparecido mientras hablaban. Ahora estaba sentado junto al fuego, practicando los juegos malabares. Los hombres se reían de sus intentos fallidos y parecía que le daban consejos.

Mathias los señaló con la cabeza.

—¿Qué decía tu guía sobre este pueblo?

Jeff evocó las brillantes páginas de la guía del viajero; casi podía olerlas, palpar su superficie lisa y fría. El libro contenía abundante información sobre el pasado de los mayas —las pirámides, los caminos, los calendarios astrológicos—, pero parecía indiferente ante su presente.

—No mucho —respondió—. Hablaba del mito de la creación maya. Es lo único que recuerdo.

—¿De la creación del mundo?

Jeff negó con la cabeza.

—No. De la humanidad.

—Cuéntamelo.

Jeff dedicó unos segundos a hacer memoria y ordenar las distintas partes del relato.

—Hubo varios intentos fallidos. Primero los dioses trataron de usar barro, y las personas que crearon eran capaces de hablar, pero no de girar la cabeza, y se deshacían con la lluvia. Así que los dioses probaron con madera. Pero los seres de madera eran malos: tenían la cabeza vacía y no hacían caso a los dioses. Así que el mundo entero los atacó. Las piedras y las tinajas les golpeaban la cara y los cuchillos los apuñalaban. Algunos huyeron a la selva y se convirtieron en monos, pero todos los demás fueron destruidos.

—¿Y entonces?

—Los dioses usaron maíz blanco y amarillo. Y agua. Con estos materiales crearon cuatro hombres perfectos. Demasiado perfectos, de hecho, así que los dioses se asustaron. Temían que estos seres supieran demasiado y no los necesitaran, así que soplaron sobre ellos y les nublaron el entendimiento. De manera que estos individuos de maíz, agua y pensamientos confusos fueron los primeros hombres.

Se oyó un trueno ensordecedor, sorprendentemente cercano. Jeff y Mathias miraron al cielo. Las nubes estaban a punto de cubrir el sol.

—No vimos ningún mono en la selva, de camino aquí —dijo Mathias, como si eso le entristeciera—. Me hubiera gustado ver alguno, ¿a ti no?

Lo dijo con tanta resignación, como quien rememora con nostalgia algo inalcanzable ya para siempre, que Jeff se puso nervioso y habló sin pensar, sorprendiéndose a sí mismo:

—Yo no quiero morir aquí.

Mathias esbozó una sonrisa.

—Yo no quiero morir en ninguna parte.

Junto al fuego, uno de los mayas empezó a aplaudir. El niño había aprendido a hacer malabarismos: las piedras dibujaban un fluido arco sobre su cabeza mientras él las contemplaba atónito, como si no supiera a ciencia cierta cómo estaba realizando aquella proeza. Cuando por fin se le cayó una piedra, los hombres lo ovacionaron y le dieron palmadas en la espalda. El niño sonrió, mostrando los dientes.

—Pero supongo que moriré aunque no quiera, ¿no? —dijo Mathias.

En la mente de Jeff surgió una pregunta, una sola palabra: «¿Aquí?», pero no dijo nada. Temía la respuesta del alemán, su posible indiferencia, el desdeñoso encogimiento de hombros. Pablo sería el primero en morir, supuso Jeff. Luego, Eric. Stacy sería la siguiente, aunque tal vez no; era difícil prever estas cosas. Pero Mathias tenía razón; al final, todos acabarían convertidos en un montículo cubierto por la enredadera. Jeff trató de imaginar lo que quedaría de él: la cremallera y las tachuelas de los tejanos, las suelas de goma de sus zapatillas de tenis, el reloj. Y acaso también esta camisa que había robado de una mochila; esta falsa tela militar que suponía de poliéster acabaría envolviendo su hueca caja torácica. Por una misteriosa razón, lo que más le inquietó fue este último detalle: la idea de morir vestido con la ropa de un desconocido, y que cuando por fin lo descubrieran —lo cual, según Mathias, sucedería tarde o temprano— supusieran que la camisa era suya.

—¿Eres cristiano? —preguntó.

A Mathias pareció hacerle gracia la pregunta.

—Me bautizaron.

—Pero, ¿tienes fe? —El alemán sacudió la cabeza sin titubear—. Entonces, ¿qué significa morir para ti?

—Nada. El final. —Mathias miró a Jeff con la cabeza ladeada—. ¿Y para ti?

—No lo sé —respondió Jeff—. Te parecerá una tontería, pero nunca había pensado en ello. No en serio, al menos.

Era cierto. Jeff había sido educado en la doctrina epicospaliana, pero con laxitud; la religión había sido una más entre las obligaciones de la infancia, semejante a cortar el césped o ir a clases de piano. Una vez en la universidad, había dejado de asistir a los oficios. Era joven, estaba sano y tenía un techo sobre su cabeza; la muerte no figuraba entre sus preocupaciones.

Mathias soltó una risa ahogada y cabeceó.

—Pobre Jeff.

—¿Qué?

—Siempre ansioso por estar preparado. —Extendió el brazo y le dio una palmada en la rodilla—. Pasará lo que tenga que pasar, ¿no? Nada, algo... Al final, nuestras creencias no tendrán la menor importancia.

Dicho esto, Mathias se levantó y estiró los brazos por encima de la cabeza. Jeff sabía que se preparaba para marcharse, y sintió pánico ante esa perspectiva. No habría podido explicar por qué, pero tenía miedo de quedarse solo. Era una premonición, desde luego, aunque Jeff jamás había creído en premoniciones. Por alguna razón, le vino a la cabeza el momento en que había arrancado la enredadera de la boca de Amy, la fría humedad de la planta, el olor a bilis y tequila, la forma en que los zarcillos se adherían a la cara de la joven, resistiéndose, retorciéndose y enroscándose mientras él tiraba de ellos. Se estremeció.

—¿En qué clase de sitio vives? —preguntó. Mathias lo miró sin comprender—. En Alemania —añadió Jeff—. ¿En una casa?

Mathias negó con la cabeza.

—En un apartamento.

—¿Cómo es?

—Nada especial. Es muy pequeño, con un dormitorio, un salón y una cocina. Está en un primer piso y da a la calle. Abajo hay una panadería. En verano, hace un calor de miedo por culpa de los hornos.

—¿Huele a pan?

—Desde luego. El olor me despierta por la mañana. —Pareció que no iba a añadir nada más, pero continuó—: Tengo un gato. Se llama *Katschen*, que significa gatito. Lo está cuidando la hija del panadero. Le da de comer y le limpia el cagadero. Y también me riega las plantas. Tengo un balcón cerrado, ¿cómo lo llamáis vosotros? ¿Una galería? —Jeff asintió—. Está llena de plantas. Supongo que tiene gracia: todas las noches me dormía en una habitación llena de plantas, porque las encontraba relajantes. —Rió y Jeff lo imitó. En ese momento, las nubes cubrieron el sol y la luz cambió en el acto, volviéndose tenue y otoñal. Sopló una ráfaga de viento y los dos jóvenes se llevaron la mano a la cabeza, para sujetarse el sombrero. Cuando el viento pasó, Mathias dijo:

—Bueno, me voy.

Jeff asintió y eso fue todo: no había nada más que añadir. Miró cómo Mathias se alejaba por el sendero.

En el aire había un aroma a comida. Al principio, Jeff pensó que era la enredadera, creando una nueva tortura. Pero cuando se volvió hacia el claro, vio que la mujer maya había puesto una olla grande al fuego y estaba removiendo la comida. «Cabrito», pensó Jeff, olfateando el aire. Iban a cenar más pronto que los días anteriores, quizá con la esperanza de terminar antes de que estallase la tormenta.

Por debajo del olor de la comida y el fuego, Jeff percibió el de su cuerpo. A sudor rancio con una nota de algo peor, como si se le hubiese adherido el hedor a orina, heces y carne podrida de Pablo. Pensó en la pastilla de jabón que había dejado en la cima, junto a la tienda, preparada para la llegada de la lluvia. Trató de imaginar lo que sentiría al enjabonarse, restregarse y enjuagarse, pero no consiguió convencerse de que todo eso produjese algún efecto, de que sería capaz de librarse alguna vez de aquella peste. Porque era algo más que una sensación física. No; la degradación parecía más profunda, como si no oliera sólo a sudor y pis, sino también a fracaso. Había pensado que podría mantener con vida a todo el mundo, que era más listo y disciplinado que los demás, y que esas facultades los salvarían. Pero ahora comprendía que era un idiota. Había sido una idiotez cortarle las piernas a Pablo. Sólo había conseguido alargar su sufrimiento. Y había sido un idiota —más que un idiota, algo mucho peor— al quedarse sentado, rabiando, mientras Amy se asfixiaba a apenas cinco metros de él. Incluso si por un milagro lograba salir de allí con vida, sería incapaz de sobrevivir a aquel recuerdo.

Pasó el tiempo. Los mayas terminaron de cenar y la mujer usó un puñado de hojas para limpiar la olla. Los hombres se sentaron con el arco en el regazo, mirando a Jeff. El niño había dejado de hacer juegos malabares y estaba acostado debajo del hule. Los cuervos continuaban saltando de rama en rama, inquietos, intercambiando graznidos. El cielo se oscureció más y más y el viento comenzó a agitar los árboles. Cada vez que soplaba una ráfaga, el hule producía un ruido explosivo, semejante a un disparo.

Entonces, justo cuando el día se aproximaba a un ocaso precoz, la lluvia llegó por fin.

Stacy estaba en la tienda con Eric.

Había perdido los nervios durante un rato, en el claro, junto al saco de dormir, mientras la enredadera reptaba y reía a sus pies. Se había echado a llorar, abrazada a Eric, mientras las lágrimas no paraban de brotar. Continuó llorando hasta mucho después de que Jeff bajara al pie de la colina, después de que la planta callara, e incluso después de que regresara Mathias. Esto la asustó y comenzó a preguntarse si sería capaz de detenerse alguna vez.

Pero Eric había seguido abrazándola y acariciándola, diciendo «tranquila, tranquila» y al final, quizá sólo por cansancio, notó que empezaba a calmarse.

—Necesito recostarme un rato —había murmurado.

Y así fue como acabaron otra vez en la tienda. Eric le abrió la puerta y la acompañó. Cuando ella se dejó caer sobre el único saco de dormir que quedaba, él se acurrucó a su lado. Al llanto siguió una sensación de pesadez, de incapacidad para continuar. «Esto también pasará», se dijo Stacy, y trató de creérselo. Recordó lo interminables que se le habían antojado las tres horas que pasó al pie de la colina por la mañana, sola, y cómo había pensado que sería incapaz de soportarlas. Había hecho un enorme esfuerzo por no pensar en Amy —enorme e infructuoso— y un momento condujo al siguiente, hasta que al fin se volvió y se encontró a Mathias, diciéndole que ya era la hora y podía volver a subir.

Le dolía la garganta y tenía los ojos hinchados de tanto llorar. Aunque estaba cansada, desesperadamente cansada, le daba miedo dormirse. Sentía la respiración de Eric en la nuca. La tenía abrazada, y al principio le había gustado, la había tranquilizado y reconfortado, pero ahora, de repente, comenzó a sentir que la apretaba demasiado, haciéndola consciente del ritmo de su corazón, que aún latía desbocado.

Trató de cambiar de posición, pero sólo consiguió que él se acercara más.

—Tengo mucho frío —dijo Eric—. ¿Tú también? —Stacy negó con la cabeza. De hecho, el cuerpo de Eric no estaba frío sino caliente, casi ardiente. La hacía sudar allí donde la tocara—. Y estoy cansado —añadió—. Hecho polvo.

A su regreso, Stacy había encontrado a Eric dormido con la boca abierta en medio del claro. Jeff, que había estado cosiendo la bolsa del depósito, la llamó nada más verla asomar por el sendero y le dijo que bebiera agua. Incluso entonces, Eric no se movió. Suponía que debía de haber dormido durante dos o tres horas y, sin embargo, seguía cansado. Se movió otra vez, ahora con mayor energía, y él la soltó, dejando caer los brazos como pesos muertos. Stacy se sentó y se volvió para mirarlo.

—¿Me vigilarás? —preguntó Eric.

—¿Vigilarte?

—Mientras duermo —respondió—. Sólo un rato.

Stacy asintió. Observó las heridas de la pierna de Eric, los feos costurones que le había dejado Jeff, brillantes por la pomada antiséptica. Tenía la piel manchada de sangre. Estaba destemplado y cansado, y no había motivos evidentes para ninguna de las dos cosas. Stacy hizo un esfuerzo consciente para no sacar conclusiones de esta observación. Cerró los ojos y pensó: «Esto también pasará.»

Dio un respingo cuando la tocó. Había extendido el brazo para cogerle la mano y la miraba con una sonrisa somnolienta. Stacy no se soltó, pero le costó lo suyo; quería apartarse, huir del calor que irradiaba la piel de Eric y de su mano sudorosa. «Está dentro de él», pensó. Trató de sonreír, y lo logró, pero apenas. No importó demasiado, porque Eric estaba cerrando los ojos.

Stacy esperó a estar segura de que se había dormido y entonces retrocedió muy despacio y se soltó, dejando la mano de Eric sobre el suelo de la tienda, con la palma hacia arriba y ligeramente ahuecada, como la de un mendigo. Se imaginó poniendo una moneda en ella, a altas horas de la madrugada en la calle de una ciudad desconocida, y se vio a sí misma dándose prisa, alejándose para no volverlo a ver.

«Esto también pasará.»

Mathias estaba en el claro, sentado junto a Pablo. Stacy le oyó respirar a pesar del zumbido del viento, que había ido arreciando de forma gradual pero implacable y ahora hinchaba las paredes de la tienda. Allí dentro estaba casi oscuro. Eric empezó a roncar, como de costumbre. En el cuarto de la residencia universitaria, Stacy solía imitarlo para Amy, bufando y resoplando a altas horas de la noche, cuando cambiaban confidencias, y las dos se reían de él. Ahora, el dolor de este recuerdo fue sorprendentemente físico: una opresión pulsátil en el pecho. Se tocó el punto exacto y lo masajeó, tratando de contener las lágrimas.

«Esto también pasará.»

Hubo algo que le hizo presentir la llegada de la lluvia. «Aquí viene», pensó, y no se equivocó: un instante después se desató la tormenta. Era una lluvia racheada, empujada por el viento, como si una gigantesca mano húmeda golpease la tienda rítmicamente.

Stacy se inclinó hacia delante y le tocó el hombro a Eric.

—Eric —dijo.

Él abrió los ojos y la miró, pero no parecía despierto.

—Está lloviendo —dijo.

—¿Lloviendo?

Stacy vio que se tocaba una herida tras otra, como para comprobar que seguían allí.

—Tengo que ayudar a Mathias, ¿vale?

Eric se limitó a mirarla fijamente. Tenía la cara demacrada y muy pálida. Stacy pensó en toda la sangre que había perdido en las últimas cuarenta y ocho horas y recordó a Jeff extirpándole los zarcillos. No pudo evitar estremecerse.

—¿Estarás bien? —preguntó.

Eric asintió y se cubrió con el saco de dormir. Stacy se conformó con eso y salió rápidamente a la lluvia.

Al cabo de unos segundos estaba empapada. En el centro del claro, Mathias llenaba la garrafa con el *frisbee*. Tenía la ropa adherida al cuerpo y el sombrero, deformado por la lluvia, le caía sobre la cara. Le alargó el *frisbee* y la garrafa a Stacy y corrió hacia Pablo, que permanecía inmóvil y con los ojos cerrados mientras la lluvia lo azotaba. Stacy esperó que se llenara el *frisbee* y vertió el agua en la garrafa. Repitió estas acciones una y otra vez, mientras Mathias trataba de mover el cobertizo para proteger mejor al griego. Parecía una tarea imposible, ya que el viento continuaba racheando, empujando la lluvia casi horizontalmente. La única manera de resguardar a Pablo sería meterlo en la tienda.

Stacy tapó la garrafa. El depósito de nailon parecía funcionar: se estaba llenando. La lluvia caía a cántaros, convirtiendo el claro en un lodazal. Stacy sintió que sus sandalias se hundían en el barro. Entonces vio que la pastilla de jabón estaba semienterrada junto al depósito, la recogió y se lavó la cara y las manos. Después echó la cabeza atrás, dejando que la lluvia la enjuagase. Pero no era suficiente. Quería más, y sin pensarlo se quitó la camisa, los pantalones e incluso la ropa interior. Desnuda en el centro del claro, se enjabonó los pechos, el vientre, la entrepierna y el pelo, eliminando la suciedad —el sudor, la grasa, el olor— de todo su cuerpo.

Mathias estaba agachado junto al cobertizo, ajustando los retazos de nailon a los palos de aluminio mientras el viento tiraba de él. Se volvió como para pedirle ayuda a Stacy, pero luego se limitó a observarla, recorriéndole el cuerpo con la mirada de abajo arriba. Cuando llegó a los ojos, los rehuyó y se volvió hacia el cobertizo sin decir palabra.

La luz, de por sí débil, estaba disipándose con rapidez. Hacía rato que Stacy había perdido la noción de la hora, así que no sabía si esto era un efecto de la tormenta, que oscurecía el día, o si el sol había empezado a ponerse por detrás de la masa de nubes. Se oían truenos —graves, rugientes, guturales— y la lluvia caía con suficiente fuerza para irritarle la piel. Además, cada vez hacía más frío. Tuvo que apretar los dientes para que no le castañetearan. Temblaba, calada hasta los huesos por el agua helada.

«Los huesos.»

Stacy se volvió hacia el saco de dormir, con la madeja de zarcillos brotando de su interior y las manchas blancas destellando por la humedad bajo la luz mortecina. Tuvo la extraña sensación de que alguien la observaba y de repente tomó conciencia de su desnudez, se sintió vulnerable y se abrazó, ocultando los pechos bajo los brazos cruzados. Miró a Mathias, que seguía de espaldas, concentrado en su lucha con el cobertizo, y luego hacia el sendero, pensando que quizás hubiera regresado Jeff. Pero allí no había nadie; ni siquiera Eric mirándola desde la tienda. Aquella incómoda sensación continuó, sin embargo, e incluso se intensificó. Sólo entendió cuál era su origen cuando se volvió hacia la ladera de la colina, a la lluvia que caía sin pausa sobre las verdes hojas, agitándolas y meciéndolas.

Era la planta; podía sentirla observándola.

Corrió a la tienda, abandonando el montón de ropa mojada en el barro.

Dentro estaba aún más oscuro que fuera, y Stacy apenas alcanzaba a distinguir a Eric; tuvo que esforzarse para verlo en el suelo de la tienda, envuelto en el saco de dormir. Supuso que tendría los ojos abiertos, porque le pareció sentir su mirada al entrar, pero no podía asegurarlo.

—Me he lavado —dijo—. Tú deberías hacer lo mismo.

—Eric no respondió. No habló ni se movió. Stacy se acercó y se agachó—. ¿Eric? —Ahora gruñó y se movió un poco—. ¿Te encuentras bien?

Otro gruñido.

Stacy titubeó, mirándolo en la oscuridad. El viento no dejaba de azotar las paredes de la tienda. El techo tenía varias goteras y el agua caía al suelo con un golpeteo, formando crecientes charcos. Stacy no podía dejar de temblar.

—Tengo que vestirme —dijo.

Eric permaneció inmutable.

Stacy fue hasta el fondo de la tienda y rebuscó en las mochilas hasta que encontró una falda y una blusa amarilla. Se secó rápidamente con una camiseta y se vistió, aunque sin ponerse ropa interior. Le horrorizaba la idea de usar las bragas de una desconocida. La falda le llegaba hasta la mitad del muslo y la blusa le quedaba estrecha. La propietaria de esas prendas debía de haber sido aún más menuda que ella.

Stacy se sintió un poco mejor, no exactamente bien, pero algo menos desgraciada que antes. El zumbido de su cabeza casi había desaparecido. Y el hambre también parecía haber desaparecido; se sentía hueca, como una cáscara vacía, pero serena. Todavía tenía frío, y por un instante pensó en meterse debajo del saco de dormir con Eric y abrazarse a él, sentir el calor que irradiaba. Pero entonces recordó que Mathias estaba solo en el claro, esforzándose por crear un refugio para Pablo, así que se acercó a la puerta y escudriñó la creciente oscuridad. Ya casi no quedaba luz. A sólo tres metros de ella, Mathias era poco más que una sombra. Estaba sentado en el barro junto a Pablo, inclinado debajo de la sombrilla de Stacy. Había conseguido bajar el cobertizo, pero Stacy no alcanzaba a ver si al griego le había servido de algo.

—¿Mathias? —llamó. Éste la miró a través de la lluvia—. ¿Dónde está Jeff?

Mathias miró por encima del hombro, como si esperase encontrar a Jeff en algún lugar del claro. Luego se volvió hacia ella y sacudió la cabeza. Dijo algo, pero era imposible entenderle con el ruido de la lluvia.

Stacy hizo bocina con las manos.

—¿No debería haber vuelto ya?

Mathias se levantó y fue hacia ella. La sombrilla parecía un objeto más simbólico que funcional: no lo protegía de la lluvia.

—¿Qué? —preguntó.

—¿No debería haber vuelto Jeff?

Mathias desplazó el peso del cuerpo de un pie al otro, pensando. Las punteras de sus zapatillas de tenis se hundieron en el barro, reaparecieron y se hundieron otra vez.

—Supongo que debería ir a ver.

—¿A ver qué?

—Por qué no viene.

Stacy volvió a oír aquel zumbido en su cabeza. No quería quedarse sola con Pablo y Eric. Trató de discurrir algo para que Mathias no se fuera, pero no se le ocurrió nada.

—¿Puedes vigilar a Pablo? —preguntó él.

Stacy vaciló. Estaba seca y limpia, y le horrorizaba la idea de renunciar a esas pequeñas comodidades.

—A lo mejor, si esperamos...

—Está oscureciendo. Si espero mucho más, no veré nada. —Le ofreció la sombrilla y cuando ella fue a cogerla, extendiendo el brazo bajo la lluvia, se le puso la piel de gallina—. Trataré de volver rápido, ¿vale?

Stacy asintió. Se armó de valor, se inclinó y salió. Fue como meterse debajo de una catarata. Corrió hasta el cobertizo y se acurrucó debajo, tratando de no mirar a Pablo —la cara demacrada y manchada de barro, el cabello mojado—, demasiado asustada para afrontar la desdicha del griego, consciente de que no podía hacer nada para aliviarla. Sostuvo la sombrilla sobre su cabeza, aunque inútilmente: era sólo un objeto más a merced del viento. Mathias se quedó mirándola un momento bajo la cortina de lluvia. Luego se volvió, cruzó el claro y desapareció en la oscuridad.

Eric se había hecho un ovillo debajo del saco de dormir, tratando de calentarse. Llovía, y Stacy y Mathias estaban fuera, mojándose. El viento no dejaba de rachear y sacudir la tienda. Eric estaba agotado, pero no se dormiría si no había nadie que lo vigilara. Sólo cerraría los ojos durante un instante, unos segundos; cerraría los ojos, respiraría, descansaría. De repente Stacy reapareció, se inclinó sobre él y le preguntó si se encontraba bien. Estaba mojada, desnuda, chorreando sobre él. El techo también chorreaba. Y Eric pensó: «Estoy dormido. Soñando.» Pero no era verdad; o no del todo. Era consciente de que ella estaba en la tienda y la oyó rebuscar en las mochilas, secarse y vestirse con ropa nueva. Eric se palpó las heridas, temiendo que la enredadera lo hubiese atacado mientras dormitaba, pero no descubrió ningún indicio de ello. Le dolía todo el cuerpo, hasta las yemas de los dedos, las plantas de los pies y las rodillas... todo.

Oyó voces y levantó la cabeza. Stacy estaba junto a la puerta de la tienda, hablando con Mathias. Eric volvió a cerrar los ojos, creyó que sólo por un instante, pero cuando los abrió, descubrió que estaba solo. Volvió a palparse las heridas y pensó en sentarse, pero no tuvo fuerzas suficientes. La lluvia hacía tanto ruido —un ruido semejante a un aplauso— que le impedía pensar.

Sintió que volvía a quedarse dormido y se resistió, tratando de mantenerse despierto. Estaba en clase durante su primer día como profesor, pero cada vez que intentaba hablar, los alumnos aplaudían, ahogando su voz. Se dio cuenta de que era un juego, aunque no estaba seguro de cuáles eran las reglas; sólo sabía que iba perdiendo, y que si la cosa seguía así, lo despedirían antes de que acabara la jornada. Curiosamente, esta perspectiva le pareció reconfortante. Una parte de él seguía despierta y sabía que estaba soñando. Y con este pequeño resquicio de conciencia, Eric se las ingenió incluso para analizar su sueño. En el fondo no deseaba ser profesor, nunca lo había deseado, pero sólo era capaz de admitirlo ahora que estaba atrapado en un lugar de donde no regresaría nunca. «Entonces, ¿qué?», pensó, y la respuesta llegó de una forma que le hizo comprender que también este autoanálisis formaba parte del sueño, porque descubrió que quería ser camarero de una taberna, pero no una taberna de verdad, sino una de película de vaqueros en blanco y negro, con puerta de vaivén, una partida de póquer entre borrachos en un rincón, y unos pistoleros batiéndose a duelo en la calle. Él llenaría las jarras de cerveza y las deslizaría sobre el mostrador. Tendría acento irlandés y sería el mejor amigo de John Wayne, o de Gary Cooper...

—Se lo está inventando, ¿vale, Eric? Lo sabes, ¿no?

La tienda estaba oscura y Stacy se inclinaba sobre él otra vez, chorreando, tocándole el brazo. Parecía nerviosa y asustada. No dejaba de mirar por encima del hombro, hacia la puerta de la tienda.

—No es real —dijo—. No ocurrió.

Eric no sabía de qué hablaba; seguía medio inmerso en el sueño, los alumnos aplaudiéndole, las puertas de la taberna balanceándose.

—¿Qué es lo que no ocurrió? —preguntó.

Entonces, por debajo del sonido de la lluvia, oyó un susurro: *Bésame, Mathias. ¿Por qué no me besas?* Era una voz femenina y procedía del claro. Parecía la de Stacy, pero estaba ligeramente distorsionada; era y no era ella a la vez.

Stacy adivinó lo que pensaba.

—Está tratando de fingir mi voz. Pero yo nunca dije eso.

Y entonces sonó una voz parecida a la de Mathias:

No deberíamos. ¿Y si él...?

Calla. Nadie nos oirá.

—No soy yo —dijo Stacy—. Te lo juro. No pasó nada.

Eric se incorporó y se sentó con las piernas cruzadas y el saco de dormir sobre los hombros. Desde el claro oscuro y asolado por la lluvia llegó el sonido de unos jadeos, al principio suaves y luego más fuertes.

De nuevo la voz de Mathias, casi suspirando: *Ay, qué bien.*

Los jadeos se convirtieron en gemidos.

Más fuerte, murmuró la voz de Stacy.

Los gemidos crecieron de manera gradual e inexorable hasta el clímax, y entonces sonó algo parecido a un grito de Stacy. Después se hizo el silencio, sólo el tamborileo de la lluvia y la ronca y entrecortada respiración de Pablo. Eric miró a Stacy a través de la oscuridad. Llevaba la ropa de otra persona. Le quedaba pequeña, y se le había adherido al cuerpo a causa de la humedad.

No debería importarle, desde luego. Puede que hubiera pasado y puede que no; de cualquier modo, sería una estupidez preocuparse por eso en un momento semejante. Eric vio la lógica del argumento y durante unos minutos luchó por guardar la distancia necesaria para adoptar una actitud racional. Incluso pensó en la posibilidad de reír. ¿Sería una buena estrategia? ¿Debía cabecear y soltar una risita burlona? ¿O debía abrazarla? Pero Stacy estaba tan mojada, y vestida con esa ropa extraña parecía una puta. La idea llegó sin que la buscara; es más, Eric trató de no hacerle caso, pero no pudo librarse de ella, no con esos pezones erectos debajo de la blusa, con esa falda a mitad del muslo y...

—Tú sabes que no es verdad —dijo Stacy—. ¿No?

«Limítate a reír —pensó—. Es tan sencillo...» Pero entonces, sin proponérselo, empezó a hablar, su voz salió de él, incontrolable, y lo condujo por un camino completamente distinto:

—La planta no se inventa cosas.

Stacy guardó silencio, mirándolo con los brazos cruzados sobre el pecho.

—Eric...

—Imita cosas que ha oído. No las crea.

—Entonces oyó a alguien haciendo el amor y ahora ha añadido nuestras voces.

—O sea que es tu voz. ¿Tú has dicho esas cosas?

—Por supuesto que no.

—Pero acabas de decir que añadió tu voz.

—Quiero decir que ha cogido cosas que hemos dicho y las ha mezclado para hacernos decir cosas diferentes. ¿Entiendes? Coge una palabra de una conversación y otra de...

—¿Cuándo dijiste «más fuerte», o «bésame»?

—No sé. Tal vez...

—Vamos, Stacy, Dime la verdad.

—Esto es una estupidez, Eric.

Éste se dio cuenta de lo nerviosa que se estaba poniendo y de cómo luchaba para controlarse.

—Sólo quiero la verdad.

—Ya te he dicho la verdad. No pasó nada. No...

—Te prometo que no me enfadaré.

Pero ya estaba enfadado, desde luego. Ésta no era la primera vez que le pedía que confesara una infidelidad, y ahora sintió que el peso de todas aquellas conversaciones previas lo abrumaba y lo instaba a seguir. Indefectiblemente, las discusiones seguían unas pautas, se ajustaban a un guión: él le daba la lata, razonaba con ella, desmontaba metódicamente sus tácticas evasivas o de distracción y la arrinconaba hasta que ella no tenía más remedio que sincerarse. Entonces Stacy lloraba, le suplicaba que la perdonase y prometía no volver a engañarlo. Y por alguna razón, a su pesar, Eric siempre la creía. La sola idea de recorrer ahora el mismo camino, de avanzar pesadamente por cada una de sus numerosas etapas, le producía un cansancio enorme. Quiso haber llegado ya al final. Quería verla llorar, suplicar y prometer, y le enfurecía el hecho de que incluso allí, incluso en circunstancias tan extremas como aquéllas, Stacy lo obligaría a bregar.

—Mírame —dijo Stacy—. ¿De verdad supones que podría tener el menor interés en tirarme a cualquiera en estos momentos? No puedo ni...

—¿Te lo tirarías en otro momento?

—Eric...

—¿Te lo habrías tirado en Cancún?

Stacy soltó un suspiro audible, como si la pregunta fuese demasiado degradante para merecer una respuesta. Y en cierto modo lo era, Eric lo sabía. «Un razonamiento sereno —pensó—. Una voz serena.» Se esforzó por conseguir esas cosas, pero no las consiguió.

—¿Te lo tiraste en Cancún? —preguntó.

Antes de que Stacy pudiera responder, su voz comenzó otra vez:

Abrázame. Sólo abrázame.

No deberíamos. ¿Y si él...?

Calla. No nos oirá nadie.

Los jadeos comenzaron de nuevo y fueron subiendo de volumen de manera gradual. Eric y Stacy permanecían callados, escuchando. ¿Qué otra cosa podían hacer?

Ay, qué bien...

Los jadeos se convirtieron en gemidos. Eric estaba concentrado en las voces, que seguían sonando ligeramente distorsionadas. Unas veces no tenía dudas de que pertenecían a Stacy y a Mathias y otras casi estaba dispuesto a creer que, como decía su novia, aquello no era real, no había sucedido.

Ay, qué bien, oyó, y pensó: «No, ése no puede ser él.»

Más fuerte, oyó —un susurro apremiante, lleno de pasión—, y se dijo: «Sí; no cabe duda de que es ella.»

Al final llegó el clímax y a continuación la lluvia, la respiración de Pablo y el aleteo húmedo de la puerta de la tienda cada vez que soplaba una ráfaga de viento. Stacy le puso una mano en la rodilla y se la acarició a través del saco de dormir.

—Trata de separarnos, cariño. Quiere que peleemos.

—Di «Abrázame, sólo abrázame».

Stacy le quitó la mano de la rodilla y lo miró con fijeza.

—¿Qué?

—Quiero oírtelo decir. Entonces lo sabré.

—¿Qué sabrás?

—Si es tu voz.

—Te estás comportando como un gilipollas, Eric.

—Di «No nos oirá nadie».

Stacy sacudió la cabeza.

—Ni lo sueñes.

—O «Más fuerte». Susurra «Más fuerte».

Stacy se levantó.

—Tengo que ir a ver cómo está Pablo.

—Está bien. ¿No lo oyes? —Y era verdad: la respiración del griego parecía ocupar toda la tienda.

Stacy tenía los brazos en jarras. Aunque Eric no podía verle la cara, intuía que tenía la frente fruncida.

—¿Por qué haces esto? Tenemos tantos problemas que resolver y tú te comportas como...

—Amy tenía razón. Eres una puta.

Esto le llegó al alma, la silenció como una bofetada. Después, en voz baja, dijo:

—¡Joder, Eric! ¿Cómo puedes decir eso?

Eric notó un temblor en su voz y estuvo a punto de darle un respiro. Pero enseguida empezó a hablar de nuevo, incapaz de contenerse.

—¿Cuándo lo hicisteis? ¿Esta noche? —Era difícil saberlo, pero cabía la posibilidad de que Stacy estuviera llorando—. Cuando entraste estabas desnuda —añadió—. Te vi desnuda.

Stacy se limpió la cara con la mano. La lluvia arreció de pronto, subiendo de volumen, y la tienda pareció a punto de desplomarse bajo su peso. Los dos se agacharon instintivamente. Pero esto sólo duró unos segundos, y cuando terminó, una extraña quietud se apoderó del mundo.

—¿Lo hicisteis en otras ocasiones?

Stacy se sorbió la nariz.

—Para, por favor.

Eric titubeó. Por extraño que pareciera, ese silencio exacerbado comenzaba a inquietarlo; parecía agorero, amenazador. Miró hacia el claro, como si esperase ver a un intruso.

—Dime cuántas veces, Stacy.

—Eres un cabrón.

—No estoy enfadado. ¿Te parezco enfadado?

—A veces te odio. En serio.

—Sólo quiero la verdad. Sólo quiero...

Stacy lo sobresaltó con un grito:

—¡Cierra la boca! ¿Quieres? —dijo, tirándose de los pelos—. ¡Cierra la puta boca de una vez!

Dio un paso al frente, como si fuera a pegarle, con el brazo derecho levantado por encima de la cabeza, pero se detuvo y se giró hacia la puerta de la tienda.

Eric siguió su mirada. Mathias estaba allí, agachándose para entrar en la tienda, con un pie fuera y otro dentro. Estaba totalmente empapado. Era difícil distinguir cualquier otro detalle en la oscuridad, pero Eric percibió la turbación del alemán. Dio la impresión de que iba a retroceder para devolverles la intimidad, pero entonces Eric dijo:

—Tal vez puedas decírmelo tú. ¿Te la has follado?

Mathias se quedó mudo, demasiado sorprendido por la pregunta para responder.

—La enredadera ha estado hablando —explicó Stacy—. Como si tú y yo nos hubiéramos acostado.

Eric estaba inclinado hacia delante, escrutando la cara de Mathias, tratando de descifrar su expresión.

—Di «Ay, qué bien».

Mathias todavía tenía una pierna fuera. Sacudió la cabeza.

—No entiendo —dijo.

—O «No deberíamos; y si él...». ¿Quieres decirlo, por favor?

—Para, Eric —dijo Stacy.

Eric se volvió bruscamente hacia ella.

—No hablo contigo, ¿vale? —Y de nuevo hacia Mathias—. Dilo. Sólo quiero escuchar tu voz.

—¿Dónde crees que estás? —preguntó Mathias, y a Eric no se le ocurrió ninguna respuesta lógica. Pensó: «En el infierno. Estoy en el infierno.» Pero no lo dijo—. Aunque fuera verdad, ¿qué importancia tendría a estas alturas que Stacy y yo nos hubiéramos enrollado? ¿Qué más daría? Estamos atrapados en este sitio sin comida, no puedo encontrar a Jeff y Pablo...

Se interrumpió y ladeó la cabeza, aguzando el oído. Los demás le imitaron.

«El silencio», pensó Eric.

Mathias desapareció bajo la lluvia.

—Ay, Dios. Ay, no, por favor —gimió Stacy, y salió corriendo tras él.

Eric se levantó, todavía con el saco de dormir sobre los hombros. Se acercó a la puerta y miró hacia el cobertizo. Mathias se había arrodillado junto a la camilla y Stacy estaba de pie a su lado. La lluvia caía a cántaros sobre ambos.

—Lo siento —no paraba de repetir Stacy—. Lo siento tanto.

Mathias se levantó. No dijo nada. No hizo falta; no habría podido encontrar palabras más elocuentes que la expresión de desprecio que le dedicó a Eric cuando entró en la tienda.

Stacy se acuclilló, se abrazó a sus piernas y comenzó a mecerse:

—Lo siento tanto... lo siento tanto... lo siento tanto...

A Eric le costó distinguir a Pablo en su camilla, detrás de ella, apenas visible en la oscuridad. Inmóvil. En silencio. Mientras discutían en la tienda y la lluvia caía con furia desde el cielo, la enredadera había enviado un emisario. Un solo zarcillo que se enroscó alrededor de la cabeza del griego, tapándole la boca y la nariz hasta asfixiarlo.

Incluso después de que empezara a llover, Jeff se mantuvo en su puesto al pie de la colina. Si los griegos habían salido por la mañana, era posible que la tormenta los sorprendiese durante la caminata desde la carretera. Jeff dedicó un rato a especular sobre cómo reaccionarían Juan y Don Quijote ante la tormenta, si darían media vuelta e intentarían volver a Cobá, o si agacharían la cabeza y apretarían el paso. Jeff tuvo que admitir que la segunda posibilidad parecía la más remota. Supuso que sólo seguirían adelante si estuvieran a punto de llegar, si hubieran recorrido ya el camino principal y se encontrasen en el último tramo, donde el terreno se convertía gradualmente en una pendiente.

Decidió darles veinte minutos más.

Un tiempo considerable para estar sentado a la intemperie, sin un lugar donde resguardarse, bajo un feroz aguacero. Los mayas se habían retirado a la linde de la selva, y estaban apretujados debajo del hule. Sólo uno permaneció en el claro, vigilando a Jeff. Se había fabricado una especie de chubasquero con una bolsa de basura grande, haciéndole agujeros para la cara y los brazos. Jeff recordó haber improvisado una prenda parecida en una acampada con los *Boy Scouts*, cuando una tormenta de dos días los había pillado desprevenidos. En el camino de regreso se vieron obligados a vadear un río, el mismo que habían cruzado una semana antes, pero su caudal había aumentado de forma sustancial desde la última vez que lo habían visto. La corriente era impetuosa, y las gélidas aguas los cubrían hasta el pecho. Jeff se había desvestido y nadado en calzoncillos hasta la orilla contraria, con un rollo de cuerda en el hombro. Luego ató la cuerda a un árbol para que los demás pudieran agarrarse a ella mientras lo seguían. Recordó que tras realizar aquella hazaña se había visto a sí mismo como un valiente, una especie de héroe, y ese recuerdo le hizo sentirse ligeramente incómodo. Ahora era consciente de que se había pasado toda la vida compitiendo de una manera u otra, siempre fingiendo que se trataba de algo más que un juego. Pero sólo había sido eso, un juego.

Caía una lluvia torrencial. Había truenos, pero no relámpagos. Estaba casi oscuro cuando por fin Jeff miró el reloj y se levantó para marcharse.

Con el barro, el sendero se había vuelto tan resbaladizo que era difícil subir por él. Jeff tenía que detenerse a cada rato para recuperar el aliento. Durante una de esas pausas, cuando miró hacia abajo para ver hasta dónde había conseguido llegar, volvió a pasársele por la cabeza la idea de huir. Había tan poca luz que ya no alcanzaba a ver los árboles. Del suelo del claro había brotado una neblina que entorpecía aún más la vista. El aguacero había apagado los fuegos de los mayas, y a menos que se propusieran pasar la noche haciendo guardia uno al lado del otro alrededor de la linde de la selva, parecía perfectamente posible que Jeff encontrase un hueco por donde escapar.

La lluvia continuaba azotando la colina, pero Jeff ya no le prestaba atención. Estaba hambriento y exhausto. Quería regresar a la tienda, abrir la latita de frutos secos y repartirla entre todos. Quería beber de la garrafa de agua hasta que le doliera el estómago; quería cerrar los ojos y dormir. Pero luchó contra estas tentaciones —y también contra la sensación de fracaso, que seguía obsesionándole, prometiéndole un desengaño más— y trató de forjarse una esperanza, ese estado que ahora se le antojaba tan poco familiar. «¿Y si funciona?», se preguntó. ¿Y si conseguía bajar sin que lo vieran y descubría que todos los mayas se habían resguardado debajo del hule y el claro estaba desierto? ¿Por qué no iba a lograr escabullirse sin que lo vieran y desaparecer en la selva? Podría ocultarse allí hasta el amanecer y emprender el viaje a Cobá en cuanto aclarase. Podría salvarlos a todos.

Pero lo estaba haciendo de nuevo, ¿no? Más tonterías, más ficción. Porque, ¿cómo no iban a prever los mayas una cosa así? ¿No habría centinelas esperándolo, con las flechas a punto? Entonces tendría que volver sobre sus pasos, aún más cansado, helado y hambriento por el esfuerzo.

Le dio vueltas y vueltas a la idea, inclinándose primero por una opción y luego por la otra, mientras la lluvia caía sobre él y la oscuridad seguía creciendo. Al final, a pesar del hambre, la fatiga y los malos pálpitos, lo que triunfó fue la educación de Jeff, el proverbial ascetismo de los nativos de Nueva Inglaterra, aquel reflejo de los puritanos de escoger siempre el camino más difícil.

Regresó lentamente por el sendero hasta el pie de la colina. Tal como había previsto, la neblina, la lluvia y la creciente oscuridad impedían ver nada a más de cinco metros de distancia. Si el maya del improvisado chubasquero seguía en el centro del claro, estaba fuera de su vista. Lo que significaba, desde luego, que Jeff también era invisible para él. Sólo tenía que recorrer veinte o treinta metros hacia la izquierda; de esta manera quedaría a mitad de camino entre los mayas resguardados debajo del hule y el siguiente campamento. Y luego, si avanzaba con sigilo, amparado en la oscuridad, la neblina y la lluvia, era muy posible que llegara a la selva sin que lo vieran.

Giró a la izquierda y comenzó a andar, contando sus pasos mentalmente: «Uno... dos... tres... cuatro...» La lluvia había saturado el claro, convirtiendo la tierra en un profundo y viscoso lodo que se le pegaba a las bambas. Jeff recordó que la primera noche, cuando intentó huir bajando entre las plantas, la enredadera había emitido sonidos para alertar a los mayas de su proximidad, y se preguntó por qué ahora permanecía callada e inmóvil. Desde luego, ese silencio podía ser un indicio de sus escasas posibilidades de éxito, porque, a pesar de la oscuridad, era probable que la enredadera hubiera percibido que los mayas seguían de guardia, que Jeff no lograría su cometido ni siquiera con la ayuda de la oscuridad, la neblina y la lluvia, y que lo obligarían a volver o lo matarían. En lo más profundo de su ser, Jeff advirtió este augurio adverso y reconoció que lo más lógico, lo más sensato, sería rendirse ahora y regresar al refugio de la cima.

Sin embargo, siguió andando.

Después de treinta pasos, se detuvo y escudriñó la selva. Sólo oía el sonido de la lluvia al caer sobre el barro a su alrededor. El viento agitaba la niebla, removiéndola engañosamente: Jeff no paraba de ver siluetas a su alrededor, primero a la izquierda y después a la derecha. Cada célula de su cuerpo parecía advertirle que retrocediera mientras podía, pero él no se explicaba por qué debía hacer algo así. Al fin y al cabo, ¿no era ésa la oportunidad que había estado esperando? ¿Cómo iba a renunciar a ella? Trató de darse ánimos imaginando cómo se sentiría en aquella tienda al cabo de cinco días, cuando el hambre empezara a acuciar y su cuerpo sucumbiera a ella, y cómo entonces pensaría en este momento, recordaría estos titubeos, furioso y asqueado ante su propia cobardía.

Dio otro paso hacia el claro y se detuvo al ver otra figura en la niebla, pero se desvaneció enseguida. Jeff estaba convencido de que la mejor manera de hacer lo que se proponía era avanzar con cautela, paso a paso, pero también sabía que no sería capaz de aplicar ese método, que si por fin decidía arriesgarse, echaría a correr. Estaba demasiado cansado para actuar de otra forma; no se encontraba en condiciones para emplear una estrategia más sensata y prudente. Por supuesto, corría el riesgo de chocar de bruces con un maya. Pero tal vez no importara. Si se movía con suficiente rapidez, quizá lograra desaparecer de nuevo en la oscuridad antes de que el hombre tuviera tiempo para levantar el arma. Sólo debía llegar a la selva, donde jamás lo encontrarían con ese tiempo; estaba seguro de ello.

Jeff se percató de que si seguía pensando, dudando, no pasaría a la acción. O bien lo hacía ahora, de inmediato, o regresaba sobre sus pasos. Este mismo pensamiento debió empujarle a replantearse las cosas, pero no se lo permitió. Regresar supondría aceptar otra derrota, y Jeff no estaba dispuesto a hacerlo. Volvió a recordar aquel río lejano, la cuerda colgada del hombro, el aplomo que había demostrado al sumergirse en las furiosas aguas, su absoluta confianza en sí mismo, y luchó por recobrar ese sentimiento, o al menos una semblanza de él.

Después respiró hondo.

Y echó a correr.

No había dado cinco pasos cuando percibió un movimiento a su izquierda: un maya levantándose con el arco en la mano. Incluso entonces, Jeff habría podido tener una oportunidad. Podría haberse detenido, sonreído y alzado las manos. Era preciso levantar el arco, preparar la flecha y tensar la cuerda, de manera que aún habría tenido tiempo suficiente para demostrar lo dócil e inofensivo que era. Pero eso hubiese sido pedirle demasiado. Ya estaba en marcha y no se detendría ante nada.

Oyó gritar al hombre.

«Errará el tiro —pensó Jeff—. No me...»

La flecha le dio justo debajo de la barbilla y le atravesó limpiamente el cuello, entrando por la izquierda y saliendo por la derecha. Jeff cayó de rodillas, pero se incorporó en el acto, pensando: «Estoy bien, no me ha herido», mientras su boca se llenaba de sangre. Logró dar otros tres pasos antes de que lo alcanzara la siguiente flecha. Ésta penetró en su pecho, a unos centímetros por debajo de la axila, y se hundió casi hasta las plumas. Jeff sintió como si le hubiesen dado un martillazo. Se le cortó la respiración, y supo que no la recuperaría. Cayó otra vez, ahora con más fuerza. Abrió la boca y expulsó un potente chorro de sangre que salpicó en el barro. Trató de levantarse, pero le fallaron las fuerzas. Sus piernas se negaban a moverse; las sentía frías y lejanas, como si estuvieran detrás de él, en la oscuridad. Todo se nublaba cada vez más: no sólo su vista, sino también sus pensamientos. Tardó unos instantes en darse cuenta de quién lo estaba agarrando. Pensó que era uno de los mayas.

Pero no; nada más lejos de la realidad.

Los zarcillos habían salido al claro y estaban enroscándose alrededor de sus extremidades, arrastrándolo por el barro.

Intentó levantarse una vez más, y hasta consiguió hacer una torpe flexión de pecho antes de que la enredadera tirase de su brazo izquierdo. Entonces cayó sobre la flecha que aún le sobresalía del pecho, clavándola más hondo con el peso de su cuerpo. Los zarcillos lo llevaban hacia la colina. Debajo de él, el barro irradiaba un extraño calor. Jeff supo que era su sangre. Oyó cómo la enredadera la sorbía ruidosamente, para transportarla a las hojas. En la periferia de su campo de visión distinguió unas siluetas; eran los mayas que lo observaban sin dejar de apuntarlo con el arco.

—Ayudadme —suplicó, y su voz gorgoteó al pasar entre la sangre que continuaba llenándole la boca. Sabía que sus palabras eran inaudibles, pero trató de hablar de todas maneras—. Por favor... ayudadme...

Fue lo único que consiguió articular. Entonces un zarcillo le cubrió los labios. Otro se deslizó viscosamente por encima de sus ojos y orejas y el mundo pareció retroceder un paso —los mayas que lo miraban, la lluvia, el calor de su sangre—, luego otro y otro mientras todo se alejaba, todo menos el dolor de sus heridas, hasta que al final, en el largo instante que precedió a la muerte, sólo quedó la oscuridad; la oscuridad, el silencio, y el dolor.

La lluvia continuó cayendo, implacable, hasta altas horas de la noche. Traspasaba las paredes de la tienda, y las goteras se multiplicaban. Pronto, el suelo quedó convertido en un charco de un par de centímetros de altura. Los tres estaban sentados allí, en la oscuridad. Era imposible dormir, por supuesto, así que Stacy y Eric mataron el tiempo hablando.

Eric le suplicó que lo perdonara, y ella lo hizo. Se acostaron abrazados. Stacy deslizó la mano hasta la entrepierna de él, pero no consiguió provocarle una erección, así que al poco tiempo se dio por vencida. Lo que deseaba no era sexo sino calor, tanto en su sentido literal como en el figurado. Sin embargo, la piel de Eric estaba mucho más fría que la suya, y cuanto más tiempo pasaban abrazados, más sentía ella que le estaba robando el calor, enfriándola. Cuando Eric tosió, doblándose hacia delante, aprovechó la ocasión para soltarse.

Trataba de no pensar en Pablo, pero no podía evitarlo. Se le hacía extraño seguir allí sentada sabiendo que la enredadera estaría devorando la carne del griego, y que éste quedaría convertido en un esqueleto antes de que amaneciera. En varias ocasiones durante la noche, Stacy lloró pensando en su participación en la muerte de Pablo, en su incapacidad para protegerlo. Eric la consolaba como podía, asegurándole que no era culpa suya, que la muerte del griego había sido ineludible desde el mismo momento en que cayó al pozo, y que era una bendición para él que todo hubiese terminado.

También hablaron de Jeff, desde luego, especulando sobre su ausencia, considerando las distintas posibilidades y volviendo de manera obsesiva a la de que quizás hubiese encontrado la forma de escapar. Cuanto más hablaban de ello, más evidente le parecía a Stacy. ¿Qué otra cosa podía ser? En ese preciso momento estaba camino de Cobá, y los rescatarían al día siguiente, antes del atardecer. Sí; al final no morirían.

Mathias permaneció callado durante toda la conversación. Stacy sentía su presencia en la oscuridad, a apenas un metro de distancia, e intuía que estaba despierto. Quería que hablara, que participase en la creación de su fantasía. Su silencio sugería dudas, y Stacy se sentía amenazada por ellas, como si el escepticismo del alemán pudiera alterar el curso de los acontecimientos. Necesitaba que él también creyera en la huida de Jeff, necesitaba su ayuda para hacerla realidad. Sabía que era absurdo, una superstición pueril, pero no conseguía sacudirse ese sentimiento, y estaba cada vez más asustada.

—¿Mathias? —susurró—. ¿Duermes?

—No —respondió él.

—¿Tú qué piensas? ¿Crees que ha escapado?

Se oía el sonido de la lluvia sobre la tienda y el constante goteo del techo de nailon. Eric no dejaba de moverse, produciendo olas en el pequeño charco. Stacy deseó que se quedara quieto. Pasaban los segundos, uno tras otro, y Mathias no respondía.

—¿Mathias?

—Lo único que sé es que no está aquí.

—Así que podría haber escapado, ¿no? Podría...

—No lo hagas, Stacy.

Esto la pilló por sorpresa.

—¿Que no haga qué?

—Piensa en lo mal que te sentirás si te permites alimentar la esperanza y luego resulta que te equivocas. No podemos permitírnoslo.

—Pero...

—Ya veremos por la mañana.

—¿Qué veremos?

—Lo que haya que ver.

—¿O sea que crees que podría haber...?

—Chsss. Espera. Amanecerá dentro de pocas horas.

Poco después de esto, volvieron a oír la respiración de Pablo. Las inhalaciones roncas, las exhalaciones silbantes y la pausa antes de que el ciclo se reiniciara. Stacy se levantó en el acto, aun sabiendo lo que pasaba. Mathias también se había levantado y se rozaron en el camino hacia la puerta de la tienda. Él la cogió de la muñeca, deteniéndola.

—Es la enredadera —susurró.

—Lo sé, pero quiero asegurarme.

—Iré yo. Tú espera aquí.

—¿Por qué?

—Quiere enseñarnos algo, ¿no te parece? Algo que ha hecho. Para asustarnos.

Fuera se oyó otra inspiración ronca. Sonaba idéntica a las de Pablo, y a pesar de todo lo que habían vivido, a Stacy le costó creer que no fuera él. Pero sabía que Mathias tenía razón, y también que no deseaba ver lo que fuese que les hubiera preparado la enredadera debajo del cobertizo.

—¿Estás seguro? —preguntó.

Notó que Mathias asentía en la oscuridad antes de soltarle la mano y dirigirse a la puerta. Se agachó y abrió la cremallera.

Casi de inmediato, en cuanto salió a la lluvia, la respiración cesó. Entonces un hombre empezó a gritar en una lengua extranjera que a Stacy le pareció que era alemán.

Wo ist dein Bruder? Wo ist dein Bruder?

Stacy se sentó y buscó la mano de Eric en la oscuridad. La encontró y la cogió con fuerza.

—Está hablando de su hermano —dijo.

—¿Cómo lo sabes? —preguntó Eric.

—Escucha.

Dein Bruder ist da. Dein Bruder ist da.

Mathias reapareció, empapado, chorreando agua sobre el charco del suelo. Cerró la cremallera y regresó a su sitio junto a ellos.

—¿Qué ha pasado? —preguntó Stacy. Mathias no respondió—. Dímelo.

—Se lo está comiendo. Su cara... la carne ha desaparecido.

Stacy notó que dudaba. «Hay algo más», pensó, y esperó a oírlo.

Finalmente, Mathias dijo en voz muy baja:

—Tenía esto en la cabeza. En la calavera.

Le alargó un objeto en la oscuridad. Stacy lo cogió con cautela y lo palpó, tratando de reconocerlo por la forma.

—¿Un sombrero? —preguntó.

—El de Jeff, creo.

Stacy supo que eso era cierto de inmediato, pero se negó a creerle. Buscó otra posibilidad, aunque no se le ocurría ninguna. El sombrero estaba pesado, impregnado de agua. Tuvo que luchar contra el impulso de arrojarlo a un lado. Se inclinó hacia delante y se lo devolvió a Mathias.

—¿Cómo llegó allí? —preguntó.

—La enredadera debió de... ya sabes.

—¿Qué?

—Debió de subirlo por la ladera de la colina, pasándolo de zarcillo en zarcillo. Después nos llamó para que lo encontrásemos.

—Pero ¿cómo lo cogió en primer lugar? ¿Cómo...? —Se interrumpió, pues la respuesta acudió a su mente antes de que terminara la pregunta. De hecho, era demasiado evidente. Pero no quería oír cómo Mathias pronunciaba aquellas palabras, así que tomó un camino nuevo, esforzándose por plantear otra posibilidad—. A lo mejor se le cayó. Puede que mientras corría entre los árboles...

La interrumpió la voz procedente del claro, que empezó a gritar de nuevo:

Bruder ist gestorben. Dein Bruder ist gestorben.

—¿Qué dice? —preguntó Eric.

—Primero preguntó dónde estaba Henrich —respondió Mathias—. Después dijo que estaba aquí. Ahora dice que está muerto.

Wo ist Jeff? Wo ist Jeff?

—¿Y eso?

Mathias guardó silencio.

Jeff ist da. Jeff ist da.

Stacy entendió lo que decía; era fácil de adivinar, aunque a Eric le costara.

—¿Dice algo de Jeff? —preguntó.

Jeff ist gestorben. Jeff ist gestorben.

Eric acarició la mano de Stacy, dándole un pequeño tirón.

—¿Por qué no me lo dice?

—Es lo mismo, Eric —susurró Stacy.

—¿Lo mismo que qué?

—Pregunta dónde está Jeff. Luego dice que está aquí y finalmente, que está muerto.

Fuera, la voz se multiplicó de repente, rodeándolos, propagándose por la colina. Se convirtió en un coro que subió gradualmente de volumen, repitiendo:

Jeff ist gestorben... Jeff ist gestorben... Jeff ist gestorben...

La lluvia amainó poco antes del amanecer. Cuando el sol despuntó, las nubes ya habían empezado a separarse y disiparse. Eric, Stacy y Mathias salieron de la tienda, agarrotados y titubeantes, y examinaron los daños producidos por la tormenta.

La enredadera se había extendido sobre la camilla, cubriéndola por completo y ocultando los restos de Pablo. Media docena de zarcillos había logrado meterse en el depósito azul, y estaban absorbiendo el agua recogida durante la tormenta. Los huesos de Amy habían sido arrastrados fuera del saco de dormir y estaban desperdigados por el claro. Eric vio que Stacy empezaba a recogerlos, moviéndose de un lado a otro con expresión ausente. Los dejó junto a la tienda, en un pequeño montón.

Durante la noche, a Eric le había entrado una tos seca y perruna. Le dolía la cabeza, tenía la ropa húmeda y la piel irritada por el tiempo que había pasado sentado en el agua. Estaba exhausto, hambriento y helado, y le costaba creer que todo eso fuera a cambiar.

Mathias se agachó junto a la camilla y comenzó a apartar los zarcillos del cadáver de Pablo. Eric estaba lo suficientemente cansado para no sentirse despierto: una vez más, todo había adquirido aquel aire lejano que resultaba a la vez reconfortante y aterrador. Por lo tanto, cuando se rascó distraídamente el pecho y notó un nuevo bulto bajo la piel, reaccionó con una serenidad impropia de él:

—¿Dónde está el cuchillo? —preguntó.

Mathias se volvió a mirarlo.

—¿Por qué?

Eric se levantó la camiseta. El bulto era aún peor de lo que pensaba, como si una estrella de mar se le hubiese metido entre las costillas y la piel. Y también se movía, reptando despacio pero visiblemente hacia el estómago.

—¡Oh, Dios mío! —exclamó Stacy, cubriéndose la boca con la mano.

Mathias se levantó y corrió hacia él.

—¿Te duele?

Eric negó con la cabeza.

—Tengo la zona dormida. No siento nada. —Se lo demostró apretando la protuberancia con el dedo.

Mathias miró alrededor, buscando el cuchillo. Lo encontró cerca de la tienda, semienterrado en el barro. Lo recogió y trató de limpiarlo un poco frotándolo contra sus tejanos. Éstos aún estaban húmedos, y el cuchillo les dejó una larga mancha marrón.

—También la tiene ahí abajo —dijo Stacy, señalando la pierna derecha mientras intentaba mirar hacia otro lado.

Eric se inclinó para ver mejor. Era verdad: un bulto con forma de serpiente le subía por la pierna, desde la parte superior de la espinilla hacia el interior del muslo. Se lo palpó con cuidado y tampoco sintió nada. La protuberancia le daba casi una vuelta entera alrededor de la pierna: empezaba por delante, giraba hacia la corva y se detenía poco antes de llegar a la entrepierna. «Debería estar gritando», pensó, pero por alguna razón mantuvo aquella digna actitud de aplomo. Stacy parecía la más afectada y era incapaz de mirarlo a los ojos.

Eric extendió el brazo, esperando el cuchillo.

—Dámelo.

Mathias no se movió.

—Tenemos que esterilizarlo.

Eric negó con la cabeza.

—De eso nada. No pienso esperar a que...

—Está sucio, Eric.

—No me importa.

—No puedes cortarte con algo tan...

—¡Joder, Mathias! ¿Quieres mirarme? ¿De verdad piensas que debería preocuparme por la posibilidad de una infección? ¿O de la gangrena? O bien viene alguien a rescatarnos hoy o mañana, o esta mierda me matará. ¿No lo ves? —Mathias no respondió—. ¡Ahora dame el puto cuchillo! —añadió, extendiendo la mano por segunda vez.

Eric sabía que Jeff no lo habría hecho. Jeff se habría ceñido a las normas; habría ido a buscar el jabón, encendido un fuego y calentado la hoja del cuchillo. Pero Jeff ya no estaba con ellos, y quien decidía ahora era Mathias. Éste titubeó, observando la estrella de mar en el pecho de Eric, la serpiente que le rodeaba la pierna. Eric lo vio tomar la decisión y supo cuál sería.

—De acuerdo —dijo Mathias—. Pero deja que lo haga yo.

Eric se quitó la camiseta.

Mathias miró alrededor del embarrado claro.

—¿Quieres acostarte?

Eric negó con la cabeza.

—Me quedaré de pie.

—Te dolerá. Sería más fácil si...

—Estoy bien. Hazlo.

Mathias empezó por el pecho. Practicó cinco cortes rápidos, dibujando un asterisco encima del bulto con forma de estrella de mar. Luego metió la mano dentro y tiró del zarcillo. Era sorprendentemente grande, tanto que tuvo que dejar el cuchillo en el bolsillo de atrás del pantalón y tirar con ambas manos de la viscosa masa. Ésta salió sacudiéndose, cubierta de sangre a medio coagular. El dolor —no el de los cortes, sino el del tirón— fue espantoso; Eric sintió como si Mathias le arrancara una parte esencial de su cuerpo, un órgano vital. Recordó las imágenes de la guía del viajero de Jeff, los aztecas con sus largos cuchillos extirpando el corazón aún latiente de sus prisioneros, y las rodillas estuvieron a punto de fallarle. Tuvo que agarrarse del hombro de Mathias.

Éste arrojó a un lado la movediza masa, que aterrizó en el

barro con un chasquido húmedo y empezó a enroscarse y desenroscarse.

—¿Te encuentras bien? —preguntó.

Eric asintió y le soltó el hombro. La sangre le caía a chorros por el torso, empapando la cinturilla del pantalón. Hizo una bola con la camiseta y se la puso sobre la herida.

—Continúa —dijo.

Mathias se acuclilló y con un movimiento limpio hundió la hoja del cuchillo desde abajo hacia arriba y luego alrededor de la pierna de Eric. Una vez más, no experimentó dolor durante la incisión sino cuando Mathias metió la mano y desprendió la planta de su carne. Eric soltó un gemido, un rugido. Fue como si lo despellejasen vivo. Cayó pesadamente al suelo, aterrizando sobre el trasero. La sangre manaba a chorros de la pierna.

Mathias le enseñó el zarcillo. Era mucho más largo, con hojas y flores más desarrolladas, casi de tamaño normal. Se retorció en el aire y pareció levantarse hacia Eric, como si quisiera alcanzarlo. Mathias lo arrojó al barro y lo pisoteó, aplastándolo. Luego hizo lo mismo con el primero.

—Iré a buscar la aguja y el hilo —dijo, y echó a andar hacia la tienda.

—¡Espera! —exclamó Eric—. Hay más. —Su voz sonaba frágil y temblorosa; tan débil que lo asustó—. La tengo por todas partes en la pierna. Y también en el hombro y la espalda. Siento cómo se mueve. —Era verdad, ahora la sentía por todas partes, moviéndose debajo de la piel como un músculo al contraerse.

Mathias se volvió hacia él y lo miró fijamente. Estaba a un paso de la tienda.

—No, Eric, no empieces de nuevo —dijo con voz cansina. Él también parecía cansado; estaba encorvado y ojeroso—. Tenemos que coserte.

Eric calló. Se sentía súbitamente mareado y sabía que no tendría suficiente fuerza para discutir.

—Estás perdiendo demasiada sangre —añadió Mathias.

Por un momento, Eric tuvo la impresión de que iba a desmayarse. Se acostó con cuidado boca arriba. El dolor comenzaba a ceder. Cerró los ojos, y la oscuridad que le aguardaba allí estaba llena de colores: un anaranjado vivo que se convertía en rojo hacia los bordes. Sintió el vacío que le habían dejado los zarcillos en la pierna y el pecho, y se le antojó que esa sensación era consustancial al dolor, como si el cuerpo experimentase la extirpación de la planta como un robo, como si quisiera recuperarla.

Oyó que Mathias entraba en la tienda y luego regresaba, pero no abrió los ojos. Observó los colores que destellaban en la oscuridad y observó cómo aumentaban de intensidad cuando el alemán se inclinaba sobre él y comenzaba a coser la herida de la pierna. Se puso a trabajar sin mencionar siquiera la esterilización de la aguja. La incisión era larga, y tardó un buen rato en coserla. Luego le apartó las manos con cuidado, levantó la camiseta empapada en sangre y comenzó con la herida del pecho.

Eric se tranquilizó poco a poco. El dolor no disminuyó, pero empezaba a recuperar la familiar sensación de distancia, así que sentía como si observara el malestar de su cuerpo en lugar de percibirlo. El sol se había alejado del horizonte, empezaba a calentarse, y eso también le ayudó. Por fin dejó de temblar.

Stacy estaba en el otro extremo del claro; Eric la oía moverse de aquí para allá. Supuso que lo estaba evitando, que le daba miedo acercarse. Levantó la cabeza para averiguar qué hacía y la vio inclinada sobre la mochila de Pablo. Sacó la última botella de tequila y la levantó.

—¿Alguien quiere? —gritó.

Eric negó con la cabeza y vio que ella se agachaba para volver a mirar en el interior de la mochila. Por lo visto, había un bolsillo interior. La oyó abrir la cremallera. Rebuscó y sacó algo.

—Se llamaba Demetris —dijo.

—¿Quién? —preguntó Mathias sin levantar los ojos de la herida.

Stacy se volvió hacia ellos, enseñándoles un pasaporte.

—Pablo. Su nombre verdadero era Demetris Lambrakis.

Se levantó y cruzó el claro con el pasaporte en la mano. Mathias dejó la aguja, se limpió las manos en los tejanos y cogió el documento. Lo miró largamente, en silencio, y se lo pasó a Eric.

La foto mostraba a un Pablo un poco más joven y rollizo, con el pelo mucho más corto y un bigote ridículo. Vestía traje y corbata y parecía esforzarse para no sonreír. Eric notó —de nuevo como desde una gran distancia— que le temblaban las manos. Le devolvió el pasaporte a Stacy y apoyó la cabeza en el suelo. «Demetris Lambrakis.» Repitió el nombre mentalmente, como si intentase memorizarlo. «Demetris Lambrakis... Demetris Lambrakis... Demetris Lambrakis...»

Mathias terminó de coser. Eric oyó que volvía a la tienda. Regresó con la lata de frutos secos. La abrió y dividió el contenido en tres pilas idénticas, contando cada fruto y usando el *frisbee* como bandeja. Eric comprendió que el alemán se había convertido en el jefe. Los tres parecían convenir en este punto sin necesidad de discutirlo.

Eric tuvo que sentarse para comer, y eso le produjo dolor. Dedicó un momento a examinarse el cuerpo. Parecía un muñeco de trapo heredado por varias generaciones de niños descuidados, cosido y recosido, con el relleno asomando por las costuras. No veía cómo iba a regresar vivo a casa, y este pensamiento se depositó en su alma como el limo en el fondo de un río. Sintió que le pesaba, que lo obligaba a resignarse. Pero a su cuerpo no parecía importarle y seguía reivindicando sus necesidades. La sola visión de los frutos secos lo llenó de un hambre feroz, y comió deprisa, engulléndolos, masticando y tragando en un santiamén. Cuando terminó, se lamió la sal de los dedos. Mathias le ofreció la garrafa de plástico y bebió de ella mientras notaba, una vez más, que la enredadera se movía en su interior.

El sol iba calentando conforme ascendía en el cielo. El barro comenzaba a secarse y sus huellas a solidificarse en pequeños huecos llenos de sombras. Los tres habían terminado de comer y se miraban en silencio.

—Supongo que debería ir a buscar a Jeff —dijo Mathias—. Antes de que haga más calor. —La idea parecía causarle una enorme fatiga.

Stacy todavía tenía la botella de tequila en el regazo y se entretenía enroscando y desenroscando el tapón.

—Tú crees que ha muerto, ¿no?

Mathias se volvió y la miró con los ojos ligeramente entornados.

—Deseo tanto como tú que no sea así. Pero desear y creer... —Se encogió de hombros—. Son cosas diferentes, ¿no?

Stacy no respondió. Se llevó la boca de la botella a los labios, echó la cabeza atrás y bebió. Eric intuyó que el alemán quería quitarle la botella de la mano, vio que estaba a punto de hacerlo, pero al final desistió. No era como Jeff; era demasiado reservado y distante para ser un líder. Si Stacy quería meterse en líos emborrachándose, era asunto suyo. Nadie la detendría.

Mathias se levantó.

—No tardaré —dijo.

Stacy dejó la botella y se levantó de un salto.

—Te acompaño —dijo.

Una vez más, Eric intuyó que tenía miedo de él, que le aterrorizaba lo que ocurría en el interior de su cuerpo. Era evidente que no quería quedarse con él.

Mathias miró el desnudo y ensangrentado torso de Eric.

—¿Estarás bien? —preguntó.

«No —pensó Eric—, por supuesto que no.» Pero no dijo nada. Estaba pensando en el cuchillo, en la oportunidad de quedarse a solas con él en el claro, libre para hacer lo que deseara. Asintió con la cabeza. Y permaneció tendido al sol, invadido por una extraña paz, mientras ellos desaparecían en el sendero.

Stacy y Mathias se detuvieron al pie de la colina, observando la zona de tierra desmantelada y el muro de árboles al otro lado. El sol ya había cubierto la tierra de una corteza fina y quebradiza, pero por debajo aún había una capa de barro que llegaba a los talones. Los mayas se movían laboriosamente sobre ella, ensuciándose los pies. Stacy vio a dos mujeres extendiendo mantas y ropa para secarlas al sol. Aún les quedaba una pila enorme.

Junto al fuego había tres mayas. Uno era el calvo del primer día, con la pistola en la cintura. Los otros dos eran mucho más jóvenes, casi unos niños. Los dos llevaban arcos. El calvo se había remangado los pantalones blancos hasta la rodilla, Stacy supuso que para no manchárselos. Tenía las pantorrillas muy delgadas, casi raquíticas.

Mathias pisó el claro, hundiendo las bambas en el barro. Miró hacia la izquierda y se quedó petrificado. Su expresión permaneció inmutable, pero Stacy supo lo que estaba viendo, aunque era incapaz de decir por qué. El tequila le había producido acidez de estómago y la había mareado un poco. El sudor le corría por la espalda. Ahora sólo podía hacer una cosa, no tenía alternativa, pero se tomó su tiempo: se resistía a imitar a Mathias, buscaba algo que amortiguase el golpe antes de ver lo que ya había visto él. Se quitó las sandalias con cuidado, despacio, y las dejó en el centro del camino, una al lado de la otra. Al final dio un paso hacia el barro, que estaba más frío de lo que había imaginado —le recordó a la nieve—, y se concentró en esa imagen («Blanca como los pantalones del calvo, blanca como los huesos») mientras miraba hacia un pequeño montículo situado a veinticinco metros de distancia, una pequeña península verde que asomaba como un dedo sobre la tierra desmantelada. Ese dedo destellaba bajo el creciente calor, de modo que Stacy habría podido convencerse fácilmente de que era un espejismo. Pero sabía que no, sabía que era Jeff que los había abandonado, igual que Amy y Pablo, y que ahora quedaban sólo ellos tres. Le tendió la mano a Mathias, temiendo que él no quisiera cogérsela, pero lo hizo, y echaron a andar en silencio.

Caminaban por el borde de la colina, cerca de la enredadera, avanzando con dificultad por el barro. No hablaron. El calvo y los dos jóvenes arqueros los siguieron. No iban muy lejos, así que no tardaron en llegar.

Mathias se inclinó sobre el pequeño montículo y comenzó a apartar las ramas, descubriendo el cuerpo de Jeff. Aún estaba a medio devorar, identificable, como si la planta hubiese controlado su apetito para que ellos supieran a ciencia cierta que aquél era Jeff. Estaba tendido boca abajo, con los brazos por encima de la cabeza, como si lo hubieran arrastrado por los pies. Mathias le dio la vuelta. Tenía dos heridas en el cuello, una a cada lado, y la camisa impregnada de sangre. La carne había desaparecido de la mitad inferior de su cara, revelando los dientes y las mandíbulas, pero los ojos aún permanecían intactos. Estaban abiertos y parecían mirarlos con aire soñador. Stacy desvió la mirada.

Se sorprendió y se asustó de su propia serenidad. «¿Quién soy? —se preguntó—. ¿Sigo aquí?»

Mathias le quitó el reloj a Jeff. Luego le metió la mano en el bolsillo del pantalón y sacó la cartera. Por último, le quitó un anillo de plata de la mano derecha. Tuvo que tirar de él para que saliera.

Stacy recordó que había acompañado a Amy a comprar aquel anillo. Lo habían descubierto en una tienda de empeños de Boston, y Amy se lo regaló a Jeff en su primer aniversario. Durante los años siguientes, las dos habían especulado muchas veces sobre el propietario original del anillo: cómo era, cómo había llegado al punto de tener que empeñar un objeto tan hermoso como ése. De aquella fantasía habían creado un personaje, un músico fracasado, unas veces drogadicto y otras camello, cuyo único roce con la fama había consistido en que una vez, supuestamente, le había vendido coca a Miles Davis. Le habían puesto un nombre —Taddeus Fremont—, y cada vez que veían por la calle a un tipo de mediana edad con pinta de tirado, se daban un codazo y susurraban: «Mira, ahí va Taddeus Fremont, buscando su anillo.»

Mathias le alargó los objetos personales de Jeff y ella los cogió.

—Debí recuperar también las cosas de Henrich —dijo—. Llevaba un colgante, un amuleto. —Se tocó el pecho, como para indicarle dónde lo había llevado colgado. Después se quedó mirando el claro, como si considerase la posibilidad de ir a buscarlo, pero cuando se levantó fue para volverse hacia el sendero.

Regresaron juntos, uno al lado del otro, nuevamente en silencio. Stacy tenía los pies cubiertos de barro, y se sentía como si llevara unas botas muy pesadas.

—No es que haya funcionado —dijo Mathias.

—¿Qué?

—El amuleto de la buena suerte.

Stacy no supo cómo reaccionar a esto. Sabía que era un chiste, o un intento de chiste, pero la idea de reír, o incluso de sonreír, en una situación semejante le pareció abominable. Otra vez sentía un zumbido en el interior de su cabeza, y de repente empezó a tener dificultades para mantener los ojos abiertos. Misteriosamente, hablar hacía que le dolieran. Siguió andando, con los brazos cruzados sobre el pecho, como abrazándose, el reloj de Jeff en una mano y la cartera y el anillo en la otra. Dejó pasar el tiempo suficiente para fingir que Mathias no había hablado y entonces, cuando estaban llegando al sendero, preguntó:

—¿Y ahora qué hacemos?

—Volver a la tienda, supongo. Tratar de descansar.

—¿No debería quedarse uno de los dos a esperar a los griegos?

Mathias negó con la cabeza.

—No hasta dentro de una hora.

Stacy pensó en la tienda, en el pequeño claro de la cima. Recordó la agonía de Pablo en la camilla. Pensó en sí misma, recordando con cuánta naturalidad se había agachado a recoger los huesos de Amy esa misma mañana, como si estuviera poniendo orden después de una fiesta.

Volvió a oír aquella frase en su cabeza: «¿Quién soy?»

Y de buenas a primeras se echó a llorar. Fue como un ataque de tos, dos docenas de sollozos intensos que llegaron y cesaron en menos de un minuto. Mathias esperó a que se calmara para ponerle una mano en el hombro.

—¿Quieres sentarte un momento? —preguntó.

Stacy levantó los ojos y miró alrededor. Tenían los pies enterrados en una capa de diez centímetros de barro. A la derecha, la colina ascendía abruptamente, cubierta por la enredadera. A la izquierda estaban los tres mayas, de pie en medio del claro, vigilándolos. Negó con la cabeza y se enjugó las lágrimas.

—Eric se está muriendo, ¿no es cierto? —preguntó—. La planta está dentro de él y lo va a matar.

Mientras lloraba había abierto las manos, dejando caer las pertenencias de Jeff. Mathias se había agachado para recogerlas. Estaban manchadas de barro, y trató de limpiarlas frotándolas contra sus tejanos.

—No sé si podré soportar verlo morir, Mathias —añadió Stacy.

El alemán se puso el anillo de Jeff en el bolsillo. Stacy vio que le sangraban las manos, agrietadas e irritadas por la savia de la planta. Tenía la ropa hecha jirones y el rastrojo de pelo que le cubría la cara se estaba convirtiendo en una barba que lo hacía parecer mayor.

—No —respondió—. Claro que no.

Stacy se volvió hacia los tres mayas. Siempre la miraban de

una forma extraña, sin establecer contacto visual. Supuso que era un truco que habían aprendido para facilitarse las cosas. Debía de ser más difícil matar a alguien a quien se había mirado a los ojos.

—¿Qué crees que harían si nos acercamos a ellos? —preguntó—. Si echamos a andar en esa dirección.

Mathias se encogió de hombros. La respuesta era evidente.

—Dispararnos.

—Quizá deberíamos hacerlo. Para acabar de una vez.

Mathias la miró como si estuviera considerando seriamente la idea. Pero luego negó con la cabeza.

—Tarde o temprano vendrá alguien, Stacy. ¿Cómo sabemos que no será hoy?

—Pero es posible que no sea hoy, ¿no? Podrían pasar semanas, o meses. O toda la eternidad.

Mathias no respondió; se limitó a mirarla fijamente. Aquella mirada melancólica e inmutable inquietaba a Stacy desde que se habían conocido. Tenía que apartar los ojos al cabo de unos segundos. Mathias la cogió de la mano y la condujo hacia el sendero, todavía en silencio.

Eric sentía la enredadera moviéndose en su interior. La tenía en la zona lumbar, en la axila izquierda, en el hombro derecho. El cuchillo estaba a tres metros de él, manchado de barro y de su propia sangre. Había planeado que empezaría a cortarse en cuanto Stacy y Mathias se marcharan de la cima, pero cuando llegó el momento, descubrió que le daba demasiado miedo. Ya había perdido una pavorosa cantidad de sangre —le bastaba con mirarse el cuerpo para saberlo—, y no sabía cuánta más podía permitirse el lujo de perder.

Se sentó, respiró hondo y se dobló, emitiendo una tos seca. No tenía mucosidad, sino la sensación de que en su pecho había algo que no debería estar allí y que su cuerpo trataba infructuosamente de expulsar. Había luchado contra esa tos durante toda la noche, y era extraño que no se hubiera percatado antes de su origen. Era la enredadera, desde luego, ahora estaba seguro. Sí, tenía un zarcillo creciendo en los pulmones.

«Debería meterme en la tienda —pensó—. Y acostarme. Da igual que el suelo esté mojado.» Pero no se movió.

Tosió otra vez.

Habría resultado más fácil si Stacy se hubiera quedado con él. Ella le habría hablado, habría discutido. Y era posible que él la hubiese escuchado, ¿por qué no? Y en caso contrario, ella lo habría cogido del brazo, lo habría sujetado. Pero Stacy no estaba allí, lo había abandonado, así que nadie le impidió levantarse y coger el cuchillo.

Se sentó de nuevo, con el cuchillo en el regazo.

Quiso reiniciar el juego de palabras, la imaginaria prueba de vocabulario, pero no recordaba por qué letra iba. Además, le costaba concentrarse con aquellos movimientos en el interior de su cuerpo. Le parecía importante mantenerlos localizados. «El empeine del pie derecho... la nuca...»

Se inclinó hacia delante para rascarse la pantorrilla izquierda y se descubrió otro bulto. Lo examinó y vio cómo se aplanaba sólo para hincharse otra vez un poco más abajo. Era casi del tamaño de una pelota de golf. Al tocarlo, percibió el familiar adormecimiento de la zona.

Sabía que la incisión no le dolería; lo que le haría gritar sería la extirpación. Mientras pensaba en esto, encontró otro bulto. Estaba en el antebrazo izquierdo y era mucho más pequeño que los demás, de unos siete centímetros de longitud y delgado como un gusano. Cuando lo tocó, desapareció, hundiéndose profundamente en su carne.

Todo esto era demasiado para Eric, desde luego; no podía permanecer sentado viendo cómo esas cosas aparecían y desaparecían por todo su cuerpo. Tenía que hacer algo, y sólo había una solución, ¿no?

Cogió el cuchillo, se inclinó y empezó a cortar.

La ladera de la colina parecía mucho más escarpada que la última vez que Stacy había subido por ella. Mientras ascendían, empezó a jadear. La ropa se le adhería al cuerpo por culpa del sudor. Luego le dio una punzada en el costado. Mathias pareció intuir su angustia y, a pesar de que ya estaban casi en la cima, se detuvo para que pudiera descansar. Permaneció a su lado, mirando a lo lejos mientras Stacy intentaba recuperar el aliento.

Su corazón acababa de empezar a serenarse cuando oyeron las voces:

Wo ist Eric? Wo ist Eric?

Stacy y Mathias se miraron.

Eric ist da. Eric ist da.

—¡No, Dios mío! —exclamó Stacy.

Eric ist gestorben. Eric ist gestorben.

Los dos corrieron, pero Mathias fue más rápido. Ya estaba en el claro cuando llegó ella. Lo encontró gesticulando y repitiendo con vehemencia una sola palabra. El cansancio y la desesperación lo habían hecho volver a su lengua materna:

—*Genug* —decía—. *Genug*.

Stacy tardó unos instantes en comprender que hablaba con Eric. Su primera impresión fue que en la cima había un demonio, un nuevo monstruo salido de la mina: un ser cubierto de sangre, desnudo, con ojos desorbitados y un cuchillo en la mano. Pero no; era Eric. Parecía haberse cortado gran parte de la piel, que colgaba a tiras de su cuerpo. Stacy le vio los músculos de las piernas, los abdominales e incluso un trozo de hueso del hombro izquierdo. Tenía el pelo apelmazado de un lado de la cabeza, y Stacy descubrió que se había cortado la oreja derecha.

La voz de Mathias fue subiendo de volumen hasta volverse atronadora:

—*Genug, Eric! Genug, Eric!* —Hacía gestos desesperados para que bajase el cuchillo, aunque a Stacy le pareció evidente que Eric no le haría caso. Se lo veía aterrorizado, feroz, como si alguien lo hubiera atacado.

—¡Eric! —exclamó Stacy—. Por favor, cariño...

Mathias dio un paso al frente y trató de arrebatarle el cuchillo.

Stacy adivinó lo que ocurriría a continuación.

—¡No! —gritó.

Pero ya era demasiado tarde.

Cuando comenzó, Eric ya no pudo detenerse.

Había empezado con el bulto de la pantorrilla, y fue bastante sencillo: un pequeño corte con el cuchillo y ahí mismo, apenas debajo de la piel, apareció un zarcillo firmemente enroscado, no más grande que una nuez. Se lo arrancó y lo arrojó a un lado. Luego empezó con el antebrazo, y fue aquí donde las cosas se complicaron. Hizo una pequeña incisión en el lugar donde había visto el bulto con forma de gusano, pero no encontró nada. Rebuscó con la punta del cuchillo, y luego alargó el sanguinolento tajo, hundiendo la hoja en línea recta desde la muñeca hasta el codo. El dolor era intenso —casi no podía sujetar el cuchillo—, pero el miedo era peor. Sabía que la enredadera estaba allí y tenía que encontrarla. Continuó cortando, escarbando cada vez más hondo y desplazándose luego lateralmente, insertando el cuchillo por debajo de la piel a cada lado de la incisión y tirando hacia arriba, levantando la epidermis, despellejándose hasta que todo el antebrazo quedó en carne viva. No paraba de salirle sangre —demasiada sangre— y ya no podía ver lo que hacía. Trató de contenerla con la mano, pero siguió brotando.

Entonces sintió un súbito espasmo en la nalga derecha, como si una mano lo hubiera cogido por ahí, así que se levantó, se bajó el pantalón corto y el calzoncillo y se giró para mirar. Pero no vio nada, y cuando iba a empezar a explorar la zona con la hoja, sintió un movimiento lento y ascendente en el torso, justo por encima del ombligo. Rápidamente desplazó su atención a este punto y empezó a cortar. Esta vez, la planta estaba cerca de la superficie: un zarcillo de más de treinta centímetros salió precipitadamente y quedó colgando de la herida, sacudiéndose y retorciéndose en el aire, chorreando sangre. Aún estaba conectado a él y parecía haber echado raíces en un lugar más alto de su cuerpo. Tuvo que hurgar con el cuchillo casi hasta la tetilla derecha pare extirpárselo.

Después fue el muslo izquierdo.

El codo derecho.

La nuca.

Había sangre por todas partes. Podía oler su aroma metálico, como a cobre, y sabía que la hemorragia lo estaba debilitando segundo a segundo. Una parte de él entendía que aquello era un desastre, que debía detenerse y que, de hecho, no debería haber empezado nunca. Pero la otra parte sólo era consciente de que la planta estaba metida en su cuerpo y quería librarse de ella a toda costa. Cuando volvieran a casa podrían coserlo, vendarlo y ponerle torniquetes. Lo importante ahora era no parar antes de haber acabado; de lo contrario, todo el sufrimiento habría sido en vano. Debía continuar cortando, hurgando y escarbando hasta cerciorarse de que no quedaba ni un solo zarcillo.

La enredadera estaba en su oreja derecha. Esto parecía imposible, pero levantó la mano y palpó la abultada masa de cartílago, la sintió debajo de la piel. Ya no pensaba; simplemente actuaba. Comenzó a serrucharse la oreja, manteniendo el cuchillo recto contra la cabeza. Había empezado a gemir, a llorar, no a causa del dolor —aunque éste era casi insoportable—, sino por la estridencia del cuchillo al seccionar la carne.

A continuación fue la espinilla izquierda.

La rodilla derecha.

Estaba levantando la piel de las costillas inferiores cuando apareció Mathias. El tiempo había empezado a transcurrir de una manera extraña, lento y rápido a la vez. Mathias gritaba, pero Eric no entendía lo que decía. Quería explicarle lo que estaba haciendo, aclararle la lógica de sus acciones, pero sabía que era imposible, que le llevaría demasiado tiempo y que el alemán nunca lo comprendería. Debía darse prisa —eso era lo fundamental—; tenía que extirpar toda la planta de su cuerpo antes de perder el conocimiento, y sabía que ese momento estaba muy próximo.

Entonces apareció también Stacy. Dijo algo, pronunció su nombre, pero Eric no la escuchó. Debía continuar cortando —era lo único que importaba—, y cuando se inclinaba para hacerlo, Mathias se lanzó sobre él para quitarle el cuchillo.

—¡No! —oyó que gritaba Stacy.

Eric estaba débil, no terminaba de controlar su cuerpo y actuaba por instinto. Lo único que quería era apartar a Mathias, empujarlo para que le dejase terminar lo que había empezado. Pero cuando alargó las manos para hacerlo, una de las dos sujetaba aún el cuchillo. Fue increíble la facilidad con que la punta atravesó el pecho del alemán, deslizándose entre dos costillas, justo a la izquierda del esternón.

A Mathias le fallaron las piernas. Cayó hacia atrás, alejándose de Eric, y el cuchillo se fue con él.

Stacy empezó a gritar.

—*Warum?* —dijo Mathias, mirando a Eric—. *Warum?*

Eric oyó el sonido de la sangre en la voz del alemán y la vio expandirse por la camiseta. El mango del cuchillo se movía rítmicamente, como un metrónomo. Eric sabía que era por el corazón del alemán. Le había clavado el cuchillo justo ahí.

Mathias trató de levantarse. Consiguió sentarse a medias, apoyado en un codo, pero era evidente que no llegaría más lejos.

—*Warum?* —dijo otra vez.

Ahora la planta pasó a la acción una vez más, reptando rápidamente por el claro y enrollándose alrededor del cuerpo de Mathias. Stacy corrió a su lado y trató de liberarlo. Hizo todo lo que pudo, pero había demasiados zarcillos.

Eric se sintió desfallecer. Necesitaba sentarse y lo hizo con tanta torpeza que más bien cayó sobre un charco de sangre, la suya y la de Mathias. Era absurdo, pero todavía quería el cuchillo, y si hubiese tenido fuerzas habría ido a gatas hasta el cuerpo del alemán para arrancárselo del pecho. Lo vio subir y bajar, subir y bajar, subir y bajar.

Cada vez llegaban más zarcillos. Stacy tiraba de ellos, ahora llorando.

Eric sabía que pronto irían también a por él.

Cerró los ojos sólo por un instante, pero fue suficiente. Cuando volvió a abrirlos, el cuchillo había concluido su rápido temblequeo.

Stacy se sentó con la cabeza de Eric en el regazo. La enredadera se había llevado a rastras el cadáver de Mathias. Aún podía ver una bamba que sobresalía de la masa verde, pero el resto estaba cubierto por completo. Los zarcillos permanecían inmóviles y silenciosos, y sólo de vez en cuando se oía un suave rumor, un indicio de que estaban consumiendo el cuerpo.

Stacy no entendía por qué la planta no se había acercado reptando para capturar también a Eric. Ella no podría defenderlo, como tampoco había podido defender a Mathias, y estaba segura de que la planta lo sabía. Sin embargo, sólo había enviado un largo zarcillo, que ahora sorbía ruidosamente la sangre del inmenso charco que los rodeaba, vaciándolo poco a poco.

Dejó en paz a Eric.

No es que hubiera alguna duda de cómo acabaría todo: para Stacy era obvio que se estaba muriendo. Al principio pensó que sería cuestión de minutos. La sangre brotaba, goteaba y se deslizaba en finos hilos por todo el cuerpo de Eric, encharcándose en el hueco de las clavículas, surtiendo en chorros verticales en las heridas más profundas. Despedía un olor fuerte, vagamente metálico, que a Stacy le recordó su colección de monedas de la infancia, los centavos que limpiaba y clasificaba por fechas.

Le acarició la cabeza y Eric gimió.

—Estoy aquí —dijo—. Estoy aquí.

La sorprendió abriendo los ojos y mirándola con expresión de pánico. Cuando intentó hablar, emitió un susurro grave y demasiado débil para que ella le entendiera.

Stacy se inclinó.

—¿Qué?

Otro susurro vago. Parecía pronunciar un nombre.

—¿Madeleine? —preguntó Stacy. Eric cerró los ojos y volvió a abrirlos con esfuerzo—. ¿Quién es Madeleine, Eric? —Lo vio tragar y supo que era una acción dolorosa. Respirar también era doloroso. Todo era doloroso—. No conozco a ninguna Madeleine.

Eric negó muy despacio con la cabeza y ella notó que trataba de concentrarse, haciendo un esfuerzo para articular las palabras:

—Má... ta... me —dijo.

Stacy lo miró. «No —pensó—. No, no, no.» Deseó que cerrara los ojos, que volviera a perder el conocimiento.

—Me... duele.

Stacy asintió.

—Lo sé, pero...

—Por favor...

—Eric...

—Por favor...

Stacy había empezado a llorar. Ahora entendía por qué la planta no había tocado a Eric: para poder atormentarla con su muerte.

—Te pondrás bien, te lo prometo. Sólo tienes que descansar.

Eric consiguió esbozar una sonrisa. Buscó la mano de Stacy y se la apretó.

—Te lo... su... plico. —Eso fue demasiado para Stacy; la enmudeció—. El... cu... chillo...

Stacy sacudió la cabeza.

—No, cariño. Chsss...

—Te lo... su... plico... Te... lo... su... plico.

No pararía, Stacy lo sabía. Seguiría con la cabeza sobre su regazo, sangrando, sufriendo, suplicándole que lo ayudara mientras el sol ascendía lentamente por el cielo. Si ella quería terminar con todo —con la hemorragia, el sufrimiento, las súplicas—, tendría que ocuparse de ello personalmente.

—Te... lo... su... plico...

Stacy le levantó la cabeza con cuidado y se puso en pie. «Se lo daré —pensó—. Dejaré que lo haga.» Fue hasta el borde del claro y se metió entre las plantas. Se acuclilló junto al cadáver de Mathias y empezó a apartar las ramas. La planta ya había devorado el brazo derecho hasta el hombro. Pero la cara estaba intacta, con los ojos abiertos, mirándola. Stacy resistió el impulso de cerrarlos. El cuchillo seguía clavado entre las costillas. Tiró de él, separándolo del cuerpo, y se lo llevó a Eric.

—Aquí lo tienes —dijo. Se lo puso en la mano derecha y le cerró los dedos alrededor del mango.

Eric esbozó otra sonrisa torcida y negó despacio con la cabeza.

—Dema... siado... dé... bil —susurró.

—¿Por qué no descansas, entonces? Cierra los ojos y...

—Tú... —Trataba de devolverle el cuchillo—. Tú...

—No puedo, Eric.

—Por... favor... —Apretó el cuchillo contra la mano de Stacy—. Por... favor...

Stacy sabía que la vida de Eric había terminado. Lo único que le quedaba era sufrimiento. Necesitaba desesperadamente su ayuda. ¿No era una especie de pecado hacer caso omiso de sus ruegos y abandonarlo a una lenta agonía sólo porque ella era demasiado aprensiva, porque le daba terror hacer lo que debía? Tenía el poder para aliviarle el dolor, pero prefería no hacer nada. Por lo tanto, ¿no era responsable, en parte, de su suplicio?

«¿Quién soy? —se dijo otra vez—. ¿Sigo siendo yo?»

—¿Dónde? —preguntó.

Éric le cogió la mano que empuñaba el cuchillo y la guió hacia su pecho.

—Aquí... —Colocó la punta cerca del esternón—. Sólo... em... puja...

Hubiera sido fácil quitarle el cuchillo y arrojarlo a un lado, y Stacy le ordenó a su cuerpo que lo hiciera. Pero no la escuchaba, no se movía.

—Por... favor... —susurró Eric.

Stacy cerró los ojos. «¿Sigo siendo yo?»

—Por... favor...

Entonces lo hizo: se inclinó hacia delante y empujó el cuchillo con todas sus fuerzas.

Dolor.

Durante un instante, eso fue lo único que sintió Eric, como si algo hubiese estallado en su interior. Por encima de él vio a Stacy, que parecía inmensamente triste y asustada. Quiso hablar, decirle «gracias» y «lo siento» y «te quiero», pero las palabras no llegaron.

Una tarde habían ido al cutre zoológico de Cancún, para cachondearse. Albergaba sólo una docena de animales, uno de los cuales tenía un cartel que decía «zebra» aunque se veía a la legua que era un burro con las rayas blancas pintadas en la piel. Algunas rayas tenían chorretones de pintura. De repente, mientras los cuatro lo miraban, el animal había abierto las patas y meado un auténtico torrente. Amy y Stacy se echaron a reír a carcajadas. Por una misteriosa razón, esto es lo que pasó por la cabeza de Eric en aquellos instantes, la imagen del burro orinando, las chicas abrazándose y el sonido de sus risas.

«Gracias —intentaba decir—. Lo siento. Te quiero.»

El dolor se desvaneció poco a poco... y todo se fue... alejando... alejando... alejando...

La enredadera acudió a reclamar el cadáver. Stacy no intentó impedírselo; sabía que sería inútil.

El sol estaba justo encima de su cabeza, así que calculó que faltaban unas seis horas para que empezara a ponerse. Recordó las palabras de Mathias: «¿Cómo sabemos que no será hoy?», y las usó para infundirse esperanzas. Mientras hubiera luz, estaría bien. Lo que le inquietaba era la oscuridad, la idea de acostarse sola en la tienda, demasiado aterrorizada para dormir.

Sabía que el último superviviente debía ser Jeff, no ella. A él no le habría asustado contemplar el largo viaje del sol hacia el oeste. Comida, agua, cobijo... Jeff habría trazado un plan para cada cosa, uno diferente al de Stacy, que en realidad no era un plan.

Simplemente se sentó junto a la tienda y se zampó todas las provisiones que quedaban —las dos barritas proteicas, las uvas pasas, las diminutas galletas de aperitivo—, regándolas con las latas de Coca-Cola y té frío.

Todo; acabó con todo.

Miró de un extremo al otro del claro y pensó en todas las personas que habían muerto allí. Cada una de ellas había pasado por su propio suplicio. Tanto dolor, tanta desesperación, tanta muerte...

¿Arrojarse al vacío desde un edificio en llamas podía considerarse un plan?

Stacy recordó que los cuatro habían hablado del suicidio una madrugada en que estaban medio borrachos, y cada uno había elegido un método. Ella estaba en su cama, reclinada sobre Eric. Amy y Jeff jugaban con desgana al backgammon en el suelo. Jeff, siempre eficiente, había sugerido somníferos y una bolsa de plástico, asegurando que eran sistemas indoloros y fiables. Eric propuso una escopeta: el cañón en la boca y un dedo del pie en el gatillo. Amy prefería la idea de caer desde una gran altura, pero en lugar de saltar quería que alguien la empujase, lo cual había suscitado una discusión sobre si aquello sería o no un suicidio. Finalmente se rindió y escogió el monóxido de carbono de un coche en marcha en un garaje cerrado. La fantasía de Stacy era más rebuscada: un bote de remo en alta mar y pesos para lastrar su cuerpo. Lo que más le atraía era la idea de desaparecer sin dejar rastro, el misterio que envolvería su muerte.

Naturalmente, había sido una broma. Un juego.

Stacy notó el efecto de la cafeína de la Coca-Cola y el té; se sentía agitada. Levantó las manos a la altura de la cara y vio que le temblaban.

Allí no había un bote de remos, desde luego, ni un coche, ni una escopeta, ni un frasco de somníferos. Debía arrojarse al pozo. Tenía la cuerda del cabrestante. Los mayas que la esperaban al pie de la colina, con sus flechas y balas.

Y también tenía el cuchillo, por supuesto.

«¿Cómo sabemos que no será hoy?»

Recogió la botella de tequila del suelo y echó a andar hacia el sendero.

Con el cuchillo.

Cuando estaba llegando, los mayas se volvieron a mirarla y vieron su ropa ensangrentada y sus manos temblorosas. Se sentó en el borde del claro, con el cuchillo en el regazo y la sombrilla apoyada en el hombro. Destapó la botella de tequila y bebió un largo trago.

Sería genial que se le ocurriera una forma de poner sobre aviso a los que llegasen luego. Le habría gustado ser la mujer que con su inteligencia y capacidad de previsión acababa salvando la vida de un desconocido. Pero había visto la fuente de horno con una palabra de advertencia grabada en el fondo; sabía que otros lo habían intentado y habían fallado, y no veía por qué iba a conseguirlo ella. Sólo esperaba que su presencia allí, el pequeño montículo con sus huesos al pie del camino, se convirtiera en una eficaz señal de peligro.

Bebió. Esperó. Por encima de su cabeza, el sol avanzaba despacio hacia el oeste.

No; no podía decirse que fuera un plan.

Stacy echó un chorro de tequila sobre la hoja del cuchillo y la frotó con la blusa. Sabía que era una tontería, un acto gratuito y desesperado, pero quería que estuviera limpio.

Fue tranquilizándose a medida que el día avanzaba hacia el ocaso. Dejaron de temblarle las manos. Tenía miedo de muchas cosas, sobre todo de lo que ocurriría después, pero no del dolor. El dolor no la asustaba.

Cuando el sol rozó por fin el horizonte, el cielo cambió de repente, adquiriendo una tonalidad rojiza, y Stacy supo que ya había esperado lo suficiente. Los griegos no acudirían, al menos ese día. Pensó en la inminente oscuridad, volvió a imaginarse sola en la tienda, escuchando los sonidos de la noche, y comprendió que no tenía alternativa.

Por un instante pensó en rezar —¿pidiendo qué?, ¿perdón?—, pero entonces se dio cuenta de que no tenía a quién rezar. No creía en Dios. Se había pasado la vida diciéndolo de manera instintiva, sin pensar, pero ahora, por primera vez —a punto de hacer lo que se proponía hacer—, podía mirar en su interior y pronunciar aquellas palabras con absoluta convicción. No creía en Dios.

Comenzó con el brazo izquierdo.

El primer corte fue vacilante, exploratorio. Incluso ahora, al final de todo, seguía siendo la Stacy de siempre, la que no cruzaba un río a nado si podía hacerlo a pie. Le dolió más de lo que había imaginado. Pero eso no importaba, daba igual, se sentía capaz de soportarlo. Y el dolor dio visos de realidad a lo que aún no los tenía, confirió la adecuada trascendencia a sus últimos momentos. La segunda vez cortó más hondo, empezando en la muñeca y hundiendo el filo con firmeza por el antebrazo.

La sangre salió a borbotones.

Se pasó el cuchillo a la mano izquierda. Le costó sujetarlo —sus dedos no parecían dispuestos a cerrarse y estaban resbaladizos por la sangre—, pero al final lo logró y empujó el cuchillo hacia abajo.

Quizá fuera por la luz mortecina, pero su sangre era más oscura de lo que había previsto, no del color rojo vivo de la de Eric y Mathias, sino casi negra, como tinta. Apoyó las manos en el regazo y la sangre se deslizó por sus piernas, al principio caliente, y luego más fría conforme se encharcaba a su alrededor. Era extraño pensar que ese líquido formaba parte de ella, y que su pérdida continua la reduciría a la nada.

«¿Quién soy?», se preguntó.

Los mayas la observaban. Por lo visto se habían enterado de que era la última, porque las mujeres empezaron a levantar el campamento, recogiendo cosas y atándolas en fardos.

Stacy había supuesto que su corazón se desbocaría, bombeando más y más rápido con cada segundo que pasaba, pero ocurrió lo contrario. Por dentro y por fuera, todo pareció volverse más lento. Se sorprendió de lo tranquila que se sentía.

«¿Sigo siendo yo?»

Los zarcillos se acercaron reptando. Oyó que empezaban a sorber el charco de sangre.

Pensó que habría debido cortar la cuerda del cabrestante. ¿Por qué no se le había ocurrido? Trató de convencerse de que no tenía importancia, porque su cuerpo permanecería allí como un centinela, advirtiendo del peligro a los futuros visitantes, aunque sabía que esto no era cierto, lo supo cuando la enredadera la agarró y comenzó a arrastrarla, apartándola del sendero. Se resistió hasta el último instante, tratando de levantarse, pero era demasiado tarde. Ya no le quedaban fuerzas. La planta la sujetó y la cubrió por completo, sepultándola. Murió con la sensación de que se ahogaba, evocando aquel bote imaginario en alta mar, los lastres empujándola hacia el fondo y las verdes olas cerrándose sobre su cabeza.

Los griegos llegaron tres días después.

Fueron en autobús hasta Cobá y en la camioneta amarilla hasta el camino. En Cancún habían hecho tres amigos nuevos, todos brasileños, y los trajeron para que los acompañasen en la aventura. Los brasileños se llamaban Antonio, Ricardo y Sofía. Tanto Juan como Don Quijote estaban locos por Sofía, aunque ésta parecía ser la novia de Ricardo. Era difícil asegurarlo, sin embargo, ya que los griegos no hablaban portugués y los brasileños, naturalmente, no tenían ni idea de griego.

No obstante, se lo pasaban en grande todos juntos. Charlaban y reían mientras se adentraban en la selva. Ricardo llevaba una nevera con botellas de cerveza y bocadillos. Antonio había traído un equipo de música portátil y había puesto el mismo disco un millón de veces, empeñado en enseñar a los griegos a bailar salsa. Juan y Don Quijote cooperaban sólo por Sofía, para oír cómo se reía de su torpeza.

El giro que conducía a las ruinas no tenía pérdida. Últimamente habían caminado por allí demasiadas personas para que el estrecho sendero pasara inadvertido. La tierra estaba pisoteada, y la hierba aplastada.

Justo cuando iban a entrar en él, Ricardo vio a una niña mirándolos desde el otro lado del campo. Menuda y de unos diez años, llevaba un vestido sucio y una cabra amarrada a una cuerda. Parecía muy nerviosa —daba saltos y gesticulaba como si intentara decirles algo—, así que se detuvieron a mirarla. La llamaron por señas —Ricardo incluso levantó un bocadillo como incentivo—, pero la niña se negó a acercarse y al final se dieron por vencidos. Hacía calor al sol. Sabían que se encontraban cerca del punto de destino y estaban impacientes por llegar.

Comenzaron a andar por el sendero.

Detrás de ellos, Juan y Antonio vieron que la niña soltaba la cuerda de la cabra y corría hacia la selva. Se encogieron de hombros e intercambiaron una sonrisa.

Avanzaron a través de los árboles, cruzaron el pequeño arroyo y por fin se encontraron otra vez con la radiante luz del día.

Un claro.

Y al otro lado, una colina cubierta de flores.

Se detuvieron, maravillados por la belleza del lugar. Ricardo sacó una botella de cerveza y la compartieron entre todos. Señalaron las flores y hablaron de ellas en sus respectivas lenguas, admirándose de lo hermosas y originales que eran. Sofía las fotografió.

Luego siguieron adelante en fila india.

No oyeron llegar al primer jinete. Estaban ya casi en lo alto de la colina, llamando a Pablo.